에스텔
ESTEL

UR

Freesia

GATYA

가챠를 돌려 동료를 늘리고
최강의 미소녀 군단을 만들자

CONTENTS

1장
선물
007

2장
마인의 그림자
125

3장
천진난만 엘프
284

1장 　　　　　　선물

"우후후, 역시 퀘레스는 구경거리도 많고 음식도 맛있습니다!"

"맞아. 마도구가 많이 쓰이다 보니까 거리 풍경이 왕도보다 화려한 것 같아."

우리는 퀘레스에 와 있다. 퀘레스에 온지는 제법 오래되었으나 의뢰 등으로 바빠 도시를 천천히 둘러보지 못 했었다. 그래서 오늘은 루나와 모후토도 데리고 퀘레스 관광에 나섰다.

놀이 꼬치에 꿰인 고기를 덥석 물었다. 노점 상인이 마도구를 사용하여 알맞게 구운 꼬치고기다. 여전히 식욕에 충실한 녀석이라니까.

"처음 왔는데 제법 괜찮군. 가끔은 해가 떠 있을 때 산책하는 것도 나쁘지 않아."

"맞아요, 루나 씨! 앞으로 저랑 같이 자주 외출해요!"

"음, 시스하와 함께라면 괜찮겠군. 다음엔 왕도에도 가 보지."

"네! 감사합니다!"

"우윽……."

시스하의 기습 포옹에 얼굴이 가슴에 파묻힌 루나. 후우……정말 부러운 광경이야.

그런 생각을 하며 바라보고 있다가 시스하와 눈이 맞았다.

"왜 그러세요?"

"아, 아니. 아무것도 아냐!"

7

"그래요? 오쿠라 씨 이상하시네요——."

위, 위험했어. 나도 모르게 빤히 쳐다본 모양이다. 저번에 그 사건이 있어서인지 시스하에게 자꾸 시선이 향한다. 대체 그건 무슨 의미였을까.

만져도 상관 없다니. ……화내지 않는다면 한 번 만질 걸 그랬다고 약간 후회 중이다.

"그보다 귀를 감추는 마법이 제대로 통하나 보네."

"평범한 귀로 보입니다. 이 정도면 거리를 돌아다녀도 문제없겠습니다."

약간 끝이 뾰족했던 루나의 귀는 동그랗게 변해서 겉으로 보기엔 우리와 전혀 차이점이 없었다. 에스텔이 가르쳐 준 어둠의 환각 마법으로, 특정 부위에 걸어 두면 남들에겐 다르게 보이는 마법이었다.

"내가 가르치긴 했지만 벌써 능숙하게 쓰다니 대단하네."

"당연하지. 이런 건 식은 죽 먹기다."

"역시 루나 씨 대단해요!"

루나는 원래 마법을 쓸 줄 알았고 습득도 빨라서 바로 능숙하게 사용하였다. 그 덕분에 이렇게 안심하고 도시 관광을 즐길 수 있게 된 것이다.

그런 식으로 잠시 도시를 구경하며 돌아다니던 와중에 에스텔이 부탁을 하나 했다.

"오빠, 마도구 상점에 가 보고 싶은데 괜찮을까?"

그러고 보니 퀘레스의 마도구 상점에는 한 번도 안 가 봤네. 가챠산 아이템과 모두의 능력 덕분에 마도구는 딱히 필요 없지만 어떤 것을 팔고 있는지는 궁금하다.

"응, 괜찮아. 다들 어떻게 할래?"

나머지 세 사람에게 어떻게 할지 물어보았다. 함께 돌아다니며 볼 것은 거의 다 봤으니 슬슬 각자 움직여도 괜찮겠지.

"으음, 마도구도 궁금합니다만 전 음식점에 가고 싶습니다! 아까부터 맛있는 냄새가 폴폴 풍겨 옵니다!"

"흠, 듣고 보니 좋은 냄새가 나는군. 놀이 먹으러 간다면 나도 따라가지."

"전 무조건 루나 씨를 따라갈 거예요!"

"알았어. 그러면 난 에스텔이랑 같이 마도구 상점으로 갈 테니까 일단 흩어졌다가 나중에 모이자."

그렇게 나와 에스텔은 세 사람과 헤어져서 마도구 상점을 찾기 시작했다. 행인에게 물어보니 퀘레스에는 마도구 상점이 꽤 많다고 했다. 그중 한 곳을 추천받아 그곳으로 향했다.

"왕도엔 마도구 상점이 하나도 없었는데, 퀘레스는 대단하네."

"마도 도시잖아. 마도구를 만드는 마도사가 많으니 공급도 많은 거겠지."

"왕도에서도 더 많이 팔면 좋을 텐데 말이야."

"운송하는 수고도 들고 취급하기 어려워서 그런 거 아닐까? 왕도라고는 해도 군대에 들어가지 않은 마도사는 소수인 걸 수도 있고."

퀘레스에서 마도구를 만들어도 운반이나 사후 관리 등의 수고로 인해 왕도에서는 비싸게 팔리는 건가? 마도사가 왕도에서 마도구를 만드는 방법도 있겠지만, 그렇게 되면 재료 수급이 문제일 것이다.

우리는 행인이 그려 준 간소한 지도를 참고하여 추천받은 상점에 도착했다. 제법 널찍한 가게로, 다양한 책과 낯익은 초록색 포션 등이 진열되어 있었다.

"헤에, 재밌어 보이는 게 많네. 후후, 이것 봐. 마력을 주입하면 움직이는 장난감이야."

에스텔이 손바닥 사이즈의 동물 인형에 손을 대고 마력을 흘려 넣자 장난감이 느릿느릿 팔다리를 움직이며 앞으로 이동했다.

"마력으로 움직이는 장난감이라니 어떻게 보면 사치네. 가격도…… 으억, 꽤 비싸잖아."

"어머, 정말이네. 장난감이긴 해도 일단 마도구라는 걸까?"

손바닥 사이즈의 인형인데도 가격표엔 3만 길이란 금액이 적혀 있었다. 잠깐, 이런 단순해 보이는 물건이 3만 길이라니 너무 비싼 거 아냐? 뭐, 그래도 다른 마도구에 비하면 저렴한가? 불이나 물이 나오는 마도구는 15만 길로, 왕도에서 들었던 이야기를 생각하면 저렴한 편이다.

가게를 더 둘러보고 있는데 에스텔이 뭔가에 반응했다.

"어라…… 저기, 오빠. 저기 있는 아이 혹시…….."

"응? 앗."

에스텔의 시선이 향한 곳을 바라보자 그곳엔 마도구 구경에 푹 빠져 있는 흑발의 소녀, 마이라가 있었다. 에스텔은 마이라라는 것을 확인하고는 등 뒤로 살금살금 다가갔다. 그리고 바짝 다가서더니 뒤에서 손을 뻗어 마이라의 눈을 가렸다.

"누구게——!"

"와앗?! 뭐, 뭐죠?!"

"후후, 여전히 반응이 귀엽네."

갑작스러운 상황에 허둥지둥하는 마이라의 반응을 보고 에스텔은 키득거리며 웃었다. 으음, 마이라랑 있는 에스텔은 정말 또래 소녀처럼 즐거워 보인다니까.

"이 목소리는 에스텔…… 인가요?"

"정답. 잘 알아챘네."

에스텔이 손을 거두자 마이라가 뒤돌아보았다.

"갑자기 눈을 가리시다니 정말 깜짝 놀랐어요……. 앗, 오쿠라 씨도 같이 계셨군요. 오랜만이에요."

"응, 오랜만이네. 에스텔 때문에 놀랐지? 미안해."

"아, 아뇨. 신경 쓰지 않으셔도 괜찮아요."

응응, 인사도 꼬박꼬박 해 주는 착한 아이다. 처음 만났을 때의 일이 거짓말 같다.

"여기서 만나다니 우연이네. 학원은 어쩌고?"

"휴교라 마도구를 보러 왔어요. 이 가게엔 가끔 희귀한 물건이 들어오거든요."

"휴일에도 마도구 상점에 오다니 마이라는 정말 열심히 공부하는구나."

"그, 그렇지 않아요. 그냥 취미 비슷한 거예요."

이게 취미라니. 마이라는 정말 마법을 좋아하나 보다. 하지만 희귀한 물건이 들어온다고 해도 학생인 마이라에겐 비싸지 않나? 혹시 마이라도 제법 잘 사는 집 아이인가?

"에스텔이야말로 여기엔 무슨 일로?"

"오늘은 퀘레스에 관광하러 온 거라 겸사겸사. 계속 의뢰 때문에 바쁘다가 최근에야 겨우 시간이 생겼거든. 그래서 한번 들러 봤어."

"그렇군요. 퀘레스엔 관광지가 많으니까 분명 재밌을 거예요."

"응. 왕도랑은 또 달라서 굉장히 신선해. 재밌는 게 많던걸."

모처럼 만난 김에 마이라와 함께 가게를 둘러보기로 했다. 에스텔은 평소보다 더 밝게 웃으며 즐겁게 대화했다.

이렇게 친구와 시내를 돌아다니는 것도 좋겠지. 앞으로도 이런 기회를 많이 만들어 주고 싶다.

"여긴 비교적 저렴한 마도구가 많네."

"이 가게엔 학생이 만든 마도구도 진열되어 있거든요."

"그래도 괜찮은 거야? 이런 말 하긴 미안하지만 오작동할 수도 있잖아."

"그런 경우도 가끔 있긴 하지만 제대로 확인된 상품만 진열하니까 괜찮을 거예요. 애초에 학생이 만들었다고 해도 수업 시간에 만드는 도구다 보니 간단한 수준의 마도구라 불량도 적고요. 재료비 때문에 가격은 좀 비싸지만요."

호오, 그래서 왕도에 비해 저렴했던 건가. 수업 시간에 실습을 겸해 만든 제품이라 해도 제대로 기능한다고 하니 필요한 사람에겐 큰 도움이 될 것이다. 학원 입상에서도 재료비를 회수할 수 있을 테니 그런 점을 잘 고려한 거겠지.

그렇게 감탄하고 있는데 마이라가 나를 빤히 쳐다보는 것이 느껴졌다.

"그러고 보니 오쿠라 씨."

"무, 무슨 일이야?"

"저번엔 정신이 없어서 못 여쭤봤는데, 그란디스에게서 도망칠 때 꺼낸 마도구는 뭔가요? 사람을 태우고도 그렇게 빠르게 움직이는 마도구라니 듣지도 보지도 못했어요. 알려 주세요."

앗, 완전히 잊고 있었다. 마법의 양탄자를 보고 엄청 궁금한 표정이었었지.

자, 어떻게 대답해야 좋을까. 가챠로 얻었다고 말할 순 없고, 그렇다고 해서 만들었다고 할 수도 없다. 미궁에서 얻었다고 얼버무리는 것도 어려울 듯하다.

적당한 대답을 찾지 못해 곤란해하고 있자 에스텔이 나 대신 대답했다.

"미안해. 사정이 좀 있어서 어떻게 얻었는지는 알려줄 수 없어. 말해 줄 수 있는 건 내가 만든 건 아니란 거야."

"……그렇군요. 에스텔이 그렇게 말한다면 어쩔 수 없죠."

마이라는 뭔가 말하고 싶은 듯 잠시 뜸을 들였지만 에스텔의 말을 듣곤 바로 단념한 모습이다. 어깨까지 늘어트린 것을 보니 확실히 풀이 죽은 듯했다. 으음, 이렇게까지 풀 죽은 모습을 보니 죄책감이 드는데.

그런 생각을 하고 있자 에스텔이 제안을 하나 했다.

"그렇게 궁금하면 자세히 보여 줄까? 오빠, 그 정도는 괜찮지?"

"응, 상관없어. 어디서 얻었는지는 알려줄 순 없지만, 대신에 다른 것들도 더 보여줄 수 있는데 어때?"

"정말인가요?! 감사합니다!"

마이라가 눈을 반짝이며 기뻐했다. 이렇게까지 기뻐하다니. 내가 다 뿌듯할 지경이다.

우리는 바로 상점을 뒤로하고 마이라의 안내를 받아 학원 내 공터로 이동했다. 마침 휴교일이라 그런지, 학원은 한산했다. 몰래 보여주기엔 딱 좋은 장소였다.

돌돌 말아 마법 가방에 수납해 두었던 마법의 양탄자를 꺼내 공중에 띄웠다. 마이라는 양탄자 주변을 빙글빙글 돌면서 만지거나 아래를 살펴보는 등 다양한 각도와 방법으로 관찰하기 시작했다.

"대체 어떻게 떠 있는 거지…… 애초에 어떻게 마력을 공급하는 걸까…… 아──! 너무 흥미로워요!"

"완전히 스위치가 켜진 모양이네."

"마이라가 이렇게까지 푹 빠지다니 역시 대단한 물건이었어."

처음 마법의 양탄자를 봤을 때 보여줬던 반응으로 어느 정도 짐작은 하고 있었지만, 역시 마법의 양탄자는 이 세계에서도 특이한 물건인 듯하다. 애초에 SR 비컨도 일반인들은 꿈도 못 꿀 물건인 것 같으니 말 다 했지.

흥분한 모습을 흐뭇하게 지켜보고 있자니, 어느 정도 확인이 끝난 마이라가 우리를 불렀다.

"오쿠라 씨! 에스텔! 또 뭐가 있나요?!"

"으음, 그래. 오빠, 투명망토는 어때? 그리고 하이포션도 참고 가 되지 않을까?"

"괜찮겠네. 다른 것도 더 꺼내 볼까?"

모처럼 마도사에게 확인받을 수 있는 기회다. 이번 기회에 가 챠산 아이템을 몇 개 보여주고 반응이나 감상을 물어보자. 마이 라는 포션도 만들 줄 안다고 했으니 하이포션을 보여주는 것도 좋을 것이다.

우선 에스텔의 말대로 투명망토와 하이포션을 꺼냈다. 덤으로 에어로프 등도 꺼내 보았다.

마이라는 내가 설명한 사용법대로 아이템을 사용해 보고는 놀 라워하며 상기된 얼굴로 아이템을 확인하기 시작했다.

"어떻게 망토를 두르는 것만으로 모습을 감출 수 있는 거죠?! 비슷한 빛 마법이 있긴 하지만 그건 상급 마법 중에서도 제대로 구사하기 어려운 마법이라 물건에 효과를 부여하긴 힘들다고 들 었는데?! 게다가 이 로프, 대체 어떻게 허공에 고정되는 거죠?! 이해가 안 되네요!"

마이라는 허공에 고정된 에어로프를 당기며 점프하고 있다. ……이 아이, 어른스러워 보이지만 꽤 귀여운 모습도 있잖아.

그보다 조금 신경 쓰이는 말을 하네. 모습을 감추는 마법이 존 재하다니, 이 세계의 마법도 얕봤다간 큰코다치겠어. 그런 마법과 동일한 효과를 누구나 쓸 수 있는 가챠산 아이템도 대단하지만.

그 후로도 흥분한 모습을 쭉 지켜보고 있노라니, 뒤늦게 우리의 시선을 눈치챈 마이라가 얼굴을 붉게 물들이며 정신을 차렸다.

"너무 흥분했나 봐요. 죄송해요……."

"후후, 기뻐서 다행이야. 마이라도 소란스러워질 때가 있구나."

"우으, 부끄럽네요."

마이라가 고개를 푹 숙였다. 좀 있으면 머리 위에서 연기가 모락모락 피어오르지 않을까 싶을 정도로 부끄러워했다. 에스텔은 그런 마이라의 머리를 상냥하게 쓰다듬었다. 음, 정말 훈훈한 광경이다.

"포션은 어때? 꽤 희귀한 물건인데."

"그러네요. 일반적인 포션은 초록색이고, 숙련된 마도사가 만든 포션의 경우엔 보라색이에요. 그런데 이 포션은 노란색…… 지금껏 본 적 없는 색이에요. 효과가 어느 정도인지 모르겠지만 여러분이 가지고 계신 물건이라면 엄청날 것 같아요."

"한번 마셔 볼래? 꽤 맛있대."

"엣, 포션이 맛있다니…… 알겠어요."

마이라는 눈썹을 찌푸리며 불안한 표정을 지었다. 나도 이 세계의 포션을 한 번 마셔 봤는데 혀가 마비될 정도로 썼다. 맛있다는 게 안 믿길 법도 하지.

마이라는 자신의 가방에서 시험관 같은 것을 꺼내 하이포션을 조금 따라 냈다. 그리고 머뭇거리며 입가에 가져다 대더니……

눈을 크게 뜨고 놀랐다.

"으음?! 맛있잖아! 뭔가요, 이 달콤하고 상큼한 맛은?! 이런 포션은 처음이에요!"

"맛 외에도 느껴지는 게 있어? 컨디션도 좋아진다고 하던데."

"그러고 보니 졸음도 사라지고 몸이 가벼워진 듯한……."

"어머, 수면 부족이었어? 그러면 안 돼. 푹 자야지."

"어제 읽던 책이 너무 재밌어서 밤을 새는 바람에……."

상처 치료 외엔 진가를 알기 어렵겠지만 그 대단함은 충분히 느껴진 모양이다. 피곤함을 없애는 효과까지 있는 건가. 역시 하이포션이야. 맛만으로도 상당히 놀랐던 것 같은데. 이 세계의 음료에 비하면 좀처럼 맛볼 수 없을 정도로 맛있으니 당연한가.

마이라는 더욱 눈을 반짝이며 마시고 남은 하이포션을 바라봤다. 천천히 연구라도 하고 싶은 건가?

"괜찮으면 그 포션 줄까?"

하이포션이라면 많이 있으니 하나 정도 주는 건 문제없다. 하지만 숙련자가 만든 포션보다 대단할 것으로 추정되는 물건이다. 반드시는 아니어도 기본적으로는 비밀로 해 줬으면 한다. 마이라는 상당히 착실하고 입도 무거운 듯하니 크게 걱정하지 않아도 되겠지.

"그, 그래도 되나요?! 이런 귀중한 포션을……."

"응. 연구에 좋은 참고가 될 테니까. 다만 그 대신 조건 두 개가 있어. 첫 번째는 웬만하면 다른 사람에게 말하지 않을 것. 두 번째는 다른 포션과 얼마나 효과가 다른지 알려줬으면 좋겠어."

세상에 공짜는 없으니까 말이지. 마이라의 연구를 통해 하이포션이 이 세계의 포션과 어떤 식으로 다른지 알게 된다면 혹시라도 다른 사람에게 사용하게 될 시에 정말 사용해도 괜찮을지 판단 재료가 될 수 있을 것이다.

"그러네. 우린 시스하 덕분에 포션을 사용하는 일이 적으니까 다른 포션과의 차이점을 알 기회가 거의 없었지. 오죽하면 놀이물 대신 마실 정도니까 말이야."

"이렇게나 맛있으면 마시고 싶은 마음도 이해되네요. 그나저나 포션을 물 대신 마시다니 대단하네요……."

그 녀석은 포션을 주스처럼 마시곤 하니까. 많이 남아 있다고는 해도 음료 대신 마시는 건 좀 아닌 듯하다.

그 후에도 마이라에게 몇 가지 아이템을 더 보여주며 시간을 보내고 있었는데, 어디선가 '데엥――' 하는 종소리가 울려 퍼졌다.

"앗…… 좀 더 이야기하고 싶지만 슬슬 가 봐야겠어요. 관광, 방해해서 죄송했습니다. 이런 대단한 포션까지 받게 되다니."

"후후, 신경 쓰지 않아도 돼. 앞으로도 공부 힘내."

"혹시 다른 사람이 어디서 얻었냐고 하면 부담 없이 우리 이름을 대도 괜찮아."

"네! 배려해 주셔서 감사합니다! 모처럼 주셨으니 반드시 도움이 되도록 노력할게요!"

시간이 늦은 듯하여 학원 밖으로 이동하자 마이라는 우리에게 깊이 고개를 숙여 인사하고 떠났다.

마이라의 뒷모습을 보며, 에스텔은 한 손을 뺨에 대고 만족스러운 웃음을 지었다.

"후후후, 이런 곳에서 마이라와 만날 줄은 몰랐어."

"관광하러 와서 만나다니 이런 우연이 있네."

"응. 오늘은 정말 오길 잘 했어. ……앗, 모처럼 모후토도 같이 왔는데 마이라한테 소개시켜 줄걸."

"그러게. 뭐 어쩔 수 없지. 나중에 기회가 또 있을 거야."

그 후 우리는 세 사람과 합류하여 밤까지 퀘레스 관광을 즐겼다.

마이라와 만난 덕분인지 에스텔은 매우 기분이 좋아 보였다. 오늘은 정말 오길 잘 했다. 앞으로도 이렇게 사이좋게 지내면 좋겠네.

◆

"너희가 맡아 줬으면 하는 의뢰가 있다."

평소처럼 아델베르 씨의 의뢰가 왔는지 확인하러 퀘레스 모험가 협회에 들르자 엘레오노라 씨가 건넨 첫마디였다. 그란디스를 쓰러트린 후 퀘레스에서 일어난 이변은 수습되어 딱히 의뢰를 맡을 일이 없었다.

으음, 박스 가챠로 탕진한 마석을 이제서야 600개 가량 모았기에 당분간 마석 모으기에 집중할 생각이었는데 말이지. 이번 의뢰는 내용에 따라 거절하게 될지도 모르겠다. 우선 이야기나 들어볼까.

"무슨 의뢰인가요?"

"저번에 너희가 가져왔던 마도구에 관한 의뢰다. 그 마도구를 분석하던 연구소에서 한 가지 요청이 있어서 말이지. 분석하는데 필요한 소재를 너희가 구해 줬으면 하다는군."

"분석에 필요한 소재도 말입니까? 연구소에 없을 정도면 희귀한 물건인 겁니까?"

좀처럼 분석에 진척이 없어 다양한 수단을 써 보려는 것일지도 모른다. 퀘레스라면 마법 관련 물건은 웬만하면 갖추고 있을 듯한데 굳이 의뢰까지 하는 걸 보면 놈의 말대로 좀처럼 시중에 유통되지 않는 물건인 듯하다.

게다가 B랭크인 우리에게 맡기는 의뢰라니. 번거로운 일일 듯한 예감이 든다.

"그래. 퀘레스 북부에 위치한 루겐 계곡에 있는 마물, 루페스렉스에게서 얻을 수 있는 마원반이 필요하다더군."

"마원반…… 들어본 적 없는 물건이네요."

"역시 모르는군. 연구소 같은 곳에서만 사용하는 물건이라 모르는 마도사도 있을 정도니까."

그렇게 희귀한 물건인가. 게다가 계곡이라니…… 듣기만 해도 험난한 여정일 것 같다. 루페스렉스라는 이름도 괜스레 강할 것 같은 느낌이고.

"그 산산조각 난 마도구 분석에 마원반 한 개를 통째로 사용하려는 모양이야. 보수는 천만 길로 생각하고 있어."

"처, 천만 길……. 알겠습니다. 저희가 맡도록 하죠."

따지고 보면 우리가 의뢰한 분석이다. 거기에 필요한 소재를 구해 오면 천만 길이나 받을 수 있다니. 이렇게까지 노력해주면 맡을 수밖에 없다.

그렇게 우리는 엘레오노라 씨에게 루겐 계곡과 루페스렉스에 대한 정보를 듣고, 계곡으로 가는 길이 그려진 지도를 받아 협회를 나섰다. 엘레오노라 씨에게 들은 이야기를 곱씹으며 루겐 계곡에 대해 생각하고 있자 놀이 말했다.

"왜 그렇게 불안한 표정이십니까?"

"아니, 소재 하나를 구해 오는데 보수가 천만 길이니까 되잖아. 마원반이 그렇게 얻기 어려운 물건인가 싶어서."

"그러게 말입니다. 게다가 이야기를 들어 보니 루페스렉스는 제법 상대하기 성가신 마물인 거 같았습니다."

루겐 계곡은 퀘레스에서 중간 마을까지 말로 이동하고 그 후에 도보로 이동하는 게 가장 빠르다고 한다. 그래도 편도 10일 이상은 걸린다는 듯, 왕도에서 레믈리 산을 가는 것보다도 멀다는 듯하다. 마법의 양탄자라면 3일 정도 걸리겠군.

루겐 계곡은 바위산 사이에 있으며, 루페스렉스는 그 바위산에서 바위로 의태하여 숨어 지낸다고 한다. 처음 보는 사람은 움직임이 굼뜬 마물이라고 착각하기 십상인데, 구르기 공격만큼은 재빨라 상대할 땐 꼭 주의해야 한다고. 게다가 방어력도 높아 루페스렉스를 잡을 수 있는 모험가는 적은 편이라고 한다. 덕분에 마원반의 공급은 거의 없다시피 한 모양이다.

또한 계곡에는 루페스렉스 외에도 바위로 의태하는 마물이 있는데, 그 마물은 보석 원석을 떨어트린다고 한다. 루페스렉스처럼 바위 계열의 마물인 듯하니 단단할 것 같지만 잡을 수 있다면 의외로 좋은 벌이가 되지 않을까.

"뭐, 잡는 거야 문제없겠지. 설마 그란디스보다 강하겠어?"

"최근엔 계속 마석만 모으고 있었으니 기분 전환으로 딱 좋을 것 같습니다."

계곡이면 동굴보단 넓을 테고 말이지. 의태한다고 하니 전투보단 찾는 것이 더 어려울 것 같다. 아니, 어느 정도 큰 바위를 때리면서 찾아보면 비교적 쉽게 찾을 수 있다는 조언도 들었으니 의외로 쉬우려나? 우리 실력으론 찾기만 하면 잡는 건 간단할 테니 빨리 찾는 방법만 강구하면 될 것이다.

일단 집으로 돌아가 모두에게 이번 의뢰 내용을 전달하고 바로 루겐 계곡을 향해 출발했다. 장거리 이동이었으므로 저번처럼 시스하와 루나는 집에서 대기하도록 하고 나와 놀, 에스텔, 세 명이서 이동하기로 했다. 밤에는 비컨을 설치한 후 귀가하고, 다음 날 아침에 다시 돌아와 이동을 재개할 예정이다.

아, 참고로 장거리 이동 때문에 며칠간 마석 수집은 중지라고 하자 루나는 정말 행복하게 웃었었다.

"계곡이라고 부를 정도니 꽤 길게 이어진 장소일 것 같습니다. 분명 많이 걸어야 할 텐데 에스텔은 괜찮습니까?"

듣고 보니 바위산에 위치한 계곡을 탐색해야 했지. 에스텔은 괜찮을까. 경사면이나 걷기 힘든 곳도 있을 테고 체력이 버틸 수 있을지 걱정이네. 그렇다고 단단한 마물을 상대하는 일에 마법 공격이 가능한 에스텔을 빼놓을 수도 없고 말이지.

어떻게 할지 고민하고 있자 내 무릎 위에 앉아 있던 에스텔이 발끈하며 뒤돌아보았다.

"나도 전보단 많이 단련됐는걸. 천천히 이동하면 괜찮을 거야."

"그래? 그래도 힘들면 꼭 말해."

"응, 알았어. 그땐 오빠가 안아 줘야 돼."

"그래, 나한테 맡겨. 나도 중간에 지칠 것 같지만."

"폼을 잡을 거면 끝까지 잡으십시오……."

"후후, 오빠야 항상 그렇지. 난 그런 점도 좋아."

평범한 길이라면 괜찮겠지만 기본적으로 산길은 거칠다. 에스텔을 안고 그런 곳을 계속 걷다간 금세 지치리란 건 뻔한 일이겠지. 정말 그 상황이 되면 최대한 힘낼 생각이지만…… 어려울 것 같다면 지원 마법을 부탁해야겠다. 아니, 놀에게 맡기는 방법도 괜찮을지도. 난 어려운 건 솔직히 어렵다고 말하는 주의니까!

"그보다 보석 원석을 떨어트리는 마물이 있다니, 루겐 계곡에 가는 게 기대되는걸."

"어머, 오빠가 보석을 좋아했나?"

"보석에 눈이 뒤집힐 정도는 아니지만, 뭔가 로망이 있잖아."

"전 먹을 것을 떨어트리는 마물이 더 좋습니다. 먹을 수 있는 돌은 안 떨어트린답니까?"

"나온다고 해봐야 암염 정도 아닐까?"

보석 원석을 떨어트리는 마물이 있다는 얘기를 듣고 설렌 나와는 다르게 놀과 에스텔은 그다지 감흥이 없는 듯했다. 여자아이라면 반짝이는 걸 좋아할 거라고 생각했는데. 놀은 여전히 먹는 것에만 관심 있는 모양이다. 먹을 수 있는 돌 같은 얘기나 하고 말이야. 에스텔도 보석 이야기에 딱히 별 반응이 없다. 으음, 에스텔은 마광석을 더 좋아하려나?

그 후로 잡담을 나누며 몇 시간 더 이동하자 갑자기 에스텔이 질문을 했다.

"그러고 보니 오빠, 전부터 물어보고 싶은 게 있어."

"응? 뭔데?"

"최근에 시스하랑 무슨 일 있었어?"

엣…… 뭐, 뭐라고? 왜 그런 걸 물어보는 거야?! 설마 저번에 시스하와 있었던 일을 알고…… 아니, 그건 아니겠지. 아무리 시스하라도 그런 건 말하지 않을 것이다.

그 후 귀가할 때까지 몇 번이나 무슨 의미냐고 묻고 싶었지만 결국 시스하는 끝까지 알려주지 않았다. 정말로 만질 생각은 없었지만 가슴을 만지겠다며 다가간 것을 남들에게 알리고 싶진 않았으니 나도 그 후로 언급하지 않고 넘어갔는데…….

에스텔은 대체 어떻게 눈치챈 거지? 아니, 지금은 그게 중요한 게 아니지. 일단 무난한 대답으로 넘기자. 괜히 호들갑 떨었다간 수상쩍게 생각할 테니까.

"아무 일 없었어."

"정말?"

"응. 진짜 없었어."

"어머…… 그래?"

내가 진지한 표정으로 짧게 대답하자 에스텔도 짧게 대답했다. 하지만 그 후 눈을 가늘게 뜨고 말없이 나를 쳐다봤다.

왠지 역으로 의심을 산 것 같은데…… 아냐, 괜찮을 거야. 분명 괜찮을 거야.

"뭔가 신경 쓰이는 일이라도 있습니까?"

"아니, 그냥 조금. 요즘 오빠가 시스하를 볼 때 약간 특이한 점이 있단 말이지."

"차, 착각한 거 아닐까? 뭔데?"

특이한 점?! 설마 시스하를 의식해서 뭔가 이상한 반응이라도 했나? 그러고 보니 에스텔이 '늘 오빠를 관찰한다'는 말을 했었지. 설마 그것 때문에 들킨 건가?

동요한 내 질문에 에스텔은 미소 지으며 대답했다.

"후후, 비밀. 뭐, 아무 일도 아니라면 단순히 내 착각일지도."

"분명 그럴 겁니다. 저도 매일 모두를 지켜보고 있습니다만 평소와 다름없었습니다."

"으, 응. 맞아. 착각이야 착각."

놀의 말에 편승하여 나도 착각이라고 밀어붙이기로 했다. 하아, 살았다.

에스텔은 조금 뜸을 들이더니 우리의 말을 믿었는지 납득한 표정이었다.

"……그러게. 착각이겠지. 미안해, 이상한 거 물어봐서."

"아냐, 신경 쓰지 마. 하하하."

나도 웃으며 얼버무리고 다시 소소한 잡담을 나누며 마법의 양탄자를 타고 목적지를 향해 나아갔다.

어쩐지 에스텔이 내 쪽으로 몸을 더 밀착시키는 듯한 기분이 들었지만 이것도 아마 착각……이겠지.

그리고 퀘레스에서 루겐 계곡을 향해 출발한 지 3일째, 드디어 커다란 산이 보이기 시작했다. 가파른 산 두 개가 나란히 늘어서 있고 그 사이에는 넓은 강이 흘렀다. 두 산 모두 기슭은 초목으로 덮여 있어 푸르렀지만 중턱부터는 온통 회색 바위로 가득해 삭막했다.

"우와, 엄청난 곳이네."

"커다란 산이랑 강입니다──. 물고기도 엄청 많이 잡을 수 있을 것 같습니다."

"상상보다 큰 계곡이네. 저 바위산 위에 루페스렉스가 있는 걸까?"

"그렇겠지. 먼저 올라가는 산에서 찾을 수 있으면 좋겠는데."

막상 산을 오르려니 불안해졌다. 돌아갈 땐 비컨이 있으니 편하겠지만, 이런 가파른 산을 오르면서 마물까지 잡아야 하다니. 루페스렉스를 잡을 수 있는 모험가가 적은 게 아니라, 고생하면서까지 사냥하러 갈 만한 모험가가 없는 거 아닐까.

게다가 두 산을 가르듯이 흐르는 강도 제법 넓다. 폭은 30미터 정도로 보인다. 이쪽 산에 루페스렉스가 없으면 강을 건너서 건너편 산으로 넘어가야 하는 것 같다.

역시 마물을 잡는 것보다 산을 오르는 편이 더 힘들어 보여. 깎아지른 듯한 암벽 부분도 상당히 넓어서 그 속에 의태한 루페스렉스를 찾기는 모래밭에서 바늘 찾기 아닐까.

아무튼 목적지엔 도착했으니 집에서 대기하고 있던 시스하와 루나를 불러왔다.

"헤에——, 계곡인 건 알았는데 이렇게 넓은 장소인 줄은 몰랐네요. 즐거운 등산이 되겠군요."

시스하는 흥미진진한 표정으로 산을 바라봤다.

"하아…… 벌써 기운이 빠지는군."

한편 산을 올려다본 루나는 한숨을 푹 쉬었다. 미간을 잔뜩 찌푸리고 있어 싫은 티가 팍팍 난다. 그리고는 내 얼굴을 빤히 쳐다봤다.

"응? 왜 그래, 루나?"

"헤이하치, 스파티움을 사용해서 저 바위산으로 재빠르게 이동할 수 없나? 그 후에 비컨으로 우리를 부르면 되잖아."

"오, 그런 방법이 있었군. 한번 시도해 볼게."

오호라, 가시 범위 내의 물체와 위치를 바꿀 수 있는 스파티움이라면 여기에서 바위산까지 단숨에 이동할 수 있을지도 모른다. 바로 스파티움을 꺼내 위치를 바꿀 대상을 찾기 위해 쌍안경으로 바위산을 확인했다.

딱히 눈에 띄는 물체는 없었지만 산 위에 바위가 몇 개 있었기에 그 중 하나를 주시하며 위치를 맞바꾸기 위해 버튼을 눌렀다. 하지만 스파티움은 아무 반응이 없었다.

이상하네. 하고 생각하며 다시 버튼을 눌러 봤지만 역시 바위와 위치가 바뀌지 않았다. 혹시 바위가 아니라 마물인가 하여 다른 바위도 시도해 보았지만 결과는 같았다.

어라? 가시 범위 내의 대상이라면 바꿀 수 있는 거 아니었어?

"안 돼. 바위 몇 개에 시도해 봤는데 반응이 없어."

"너무 멀어서입니까? 아니면 바위는 대상에 포함되지 않는 겁니까?"

"아니, 저번에 써 봤을 땐 돌로도 가능했으니 너무 멀어서 그런가 봐."

"사용 조건에 제한이 있는 걸까?"

으음, 스파티움도 비컨처럼 거리 제한이 있는 것일지도 모르겠다. 재사용 시간을 알아보기 위해 테스트해 봤을 때 돌과 위치를 바꿀 수 있었으니 바위여도 가능할 것이다. 아직 거리는 테스트해 보지 않았으니 나중에 어느 정도가 한계인지 알아봐야겠다.

그렇게 생각한 나는 스파티움을 이용한 이동은 무리라고 생각하여 포기했으나…… 포기하지 못하는 흡혈귀님이 한 명.

"아니, 포기하긴 일러. 내가 창을 던질 테니 그걸 목표로 시도해 봐."

"아니, 거리 때문에 어렵다니까. 게다가 멀어서 창 자체가 안 닿을 테고."

"기세다. 기세로 어떻게든 하지."

평소의 나태함이라고는 티끌만큼도 느껴지지 않는 뜨거운 시선으로 나를 바라보는 루나. 편한 길을 위해 이렇게까지 필사적이라니. 기세로 어떻게든 될 리가 없잖아! 평소엔 말하지도 않던 근성론은 그만둬!

하지만 루나의 생각은 확고했다. 어쩔 수 없지. 지금은 루나 말대로 해 주고 포기시킬 수밖에.

"아──, 그래. 한번 해 봐."

"응. 헤이하치는 말이 잘 통하는군."

"루나 씨, 힘내세요!"

"맡겨만 둬. 그럼 시작하지."

시스하의 응원을 받으며 루나는 자신만만하게 창을 꺼내 잠시 뒤로 물러선 후 힘차게 달려 나가기 시작했다. 그리고 땅을 차며 점프. 공중에서 바위산을 향해 혼신의 힘을 다해 창을 투척했다. 대기를 찢는 소리와 함께 바위산을 향해 일직선으로 날아가는 진홍의 창.

하지만 그것도 잠시였다. 점점 기세가 약해지더니 바위산에 닿지 못하고 숲속으로 사라져 버렸다. 루나는 창이 사라진 숲을 바라보며 침통한 표정을 지었다.

응. 역시 안 닿네. 기세로 어떻게 될 거리가 아닌걸.

"……흠."

"안 닿았습니다."

"그러게. 그냥 걸어갈까?"

"루, 루나 씨! 기운 내세요!"

"아직이야. 아직 스킬이──."

"어이! 그건 안 돼!"

자동 회수로 돌아온 브래드브루그를 든 루나가 스킬을 사용해서까지 창을 던지려고 하기에 황급히 말렸다.

아직 산을 오르기도 전인데 의미 없이 스킬을 소모하는 건 곤란하다. 스파티움으로 단번에 오르는 것 자체는 찬성이지만 안 되니 어쩔 수 없다. 내 의견에 루나는 입을 삐죽이며 불만스러워했지만 창이 닿지도 못했다는 사실을 강조하자, 결국 떨떠름한 표정으로 포기했다.

한바탕 소동이 있었지만 이제야 바위산을 향해 이동할 수 있을 것 같다.

우선 지도 어플로 바위산 방향을 표시하고 우리는 바위산 기슭에 있는 숲속에 들어섰다. 선두는 나. 주변은 수풀로 우거져 앞으로 나아가기 상당히 곤란했는데, 그나마 짐승길로 보이는 곳을 찾아가며 파티원들을 유도했다. 사람의 발길이 닿지 않은 산은 걷기 힘들다. 주변은 온통 같은 풍경이라 지도 어플이 없었다면 방향 감각까지 잃었으리라.

지도 어플과 함께 그나마 등산을 수월하게 만들어 준 건 에스텔과 시스하의 지원 마법이었다. 덕분에 매우 빠르게 이동할 수 있었다.

우리는 중간 중간 휴식도 취해 가면서 경계를 늦추지 않고 착실하게 산을 올랐다.

"후우──, 역시 힘들어."

"어이쿠, 맞습니다. 저번에 대나무 숲을 쏘다닌 덕분에 숲속을 돌아다니는 건 어느 정도 익숙해졌지만 위로 올라가는 건 또 다릅니다."

하긴, 다들 숲길을 걷는 것엔 제법 익숙해졌다. 그래도 경사로를 올라가는 건 조금 다르다. 낙엽 때문에 길 자체도 미끄러워 체력 소모가 심하다. 나도 조금 피로가 쌓이기 시작했다.

이런 곳에선 특히 에스텔을 신경 써야 한다. 그렇게 생각하자마자 높낮이가 달라 헛디디기 쉬운 지형이 나타났다.

"자, 여긴 조심해서 디뎌야 해."

"어머, 고마워."

나는 에스텔의 손을 꼭 잡아 단차가 심한 지형을 무사히 건널 수 있도록 도와줬다. 제법 씩씩해진 에스텔이지만, 아직 남들보다 걸음걸이가 위태로우니까 말이지.

"그보다 마물이 전혀 없네요. 이 숲 부근에는 없는 걸까요?"

"듣고 보니 그러네. 지도 어플에도 반응이 없어."

"좋은 일이군. 산을 타는 것만으로도 힘들어. 그냥 움직이는 게 힘들어."

"루나는 에스텔을 조금 본받는 게 좋겠습니다……."

지금 이 등산에서 유일하게 다행인 점은 이 숲에 마물이 나타나지 않는다는 것이다. 물론 의태한 마물이 있을지도 모르니 그점은 주의해야겠지만 말이다.

특히 진행 방향에 있는 큰 나무는 트렌트 트라우마로 인해 반드시 공격을 해 보고 나아가고 있을 정도다. 그래도 움직이는 마물은 없었고, 지도 어플에도 마물 반응은 나타나지 않았다.

몇 시간 후, 중턱을 향해 착실히 나아가던 중에 50미터 정도 되는 바위 절벽에 직면했다.

"으음, 이건 돌아서 가야겠네."

"올라가긴 힘들 것 같습니다. 직진할 수 있으면 편하겠습니다만."

"여기까지 와서 빙 둘러 가야 한다니…… 차라리 집으로 돌아가고 싶군."

"바로 앞, 바로 앞이니까 힘내요!"

좌우로 둘러봐도 절벽의 끝이 보이지 않는다. 바위산을 향해 최대한 직진으로 이동 중이었으나 여기서 멀리 돌아서 가야 할 듯하다. 하지만 절벽을 오를 수 있다면 바위산이 바로 코앞인데, 내가 어떻게든 올라가 볼까?

월슈즈를 사용하면 갈 수 있을 것 같지만 너무 높아서 조금 무섭다. 게다가 도중에 마물이 나타날 수도…… 이런 생각들을 하고 있자 에스텔이 자신만만한 표정으로 자신의 가슴을 툭 쳤다.

"그거라면 나한테 맡겨."

"오, 뭔가 좋은 방법이라도 있습니까?!"

"응. 길이 막혔다면 길을 만들면 되잖아. 이 정도 높이라면 가능할 거야."

"엣?"

의도를 파악하지 못하고 어리둥절 하는 우리를 개의치 않고 에스텔은 지팡이와 노란색 그라모와르를 꺼냈다.

"평소보다 조금 더 기합을 넣어야겠네……."

에스텔은 눈을 감은 채로 양손으로 지팡이를 들고 절벽 앞에 서서 집중하기 시작했다. 대, 대체 뭘 하려는 거지?

"에잇—!"

나도 차이를 알 수 있을 정도로 힘찬 기합 소리와 함께 에스텔은 지팡이로 절벽을 찍었다. 그러자 '쿠구궁' 하는 땅울림과 함께 지팡이가 닿은 부분이 변형되기 시작했다. 코앞에 있는 절벽이 변형되어 가는 광경에 놀라고 있다 보니 눈 깜짝할 새에 절벽 위로 이어지는 계단이 형성되었다.

"후후, 어때? 이러면 올라갈 수 있지?"

"여, 역시 에스텔이군. 믿음직해."

"에스텔 씨의 마법은 여전히 엄청나네요."

"응. 에스텔은 대단하다니까. ……편리하지."

"이제 일직선으로 이동할 수 있겠습니다! 에스텔은 정말 믿음직합니다!"

"후후후, 좀 더 칭찬해 줘도 좋아."

　우리의 말에 에스텔은 이를 드러내며 활짝 웃었다.

　여기까지 직접 올라오고도 웃을 여유도 있고, 이렇게 도움까지 주다니. 정말 믿음직스럽다. 우리는 에스텔이 만든 계단을 올라 목적지인 바위산 위로 향했다.

　정상에 도착하자 아까까지 우리가 있던 숲과는 전혀 다른 삭막한 풍경이 펼쳐졌다. 대부분 평탄한 지형이었지만, 곳곳에 울퉁불퉁한 부분도 있었다.

　게다가 다양한 크기의 바위와 돌이 잔뜩 굴러다니고 있어서, 루페스렉스가 의태하고 있다고 해도 바로 구분하긴 어려울 것 같았다.

　강이 흐르는 골짜기 건너편에도 같은 풍경이 펼쳐져 있어서 루겐 계곡이 대체 어디까지 이어진 건지 궁금할 정도였다.

"넓긴 한데 바위뿐이라 삭막하네."

"그래도 내려다보이는 풍경은 멋집니다——. 저희가 저쪽에서 온 겁니까?"

놀의 감상엔 동의할 수밖에 없었다. 삭막한 바위산 위에서 내려다보이는 숲과 강의 풍경은 다채롭고 아름다웠다. 사막을 걷다가 오아시스를 본다면 이런 기분일까.

"정말 감개무량하네요. 어디, 야호—— 하고 외쳐볼까요?"

"그건 안 돼! 마물이 몰려오면 어쩌려고!"

시스하가 손나발을 하고 소리치려는 것을 서둘러 막았다. 산 정상에서 야호 하고 외치고 싶은 마음이야 충분히 이해하지만, 그 소리를 듣고 마물이 몰려오기라도 하면 곤란하다.

"다들 기운이 넘치네. 나 힘든데 잠깐 쉬어도 될까?"

에스텔이 쪼그려 앉아 양손으로 뺨을 감싸고 우리를 쳐다보았다. 매우 지친 표정이다.

"응. 그게 좋겠군. 쉬도록 하지."

"엄청 기뻐 보이네. 바로 사냥할 생각은 아니었으니까 푹 쉬어."

쉬자는 말을 기다렸는지, 루나는 생기 넘치는 표정으로 재빠르게 근처 바위 위에 걸터앉았다. 동작이 재빠른 걸 보니 아직 여유가 넘치나 보네. 역시 어린 여자애라곤 해도 흡혈귀다.

그렇게 우리는 잠시 쉬면서 놀이 가져온 도시락으로 점심 식사를 하기로 했다.

"우후후─, 맛있습니다아─. 산 위에서 먹는 밥은 최고입니다!"

"여전히 잘 먹네."

"좋은 경치를 바라보며 식사하니 정말 각별합니다! 밥까지 술술 넘어가는 거 같습니다."

"행복한 표정으로 먹는 건 평소랑 똑같은데 말이야."

샌드위치를 차례차례 먹어 치우는 놀을 보며 에스텔이 황당하단 표정을 지었다.

"맛있군…… 꿀꺽. 사소한 건 신경 쓰지 마."

"그 말도 맞아. 경치라도 즐기면서 먹자."

샌드위치를 베어 문 루나가 그렇게 말하자 에스텔도 끄덕였다. 두 사람은 루나와 함께 경치를 감상하며 식사에 집중했다.

한편, 시스하는 샌드위치를 먹는 우리와 멀리 떨어진 곳에서 흥미로운 표정으로 바위를 살펴보고 있었다. 뭔가 신경 쓰이는 점이라도 있는 건가?

뭘 하는 것인지 궁금해서 샌드위치 한 조각을 더 받아 시스하에게 다가갔다.

"왜 그렇게 돌아다녀? 자, 이거라도 먹어."

"앗, 감사합니다."

"그래서, 뭘 그렇게 보는 거야?"

"그게 말이죠, 보석을 얻을 수 있다고 생각하니 몸이 근질거려서요. 사실 루겐 계곡에 오는 걸 기대하고 있었거든요."

"오, 시스하도 보석 좋아해?"

"아뇨, 딱히 좋아하는 건 아닌데요. 뭔가 그, 로망이란 게 있잖아요."

"응응, 나도 알지. 동지여."

"엣? 아, 네."

기쁜 마음에 무심코 손을 내밀자 시스하는 당황하면서도 악수해 주었다. 시스하가 나와 같은 로망을 가지고 있었을 줄이야, 가챠도 그렇고 꽤 마음이 잘 맞잖아.

"그보다 온통 바위 밭인데 루페스렉스를 잘 찾을 수 있을지 모르겠어요."

"그러게. 발견하기 어렵단 얘기는 들었지만, 이렇게 넓을 줄은 몰랐어."

오르기 전부터 상당히 큰 산이라고는 생각했지만 바위산 위가 이렇게 되어 있을 줄은 생각하지 못했다. 평평한 곳이 많아 이동하긴 쉬울 것 같지만 안쪽이 어디까지 이어져 있는지 안 보일 정도로 넓다.

"어라, 저긴 산사태라도 일어났던 걸까요? 특이하게 무너져 있네요."

"응? 그러고 보니 희한하네."

시스하가 가리키는 방향엔 작은 바위산의 일부가 무너져 있었다. 중간 부분이 반원형을 이루고 있어 마치 강한 힘으로 도려낸 것 같았다.

"혹시 과거에 다른 모험가가 와서 마물이랑 싸운 흔적 아닐까?"

"그럴 가능성이 높아 보여요. 저렇게 만든 게 모험가인지 마물인지 궁금하네요."

만약 모험가가 한 것이라면 여기까지 올 정도이니, 디우스 파티와 비슷하거나 그 이상의 실력자일 것이다. 바위를 도려내는 건 아무나 할 수 있는 게 아니지만 그 정도 실력이라면 분명 가능할 것이다.

마물이 한 것이라면 꽤 강할 테니 경계해야겠군. 절벽 아래로 떨어지거나 뾰족한 바위에 부딪힐 수도 있으니 지형적으로도 불리할 거 같다.

잠시 후, 식사를 마친 우리는 루페스렉스를 찾기 위해 바위산 탐색을 시작했다.

"자, 배도 채웠으니 힘내서 찾아봅시다!"

"의욕이 넘치는 건 좋은데 여기서 어떻게 찾을 생각이야? 오빠, 지도 어플은 어때? 아무 반응도 없어?"

"안타깝지만 전혀 반응 없어. 의태하는 마물이니 아마 트렌트와 같은 식이겠지."

"으음, 일단 하나씩 때려 봐야 합니까?"

"긴 작업이 되겠네요."

예상은 했지만 역시 지도 어플에 빨간 점은 표시되지 않았다. 그렇다고 이 많은 바위를 하나씩 때리면서 확인하기엔 상당히 힘들 것 같고. 에스텔에게 폭격을 부탁하는 방법도 있지만 일제히 마물이 나타나면 성가시니 마지막 방법으로 남겨 두기로 했다.

일단 협회에서 들은 조언을 바탕으로 적당히 큰 바위를 원거리 공격으로 확인하며 나아갔다. 그러나 움직이는 바위는 눈을 씻고 찾아봐도 없었다.

그렇게 루페스렉스가 나오는 곳인지 의심스러워질 무렵, 갑자기 내 발에 부딪힌 축구공 크기의 동그란 바위가 마치 살아있는 것처럼 데굴데굴 굴러가기 시작했다.

"뭐, 뭐지?"

당황하여 눈을 끔뻑거리고 있자, 금세 멀리까지 굴러간 돌에서 팔다리가 뻗어 나오는 게 아닌가.

"우왓?! 뭐, 뭐야! 도…… 돌이 뛰어서 도망치잖아?!"

"돌멩이가 뛰어다닙니다!"

"도망치다니 귀찮군. 에잇!"

지금까지 팔다리가 달린 버섯이나 죽순 모양 마물은 숱하게 상대해 왔다. 이제 와서 놀랄 일은 아니지만 정말이지 기묘한 광경이다. 도망치는 돌멩이를 향해 던진 루나의 창이 꽂히기 전에 스테이터스를 확인했다.

종족 : 라피스

레벨▶10 HP▶1500 MP▶0

공격력▶100 방어력▶500 민첩▶40 마법내성▶0

고유능력 〈의태〉 스킬 〈없음〉

굉장히 약한 마물이다. 그 증거로, 스테이터스를 확인한 후 바로 루나의 창이 꽂히자 돌멩이는 산산조각이 나며 빛의 입자로 변했다.

여기까지 올라오기는 번거로웠지만, 막상 올라오니 위에 있는 마물은 엄청 약하군. 이거라면 루페스렉스도 별거 아닐지도 모르겠다.

"저게 보석 원석을 떨어트린다는 마물인가? 드롭 아이템은......"

라피스가 사라진 곳엔 평범한 돌멩이가 굴러다니고 있었다. 어라...... 보석 원석이 나오는 거 아니었어?

마치 확인사살을 하겠다는 듯이, 고개를 갸우뚱 거리던 놀이 돌멩이를 주워 재차 확인했다.

"그냥 돌입니다."

크으윽, 보석 원석이 나오는 줄 알았는데 그렇게 쉽게는 나오지 않는 건가.

"모처럼 잡았는데 돌이라니."

"보석은 드물게 나오는 걸지도 모르겠네."

"그러면 더 많이 잡아야겠네요! 자, 몽땅 부숴 버리죠!"

"여기 온 목적은 루페스렉스니까 적당히 잡아."

보석이 나올 때까지 진득하게 사냥하고 싶지만, 이곳에 온 목적은 루페스렉스가 떨어트리는 마원반이다.

마원반은 새하얗고 양팔로 끌어안아야 할 정도로 크다고 했으니 루페스렉스도 그만큼 큰 마물일 것이다.

다들 같은 생각을 했기에, 우리는 최대한 큰 바위를 노리면서 나뉘어 탐색하기 시작했다. 그 결과 다양한 사이즈의 라피스를 상대할 수 있었는데 한 가지 특이한 사실을 발견했다. 각 개체마다 스테이터스가 다 달랐다.

종족 : 라피스
레벨▶40 HP▶14000 MP▶0
공격력▶600 방어력▶2400 민첩▶50 마법내성▶0
고유능력 〈의태〉 스킬 〈구르기〉

이건 1미터 정도 되는 라피스의 스테이터스. 가장 처음 스테이터스를 확인한 라피스와의 차이점은 크기뿐이었는데, 스테이터스도 훨씬 높고 스킬까지 추가되어 있었다.

"이 녀석들. 덩치에 따라 스테이터스가 다른 모양인데."

"그게 진짜야 오빠? 으음, 그러면 마법을 쓸 때 조심해야겠는걸?"

"응. 연쇄해서 한꺼번에 움직이면 귀찮아지니까."

이렇게나 개체차가 큰 마물이었을 줄이야. 덩치가 커질수록 힘도 세지는 건가? 드롭 아이템은 전부 돌밖에 없었지만, 크기가 커질수록 떨어트리는 돌도 커졌다.

커다란 라피스가 원석을 떨어트린다면 그만큼 크겠네. 그렇게 생각하니 가슴이 설렌다.

원석은 언제 나오려나── 하면서 사냥을 이어가자 놀이 이쪽으로 다가오며 말했다.

"오쿠라 님──, 나왔습니다!"

"오, 진짜로?!"

"그렇습니다."

놀이 기쁜 표정으로 내게 보여준 것은 붉은색이 감도는 주먹 크기의 덩어리. 표면은 꺼끌꺼끌했다.

"오오, 이게 원석이야?"

"아닙니다. 이건 암염입니다!"

"엑, 이거 소금이야?! 암염이란 걸 잘도 알아챘네."

"느낌이 와서 조금 핥아 봤습니다."

"그, 그래."

역시 놀은 놀이었다. 일반적으로 돌을 핥아 볼 생각은 안 하지 않나? 쓸데없는 곳에서 감이 좋다니까. 본능이 만들어 낸 산물일지도 모르겠다.

"정말 암염도 나오나 보네. 그냥 농담으로 한 말이었는데.

"이제 의욕이 생깁니다! 더 많이 얻어 봅시다!"

"에스텔, 놀이 입에 아무거나 가져가지 않게 잘 봐 줘."

"응, 나한테 맡겨."

놀이라면 먹을 수 있는 것과 먹지 못하는 것을 쉽사리 구별할 것 같지만, 불안한 건 어쩔 수 없다. 그래서 에스텔에게 감시를 부탁했다. 뭐, 배탈이 나더라도 시스하가 있으면 회복 가능하겠지만 말이지.

그 후 다시 혼자서 사냥에 집중하고 있자 이번엔 시스하가 다가왔다.

"오쿠라 씨, 오쿠라 씨."

"응? 왜 그래?"

"후후, 드디어 나왔어요."

"진짜? 보여 줘."

"네, 여기요."

시스하가 조심스럽게 손을 펼쳤다. 손바닥 위에는 손가락 한 마디 정도 크기의 녹색 돌이 햇빛을 받아 반짝이고 있다. 지금은 살짝 탁하지만 가공한다면 이쁜 보석이 될 것 같았다.

"우오오오오?! 드디어 나왔구나!"

"우후후, 가챠운은 없지만 이런 운은 꽤 좋은가 봐요."

맨 처음 얻어서인지 시스하는 득의양양한 표정을 지었다. 큭, 좀 분하네. 하지만 라피스가 가공 전 보석을 드롭한다는 걸 알았으니 다행이다.

"그래도 이 원석은 너무 작네요. 색도 루나 씨한테 안 어울릴 것 같고, 다른 원석을 찾아야겠어요."

"선물하려고?"

"네, 할 수 있다면 액세서리로 만들어서 루나 씨한테 주고 싶어요."

자기를 위한 것이 아니라 루나를 위해 보석을 원했던 건가. 여전히 시스하의 루나 중독은 나아질 기미가 안 보인다니까. 정작 그 장본인은 멀리서 귀찮은 표정으로 창을 바위에 꽂고 있는데 말이지.

"오쿠라 씨도 에스텔 씨한테 선물하는 게 어때요? 그 목걸이의 답례로 준다면 분명 기뻐할 거예요."

저번에 에스텔에게 마광석 목걸이를 선물 받았으니 나도 답례로 뭔가 선물해 줘야겠지.

"그거 괜찮겠네. 좋았어, 나도 힘내서 사냥해 볼까."

"그 마음가짐이에요! 원석만 노리면 본말전도가 될 수 있으니 조심해야겠지만, 오늘 좋은 원석을 못 찾더라도 나중에 또 같이 오면 되잖아요! 저도 더 좋은 걸 찾고 싶거든요!"

"그래. 이번엔 루페스렉스가 목표니까 보석에 너무 집중하는 건 좋지 않겠지. 우선 오늘은 겸사겸사 노리는 걸로 해야겠어."

그렇게 의욕적으로 사냥하기 시작한 뒤 몇 시간이 더 지났다. 눈에 보이는 바위를 공격하며 안쪽으로 나아갔지만, 결국 루페스렉스는 찾지 못했다.

"하아──, 전혀 보이질 않네."

"이만큼이나 잡았는데 아직도 못 찾았어."

라피스는 이미 50마리도 더 잡았다. 나보다 큰 개체도 있었지만 일반 라피스와 별반 다를 게 없었다.

비교적 큰 바위를 우선해서 공격하고 있는데 말이지. 희소종이겠지만 이렇게까지 안 나오는 건 처음이다.

한편, 루나는 힘없이 내게 기댄 상태다.

"힘들어…… 윽, 슬슬 자지 않으면 몸이……."

43

"아직 취침 시간까지 한참 남았잖아."

"오늘은 움직여서 피곤하다고. 나는 섬세하단 말이다."

"끝나면 푹 자게 해 줄 테니까 힘내."

"으으……."

아침 일찍 일어났다곤 하지만 아직 자기에는 한참 먼 시간이다. 탐색 작업만 줄곧 하고 있으니 금세 지치는 것도 이해하지만, 조금만 더 버텨 줬으면 한다.

"우후후——, 또 암염입니다. 기대됩니다——."

"하아, 저는 보석이 전혀 안 나오네요. 이걸로 겨우 세 개째예요."

금방이라도 쓰러질 듯한 루나와는 달리, 놀과 시스하는 활기찬 모습으로 사냥을 하고 돌아왔다. 먹을 것이 관련되었을 때의 의욕적인 놀은 정말 믿음직스럽다.

시스하도 보석을 얻기 위해 사냥을 하고 있는데, 이번에는 작은 주황색 원석을 손가락으로 집으며 한숨을 쉬고 있다. 지금까지 얻은 원석은 내가 한 개, 놀이 네 개, 시스하가 세 개. 총 여덟 개다.

놀은 '먹지 못하니까 드리겠습니다'라고 하며 내게 전부 건네주었는데, 전부 새끼손가락 한 마디만 한 원석뿐이었다.

에스텔에게는 좀 더 큰 보석으로 선물하고 싶다. 그리고 어울리는 색의 보석을 골라서 선물할 생각인데 무슨 색이 좋으려나. 시스하는 루나에게 노란색이나 검은색 보석을 주고 싶다고 했다.

에스텔에게 어울리는 색이라면…… 투명한 색? 아니면 붉은색 계열이려나? 이런 것엔 센스가 없어서 잘 모르겠다고!

그런 고민에 빠져 있자 내게 기대 있던 루나가 모두를 보며 입을 열었다.

"놀과 시스하는 이런 따분한 작업에도 잘도 지치지 않는군. 난 힘든데 말이야."

"저흰 여러모로 이런 일에 익숙하니까 말입니다. 이렇게 드롭 아이템을 확인하며 즐길 수 있는 사냥은 편한 겁니다."

"그러네. 그러고 보니 루나가 소환된 후론 그걸 안 했구나."

"음? '그거'라니 뭐지?"

궁금했는지 루나가 드물게 흥미진진한 눈을 하고 물어보자 다들 마석 강행군에 대해 이야기하기 시작했다. 팔짱을 끼고 듣고 있던 루나는 이야기가 끝나자 창백한 얼굴로 떨면서 시스하에게 안겼다.

그, 그런 반응을 보일 정도야?

"그런 무서운 짓을…… 아침부터 밤까지 그런 걸 했다간 난 하루 만에 쓰러질 자신이 있다."

"그런 데에 자신감 가지지 말아 줘. 그런 강행군은 이제 안 하도록 노력 중이니까 안심해."

"그러네요. 최근엔 오쿠라 씨 둘이서만 마석을 모으러 가고 있으니까요. 그것도 한가할 때만 가구요."

"시스하, 헤이하치, 날 위해서라도 힘내 줘."

"정말 안 할 수 있다면야 다행입니다만."

"그렇게 바랄 수밖에 없지. 나도 협력은 해 주고 싶지만 말이야."

놀과 에스텔이 사색이 되어 연신 고개를 끄덕였다. 한 번 위험한 상황까지 간 두 사람이니 저런 반응을 보이는 것도 당연하겠지. 그래서 남는 시간을 이용해 시스하와 사냥을 더 하고 있는 것이다.

박스 가챠의 원통함을 교훈 삼아 평소부터 마석을 모아 둬야 해!

"마석은 나중에 생각하고 우선 눈앞에 있는 문제부터 해결합시다."

놀의 말대로 다음 마석 수집에 집중하기 위해서라도 어서 이 의뢰를 끝내야겠지.

"응, 그렇지. 그보다 이만큼 잡았는데 코빼기도 안 보이다니, 혹시 나오는 시기가 따로 정해져 있는 거 아니야?"

"그러고 보니 평소처럼 빛이 모여서 마물이 생겨나질 않네."

"이곳의 마물은 생길 때까지 시간이 걸리는 것일지도 모르겠네요."

"호오, 마물은 그런 식으로 생겨나는 건가."

아직 탐색할 곳은 남아 있고 해가 지기까진 시간도 남았지만 오늘 안에 찾을 수 있을지 의심이 되기 시작했다. 이대로라면 내일도 루페스렉스를 찾으러 와야 할지도 모른다. 으음, 그렇게 된다면 반대편 산에 가 볼까.

그 후로도 부지런히 바위산을 수색했지만 결국 루페스렉스를 발견하지 못했다. 어느덧 해가 져 탐색을 지속하긴 어려울 것 같았다.

슬슬 돌아가자고 마음먹었을 무렵, 시스하가 기묘한 것을 발견했는지 손으로 한 곳을 가리키며 말했다.

"어라? 오쿠라 씨, 아까 봤던 흔적과 비슷한 게 있어요."

"응? 오오, 진짜네. 이런 안쪽에서도 싸웠던 건가?"

"앗, 저쪽에도 흔적이 있었습니다. 꽤 화려하게 날뛰었던 모양입니다."

가장 먼저 눈에 들어온 건 곳곳에 흩어진 네모난 바위 동산들이었다. 하나같이 표면 곳곳이 무너진 데다가, 뭔가가 엄청난 기세로 부딪힌 건지 크레이터로 가득했다. 조금 꺼림칙하다.

"뭐, 뭐지 저건? 온통 구멍투성이야."

"엄청 많네. 저건 거의 무너졌어."

그 중에는 10미터는 될 듯한 바위가 반 정도 무너진 상태로 온통 금이 가 있었다. 저런 커다란 바위가 이 지경이 될 정도면 상당히 강한 힘으로 공격한 것이리라.

"이렇게 될 정도로 격렬한 전투가 있었던 겁니까?"

"어쩌면 여기가 루페스렉스가 나오는 곳일지도 모르겠네요."

"그렇다면 빨리 찾지. 내일도 오는 건 싫단 말이다."

이곳이 루페스렉스가 나오는 곳인지는 모르겠지만 어차피 이미 시간이 늦었다. 더 깊은 곳까지 가기엔 많이 늦었으니 마지막으로 이 주변을 탐색해 보고 루페스렉스가 없다면 돌아가자.

마지막이라고 생각하며 샅샅이 찾아본 결과, 결국 발견하지 못했다.

"으음, 역시 없네. 그보다 이 주변엔 라피스 자체가 얼마 없어."

"여기로 오는 길엔 많았는데 말입니다."

바위를 두드려 봐도 루페스렉스는커녕 의태한 라피스조차 없었다. 완전히 잘못 왔잖아. 하아, 역시 오늘은 포기할 수밖에 없나. 내일 또 와야겠네.

그렇게 모두에게 이제 돌아가자고 말하려 했는데 갑자기 루나가 옷자락을 잡아당겼다.

"헤이하치, 저거, 저거 아닌가?"

"응?"

루나가 손가락으로 가리킨 방향엔 높이 10미터 정도 되는 작은 바위산이 있었다.

"아니, 저건 바위가 아니라 거의 산이잖아. 게다가 완전히 땅이랑 일체화되어 있는데 아니겠지."

"하지만 저렇게 상처 하나 없이 멀쩡한 건 조금 이상하네요. 마물이 맞는지 한번 확인해 봐도 좋지 않을까요?"

"으음, 그러면 한번 확인해 볼까?"

다른 너덜너덜해진 네모난 작은 바위산도 땅과 이어져 있지만 루나가 가리킨 바위산은 상처 하나 없이 멀쩡했다. 이야기를 듣고 보니 수상쩍었지만, 엘레오노라 씨에게 들은 정보에 따르면 루페스렉스는 큰 라피스보다 약간 더 큰 정도라고 했으니 기껏해야 3미터 정도일 터이다. 저렇게 크지 않았다.

뭐, 어차피 마지막이니 한 번 확인해볼까.

그래서 센터티블라를 이용해 공격해 보기로 했다. 어깨 위에 있는 수정에서 흘러나온 은색 액체를 갸름한 사각 형태로 만들어 단단해지도록 마음속으로 생각한 후 쏘았다.

힘차게 날아간 은색 덩어리는 바위에 부딪히더니…… 산산조각이 나 액체를 흩뿌리며 튕겨 나갔다.

응? 뭐지? 하고 모두가 얼굴을 마주 보며 의아해할 때, 쿠구궁 소리를 울리며 눈앞에 있던 바위산이 진동하기 시작했다. 이윽고 아랫부분이 들썩이더니 팔다리가 튀어나왔다.

"잠깐, 진짜냐?!"

"라, 라피스보다 조금 더 큰 정도가 아닌데요?"

"그, 그란디스만큼 큽니다."

센티터블라가 또 부서지다니, 이 악마! 아니, 이럴 때가 아니야!

엘레오노라 씨! 라피스보다 조금 더 큰 게 아니잖아요! 정말 저 녀석이 루페스렉스인가?

우, 우선 움직임이 둔할 때 스테이터스 확인이다!

루페스렉스 종족 : 라피스
레벨▶65 HP▶45000 MP▶0
공격력▶3500 방어력▶9000 민첩▶90 마법내성▶30
고유능력 〈의태〉 스킬 〈땅고르기〉〈스매시블로〉

들은 정보랑 완전 다른데요. 혹시 대박 개체를 찾은 건가? 체력은 얼마 안 되니 어찌어찌 잡기야 하겠지만, 어째서 우리가 가는 곳마다 이런 녀석들이 있는 건데!

크윽, 이대로 당황하고 있어도 나아질 건 없지. 바로 움직여야 해.

"루나! 투창 부탁해!"

내 말에 당황하던 루나가 즉각 반응했다. 평소처럼 문답무용. 재빨리 창을 투척했다.

득달같이 날아간 창은 바람을 가르며 정확히 루페스렉스의 몸에 직격했다. 하지만 표면에 부딪힌 창은 그대로 튕겨 나가 빙글빙글 돌며 멀리 날아가 버렸다. 스킬을 사용하면 다르겠지만, 현재 루나의 물리 공격으로는 대미지를 줄 수 없는 건가.

"쳇, 단단하군. 내 창이 통하지 않아."

"그러면 내 차례겠네."

이럴 때 의지할 만한 건 역시 에스텔의 마법이다.

에스텔이 책을 피고 지팡이를 들자, 화염 구체 하나가 생겼다.

"에잇!"

이윽고 지팡이를 휘두른 에스텔. 화염 구체는 곧장 루페스렉스에게 날아가 그대로 착탄했다. 커다란 폭음과 폭연이 일고, 루페스렉스의 거구가 크게 기우뚱거렸다.

역시 에스텔의 마법은 장난 아니네. 덩치가 클수록 맞추기 쉬울 뿐이니 오히려 금방 끝날 듯하다. 마법 저항력도 낮고 말이지.

의외로 간단하게 잡을 수 있겠다고 생각한 그때, 루페스렉스가 이상한 행동을 시작했다.

상체를 크게 젖힌 자세 그대로 우리를 향해 손을 뻗는 루페스 렉스. 공격의 준비 동작인가 싶어 잔뜩 경계 태세를 취하고 있자니, 루페스렉스에게서 '덜컥' 하는 큰소리가 났다. 팔이 통째로 빠지는 소리였다.

"어? 설마……."

설마는 사실이었다. 루페스렉스의 팔이 힘차게 우리를 향해 날아왔다.

"우오오오오?! 도망쳐어어!"

내가 에스텔을 안고 피하자 곧바로 등 뒤에서 굉음과 함께 땅이 울렸다. 하늘에선 잘게 부서진 돌까지 우수수 떨어졌다.

어느 정도 거리를 벌린 후 뒤를 돌아보자, 마치 운석이라도 떨어진 듯한 크레이터 자국이 시야에 들어왔다. 게다가 주변 작은 바위산엔 낯익은 상처도 무수하게 생긴 상태였다. 루페스렉스의 팔이 땅에 닿자마자 폭발하여 지근거리에 무수한 돌 파편을 흩뿌린 것이다. 흡사 거대한 수류탄을 던진 것 같았다.

바위산에 있던 흔적들은 이 녀석이 원인이었나! 이게 스킬인 스매시블로인 것 같은데 뭐가 블로냐. 그냥 로켓 펀치잖아!

그 위력에 경악하는 것도 잠시, 나는 재빨리 정신을 차려 모두의 위치를 확인했다. 경황없이 피하다 보니 뿔뿔이 흩어진 상태였지만, 다행히 다들 상처 하나 없어 보였다.

"저 녀석 팔을 날리다니…… 위험했어."

"그냥 둔한 녀석이라고 생각했는데 방심할 수 없겠네."

일단 팔이 하나 없어진 지금 반격이라도 하려고 했으나 루페스렉스를 보니 어느샌가 날아갔던 한쪽 팔이 원래대로 돌아와 있었다.

허어?! 팔이 재생되다니 반칙이잖아!

그렇게 경악하고 있자, 또다시 '덜컥' 하는 기분 나쁜 소리가 울렸다.

"어머, 바로 재생되나 봐. 오빠, 아무래도 또 팔을 날리려는 모양인데."

"으악! 에스텔, 그렇게 태평한 소리 할 때가 아니잖아! 도, 도망쳐!"

에스텔은 안고 부리나케 자리에서 벗어나자 다시 한번 등 뒤에서 굉음이 울렸다. '삐──' 소리와 함께 귀가 먹먹해지고, 심장이 쿵쾅거리는 소리가 귓가를 맴돌았다.

대체 왜 나만 노리는 거야……! 아니, 이건 날 노리는 게 아닌가?! 설마 에스텔을 가장 위협적인 존재라고 인식하고 제거 1순위로 삼은 건가!

으윽, 이대로 도망만 치고 있다간 에스텔도 제대로 공격을 날릴 수가 없다. 문제는 현재 우리 파티에서 루페스렉스에게 제대로 대미지를 가할 수 있는 건 에스텔 정도라는 것. 나머지 세 사람이 스킬을 쓰는 방법도 있지만 그건 마지막 수단으로 남겨 두고 싶다. 이 상황을 어떻게든 해야 하는데, ……좋았어, 지금은 강적을 상대할 때의 정석 패턴으로 가자.

놀의 레기 엘리트라의 행동 속도 지연 효과로 움직임을 멈춘 후에 단번에 정리해야겠어!

"놀! 저 녀석을 베어 줘!"

"알겠습니다―!"

놀이 내 부름에 답하더니 바위를 던지고 있는 루페스렉스를 향해 힘차게 다가갔다.

하지만 놀이 다가가는 것을 눈치챈 루페스렉스가 곧장 대처했다. 팔을 날리는 것을 멈추더니 팔다리를 몸속으로 집어넣어 몸을 둥글게 만드는 게 아닌가. 그리곤 제자리에서 급속 회전을 시작하더니 단숨에 가속하며 굴렀다.

전신이 빨간 아우라에 휩싸인 모습이 마치 옛날 전쟁 영화에서 방어 무기로 쓰던, 기름을 붓고 불을 붙여 굴린 거대한 돌덩어리 같았다.

"구, 굴러 옵니다아! 찌부러질 겁니다아아―!"

놀은 서둘러 발을 멈추더니 오른쪽으로 빙글 돌아 도망치기 시작했다.

"피해! 피―― 우왓?! 이쪽으로 오잖아!"

놀이 접근을 포기하고 줄행랑을 치자, 루페스렉스가 중간에 방향을 틀어 나를 향해 굴러오기 시작했다. 이, 이 녀석 포기가 너무 빠르잖아! 표, 표적은 또 에스텔인가! 도, 도망! 도망! 진로 위에 있는 것을 모조리 부수며 그대로 다가오는 루페스렉스.

필사적으로 도망쳤지만, 바위가 산산조각 나는 소리가 점점 가까워지는 게 느껴졌다. 등골이 오싹해지는 소리였다.

끄아악! 무, 무서워!

"히이이이익! 이대로 가다간 따라잡힐 거야!"

"나한테 맡겨! 에잇!"

내 품에 안겨 있던 에스텔이 뒤를 보며 기합 소리를 냈다. 그러자 뒤에서 커다란 폭발이 일어났다.

"오오! 제대로 들어갔나!"

그러나 안이한 생각이었다. 내 희망을 무참히 부숴버리겠다는 듯이, 거대한 루페스렉스의 몸이 폭연을 헤치고 나왔다. 굴러오는 소리가 폭음에 잠시 묻혔을 뿐이었나!

"미안. 전혀 안 통했나 봐."

"젠자아앙!"

구르고 있을 땐 에스텔의 마법도 안 통하는 거냐! 큰일이다. 슬슬 해가 질 텐데 이대로라면 잡기는커녕 당하고 말 것이다. 지금은 놀이나 루나에게 스킬을 쓰게 해서 단숨에 해치울 수밖에 없겠어. 그런 생각이 뇌리를 스친 순간, 누군가의 외침이 들렸다.

"나한테 맡겨!"

루나의 패기 있는 목소리였다. 루나의 외침과 함께 빨간 섬광이 내 머리 위를 가로질렀다.

"히, 히이이익!"

바, 방금 머리카락 몇 가닥이 흩날린 거 같은데!!

아슬아슬하게 내 머리 위를 스쳐 간 빨간 섬광은 그대로 루페스렉스에게 직격.

그 직후 루페스렉스의 커다란 몸이 크게 떨렸다.

섬광이 루페스렉스의 몸을 관통한 것이다. 치명상을 입고도 내 쪽을 향해 몇 미터 굴러오던 루페스렉스. 하지만 이내 빨간 아우라가 사라지고, 비틀비틀 움직이더니 결국 작은 바위산에 부딪혀 멈춰 섰다.

"지금이야! 에잇—!"

그 기회를 놓치지 않고, 내게 안겨있던 에스텔이 지팡이를 휘둘러 화염구를 잇달아 쏘기 시작했다. 10발 정도 쏘자 웅크려있던 루페스렉스의 몸에 금이 가기 시작했다. 그리곤 파사삭 소리와 함께 산산조각 나서 빛의 입자로 변했다.

"후우, 조마조마했군."

"우으, 도움을 못 드려서 죄송합니다."

"무사히 잡았으니 됐지. 그보다 저렇게 클 줄은 몰랐는걸."

역시 덩치 큰 마물한테 쫓기는 건 오싹하다. 진짜 빈대떡이 되는 줄 알았어.

아무튼 무사히 루페스렉스를 잡아 잠시 안도의 한숨을 쉬고 있자 루나가 다가왔다. 그리곤 입에 검지를 가져다 대더니 나를 빤히 바라봤다.

"왜 그래?"

"헤이하치, 피 줘."

오호, 스킬을 썼으니 피를 요구하는 건가.

"아, 응. 이대로는 더러울 테니 잠깐만 기다려 줘."

사냥하느라 더러워진 손을 물통의 물로 씻어 내고 루나에게 손가락을 내밀어 흡혈하도록 했다.

이윽고 날 올려다보며 피를 빠는 루나. 역시 하면 안 되는 짓을 하는 기분이 들어.

루나가 피를 빠는 사이, 놀이 루페스렉스의 드롭 아이템을 회수했다.

"우으윽…… 크, 큽니다 이거……."

"오옷, 그게 마원반인가? 양팔로 끌어안을 정도라더니, 전혀 다르잖아."

"엄청 크네. 혹시 루페스렉스도 개체차가 있는 걸까? 그래서 라피스처럼 드롭 아이템 크기가 다른 거 아니야?"

"이런 큰 녀석을 만나다니 고생한 보람이 있었네요!"

마원반은 새하얗고 커다란 석판이었다. 크기는 어림잡아도 가로 세로 1미터 이상이었다.

엘레오노라 씨의 정보와는 많이 다른 걸 보니 에스텔의 추측에 동감할 수밖에 없었다.

일단 원하던 걸 얻었으니 이만 귀가해야겠네. 진짜 힘든 날이었어.

◆

루겐 계곡에서 돌아온 다음 날, 입수한 마원반을 전달하기 위해 바로 협회를 찾았다. 평소라면 놀과 에스텔이 동행했겠지만 오늘은 시스하에게 동행을 부탁했다.

"시스하와 협회에 가시는 겁니까?"

"응. 어제는 놀도 고생 많이 했잖아? 우리한테 맡기고 푹 쉬어."

시스하와 둘이 협회에 가기로 한 이유 중 하나가 바로 이것이다. 어제의 피로가 남았는지 에스텔은 아직 자는 중이고, 놀은 멀쩡해 보이지만 혹시 모르니 푹 쉬게 해 주고 싶었다.

"전 딱히 상관없습니다만 알겠습니다. 시스하, 오쿠라 님을 잘 부탁드립니다."

"맡겨 주세요. 오쿠라 씨는 제가 책임지고 잘 돌볼게요."

왜 항상 내가 보살핌 받는 입장인 거야. 뭐, 유독 자주 성가신 일에 휘말리는 거 같아 이해는 되지만…….

"그러고 보니 정말 오늘 가도 괜찮은가요?"

"응? 문제라도 있어?"

"그게, 루겐 계곡은 가는 데만 10일이 걸린다고 하잖아요. 그런데 4일 만에 구해서 방문하면 엘레오노라 씨가 수상하게 여기지 않을까요? 저번에 크리스토프 씨한테도 비컨의 존재를 들킨 것도 같은 이유 때문이었죠?"

"얘기를 듣고 보니 일리 있는 말입니다! 거기까지 생각이 미치다니 대단합니다!"

"우후후, 당연하죠. 이 시스하 알비. 생각이 깊다고 정평이 나 있거든요."

"어디에서 정평이 난 겁니까…….'

앗, 완전 까먹고 있었어. 크리스토프 씨한테도 들킨 전적이 있었는데, 마원반을 지금 들고 갔다간 엘레오노라 씨한테도 들키고 말 거야. 허를 찔리는 바람에 시스하의 말에 태클을 걸지도 못했다.

잠깐, 기다려 봐. 이미 마법의 양탄자도 들켰고, 엘레오노라 씨라면 괜찮지 않을까? 입도 무거워 보였고, 마도구 분석도 최대한 빨리 끝내고 싶은데…….

"들키긴 하겠지만 그 사람은 이미 우리한테 특수한 마도구가 있다는 걸 알고 있잖아. 조금 빠른 정도라면 심하게 추궁하진 않을 거야."

"그것도 맞는 말인 거 같습니다. 빨리 전달하는 편이 좋을 테니 지금 가져가는 게 좋을 것 같습니다."

"으음, 조금 막무가내인 것 같긴 하지만 지금 와서 그런 걸 따지기엔 늦은 것 같네요. 게다가 나중에 급한 용무가 있으면 바로 갈 수 있을 테니 지부장님에게 꽁꽁 감출 필요 없을지도 모르겠어요."

가챠 아이템을 몰래몰래 쓰면 많은 제약이 생기니까 말이지. 신뢰할 수 있는 사람에겐 어느 정도 알리는 편이 나중에 협력을 구할 수 있을지도 모른다. 전부 대놓고 말할 생각은 없지만 일부분 오픈하는 것도 좋은 선택일 것이다.

게다가 이번에 가져가는 마원반은 굉장히 크다. 들고 옮기긴 힘드니 이미 들킨 마법 가방에 넣어서 옮길 생각이다. 이것에 비하면 이동 속도가 조금 빠른 것쯤은 허용 범위 내가 아닐까.

그렇게 이야기도 정리되고, 놀의 배웅을 받으며 비컨을 사용해 퀘레스로 이동했다.

"후우, 겨우 둘이서 왔네."

"우후후, 이제 오늘은 마음껏 보석에 대해 알아볼 수 있겠어요!"

그렇다. 오늘 시스하와 둘이서 퀘레스에 온 가장 큰 목적은 보석에 대해 알아보기 위해서였다.

"그런데 마원반을 전달하는 김에 보석에 대해 알아보는 건 너무 서두르는 거 아냐?"

"오쿠라 씨, 뭘 모르시네요! 너무 서두른다니요! 마음먹었을 때 바로 시작하는 게 제일 좋은 거예요!"

시스하가 주먹을 꽉 쥐고 진심을 담아 말했다.

이 녀석은 루나에게 다가가려다가 퇴짜 맞던 시기에도 망설이지 않고 돌진했었지. 그런 모습으로 보아 어느 정도 수긍할 수 있는 주장이었지만, 시스하가 말하면 어쩐지 설득력이 떨어진단 말이지.

아무튼, 아무 생각 없이 오늘 일정을 정한 게 아니다. 루겐 계곡과 가까운 퀘레스라면 보석상도 많을 터. 좋은 원석을 고르는 데 참고할 만한 정보를 얻을 수 있을지도 모른다. 그래서 루겐 계곡에서 본격적으로 원석 수집을 하기 전에 먼저 알아보기로 한 것이다.

우리는 우선 모험가 협회에 들렀다. 접수대 직원에게 마원반을 가져왔다고 전하자 바로 엘레오노라 씨가 기다리는 방으로 안내받았다.

방으로 들어서자 엘레오노라 씨는 미간을 찌푸리고 형용할 수 없는 표정으로 우리를 바라보았다.

"의뢰를 받고 나흘밖에 지나지 않았는데 정말 벌써 마원반을 얻은 건가?"

"네, 운 좋게 루겐 계곡에 도착한 당일에 루페스렉스를 발견해서요."

"그 넓은 곳에서 금방 찾아냈으니, 정말 운이 좋았죠."

"……그건 운이 좋았다고 치지. 편도로 10일이 걸리는 거리를 나흘 만에 왕복한 건 이전에 말한 그 탈 것을 사용했기 때문인가?"

"아──, 왕복에는 또 다른 물건을 사용했어요. 자세한 건 말씀 드리지 못하지만 협회에서 사용하는 마도구와 비슷한 걸 사용했습니다."

"그걸 알고 있다는 것은 협회장 영감에게 들었나 보군. 즉 그 영감은 알고 있었단 얘긴가. 그렇군. 그래서 너희들을 퀘레스로 보낸 거였어. 정말 방심할 수 없는 영감이야. 어쨌든 마원반을 가져와 줘서 고맙군."

한숨을 한 번 푹 쉰 엘레오노라 씨는 그 후 별도의 추궁을 하지 않았다. 역시 예상했던 대로 크리스토프 씨와 비슷한 부류의 사람이었던 모양이다. 다만, 닮지 않길 바랐던 부분까지 닮았던 것인지 "여러모로 활용할 수 있겠군"이란 중얼거림이 들린 것이 무서웠다.

그렇게 중얼거린 엘레오노라 씨는 이내 어디 한번 꺼내 보라는 듯이 날 지긋이 바라봤다.

그 시선의 의미를 눈치채고 바로 마원반을 꺼내려고 했으나 아무래도 좁은 방 안에서 꺼내기엔 마원반이 너무 크고 무겁다는 점이 떠올랐다.

"더 넓은 방으로 자리를 옮길 수 있을까요? 여기서 꺼내기엔 좀 커서……."

"……별난 제안이군. 뭐, 상관없다. 지난번에 금화를 받아갔던 방 정도면 충분한가?"

"아…… 네. 그 정도면 충분할 거 같습니다."

결국 우리는 이전에 금화를 받은 방으로 자리를 옮겼다. 지부장의 방에서 그런 커다란 물건을 꺼냈다간 바닥이 뚫릴 지도 모르니까 말이다.

이동 후, 마법 가방에서 마원반을 꺼내서 보여 주자 엘레오노라 씨는 머리에 손을 대고 생각에 빠졌다. 응? 미리 크다고는 얘기했는데 다른 문제라도 있나?

"처음에 천만 길로 이 의뢰를 받았었지."

"네."

"그건 일반적인 크기의 마원반의 경우고, 이 크기라면 또 얘기가 달라지겠군."

앗, 혹시 너무 컸나? 설마 평범한 크기의 마원반이어야 되는 건가? 그건 너무 맥 빠지는 이야기인데.

시스하와 다시 루겐 계곡에 갈 예정이긴 하지만, 루페스렉스를 또 찾긴 힘들 텐데. 다섯 명이 정말 열심히 수색한 끝에 겨우 한 마리 찾았으니까 말이지. 운이 나쁘면 평생 못 찾을지도 모른다.

"너무 크다는 말씀이신가요?"

"그래도 한 개 전부라고 하셨으니 딱히 크기엔 제한이 없는 거죠?"

"그래. 크다고 문제가 되진 않아. 오히려 연구소에선 기뻐하겠지."

다행이다. 다시 찾으러 갈 필요는 없을 것 같다. 근데 왜 그런 반응이었던 거지?

"일반적인 의뢰라면 미리 정해진 보수액을 지불하지. 하지만 이번엔 연구소의 의뢰라 수량에 제한이 없어. 평범한 크기의 마원반 두 개를 회수했다면 보수는 2천만 길이었을 거다. 그리고 너희가 가지고 온 마원반은 평범한 마원반보다 훨씬 크니, 그에 따른 추가 보수도 있을 거 같군."

"즉, 크기에 비례해서 보수를 더 받을 수 있다는 말씀이신가요?"

"그렇게 되지."

"오오, 잘됐네요! 추가 수입이에요!"

"웅! 생각지도 못한 수입이네!"

그러고 보니 크리스티아 씨도 마포자는 많으면 많을수록 좋다는 느낌이었는데 이것도 비슷한 건가. 원래 천만 길인 것을 더 비싸게 쳐 주다니, 대체 몇만 길이나 받을 수 있을지 기대된다.

설레는 기분으로 시스하와 하이파이브를 나누며 기쁨을 나누고 있자니 엘레오노라 씨가 헛기침하며 분위기를 다잡았다.

"하지만 협회 측에서 이 마원반의 보수를 얼마로 산정할지는 아직 모르겠군. 그러니 이번엔 천만 길을 먼저 지불하고, 추가 금액은 연구소의 이야기를 듣고 나서 지불하도록 하지. 그래도 괜찮겠나?"

"네, 괜찮습니다."

"미안하군. 그러면 보수를 지불할 테니 내 방으로 돌아가지."

여러 개가 아니라 큰 거 하나라서 정확한 보수 금액을 파악하기 어려웠던 거군. 딱히 당장 필요한 건 아니니 나중에라도 많이 받을 수 있다면 고마운 이야기다.

엘레오노라 씨의 방으로 돌아와 일단 이번 의뢰 내용을 서류로 정리한 후, 보수인 천만 길을 받았다.

퀘레스에 온 후로 의뢰를 수행할 때마다 이렇게 큰돈이 왕창 들어오니 금전 감각이 이상해지는 기분이다. 만일 가챠에 과금이 가능했다면 천만 길 정도는 눈 깜짝할 새에 써 버렸을 것이다. 과금 시스템이 없는 게 정말 안타까워…… 큭.

뭐, 다 같이 달성한 의뢰니까 이 돈은 모두를 위해 저축해 두겠지만 말이야. 개인적으로 사냥한 마물 보수는 별도지만 기본적으로 번 돈은 공동 재산으로 취급하고 있다. 물론 돈이 없으면 곤란할 테니 모두에게 정기적으로 50만 길씩 나눠주고 있다.

부족해지면 추가로 준다고는 했지만 지금껏 아무도 부탁하지 않았다. 다들 낭비벽이 있는 것도 아니고, 각자 따로 저축도 하는 모양이라 매우 기특하다.

일단 협회 관련 용무는 끝났으므로 예정대로 보석에 대한 정보를 모으러 가려 했는데 한 생각이 뇌리를 스쳤다. 엘레오노라 씨에게 보석에 대해 물어보면 어떨까.

루겐 계곡과 관련된 의뢰는 퀘레스 지부에서 맡을 테니 보석에 대한 정보도 있을 것이다. 모처럼의 기회니 여기서 물어보아도 손해될 것은 없다.

"저, 죄송한데 뭐 좀 여쭤 봐도 괜찮을까요?"

"음? 뭔가 신경 쓰이는 일이라도 있나?"

"그게…… 의뢰와는 상관없는 얘기지만 보석에 대해 여쭤 보고 싶은 게 있어서요."

"앗, 그렇군요! 우선 협회에 물어보는 편이 확실하겠네요! 오쿠라 씨 치고는 머리를 잘 굴리셨네요!"

시스하가 손뼉을 짝 치며 감탄한 표정으로 나를 쳐다보았다. 그래, 나 치고는 머리가 잘 굴렀…… 어라, 지금 칭찬한 거 아니지?

"호오, 그렇군. 루겐 계곡을 다녀온 사람이라면 보석에 흥미를 가지는 것도 당연하지. 그래서, 뭐가 궁금하지?"

"그러니까, 보석을 채집하러 가려는데요. 혹시 좋은 원석을 골라낼 방법이 있나요? 아, 그리고 가능하다면 퀘레스에 보석 가공소가 있는지도 알려주시면 감사하겠습니다."

"일단 몇 개를 얻었는데, 저희로선 좋은 원석을 구별하기 어려워서요."

시스하가 지난 번 채집한 보석을 책상 위에 조심스레 늘어놓으며 말했다. 그러자 엘레오노라 씨는 눈을 빛내며 보석을 집어 들더니 차분히 관찰하기 시작했다. 간단한 조언이라도 얻을 수 있지 않을까 싶어 물어본 거였는데, 어느새 서랍에서 돋보기까지 꺼내 살펴보는 모습이 꽤 본격적인 거 같았다.

"나쁘지 않은 원석이군. 하지만……."

연신 고개를 끄덕이더니 원석의 감정을 마친 엘레오노라 씨가 입을 열었다.

"조금 더 자세히 알아볼까……."

그리곤 돋보기를 내려놓더니 손바닥 위에 원석을 올렸다.

뭘 하려는 거지? 영문을 몰라 고개를 갸웃거리고 있자 원석 자체에서 희미하게 빛이 일기 시작했다.

"이 정도 빛이라면 마법 가공에는 맞지 않아. 평범한 가공사에게 맡기는 게 좋을 거 같군."

"지, 지금 뭘 하신 건가요?! 마법 가공은 또 뭐죠?"

"마력을 흘려보내신 것 같은데, 혹시 엘레오노라 씨도 마력을 사용하실 수 있나요?"

설마 마력을 불어넣으면 빛나는 성질이 있을 줄이야. 마광석이랑 비슷한 건가?

"마도사는 아니지만 어느 정도는 다룰 줄 알지. 뭐, 마력을 구체화시켜 마법으로 쓰는 건 힘들지만, 물건에 불어넣는 것쯤이야 간단하니까."

"그렇다는 건…… 혹시 원석의 품질을 알아보는 방법이 보석에 마력을 불어넣는 방법인가요?"

"그래. 일반적으로 보석에서 나오는 빛이 강할수록 좋은 품질의 원석이지. 이게 중요한 점이 원석의 품질에 따라 가공법이 달라지기 때문이다."

"가공법이 달라진다고요?"

"그 말대로다. 퀘레스에는 크게 두 가지 가공법이 있는데, 하나는 마법 가공이고 다른 하나는 일반 가공이지."

더 자세한 이야기를 들어 보니, 역시 보석의 산지가 가까운 탓인지 퀘레스엔 원석을 가공하고 보석으로 만드는 가게가 여럿 있다는 듯했다. 다만 가공법이 두 가지 정도로 나뉘다 보니 평범하게 도구를 사용해 가공하는 가게, 마법을 사용해 가공하는 가게로 구분된다고 한다.

한편, 가공 방법은 원석이 지닌 성질에 따라 달라진다는데, 이는 같은 종류의 보석일지라도 원석이 지닌 성질은 제각각이기 때문이라고 한다. 그래서 원석의 성질을 판별하는 전문가까지 있다고 한다. 비전문가가 하기엔 어려운 작업이라나. 아무튼 결과적으로 마력이 잘 통하는 보석은 마법으로 가공하고, 그 외엔 도구를 이용하여 일반 가공으로 하는 게 무난한 선택이라고 한다.

다만, 도구를 사용한 가공법은 더 깔끔한 커트가 가능하다는 장점이 있고, 마법 가공은 투명도와 반짝임이 늘어난다는 등 차이점이 있어 원하는 가공법으로 보석을 만드는 사람도 많다고 한다.

라피스가 떨어뜨리는 원석은 개체에 따라 크기도 달라지기 때문에, 자신이 원하는 사이즈를 떨어뜨리는 녀석을 노리는 것이 효율적이라 한다.

으음, 보석의 세계는 심오하군. 솔직히 크고 빛깔이 예쁜 원석일수록 좋을 거라고 안일하게 생각했었다.

"취향에 따라 다르지만 기본적으로는 마법 가공을 하는 편이 인기가 높지. 퀘레스 외엔 마법 가공을 취급하는 가게가 거의 없어. 다른 곳에서 일부러 의뢰하러 오는 사람도 있을 정도지."

"그렇군요. 자세한 설명 감사합니다."

"이야기를 들어 보니 마법 가공이 좋을 것 같네요. 크으으! 어서 라피스를 털러 가고 싶어요!"

시스하가 한손을 들고 외쳤다. 털고 싶다는 건 또 뭐야.

아무튼, 필요한 정보는 거의 다 얻은 것 같네. 혹시 무슨 일이 생기면 또 엘레오노라 씨한테 물어보러…… 아, 지부장에게 의뢰와 관계없는 상담을 신청하는 건 좀 그런가.

"그러면 슬슬 실례하겠습니다. 알려 주셔서 감사합──."

인사하며 방을 나서려던 우리를 엘레오노라 씨가 멈춰 세웠다.

"잠깐."

꽤 진지한 목소리다.

"무, 무슨 일이시죠?"

또 뭐지?! 설마 새로운 의뢰인가? 시스하도 같은 생각을 했는지 한손으로 입을 가리고 당황한 표정이었다.

이윽고 심각한 표정의 엘레오노라 씨가 내뱉은 말은 정말 의외의 이야기였다.

"지금부터 원석을 모으러 갈 예정인가 본데, 혹시 남는 원석이 생긴다면 나한테도 보여줄 수 있겠나? 괜찮다면 내가 사고 싶은데."

"그건 상관없는데요. 엘레오노라 씨, 혹시 보석을 좋아하시나요?"

"불만 있나?"

"아, 아뇨! 전혀요!"

"그래, 그럼 부탁하지. 답례로 마법 가공으로 유명한 가게를 몇 군데 소개해주겠네."

엘레오노라 씨가 입꼬리를 살짝 올리며 말했다. 표정이 거의 없는 사람인데 이 정도인 걸 보면 어지간히 보석을 좋아하는 모양이다.

잠시 후, 우리는 엘레오노라 씨에게 X자 몇 개를 표시한 약도를 받고 협회를 빠져나왔다.

"설마 엘레오노라 씨가 보석을 좋아할 줄은 몰랐네."

"실례되는 말씀을 하시네요, 오쿠라 씨. 확실히 드센 인상이지만 엘레오노라 씨도 여성인걸요. 예쁜 걸 좋아하는 것도 이상하지 않죠. ……조금 의외긴 하지만요."

너도 의외라고 생각하는 거잖아! 뭐, 보석을 좋아하는 남자도 있으니 엘레오노라 씨가 그런 취향을 가지고 있어도 이상한 일은 아니다. 오히려 조금 인간적으로 느껴져서 친근감이 느껴지기도 했다.

"좋았어. 바로 루겐 계곡으로 갈래?"

"네! 이야기를 듣고 나니 가고 싶어서 좀이 쑤셔요! 우후후, 기다리세요, 루나 씨! 애정이 듬뿍 담긴 선물을 준비할 테니까요!"

그렇게 루겐 계곡으로 향한 우린 해가 질 때까지 원석 모으기에 집중했다.

◆

마원반을 협회에 전달한 후, 이렇다 할 의뢰도 없었기에 나와 시스하는 마석과 원석을 모으며 시간을 보냈다. 어느덧 마석은 950개 이상 모아 최저 목표 수량인 천 개의 고지가 눈앞이었다.

그 사이 마원반에 대한 추가 보수도 정해져서 협회로부터 3천만 길을 더 받았다. 마원반 하나로 총 4천만 길을 벌다니 마법 관련 물건은 하나같이 보수가 장난 아니다. 퀘레스에서만 크게 한 밑천을 장만했다.

B랭크 모험가가 이만큼 벌면, A랭크는 얼마나 고액의 의뢰를 받는 걸까. 돈에 관해선 크게 신경 쓰지 않지만, 벌이가 좋으니 기분도 좋아지는 건 어쩔 수 없었다.

그리고 오늘도 원석을 얻기 위해 시스하와 둘이서 루겐 계곡을 찾아왔다.

"라피스를 잡는 덴 역시 매직블레이드가 최고네요. 손맛이 약한 건 아쉽지만 나름 즐거워요."

"격투술에 지팡이에 이젠 검까지…… 만능 아니야?"

"매직블레이드잖아요. 실체가 없는 마법 검이라 가능한 거예요."

커다란 라피스에겐 물리 공격이 잘 통하지 않았기에 여러 번 강화한 매직블레이드를 시스하에게 건네준 결과, 이 지경이 되었다. 처음엔 어딘가 엉성하게 자세로 검을 휘두르던 시스하였으나 금세 익숙해져서 지금은 '부웅' 소리를 내며 라피스를 잇달아 베어 내고 있다.

"오쿠라 씨는 최근 센티터블라를 자주 사용하시네요."

"응. 모처럼 나온 UR 장비인데 능숙하게 다루질 못해서 너무 아쉽거든. 좀 더 익숙해지기 위해서 적극적으로 쓸 생각이야."

"이제 라피스 수준의 상대한텐 충분히 통하는 것 같은데요? 생각하는 것만으로도 움직일 수 있는 건 역시 편리하네요. 자, 두 개 이상 조종할 수 있도록 힘내세요."

"큭. 열심히 하겠습니다."

루페스렉스를 상대할 때 센티터블라가 닿자마자 부서진 것은 상당한 충격이었다. 명색이 UR 장비인데 쓸 때마다 부서지니 내 능력이 너무 떨어지는 거 같잖아. 그래서 그 후로 센티터블라를 되도록 실전에서 사용하며 특훈 중이다.

덕분에 최근엔 센티터블라의 경도와 공격 속도가 눈에 띄게 늘어났다. 고블린이나 오크, 라피스 정도라면 가볍게 처리할 수 있을 정도다. 이제는 뾰족하게 만드는 것뿐만 아니라 네모난 형태로 만들어 때려잡는 것도 가능하다. 하지만 센티터블라는 동시에 다섯 개까지 운용 가능한 무기인데, 하나를 조종하는 것만으로도 이렇게 벅차다. 대체 동시에 전부 조종할 수 있게 되는 날은 언제쯤일까.

그런 고민을 안고 사냥을 마치기로 했다. 그리고 휴식을 취하며 지금까지 얻은 원석을 살펴보았다.

"으음, 여러 개 얻긴 했는데 이 중에서 골라도 될지 잘 모르겠어."

"으으음, 저도요. 이걸로 괜찮을 듯한데 좀 더 좋은 게 있을 것 같기도 하고…….."

수량도 제법 쌓여서 지금까지 모은 원석은 약 50개. 콩알만 한 크기부터 축구공만 한 크기까지 다양하다. 라피스를 닥치는 대로 잡은 덕분에 다양한 크기의 원석을 모을 수 있었다.

하나하나 마력을 흘려 넣어 반짝임이 약한 것과 강한 것을 구분했다. 이번엔 나와 시스하 둘 다 마법 가공을 할 생각이니 이 시점에서 쓸 만한 원석 후보는 상당히 좁혀졌다.

"역시 큰 게 좋겠지? 그럼 이 손바닥 사이즈가 좋으려나?"

"으음, 액세서리니까요. 너무 큰 건 별로인 것 같아요."

확실히 너무 크면 거추장스럽겠지. 게다가 큰 보석으로 만들 수 있는 액세서리도 얼마 없을 테고.

"보석을 고르는 것도 중요하지만 말이야, 어떤 액세서리로 만들지도 문제네. 시스하는 목걸이로 하려고?"

사실 여자아이에게 줄 선물을 골라본 적 없는 나로선 보석을 고르는 것보다 액세서리를 고르는 게 더 고민이었다.

"처음엔 그렇게 생각했는데요. 머리핀이나 팔찌가 좋을 것 같기도 해요."

그렇게 말한 시스하는 모은 원석들을 보며 다시 고민에 빠졌다.

"저기, 에스텔한테 뭘 주면 좋아할까?"

"반지겠죠."

"즉답이네."

"오쿠라 씨도 알고 계시잖아요?"

"아니 뭐, 그렇긴 하지."

역시 반지인가. 가챠산 반지를 줬을 때 매우 기뻐했었지. 또 혼약 반지라며 소란을 피울 것 같지만, 역시 반지를 받는 게 가장 기쁘겠지? 으음, 아니지. 이미 가챠산 반지를 가지고 있으니 그다지 기뻐하지 않을 수도 있겠어. 전에 기뻐했다고 또 같은 것을 주는 건 안일한 선택일 수도 있잖아.

본인에게 뭘 원하는지 물어보는 게 나을 것 같지만 깜짝 선물을 하려면 그럴 순 없다.

"시스하라면 뭐가 받고 싶겠어?"

"엣, 저요? 흐음, 너클이 좋을 것 같네요."

"그건 무기잖아!"

"우후후, 농담이에요. 전 목걸이가 좋을 거 같네요."

"이미 가챠산 목걸이가 있는데 가지고 싶어?"

"정말이지, 오쿠라 씨는 뭘 모르시네요. 그거랑 이건 다르죠. 게다가 가챠산은 전투용이잖아요."

시스하라면 진심으로 무기를 원할 것 같아서 진짜로 믿었어.

그보다 가챠산과 이런 선물은 다르단 것이군. 가챠산 액세서리는 대부분 디자인도 괜찮으니 겹치지 않는 걸 선물하는 편이 좋을 거 같았는데, 꼭 그렇진 않은 듯하다.

"그렇군. 덤으로 놀이라면 뭘 원할 거라고 생각해?"

"놀 씨요? 으음, 먹을…… 크흠. 헤어핀이 아닐까요?"

"지금 먹을 거라고 말하려고 했지?"

동의. 나도 전적으로 동의한다. 액세서리를 주면 기뻐야 하겠지만, 놀이라면 맛있는 걸 받는 쪽을 더 선호할 것이다. '우후후, 맛있습니다──' 하며 맛있게 먹는 모습이 눈에 그려진다. 자칭

정숙한 소녀를 식탐꾼으로 취급하는 건 미안한 일이지만 이미 그런 인상으로 정착해 있어서 어쩔 수 없다.

그렇게 잠시 보석을 눈 빠지게 살펴본 결과.

"정했어요. 전 이 노란색 보석으로 할래요!"

"오, 드디어 정했구나. 그러면 난 이 붉은 보석으로 할까."

시스하는 지름 3센티미터 정도의 노란 보석을 고르고, 나도 비슷한 사이즈의 붉은 보석을 골랐다. 둘 다 마력을 흘려 넣었을 때 강한 빛을 발했으니 마법 가공엔 안성맞춤일 것이다.

에스텔은 불 마법을 자주 사용하니 역시 빨간색이 좋겠지. 게다가 머리카락과 눈동자 색이랑도 비슷하니 분명 잘 어울릴 것이다.

다음 날, 보석을 고른 우리는 바로 원석을 가공하기 위해 외출 준비를 했다.

모두에게는 마석 사냥을 하러 간다고만 말해 뒀다.

그렇게 집밖으로 나가려 하는데, 아침 일찍부터 말없이 의자에 앉아 있던 에스텔이 나와 시스하를 불러 세웠다.

"두 사람, 뭔가 꾸미고 있는 거 아냐? 정말 사냥하러 가는 거야?"

"다, 당연하지. 그, 그치?"

"네?! 그, 그럼요! 저희는 떳떳하다구요!"

"흐음, 그래?"

누, 눈치챘나?! 눈초리가 어째 엄청 수상쩍게 여기고 있는 듯한데……. 하긴, 최근 마석 사냥에 간다고 하고 거의 둘이서만 외출했으니 어쩔 수 없는 건가.

놀은 마석 사냥을 안 해도 된다면서 매우 기뻐했지만 에스텔은 날이 갈수록 우리를 수상하게 여기는 듯했다. 이대로라면 금세 들키리라.

괜히 잘못 반응했다간 더 추궁 당할 것 같아 나와 시스하는 바로 비컨을 사용해 퀘레스로 이동했다.

"우선 엘레오노라 씨가 추천해 준 가게를 둘러보는 게 좋겠지?"

"그러네요. 아, 일반 가공 가게도 한번 둘러 봐요. 엘레오노라 씨도 취향에 따라 다르다고 하셨잖아요. 실제로 양쪽을 봐야 어느 게 좋을지 알 수 있을 거예요."

일리 있는 이야기였다. 가공할 원석은 이미 정했지만 가공소에 따라 일반 가공이 더 나을 수도 있다. 백문이 불여일견이란 말도 있으니 직접 봐야 알 수 있는 것도 있겠지. 겸사겸사 가게의 상품을 비교하다 보면 차이점도 알 수 있을 테고.

평소 입는 전투복은 너무 눈에 띄므로 디멘션룸을 사용하여 사복으로 갈아입은 후 엘레오노라 씨에게 받은 지도를 토대로 가공점을 찾아갔다.

"그보다 내가 여자아이에게 줄 액세서리를 만들 날이 올 줄이야."

"오쿠라 씨는 그런 것과는 무관계…… 아니, 접점이 없어 보이니까요."

"미안하게 됐네! 접점이 없어 보여서!"

전적으로 맞는 말이지만, 굳이 입에 담을 필요는 없잖아!

그렇게 서로 시답지 않은 대화를 나누며 드디어 첫 가공점에 도착했다. 가게 안엔 주황색 조명이 켜져 있었고, 진열대가 한 가득이었다. 특히 인상 깊었던 건 진열대 아래에 강한 조명을 설치해 보석들의 자태를 한껏 강조하고 있었다는 점이다. 역시 보석상이다.

"어, 엄청나요 오쿠라 씨! 원석과는 반짝임이 완전 다르네요!"

"그러네! 역시 가공 전과 후는 비교가 안 되는구나."

"하아——, 저희가 가져온 원석도 이렇게 변하겠죠? 벌써부터 기대되네요."

잔뜩 흥분한 시스하는 눈을 반짝이며 쇼케이스에 달라붙었다. 이곳저곳 옮겨 다니며 갖가지 보석과 액세서리를 구경하는 데 여념이 없다. 보석엔 흥미 없다고 하더니, 실물이 눈앞에 있으니 꼭 그렇지만은 않은가 보다. 항상 전투 본능에 휩싸인 모습만 보다 보니 현재 시스하의 모습이 굉장히 신선하게 느껴졌다. 여전히 외모는 사기급이다.

그렇게 잠시 가게를 둘러보고 있자 여성 점원이 다가왔다.

"어떤 물건을 찾고 계신가요?"

"앗, 그게, 이곳에서 원석을 가공해서 액세서리를 만들 수 있다고 들었는데요."

"원석 가공 말씀이신가요? 지금 가지고 계신가요?"

"네, 이 두 개입니다."

아직 이 가게에 맡기기로 한 건 아니지만, 나도 모르게 분위기에 휩쓸려 가방에서 보석 두 개를 꺼내 점원에게 건네주고 말았다.

이윽고 점원은 엘레오노라 씨처럼 돋보기를 꺼내 찬찬히 살펴보기 시작했다.

"오쿠라 씨. 그냥 저렇게 드려도 괜찮을 거예요? 여러 군데 둘러보기로 했잖아요. 이래선 여기에 맡기겠다는 식이 되는 거 아니에요?"

"윽, 그게 나도 모르게 그만……."

아무것도 알아보지 않고 덥석 원석을 건네 버린 나를 힐난하는 시스하였다. 죄, 죄송합니다. 입이 두 개라도 할 말이 없습니다. 죄송합니다!

그렇게 잔뜩 시스하에게 잔뜩 혼나고 있는데, 별안간 점원이 탄성을 내질렀다.

"이, 이렇게 퀄리티가 좋은 원석을 어디서 얻으신 건가요?"

"네? 저희가 루겐 계곡에서 구해 온 건데요."

"직접?! 어어, 그, 그러면 저쪽에 앉아서 자세하게 말씀 좀 나눌 수 있을까요?"

잔뜩 동요해 재촉하듯 자리로 안내하려는 점원을 보고 나와 시스하는 얼굴을 마주보며 당황했다. 설마 이런 반응을 보일 줄이야. 가장 좋아 보이는 것을 고르긴 했는데 그렇게까지 질이 좋은 것이었나?! 이, 이거 지금 저 자리에 앉았다간 꼼짝없이 가공 의뢰를 해야 할 것 같은데, 우선 거절해야겠어.

"아, 아뇨! 기껏 감정해 주신 분에게 이런 말씀 드리긴 죄송하지만, 다른 가게들도 둘러보고 싶어서요."

"앗, 그러시군요. 그야 원석 가공은 신중하게 정하셔야지요! 그 마음은 이해합니다. 하지만 잠깐 대화라도!"

필사적으로 우릴 붙잡는 점원의 말에 어쩔 수 없이 이야기를 듣기로 했다. 어찌 됐든 마력을 흘려 넣지 않고도 원석의 질을 파악했으니 보는 눈이 있는 건 확실하니까.

점원의 이야기는 대부분 가게에 대한 소개였다. 아니, 어필이라고 해야 할까.

점원의 말을 요약하자면, 이 가게에서는 원석을 커팅하여 보석으로 만들고, 그 보석으로 반지 같은 액세서리로 만드는 일도 가능하다고 한다. 가공 방법은 원석의 상태에 따라 달라지니 지금 상태로는 알 수 없다나. 디자인 등도 상담한 후 정할 수 있다고 했다.

깜짝 선물을 하려는 나로선 완성품을 받기까지 시간이 너무 오래 걸릴 것처럼 느껴졌다. 비용은 대략 20만 길에서 30만 길. 원석을 직접 가져왔으니 나름 저렴한 비용이라고 했다. 하지만 곧이곧대로 믿을 순 없었다. 우선 다른 가게의 비용도 들어봐야 명확한 비교가 가능하겠지.

사실 퀘레스에서 엄청나게 벌었으니, 그 정도 비용은 아무 부담도 되지 않는 수준이다. 개인적으로 사냥한 마물의 소재를 팔아 모은 비상금으로도 충분히 지불 가능했다. 내가 사냥할 땐 늘 시스하도 함께였으니, 시스하도 개인적으로 모아 둔 돈은 많으리라.

아무튼, 첫 번째 가게를 뒤로하고 다른 보석상을 찾아갔다. 시스하는 두 번째 가게에서도 진열대에 찰싹 달라붙어서 액세서리를 구경에 열중이었다.

"꽤 진지하게 구경하네. 혹시 갖고 싶은 거라도 있어?"

"아뇨. 루나 씨에게 줄 선물을 만들어야 하잖아요? 참고삼아서 보는 게 당연하죠! 오쿠라 씨도 제대로 봐 두시는 편이 좋지 않을까요?"

"그것도 그러네."

그런 이유로 보고 있었던 건가. 나도 액세서리에 관해선 문외한이니 열심히 봐 둬야겠네. 결국 나도 시스하처럼 진열대에 달라붙어 이게 좋니 저게 좋니 하면서 가게의 상품을 둘러보았다.

"으음, 엘레오노라 씨가 추천한 가게답게 전부 엄청난 물건들뿐이네."

"어딜 가든 퀄리티가 대단했지요. 좋은 참고가 되었어요."

총 네 군데 정도 둘러보았는데 전부 보석 가공도 깔끔했고 액세서리 디자인도 세련되었다. 가챠산 장비와 비교해도 뒤떨어지지 않을 정도의 퀄리티에 절로 감탄이 나올 정도였다.

"다음 가게는 마법 가공을 하는 곳이었지?"

"도구로 가공하는 가게와 어떻게 다를지 궁금하네요."

다음으로 갈 곳은 엘레오노라 씨가 추천한 가게 중에 유일하게 마법 가공을 취급하는 곳. 다른 괜찮은 곳이 없는 건지, 아니면 특출난 실력의 가게인지는 모르겠지만 마법 가공을 한다는 것만으로도 가공을 맡길 가능성이 가장 높은 가게다. 대체 어떤 상품이 있을지 기대됐다.

기대 반 설렘 반으로 마법 가공 가게 앞에 도착.

하지만 가게의 외견을 보니 감탄보단 의아함이 먼저 떠올랐다. 건물 외관부터 정말 여기가 맞는 건가 싶을 정도로 굉장히 소박한 분위기를 풍겼기 때문이다.

"다른 곳에 비하면 정말 작네."

"그래도 분위기는 괜찮은 것 같은데요?"

밖에선 가게 내부가 보이지 않았다. 덕분에 얼핏 보면 무슨 가게인지 알아차리기도 힘든 수준이었다. 그나마 간판에 그려진 액세서리 그림이 여기가 귀금속을 전문으로 취급하는 가게라는 걸 주장하는 듯했다.

그 간판을 보고 왠지 모르게 가슴이 두근거렸다.

그도 그럴 게 마치 장인들이 운영하는 가게처럼 느껴졌기 때문이다. 뜨내기손님은 받지 않겠다는 의사 표명 아닐까.

가게 안으로 들어서자 램프 같은 조명이 희미하게 어두운 실내를 비추고 있었다. 다른 곳처럼 진열대가 늘어서 있다는 점은 같았으나, 결정적으로 한 가지 큰 차이점이 있었다.

바로 액세서리의 반짝임이 차원이 다르다는 점.

특히 보석의 반짝임이 엄청나서 희미한 빛만으로도 보석 전체가 엄청나게 반짝였다.

이, 이게 마법 가공된 보석인가.

보석에 시선을 빼앗기는 건 당연했다.

귀신에 홀린 것처럼 보석을 보고 있자니, 젊은 여성이 다가와 말을 걸었다.

"여자 친구분께 선물하시려는 건가요?"

잠깐, 지금 여자 친구라고 한 거야? 설마 시스하를 보고 그런 소리를?

"여자 친구라니, 이 사람 말인가요?"

"여자 친구라니! 어머, 부끄러워라! 오쿠라 씨, 이 가게로 정하죠!"

몸을 배배 꼬며 뺨을 붉히는 시스하. 이 녀석, 남이 오해할 만한 발언이나 태도는 그만두라고!

"아니, 아니에요! 저희 애인 사이 아니에요!"

"그렇게 필사적으로 부정하시면 섭섭한데요――."

"죄, 죄송합니다. 남녀 두 분이셔서 무심코……."

남녀 한 쌍이 돌아다니면 그렇게 오해하는 것도 이상하진…… 잠깐?! 혹시 지금까지 돌아다녔던 가게에서도 연인 사이라고 착각했던 거 아냐?! 뭐, 뭐 괜찮겠지.

"아, 아뇨. 괜찮아요. 이럴 때 놀리지 말라고, 에잇."

"아으, 죄, 죄송합니다."

일단 시스하의 이마를 가볍게 찌르는 것으로 이 상황을 수습하고 바로 보석에 대해 물어보기로 했다.

"여기 있는 보석들, 전부 마법으로 가공한 건가요?"

"네. 저희 가게에선 보석뿐만 아니라 금속도 마법으로 가공하고 있습니다."

보석에 달린 금속도 마법으로 가공한 건가. 점원이 무엇을 찾는지 물어보기에 원석으로 액세서리를 만들고 싶다고 말했다.

"원석을 가공하시려는 건가요?"

"네, 이건데요."

"잠시 살펴봐도 괜찮을까요?"

"네. 괜찮아요."

조심스럽게 원석 두 개를 받은 점원은 곧장 카운터로 갔다. 카운터 위엔 투명한 판이 있었는데, 그 위에 붉은 원석을 올려 두자 진한 빨간색으로 변했고, 노란 원석을 올려 두자 희미한 노란색으로 변했다.

혹시 마도구인가?

"으음, 루비와 토파즈네요. 상당히 상급 원석이라 놀랐어요. 마력 적응도도 높고, 이거라면 예쁜 액세서리를 만들 수 있겠네요."

판 위에 올린 것만으로도 어떤 보석의 원석인지 알 수 있는 마도구인 모양이었다. 지금까지 방문했던 보석상과는 다른 판별 방법에 역시 마법 가공점이라는 생각이 들었다.

"이거, 루겐 계곡의 라피스로부터 얻은 원석이죠?"

"네. 여러 마리를 잡아서 저희 나름대로 골라 본 거예요."

"라피스를 직접 잡으셨다는 건, 모험가란 말씀이시군요."

"아, 네."

"혹시 다른 원석도 가지고 계신가요?"

"네, 있어요. 어디 보자."

순간 왜 물어보는 걸까, 라는 의문을 품었지만 생각해보니 딱히 숨길 이유도 없었다. 가방을 뒤적여 괜찮아 보이는 원석을 하나씩 카운터 위에 올리고 있자, 점원의 얼굴이 표정이 점점 굳어가는 게 보였다. 이윽고 마지막 10개째쯤, 손바닥 사이즈의 원석을 꺼냈을 땐 입을 떡 벌린 채로 굳어 버렸다.

"자, 잠깐, 응?! 뭐, 뭐가 이렇게 많아?!"

"어떤 게 좋은 원석인지 잘 몰라서 계속 잡았거든요. 그치?"

"그랬죠. 마음 같아선 좀 더 모은 뒤에 고르고 싶었지만 그렇게 하다간 끝이 없을 것 같아서요."

"추, 충분! 넘칠 정도로 충분!"

어째 점원의 말투가 이상해졌다. 그렇게 많나? 전부 꺼내지 않길 잘했네. 반응을 보아하니 원석을 대량으로 공급하는 사람은 없어 보이는데, 에스텔과 루나에게 줄 선물만 만들고 나머지는 팔아 버릴까? 이거 생각지도 못한 수입이 더 늘어날 것 같은데. 퀘레스 최고야.

"아, 프로답지 못한 모습을 보여드렸네요. 죄송합니다. 그, 그보다 혹시 유명한 모험가분이신가요?"

"유명하진 않지만 일단 B랭크긴 하죠."

"B, B랭크라고요……."

점원의 눈이 휘둥그레졌다. 그리곤 이내 납득했다는 듯이 고개를 끄덕였다.

왠지 모르게 귀찮은 일을 부탁받을 거 같은 분위기인데, 어서 말을 돌려야겠어.

"그나저나 여기 보석은 정말 반짝이네요. 이게 마법 가공의 힘인가요?"

"앗, 네. 그렇죠. 아무래도 마법 가공을 하면 더 쉽게 반짝이게 만들 수 있거든요."

홍분을 가라앉힌 점원이 차분하게 대답했다. 더욱 반짝이게 만들 수 있다곤 들었지만, 이렇게까지 다를 줄은 몰랐다.

어두운 방에서도 성냥불 정도만 있다면 기다렸다는 듯이 영롱한 자태를 뽐낼 수 있으리라. 말 그대로 마법의 선물이란 느낌이다.

"이외에도 차이점이 있나요?"

"음, 이건 마력이 있는 분에게만 해당되는 이야기지만, 마법으로 가공하면 마지막에 마력을 불어넣을 수 있어요. 생각해보세요. 소중한 사람에게 자신의 마력과 마음이 담긴 반지를 선물한다. 로맨틱하지 않나요?"

"로, 로맨틱이라……."

"네. 로맨틱하죠. 그래서 마도사분들은 마법으로 가공된 액세서리를 많이 고르시는 편이에요. 다만 마력을 불어넣어도 마법을 사용할 순 없어요. 그게 마광석과 다른 점이겠네요."

마음을 담아 마력을 불어넣는다니. 선물하기에는 딱 좋겠네.

하지만 마음에 걸리는 점이 하나 있었다.

"혹시 마력을 불어넣는 사람에 따라 보석의 색깔이 변하기도 하나요?"

불현듯 마탕고와 마당고를 잡을 때가 떠올랐다. 마탕고와 마당고의 버섯은 누가 잡느냐에 따라 색깔이 변했기에, 행여 보석의 색이 변해버릴까 걱정스러웠기 때문이다.

"아뇨. 그런 일은 없다고 해도 좋아요."

점원의 단언에 나는 안도의 한숨을 쉬었다.

그러자 이번엔 시스하가 손을 들었다.

"저기, 보석에 마력을 불어넣으면 따로 효과가 생기는 건 아니죠? 신관의 마력을 불어넣으면 퇴마 효과가 생긴다거나."

아──. 마력을 불어넣었다가 루나에게 악영향을 끼칠까 불안한 건가? 하긴, 모처럼 만든 게 착용하면 기분 나빠지는 팔찌라면 슬프지.

"아뇨. 그런 이야기는 들어본 적 없네요. 불안하시다면 이 돌을 한 번 살펴봐 주시겠어요? 보석을 가공하는 것과 같은 과정을 거쳐 제작한 돌이에요."

"그럼 잠시 실례할게요!"

시스하는 점원이 건넨 투명한 흰색 돌을 잽싸게 받아 꼬옥 쥐더니 눈을 감았다. 그러자 감싸 쥔 손에서 은은한 빛이 흘러나왔다. 잠시 후 살며시 눈을 뜬 시스하는 고개를 끄덕였다.

"점원 분의 말씀대로네요. 마력은 느껴지지만, 딱히 어떤 효과가 깃든 돌은 아니군요."

그렇게 걱정을 해소한 나와 시스하는 바로 의견을 나눴다.

"어떻게 할래? 여기에 맡길까?"

"그러네요. 제 생각에도 여기에 맡기는 게 괜찮을 것 같아요."

진열된 상품의 디자인도 괜찮고 뭣보다 마력을 불어넣을 수 있단 점이 크게 매력적이었다. 추천받은 가게 중에서 이곳 보석이 가장 예뻐 보였고 말이지.

시스하도 같은 생각이었기에 딱히 의견 차이 없이 깔끔하게 결정할 수 있었다.

"저기, 이곳에 맡겨도 괜찮을까요?"

"그럼요! 맡겨 주셔서 정말 감사합니다! 자, 몇 가지 메모를 좀 하고 싶은데 잠시만 기다려주시겠어요?"

정말 활기찬 점원이다. 뛸 듯이 기뻐하며 대답한 점원은 이내 필기구와 메모지를 챙겨 돌아왔다. 그리곤 테이블에 앉아 바로 상담을 시작했는데 문제가 하나 발생했다.

"반지 말씀이시죠? 으음, 역시 반지는 손가락 둘레를 알아야 제대로 만들 수 있을 텐데, 혹시 선물 받으시는 분의 손가락 둘레는 아시나요?"

"엣…… 앗, 아직 모르는데요. 알아보고 내일 다시 말씀드려도 될까요?"

그러고 보니 반지는 손가락 둘레를 알아야 만들 수 있잖아! 그, 그런 걸 알 리 없지!

"아, 네. 괜찮습니다. 그럼 나머지 부분은 내일 다시 작성하기로 할까요?"

결국 상담은 그렇게 마무리되었고, 나와 시스하는 집으로 돌아가기 위해 가게 문을 나서게 되었다.

"으아아아! 사이즈를 깜빡했어!"

"전혀 생각도 못한 문제였네요. 가챠산 아이템은 사이즈 때문에 곤란한 적이 없었는데 말이죠."

"듣고 보니 그러네. 왜지?"

지금껏 아무 생각 없이 가챠산 아이템을 나눠줬었는데, 생각해 보니 확실히 이상했다.

팔찌, 반지, 신발 등 전부 누가 착용해도 사이즈가 안 맞아 착용하지 못했던 사례는 없었다. 사이즈가 안 맞았다면 다들 맞지 않는다고 말했을 테고. 게다가 월슈즈는 루나가 신었던 것을 나도 신었었다.

"내 해골반지 한번 껴 볼래? 자."

"제 손가락에도 맞네요."

시험 삼아 시스하에게 내 해골반지를 건네서 껴 보도록 했다. 반지는 시스하의 손가락에 딱 맞았다.

"제 반지도 껴 보실래요?"

그리고 시스하의 자애의 반지를 받아서 껴 보니 역시나 딱 맞았다.

"딱 맞네. 다른 손가락에도 껴 보자."

어디에 끼나 전부 딱 맞았다. 뭐, 뭐야 이거! 서, 설마!

"가챠산 아이템은 착용하는 사람에게 맞도록 자동으로 사이즈가 바뀌는 거였나!"

"충격적인 사실을 알게 됐네요. 지금까지 모르고 있었던 게 이상할 정도예요."

장착하는 손가락에 따라 반지 크기가 바뀌잖아!

가챠산 아이템 진짜 엄청나네. 가챠의 대단함을 새삼 다시 느끼게 됐다.

가챠산 아이템의 충격적인 사실은 둘째 치고, 그나저나 앞으로 어떻게 해야 하지? 에스텔의 손가락 둘레를 모르는 상태론 반지를 제작할 수도 없다.

"으음, 곤란하게 됐네. 어떻게 하지?"

"이렇게 된 이상 본인한테 직접 물어보는 건 어떨까요? 깜짝 선물도 좋지만 받는 사람이 가장 만족할 만한 선물을 주는 게 중요하니까요."

지당한 말이었다. 기껏 깜짝 선물로 반지를 줬는데 사이즈가 안 맞으면 제대로 끼지 못할 테고 말이지.

날도 어두워졌으니 우선 집으로 돌아가서 시스하와 조금 더 이야기를 나눠볼까. 그렇게 생각한 나는 시스하와 함께 인적이 드문 곳으로 이동해 비컨을 사용했다.

무사히 귀가하니 거실 의자에 앉아 모후토를 쓰다듬고 있던 루나가 우리를 반겨주었다. 루나 무릎 위에 있던 모후토도 우리를 보고 "뿌—"하며 울었다.

"어서 와라. 오늘은 꽤 늦었군."

"아하하…… 일이 좀 있어서요."

"벌써 루나가 일어날 시간이었나."

요즘 루나는 해가 질 때쯤 느지막이 일어나는 슬로 라이프 생활을 만끽하는 중이다. 그도 그럴 게 수면을 방해하던 존재가 나랑 사냥을 다니느라 엄청 바빴으니 말이다.

그나저나 웬일로 루나밖에 없지? 평소 같았으면 에스텔도 함께 반겨주었을 텐데.

"에스텔은?"

"놀과 요리 중이다."

"에스텔이? 웬일이래?"

놀이야 식사 시간이 되면 주방에 가 요리를 하는 게 일상이니 그렇다 치더라도, 에스텔이 요리를 하다니. 무슨 바람이 든 거지?

머리를 갸우뚱거리고 있자 루나가 말없이 나를 빤히 쳐다보았다.

"왜 그래?"

"요즘 두 사람 사이가 좋군."

"따, 딱히 그런 건 아닌데. 그, 그치?"

"그, 그렇죠. 평소랑 다름없는걸요."

"그런가."

나와 시스하가 얼굴을 마주 보고 대답하자, 루나는 심드렁하다는 듯이 짧게 대답했다. 그리곤 이내 다시 모후토 쓰다듬기에 빠져들었다.

으음, 딱히 추궁은 안 했지만 뭔가 수상하다고 생각하는 모양이네. 루나가 그렇게 말할 정도면 에스텔은 이미…… 선물 계획도 너무 길게 끌면 안 되겠어.

그 후, 의자에 앉아서 쉬고 있자 주방에서 놀이 나왔다. 파란 앞치마를 두르고 완전히 주방장 모드다.

"어라, 다녀오셨습니까──. 돌아오신 줄 몰랐습니다."

"응. 다녀왔어. 처음엔 좀 어색했는데, 이젠 그 차림이 잘 어울리는 거 같네."

"맞아요. 앞치마 차림이 정말 잘 어울린다니까요."

"우후후, 그렇게 칭찬하셔도 간식밖에 못 드립니다!"

연속으로 날아든 칭찬에 놀은 포니테일 머리를 좌우로 흔들며 기뻐했다. 정말 단순하다고 해야 할까. 참 알기 쉬운 녀석이다. 그런 점이 놀의 장점이라고 생각하지만 말이야.

기쁨을 넘어 자랑스레 가슴을 힘껏 펴 거만한 자세가 된 놀의 뒤로 검은 앞치마를 두른 에스텔도 나타났다.

"어머, 와 있었어? 목욕부터 할래? 식사부터 할래? 아니면…… 나부터?"

으엑, 설마 여기서 이런 클리셰 대사를 듣게 될 줄이야. 이, 이럴 땐 자연스레 넘어가야지!

"식사로 부탁합니다!"

"뭐야, 쌀쌀맞네."

내 대답에 에스텔은 뺨을 부풀리며 불만스러운 표정을 지었다.

"에스텔도 요리하고 있었어?"

"응. 오빠가 안 놀아주니까 심심하잖아. 그래서 놀을 도와주면서 이것저것 배우고 있었어."

"그, 그래? 미안."

집에 있을 때 나름대로 많이 얘기한다고 생각했는데, 아무래도 에스텔에겐 부족했던 모양이다.

"왜? 딱히 사과할 일은 아니잖아. 그치, 시스하?"

"저, 저한테 물어보시는 건가요?"

씨익 미소 지으며 시스하를 바라보는 에스텔. 그 미소에서 왠지 모르게 섬뜩함이 느껴졌다. 덕분에 시스하는 고양이 앞 생쥐처럼 안절부절못하며 식은땀을 뻘뻘 흘렸다. 나도 마찬가지였고.

그런 작은 소동 속에서 식사를 마치고 씻은 후, 무전기로 시스하와 보석에 대해 이야기를 나누기로 했다. 이런 상황에서 누군가의 방에서 만나 쑥덕였다간 더 큰 의심을 받을 것 같았다.

[그래서, 선물은 어떻게 하실 거예요?]

"으음, 어쩌지?"

[상황을 보니 빨리 진행해야 할 것 같아요. 루나 씨까지 의심하고 있는 것 같으니까요.]

"그러게. 반지 외에 다른 걸 만들까 했는데, 이번엔 디자인이 신경 쓰이더라고. 모처럼 만들었는데 디자인이 마음에 안 들면 어쩌나 해서 말이야. 역시 전부 실토하고 직접 물어보는 게 제일이겠지?"

[디자인 문제까지 간다면…… 그러네요. 사이즈라면 어떻게든 될 것 같은데 말이에요.]

"말은 안 해도 내심 다른 액세서리가 낫겠다고 생각할지도 몰라."

[으윽, 그건 슬프겠네요.]

에스텔과 루나라면 마음에 들지 않더라도 우리가 준 선물이라면 뭐든 기쁘게 받아 줄 것이다. 하지만 기왕 선물할 거, 역시 마음에 드는 것을 주고 싶다.

"원석은 이미 골랐으니까 에스텔이랑 루나한테 보여주고 정해달라고 할까?"

[원석 채로 보여주는 건 좀 아닌 것 같아요. 좀 더 좋은 방법을

생각해 보죠.]

"생각한다고 떠오르는 게 아니니까 말이야."

역시 반지보단 목걸이가 가장 무난할까? 목걸이라면 사이즈를 알아야 할 필요도 없을 테니 깜짝 선물도 충분히 가능할 것 같은데. 하지만 정말 그걸로 괜찮을까?

그 후로도 무전기 너머의 시스하와 끙끙대며 고민하자, 불현듯 한 생각이 뇌리를 스쳤다.

"앗, 한 가지 방법이 떠올랐어."

[정말인가요?!]

"아니, 잠깐. 떠오르긴 했는데 이게 좋은 방법인지는 모르겠어. 게다가 보석상에서 상담해 볼 필요도 있고."

[오쿠라 씨는 정말 자신감이 없으시네요. 모처럼 떠오른 생각이니까 그냥 당당하게 말해 주세요.]

"너 지금 시비 거는 거지? 정말이지, 그럼 말한다?"

그 결과, 시스하에게서 괜찮을 것 같다는 대답이 돌아왔다. 좋았어, 그러면 내일 보석상에 가서 물어보자.

그리고 다음 날. 보석상에 가서 내 생각을 말했다. 대답은 오케이였다. 결국 나와 시스하는 그 가게에 루비와 토파즈 가공을 맡겼다.

가공 완료까진 사흘 정도 걸린다는 답변을 받아, 넉넉하게 나흘 뒤 다시 방문하기로 정했다. 그 후 의심받는 일 없도록 평소처럼 모두와 사냥에 매진한 결과, 드디어 그 날이 찾아왔다.

그날 아침, 다시 한번 시스하와 마석 사냥에 다녀오겠다고 둘러대고 집을 빠져나왔다.

사냥을 했다는 증거는 남겨야하니 바로 사냥터에 직행하여 열심히 사냥. 점심시간 즈음에 사냥을 마무리하고 식사를 했다.

"자, 사냥도 끝났으니 받으러 갈 까? 지금쯤이면 완성됐겠지?"

"네! 가슴이 엄청 두근거리네요! 덕분에 평소보다 무기가 가볍게 느껴지더라구요! 이거 봐요!"

어지간히 기대되는 모양인지, 시스하가 허공에 매직블레이드를 붕붕 휘두르며 기뻐했다.

"으, 으악! 이 바보야! 그걸 그렇게 휘두르면 어떡해!"

한 번 휘두를 때마다 나무들이 쓸려나가는 게, 그야말로 공포 그 자체였다.

시스하를 진정시키고 바로 비컨을 사용해 퀘레스로 이동하여 보석상을 찾아갔다.

"실례합니다──."

"앗, 오쿠라 님, 기다리고 있었습니다."

가게에 들어서자 여성 점원이 우리를 맞이해주었다. 다만, 여성의 옆에는 지난번 방문 때는 만나지 못했던 남성이 한 명 더 있었다. 나이는 여성 점원과 비슷해 보였다. 전엔 시간이 안 맞아서 못 본 건가?

여성 점원에게 인사를 건넨 후 남성 쪽을 바라보자, 그 남성은 사람 좋은 미소를 지으며 우리를 반겨주었다.

"아, 오쿠라 님이시군요! 처음 뵙겠습니다. 갑작스럽겠지만, 오래 기다리셨을 테니 어서 물품부터 확인해보시죠. 이쪽이 루비, 이쪽이 토파즈입니다."

남성이 검은색 상자를 내밀었다.

"아, 네! 감사합니다."

남성이 작은 검은색 상자를 우리에게 건넸다. 상자를 열어보니, 빨갛게 빛나는 보석이 영롱한 자태를 뽐내고 있었다.

얼핏 봐선 셀 수 없을 정도로 많은 면이 커팅되어 가게 내의 어렴풋한 조명 아래에서도 아름답게 빛나 멍하니 시선을 빼앗길 수밖에 없었다. 정말 엄청나다. 설마 이렇게까지 멋지게 만들어질 줄이야.

다만, 상자 안에 들어있는 건 반지도 아니고, 목걸이도 아닌 보석뿐이다.

사실 내가 시스하에게 말한 아이디어가 바로 이거다. 원석을 가공해서 만든 보석을 선물하는 것. 그 후엔 본인에게 어떤 액세서리가 좋은지 물어볼 생각이다.

제작 의뢰를 맡기기 전에 점원과 상담했던 이유는 가공 모양에 따라 특정 액세서리는 만들지 못할 가능성은 없는지 확인해보고 싶어서였다. 그 결과 어떻게 커팅해도 원하는 액세서리는 만들 수 있다는 답변을 받았기에 이 방법을 채택하기로 했었다.

"와, 우왓?! 오쿠라 씨! 이, 이거 보세요!"

옆에 있던 시스하도 잔뜩 흥분해서 탄성을 내질렀다. 결과물이 너무나 마음에 들었는지 제자리에서 방방 뛰기까지.

"잠깐, 소란 피우지 마! 좀 진정해!"

"이, 이렇게 예쁜걸요! 진정할 수가 없어요!"

오두방정을 떠는 시스하의 모습에 대체 어떻게 완성되었나 살펴보니, 토파즈는 가는 장방형으로 세공된 상태였고, 커팅된 면은 측면에 평행되게 만들어져 있었다. 그 면에도 세세하게 커팅이 되어 있어 내 루비와 견주어도 손색없을 정도로 반짝반짝 빛났다.

흥분하는 것도 충분히 이해된다. 그보다 진짜 엄청나네. 원석 상태일 때도 예뻤지만 이건 차원이 달라.

"정말 만족스럽네요! 제 일행이 이렇게 오두방정을 떠는 모습은 처음 볼 정도예요. 혹시 너무 소란을 피운 건 아닌지, 정말 죄송합니다."

"아닙니다. 오히려 제 세공품을 보고 이렇게나 기뻐해 주시니 저도 기쁠 따름입니다."

"아, 세공사셨군요!"

이 남성이 보석을 가공했나 보군. 오늘은 수령하는 날이라 특별히 나온 건가?

"상당히 좋은 원석의 가공을 맡게 되었다고 아내가 입이 닳도록 말하더군요. 그래서 작업하기 전부터 많이 기대했었는데, 세공사로서도 정말 감탄할 정도로 질이 좋은 원석이라 저도 모르게 손이 떨려서 많이 고생했습니다."

"아하하…… 그래도 결과물은 잘 나왔으니 다행이네요. 정말 감사합니다. 그나저나 부부께서 운영하는 곳인 줄은 몰랐어요."

"네. 금속 세공은 제가 담당하고, 보석 세공은 남편이 담당하고 있어요."

남편이 마도사고 아내가 연금술사 같은 건가? 각자 특기 분야로 분업을 하고 있구나.

보석도 만족스럽게 완성되었고, 기쁜 마음으로 보석을 케이스에 담아 포장지와 리본으로 포장했다.

"그러면 다시 방문하실 날을 기다리고 있겠습니다. 힘내세요!"

"아하하…… 감사합니다."

힘내라니, 고백할 생각은 아닌데 말이야. 조금 떨리긴 하지만, 그냥 답례로 주는 것뿐이다.

그렇게 인상 좋은 세공사 부부의 배웅을 받으며 우리는 보석상을 나섰다.

"우후후, 이렇게 예쁘게 완성되다니…… 분명 다들 좋아할 거예요!"

"그러면 좋겠네."

"또 축 처지셨네요. 자신감 좀 가지세요. 어깨도 피시고! 남자잖아요, 자!"

평소보다 기분이 좋은지 팔짝거리며 걷는 시스하가 내 등을 툭 쳤다.

"끄악! 시, 시스하가 이상할 정도로 자신감 넘치는 거잖아! 오히려 불안한 게 정상 아니야?"

어떻게 이렇게 자신만만한지 난 이해가 안 돼. 그 긍정적인 사고를 조금이라도 나눠 받고 싶을 정도다. 시스하는 무슨 일이 있어도 굴하지 않으니까 말이지. 정말 존경스러워.

"그렇게 부정적으로 생각할 필요 있나요? 어차피 선물할 거, 상대방도 기분 좋게 받을 수 있게 긍정적으로 생각해요."

시스하의 설교는 인적이 드문 곳으로 갈 때까지 계속됐다. 속

사포처럼 쏟아지는 설교를 들으며 한참을 시달린 끝에 드디어 비컨이 있는 장소에 도착. 곧장 집으로 이동했다.

에스텔을 만나면 바로 보석을 줘야겠다고 생각하며 현관문을 여니,

"나 왔…… 어라?"

거실에는 아무도 없었다.

혹시나 싶어 주방에도 가 봤지만, 아직 이른 시간이라 그런지 놀의 모습도 보이지 않았다.

"아무도 없네요. 일단 전 루나 씨 방에 가 볼게요."

"엇, 잠깐만."

"오쿠라 씨도 에스텔 씨 방에 가서 힘내 보세요——."

시스하는 재빠르게 루나의 방으로 향했다.

으엑, 진짜냐. 거실에서 시스하랑 같이 건네줄 생각이었는데. 일대일로 주는 건 좀 불안하다고.

총총 발걸음을 옮기는 시스하. 그 뒷모습을 바라보며 나도 각오를 다질 수밖에 없었다.

곧장 에스텔의 방으로 향해 방문을 두드렸다.

[열려 있어.]

"……들어갈게."

역시 방에 있었던 모양이다. 바로 대답이 돌아왔다. 방에 들어가니 편한 자세로 침대 위에 앉아 책을 읽는 에스텔의 모습이 눈에 들어왔다.

"어머, 잘 다녀왔어 오빠?"

"응. 다녀왔어."

그러고 보니 에스텔 방에 들어온 건 처음이다.

방 한 켠에 자리 잡은 책장과 거길 가득 채운 책들이 시선을 끈다. 대부분 가챠에서 나온 두꺼운 책이나 서점에서 산 책들이다. 인형으로 가득 찬 놀의 방에 비하면 깔끔한 인상이다.

"조금 의외네. 마법사의 방이라면 너저분할 줄 알았는데. 깔끔하게 정리하고 지내는 구나."

"당연하지. 설마 오빠는 내가 청소도 안하고 살 줄 알았던 거야?"

"그, 그런 건 아니지만……. 그나저나 놀은 외출했어? 거실에도 없고 주방에도 없던데."

"모후토 집에 들어가서 놀고 있을 거야. 놀기 딱 좋은 곳이니까."

그 녀석, 모후토 집 안에서 놀고 있는 건가. 확실히 그 안은 항상 쾌청한 데다가 드넓은 초원이 펼쳐져 있으니 모후토와 놀기엔 안성맞춤이지.

그, 그보다 지금은 어떻게 보석을 건네줄지를 생각해야 한다. 호기롭게 들어온 건 좋았는데, 정말 아무 생각 없이 들어와 버렸다. 대체 어떻게 말을 꺼내야 할까. 그냥 주면 되려나? 아니면 나름대로 격식을 맞춰서 줘야 하나? 모르겠어! 경험치가 0이라서 모르겠다고!

"왜 그렇게 긴장했어?"

에스텔이 탁 소리와 함께 읽던 책을 덮고 나를 바라보더니 옅은 미소를 지었다.

"응? 따, 딱히 긴장하진 않았는데."

"후후, 내가 모를 것 같아? 나는 항상 오빠를 관찰한다구?"

관찰은 그만뒀으면 좋겠다. 아직 아무 말도 안 했는데 벌써 다 들킨 거 같은 기분이다.

"그래서, 내 방엔 왜 온 거야?"

"그게, 그…… 이거."

결국 머리가 새하얘진 나는 될 대로 되란 듯이 가방에서 케이스를 꺼내 에스텔에게 내밀었다.

"귀여운 상자네. 혹시 날 위한 선물……이야?"

"응. 맞아."

"엣, 정말?"

농담처럼 말하는 에스텔에게 바로 그렇다고 대답했다. 그러자 에스텔의 얼굴에서 미소가 사라지더니 눈을 크게 뜨고 내게서 상자를 받아 갔다.

"열어봐도 돼?"

"응."

보석 상자의 포장을 천천히 벗긴 에스텔은 상자를 열더니 그대로 멈춰 버렸다.

"그러니까, 그건 루비고, 처음엔 액세서리로 만들어서 줄 생각이었는데 에스텔이 뭘 좋아하는지 몰라서 말이야. 그, 그래도 보석은 내가 고심해서 골라서 가게도 이곳저곳……."

나는 변명하듯이 빠르게 말을 내뱉었다. 심장이 터질 거 같다. 왜지? 정말 별거 아닌 일인데 왜 이러는 걸까.

격하게 두근거리는 심장을 어떻게든 다잡으려 노력하며, 잠자코 에스텔이 뭔가 말이라도 할 때까지 기다렸다.

그러나 에스텔은 아무 대답도 없었다. 얼굴 앞에 손을 흔들어 보아도 아무 반응이 없다. 아니, 몸은 떨고 있나? 무, 무슨 일이지? 에스텔의 이런 모습은 처음인데.

"어이──, 에스텔──."

"앗, 미, 미안."

걱정스러운 마음에 어깨에 손을 올리자 에스텔이 몸을 움찔거리며 반응을 보였다. 하지만 멍한 표정은 그대로였다.

잠시 후, 에스텔이 살짝 떨리는 목소리로 입을 열었다.

"요즘 시스하랑 몰래 하던 게 이거였어?"

"응. 루겐 계곡에 갔을 때 시스하가 목걸이의 답례를 하면 어떻겠냐고 했거든. 지금쯤이면 시스하도 루나한테 선물하고 있을 거야."

"어머…… 그래? 시스하가 그런 말을 했구나."

그 말을 끝으로 에스텔은 뺨에 한 손을 대고 생각에 빠져버렸다. 반응도 별로 없고, 설마 마음에 안 든 걸까?

"마, 마음에 안 들어?"

"아냐, 오빠가 골라 준 보석인걸. 당연히 마음에 들어. 기쁘기도 하고."

"그, 그래? 그러면 다행이네."

"뭐라고 해야 할까. 감정이 폭발할 것 같아서, 있는 힘껏 진정시키고 있는 거야."

"그, 그렇구나. 그럼 진정하는 게 좋겠네."

에스텔이 폭주하면 큰일 날 것 같으니 괜한 자극은 피해야겠다. 따로 이벤트를 준비하지 않고 건네준 게 정답이었을지도 모르겠다.

"고마워. 오빠라고 생각하고 소중히 간직할게."

"으, 응. 사실 그거 아직 완성한 게 아니야. 나중에 에스텔이 좋아하는 액세서리로 만들면 돼. 보석상에는 이미 말해 뒀으니 같이 가자."

"그래서 보석만 있었구나. 이것만으로도 쓰러질 정도로 기쁜데, 후후후······."

에스텔은 훑는 듯한 시선으로 보석을 바라보았다. 기뻐해 주는 건 좋은데, 매우 위험한 분위기가 풍기는 거 같은데, 내 착각일까. 등골이 서늘해졌다.

"그, 그래서 말이야. 시스하가 꽤 많이 도와줬으니 너무 뭐라고 하지 마."

"응. 알았어. 걱정하지 마. 오히려 감사 인사를 해야 할 정도인걸."

"그래, 그렇게 해 줘. 그러면 난 방으로 돌아갈게."

"앗, 잠깐만."

목적을 달성하고 쭈뼛쭈뼛 에스텔의 방에서 나가려 한 순간, 에스텔이 나를 불렀다.

"응? 왜 그래?"

에스텔이 침대에서 내려와 나를 향해 종종걸음으로 달려왔다.

"잠깐 허리 좀 숙여줄래?"

"그래."

에스텔의 말대로 고분고분 몸을 굽힌 순간, 에스텔이 내 목에 양팔을 둘렀다. 당연히 나는 패닉에 빠졌다. 대체 무슨 상황인지 파악도 못 하고 있는데, 내 왼쪽 볼에 따뜻하고 부드러운 감촉이 느껴졌다.

잠시 후, 부드러운 감촉이 멀어지는 것과 동시에 에스텔이 팔을 풀고 떨어졌다.

"후후후, 해 버렸네. 오빠 정말 기뻤어. 고마워."

……응? 으응? 지금 뭐였던 거야? 그 부드러운 감촉, 설마 입술…… 으응?!

◆

그 후 나는 내 방 침대에서 몇십 번이나 뒹굴었다.

머릿속이 하얗게 변해 아무것도 떠오르질 않았다.

볼에서 온기가 느껴진다. 그 온기 덕분에 에스텔이 내게 뽀뽀했다는 것이 현실이라는 사실을 겨우 받아들일 수 있었다.

항상 대담하게 달라붙긴 했지만 설마 뽀뽀까지 할 줄이야. 게다가 마지막엔 얼굴까지 빨개져서 방으로 들어가 버렸지. 정말 귀여웠다. 아, 원래부터 귀여웠나.

그나저나 어째 최근 이런 일이 늘어난 듯한 기분인데, 시스하의 가슴을 만지려던 때도 그랬고, 나도 슬슬 한계다. 일단 원래 세계로 돌아가기 위한 방법을 찾고 있으니 손을 대는 건 말도 안 되겠지만, 그래도 참지 못하게 되면…… 어쩌지.

아니야. 잡생각을 떨쳐야 해. 이럴 때일수록 이성을 단단히 붙잡아야지! 자, 일단 목욕이라도 하면서 머리를 식혀야겠어!

그렇게 생각한 나는 서둘러 욕실로 향해 욕조에 몸을 담갔다.

그 후 한참 동안 욕조에 몸을 담그고 나니 머리가 개운해졌다. 몸도 나른해져, 가벼운 발걸음으로 주섬주섬 옷을 챙겨 입고 거실로 나갔다.

거실에는 시스하가 평소처럼 무릎 위에 루나를 올려 두고 의자에 앉아 만면에 미소를 짓고 있었다. 루나 또한 기분 좋은 듯이 웃고 있었는데, 손에는 노랗게 빛나는 보석을 쥐고 있었다.

"오, 시스하도 선물을 제대로 전달했구나."

"네! 오쿠라 씨는 어떠셨나요?"

"아──, 응. 무사히 선물했어."

"우후후, 다행이네요. 에스텔 씨가 엄청나게 좋아하셨겠어요."

"뭐, 좋아하긴 했어."

내가 상상한 반응과는 달랐지만 기분은 매우 좋아 보였으니까 말이지. 볼에 뽀뽀를 받았다는 사실은 비밀로 해야겠지. 말했다 간 시스하도 많이 놀랄 거 같으니까.

"헤이하치도 비슷한 걸 선물한 건가?"

"응. 시스하가 같이 하자고 해서 말이야. 계속 쳐다보는 걸 보니 마음에 들었나 보네?"

"당연하지. 시스하가 준 선물이다. 마음에 드는 게 당연하지."

"정말이지, 그렇게 말씀해 주시다니 너무 기뻐요!"

어지간히 기뻤는지, 시스하가 배시시 웃으며 루나를 힘껏 끌어 안았다. 그리곤 머리를 살살 쓰다듬어 주었다. 그러자 루나는 볼을 빨갛게 물들이더니 쑥스러운 듯 보석만 빤히 바라보며 시스하의 손길에 머리를 맡겼다.

이런 모습을 보면 루나가 시스하를 싫어하던 게 거짓말 같이 느껴진다니까. 포기하지 않으면 소원은 이루어지는구나. 매일 투닥거렸는데 말이지.

그렇게 두 사람이 투닥거리던 모습을 떠올리며 추억에 잠겨 있었더니 놀이 방에서 나왔다.

"어라, 오쿠라 님, 시스하. 오늘은 빨리 돌아오신 거 같습니다?"

"응. 다녀왔어. 놀은 모후토 집에서 놀다 온 거야?"

"그렇습니다! 우후후, 모후토가 너무 활발합니다! 이젠 같이 놀기도 힘들 지경입니다!"

놀이 모후토를 안고 빰을 비비적거리자 모후토도 "뿌—" 하며 기뻐했다. 그러고 보니 최근엔 모후토와 잘 놀아 주질 못했네. 나중에 한번 같이 놀아야지.

그런 대화를 나누고 있자 놀이 루나를 보고 말했다.

"음? 루나 손에 있는 그건 뭡니까? 엄청 예쁩니다!"

"후응, 그렇지? 시스하가 줬다."

"오오, 시스하가 선물한 겁니까?"

"네, 루겐 계곡에서 라피스를 잡고 얻은 원석을 가공한 거예요.

이렇게 기뻐해 주다니, 오쿠라 씨랑 노력한 보람이 있네요."

루나가 자랑하듯이 보석을 보여주자 놀이 뚫어지게 바라봤다. 먹는 것만 좋아하는 놀이 흥미를 가지다니. 이번에 선물한 보석이 그만큼 아름답기 때문이겠지. 정말 그 보석상에 의뢰하길 잘했어.

내가 만족스럽게 고개를 끄덕이자 놀이 나를 빤히 쳐다보았다.

"왜 그래?"

"오쿠라 님도 도와주신 겁니까?"

"응. 나도 에스텔한테 선물할 생각이었거든. 아까 주고 왔어."

놀이 내 대답을 듣고 어째서인지 뾰로통해졌다. 안대 때문에 표정이 잘 보이진 않았지만 분위기와 입을 보아하니 불만스러워한다는 것을 알 수 있었다.

이유를 몰라 머리 위에 물음표를 띄우고 있자니, 놀이 모후토를 바닥에 내려놓았다. 그리곤 마치 떼를 쓰는 아이처럼 팔을 붕붕 휘두르기 시작했다.

"우우──. 저만 소외된 기분입니다!"

으, 으악! 생각해 보니 이번엔 놀을 전혀 생각 안 하고 있었잖아!

"그, 그럴 리가. 그, 그치?"

"엣. 그, 글쎄요."

얼버무리듯 대답하며 시스하에게 동의를 구하자 시스하가 고개를 돌렸다.

시, 시스하 이럴 땐 날 도와줘야지! 휘파람까지 불면서 모른 척

하면 난 어떻게 하라고!

놀은 양손 검지를 꼼지락거리며 말을 이어 나갔다.

"저도, 그게, 순수한 소녀……니까 저만 빼시면 섭섭합니다."

"또 순수한 소녀란 소릴 하는 거냐. 자. 이거라도 줄 테니까 기운 내."

바닥을 내려다보며 낙심한 놀이 조금 가엽게 느껴져서 거실에 둔 배낭에서 원석을 모으며 얻은 암염을 내밀었다. 마, 맛은 있으니 놀이 좋아해 주지 않을까.

워낙 먹을 것을 좋아하는 놀이니 암염을 주면 일단 기분이 풀릴 것이라 생각했는데, 되돌아온 놀의 반응은 정말 예상외였다.

"오쿠라 님, 제가 먹을 것만 내밀면 그냥 넘어갈 거라고 생각하시는 겁니까?"

"엣?"

뭐, 뭐라고?! 놀이 바로 달려들질 않잖아?! 시스하와 루나까지 놀랐는지, 둘 다 나와 같은 반응이었다.

"어째서 시스하와 루나까지 놀라는 겁니까!"

"따, 딱히 그런 적 없다."

"노, 놀라지 않았어요."

두 사람은 안대 너머의 놀의 시선을 받고는 어색하게 시선을 돌렸다. 그것을 본 놀은 모후토를 안아 들더니 고개를 떨군 채 부들부들 떨었다.

"우으, 다들 너무합니다. 됐습니다. 방으로 돌아갈 겁니다!"

"앗, 잠깐, 기다려!"

내 손에서 암염을 낚아채고는 그대로 모후토와 함께 자신의 방으로 돌아가려는 놀. 나는 황급히 놀의 손을 붙잡았다.

"놓으십시오——!"

빼액하고 외친 놀이 세차게 손을 털었다.

여전히 엄청난 힘이잖아! 나로는 역부족이야! 이대로 놓치면 방에 틀어박힐 것 같으니 일단 멈춰 세워야 해! 놀은 뒤끝 있는 타입이니까 이 자리에서 해결해야 한다.

"알았어, 알았다고! 우리가 채집해 온 원석 중에서 원하는 거 줄게!"

"그건 싫습니다! 저도 채집하러 가고 싶습니다!"

"알았어! 나중에 놀도 같이 루겐 계곡에 원석 채집하러 가자!"

"정말이십니까?"

"어, 으응."

"좋습니다!"

수, 수습된 건가. 나는 숨을 돌리며 겨우 차분해진 놀을 의자에 앉히는 데 성공했다.

"그러고 보니 에스텔은 아직 안 나왔습니까? 오쿠라 님이 선물한 보석이 궁금합니다."

"아직 방에 있지 않을까? 스스로 나올 때까진 들어가지 않는 게 좋을 것 같은데."

"대체 어떻게 기쁨을 표현하고 있는데요?"

"에스텔은 헤이하치와 관련된 일엔 무섭지. 엮이지 않는 게 좋다."

보석을 선물한 지 제법 시간이 지났는데 에스텔은 아직 거실로 나오지 않았다. 아마 지금도 자신의 방에서 기분을 가라앉히고 있는 거겠지. 나도 평상시처럼 행동하고 있긴 하지만 에스텔의 얼굴을 보면 아까 일이 떠오를 것 같다.

그런 걱정을 했으나 결국 에스텔은 방에서 나오지 않았다. 저녁을 먹자고 놀이 불렀으나 방 앞에 놓아 달라고 했다는 듯하다.

방에 틀어박힐 정도로 흥분한 건가. 오늘은 얼굴을 마주치지 않는 편이 좋을 것 같다.

다음 날, 평소처럼 아침 일찍 일어나 거실에서 놀과 대화하고 있는데 에스텔이 나왔다.

"오빠, 놀. 좋은 아침."

"어, 으응. 좋은 아침."

"좋은 아침입니다. 아침밥은 이미 다 되었으니 바로 가지고 오겠습니다!"

"응. 고마워."

에스텔은 나를 보고 슬며시 미소 짓고는 아무 일도 없었다는 듯이 의자에 앉았다. 그 후 시스하도 일어나 함께 아침밥을 먹었다. 뭔가 반응을 보일 것이라고 생각해서 마음의 준비를 하고 있었는데 딱히 아무 반응이 없네.

"에스텔 씨, 오쿠라 씨가 드린 보석은 어땠나요?"

"엄청 예뻐. 정말 기뻤어. 응. 정말로."

"부럽습니다──. 나중에 저한테도 보여 주십시오."

"후후, 알았어."

아무래도 에스텔은 보석을 받은 일에 대해 자세히 말할 생각은 없는 듯했다.

평소 같았으면 '기뻐서 뽀뽀까지 해 버렸어'라고 말할 법 한데. 혹시 에스텔도 부끄러워서 그러는 건가?

"오쿠라 씨. 오늘도 보석상에 가실 거죠?"

시스하의 말대로, 오늘은 보석을 액세서리로 만들기 위해 에스텔과 루나를 데리고 보석상에 갈 예정이다.

"응. 루나랑 에스텔도 같이 가야지."

내가 그렇게 말하자 옆에서 엄청난 시선이 느껴졌다. 시선이 느껴지는 방향을 바라보자 놀이 입에 빵을 문 채로 가만히 나를 쳐다보고 있었다.

"노, 놀도 갈래?"

"우물…… 저, 저도 가겠습니다!"

서둘러 빵을 삼킨 놀이 대답했다.

"어머. 내가 없는 동안 무슨 일 있었어?"

"아──, 놀이 좀 삐져서 말이야."

"삐, 삐진 적 없습니다!"

나는 삐진 줄 알았지. 보석 대신 암염을 준 나도 나빴다곤 생각하지만.

그렇게 아침 식사를 마치고 루나를 깨웠다. 그리고 퀘레스로 가기 전에 어떤 액세서리를 만들지 물어 보았다.

"루나는 어떤 액세서리로 할지 정했어?"

"음. 브로치가 좋겠어."

"역시 직접 물어보는 게 정답이었네요."

어제의 그 반응을 봐선 뭘 주더라도 기뻐했겠지만 역시 깜짝 선물로 완성품을 주지 않은 게 나았던 것 같다. 두 사람은 보석만으로도 기뻐해 줬지만, 나도 본인이 좋아하는 액세서리를 만드는 게 더 기쁘니까.

"에스텔은 뭘 만들 겁니까?"

"밤새 생각해 봤는데 난 목걸이로 할래."

"옛, 목걸이?!"

정말 예상외의 답변이었다. 분명 반지를 받고 싶어 할 거라고 생각했는데 말이야.

"어머, 내가 이상한 소리라도 했어?"

나도 모르게 놀라서 외치자 에스텔은 이상하다는 듯이 고개를 갸웃했다.

"왜 그렇게 놀라?"

"에스텔 씨라면 반지를 받고 싶어 할 거라고 생각했거든요."

말문이 막힌 나 대신 시스하가 답하자, 에스텔이 뺨에 손을 대고 잠시 고민했다. 아무래도 어떻게 설명해야할지 고민하는 모양이다. 그렇게 잠시 고민하던 에스텔은 이내 활짝 웃더니 두근거리는 발언을 내뱉었다.

"으음, 반지도 좋지만 말이야. 그건 오빠가 직접 선물해 줘야 의미 있잖아. 그러니까 그날까지 기대하면서 잠자코 기다릴래."

흐음? 무슨 의미지? 말 속에 여러 의미가 담겨 있는 것 같은데.

"그렇다네요, 오쿠라 씨! 힘내세요!"

"윽, 이상한 방향으로 몰아가지 마!"

뭘 힘내라는 거야! 정말 시스하는 이럴 때 꼭 쓸데없는 말을 한다니까. 그야 도움이 될 때도 있지만 지금은 전혀 아니잖아. 나는 화제를 바꾸기 위해 놀에게 말을 걸었다.

"그나저나 의외네. 놀도 보석에 관심 있었어?"

"실례되는 말씀을 하십니다. 저도 여자니까 관심 있는 게 당연하잖습니까!"

"그런 것 치고는 루겐 계곡에서 암염만 모았던 거 같은데."

"그, 그건 어쩌다 보니 그렇게 된 겁니다."

목소리가 작아지더니 검지를 맞대고 꼼지락거리는 놀이었다.

정말 관심이 있긴 한 걸까. 원석엔 눈길도 주지 않고 암염만 모으던 놀이 말하니까 설득력이 없는데. 애초에 필요 없다면서 우리한테 줬었지. 가공된 보석을 보고 마음이 달라진 건가?

에스텔과 시스하와 최근에 이런저런 일이 있었으니, 이렇게 놀의 변함없는 모습이 마음 편하게 느껴지기도 한다.

그런 대화를 나누며 나갈 준비를 마치고 퀘레스로 이동하여 원석 가공을 맡겼던 보석상을 찾아갔다.

"오오──, 여기가 그 보석상입니까?"

"분위기가 괜찮은걸. 이런 곳을 잘도 찾았네."

"더 클 줄 알았는데 생각보다 작군."

보석상을 처음 본 세 사람은, 나와 시스하가 이곳에 처음 왔을 때와 같은 반응을 보였다. 물론 가게 안에 들어갔을 때도 비슷한 반응이었다.

"어, 엄청납니다! 보석이 밤하늘의 별처럼 반짝반짝 빛납니다!"

"그건 너무 과장……은 아니네. 오빠가 준 것도 예뻤지만 여기 있는 것들도 전부 대단해."

여전히 어둑한 가게 내부엔 다양한 색의 보석이 반짝이고 있었다. 놀은 흥분한 듯이 진열장에 달라붙어 보석이 달린 액세서리를 구경했다. 에스텔과 루나도 놀과 함께 전시품을 보며 감탄했다.

까치발을 들고 진열장에 기대서 브로치를 구경하는 루나에게 시스하가 말을 걸었다.

"어떠세요, 루나 씨? 뭔가 참고가 될 만한 게 있나요?"

"글쎄. 브로치도 생각보다 종류가 다양하군. 두 사람이 우리한테 직접 고르게 한 것도 이해가 돼."

"맞아요. 저희도 이곳저곳 돌아다니면서 많이 봤는데 점점 자신이 없어지더라고요."

역시 루나도 디자인을 고르기 힘든 모양이다. 우리도 보면 볼수록 고민만 깊어졌었지. 마치 밑바닥 없는 수렁에 빠지는 기분이었다.

"어머. 오빠랑 둘이서 이런 식으로 보석상을 돌아다녔던 거야?"

"엣, 아니, 그건 맞지만요…… 따, 딱히 이상한 짓은 안 했어요!"

"후후, 그렇게 무서워하지 마. 그냥 물어본 거야."

에스텔이 방긋 웃으며 시스하를 쳐다보았다. 화내는 것 같진 않았다. 그러나 시스하는 이미 몇 번이나 에스텔을 화나게 하여 방에 끌려간 전적이 있는 몸. 덕분에 트라우마가 생겨 에스텔의 사소한 표정 변화에도 굉장히 민감하게 반응한다.

으음, 자업자득이니 어쩔 수 없나.

아무튼 놀과 루나, 그리고 에스텔은 가게에 진열된 보석을 구경하느라 정신이 없었고, 나와 시스하는 점원과 어떤 액세서리를 만들지 상담하기 위해 카운터에 있는 벨을 눌렀다.

잠시 기다리자, 카운터 안쪽에 있는 방에서 항상 맞이해 주던 여성이 나왔다.

"네──, 기다리셨…… 앗, 생각보다 빨리 와 주셨네요."

"안녕하세요. 저번엔 감사했습니다."

"이틀 연속으로 실례합니다."

남편은 부재중인 모양이었다. 덕분에 무사히 선물할 수 있었다는 것을 알리자, 점원은 자기 일인 양 기쁨을 표했다.

"선물을 받고 기뻐하셨다니 정말 다행이네요. 그럼 오늘은 어떤 액세서리를 만들지 상담하러 오신 거죠?"

"네. 되도록 디자인은 본인들이 골라줬으면 해서 함께 왔거든요. 에스텔~, 루나~ 잠깐 이쪽으로 와줄래?"

내가 부르자 에스텔과 루나가 우리 쪽으로 왔다. 열심히 구경 중이었는데, 살짝 아쉽다는 눈치다. 한편, 혼자 남은 놀은 아직도 보석을 구경하느라 여념이 없었다.

"그럼 편히 앉아서 이야기할까요? 이쪽으로 안내해드릴게요."

우리는 점원의 안내에 따라 가게 한 켠에 있는 테이블로 향했다. 그리곤 각자 자리에 착석. 에스텔과 루나는 점원 맞은편에 앉고, 나와 시스하는 점원 옆에 나란히 앉았다.

"두 분께 선물하신 거였군요. 귀여우신 분들이네요."

"후후, 고마워."

"응. 고맙군."

칭찬을 듣고 활짝 웃는 에스텔. 하지만 루나는 시선을 돌리고 짧게 대답할 뿐이었다. 루나는 우리 외의 다른 사람과는 대화는커녕 만나지도 않으니 이 상황이 익숙지 않은 모양이었다.

"보석이 너무 예뻐서 놀랐어. 마법으로 가공했다고 들었는데 어떤 식으로 하는 거야?"

"마음에 드셨다니 정말 기쁘네요. 하지만 가공법을 알려드리기는 좀……."

"어머, 미안. 흥미가 있어서 나도 모르게 물어봤네. 중요한 비법일 텐데."

미안하다는 얼굴로 대답한 점원에게 에스텔이 가볍게 고개를 숙이며 사과했다.

하긴, 기업 비밀을 알려달라는 거나 마찬가지이니 거절하는 것도 당연하다. 에스텔이라면 누가 알려주지 않아도 혼자서 어떻게든 할 것 같지만.

그 후엔 우리도 대화에 참가하여 어떤 것을 만들지 상담했다.

그렇게 어느 정도 대략적인 디자인과 금액 등이 결정되고, 나머지 세세한 사항은 에스텔과 루나가 정하기로 했다.

따로 할 말이 없어진 나는 자리에서 일어나 아까부터 가게 내를 돌아다니던 놀에게 다가갔다. 놀은 여전히 머리핀이 전시되어 있는 진열장에 달라붙어 연신 감탄사를 내뱉고 있었다.

"하으……."

꽤나 집중해서 보네. 마음에 쏙 드는 물건이라도 찾았나? 안대를 하고 있어서 표정은 보이지 않았지만, 그 모습을 보고 있자니 놀도 영락없이 소녀라는 사실을 다시금 깨달았다.

"뭘 보고 그러는 거야?"

"앗, 오쿠라 님. 예쁜 것들이 잔뜩 있어서 저도 모르게 푹 빠져버렸습니다."

"놀이 먹는 것 외에 관심을 쏟는 게 생기다니, 해가 서쪽에서 뜨겠네."

"무슨 실례되는 말씀을 하십니까! 저도 순수한 소녀라고 항상 말하지 않았습니까!"

"스스로를 순수한 소녀라고 말하는 것도 좀 이상하지 않아?"

놀이 양손을 위아래로 붕붕 흔들며 온몸으로 항의했다.

보석에 이렇게 흥미를 보이다니, 정말 예상외란 말이지. 하지만 먹는 것과 이상한 인형 외에도 제대로 여자아이다운 물건에 흥미를 보여줘서 안심했다.

"그보다 오쿠라 님이 선물을 주시다니 에스텔이 부럽습니다."

"너한테도 항상 가챠 아이템 주잖아."

"이것과 그건 다르지 않습니까!"

"하하, 농담이야 농담."

농담이라면서 웃어넘겼지만 솔직히 좀 마음에 걸렸다. 혹시 놀도 선물을 바라나? 아니면 다른 생각이 있는 걸까…… 아니, 놀이니까 그런 건 아니겠지. 단순히 뭔가 받고 싶은 것이 틀림없다.

"그럼 놀은 어떤 걸 선물 받고 싶은데?"

"으음. 머리핀이나 팔찌가 좋을 것 같습니다."

놀이라면 좀 더 특이한 것을 원할 거라고 생각했는데 의외로 평범한 대답이 돌아왔다. 시스하의 예상대로 머리핀이라니. 뭐, 확실히 예쁜 은발이니 머리핀을 하면 좋은 포인트가 될 것 같긴 하다.

으음, 에스텔처럼 뭔가를 준 건 아니지만, 놀은 이 세계에 와서 내가 가장 신세 지고 있는 존재다. 평소 가지고 있던 감사의 마음을 담아 선물 하나쯤은 하는 게 좋겠지.

"머리핀이라……. 좋아. 어차피 나랑 원석을 구하러 다니기로 했으니까, 놀에게도 이쁜 걸 선물해야겠네. 만족할 만한 원석을 구할 수 있도록 힘내 보자."

"알겠습니다!"

"아참. 마석 수집도 같이 하는 거니까 잘 부탁해."

"엣, 그런 이야기는 못 들었습니다만?!"

마석 수집 이야기에 소스라치게 놀란 놀이 내 어깨를 붙들고 필사적으로 흔들었다.

하하, 이제 놀도 나와 시스하의 마석 수집에 참가하는 거야. 우리는 원석 수집뿐만 아니라 마석도 모으고 있었으니까 말이지. 우리도 했으니 놀도 같이 하는 거야!

그 후, 에스텔과 루나의 상담이 끝났다.

에스텔의 목걸이는 새장 모양 소품 중앙에 보석을 끼운 디자인. 루나의 브로치는 박쥐가 보석을 쥐고 있는 듯한 디자인으로 결정되었다.

루나는 알기 쉬운데 에스텔은 독특한 센스가 있네. 우리였다면 그런 디자인은 떠올리지 못했을 것이다. 본인에게 확인하길 정말 잘 했어.

◆

액세서리 제작을 의뢰하고 며칠 후.

액세서리는 이미 완성되어서 에스텔과 루나에게 선물하였다. 선물하기 직전에 에스텔의 목걸이에는 내 마력을, 루나의 브로치엔 시스하의 마력을 주입하였다. 마광석처럼 특수한 효과는 없지만 본인들이 매우 기뻐했으니 좋은 선택이었겠지. 마법 가공으로 정하길 잘 했어.

오늘은 약속대로 나와 놀, 시스하 세 명이서 루겐 계곡에서 열심히 사냥 중이다.

"우후후——, 역시 원석을 모으는 게 더 즐겁습니다!"

양손에 원석과 암염을 잔뜩 안은 놀이 머리를 휘날리며 우리가 있는 곳으로 돌아왔다.

놀의 얼굴에 저렇게 웃음꽃이 활짝 피다니. 사실 루겐 계곡에 오기 전에 마석 수집을 위해 오크의 숲에서 블랙 오크를 사냥했는데, 그때는 완전 울상이었다. 그렇게나 마석 수집이 싫은 걸까.

그래도 오크의 숲에선 놀이 함께해 준 덕분에 효율이 엄청나게 올랐었다. 정말 감사한 일이다. 지금까지 모은 마석은 총 1100개. 이대로라면 2천 개는 충분히 모을 수 있을 것 같다.

"기분 좋아 보여서 다행이네. 마석을 모을 때도 즐겁게 임하는 건 어때?"

"그건 어렵습니다!"

놀이 질색하며 말했다. 뭐, 이 이상 바라는 건 내 욕심일 테니 어쩔 수 없는 일이겠지.

"놀 씨, 대단해요. 엄청 많이 모았잖아요. ……앗, 암염이 섞여 있네요."

암염을 보고 시스하가 눈을 빛내며 말했다.

여기에는 이유가 있는데, 최근 우리 사이에서 암염을 판판하게 만들어 그 위에 고기를 구워 먹는 게 소소한 행복 중 하나가 되었기 때문이다. 딱 좋게 소금 간이 배어 별도의 양념장 없이 그대로 먹어도 정말 끝내주게 맛있기 때문에, 처음 암염을 이용하자고 제안한 놀의 혜안에 다들 감탄했었다. 특히 이곳의 암염은 질이 좋아서, 최근엔 나도 암염을 잔뜩 쟁여둘 정도다.

내가 그런 생각에 빠진 사이, 놀이 시스하를 물끄러미 바라보더니 입을 열었다.

"블랙오크를 사냥할 때부터 조금 신경 쓰였던 점입니다만, 시스하는 대체 언제부터 검을 다룰 수 있게 된 겁니까?"

놀의 말에 나도 자연스레 시스하의 매직블레이드를 봤다가 이내 황급히 고개를 돌리고 말았다. 그도 그럴 게 매직블레이드가

118 제1장 선물

허벅지에 찬 홀스터에 들어있었기 때문이다. 옷과 옷 사이로 드러난 맨 허벅지에 시선을 강탈당할 수밖에 없었다. 아무래도 바로 뽑아 쓸 수 있도록 준비한 거 같은데, 시각적인 자극이 너무 강한 거 아니야?

"우후후, 눈치채셨나요? 작은 녀석은 지팡이나 맨손, 프로미넌스 펑거로도 충분히 상대할 수 있지만, 조금 큰 라피스를 잡을 땐 이만한 게 없었거든요."

"역시, 이젠 신관이라고 부를 수 없을 거 같습니다."

"에이, 그 정도는 아니에요."

싱긋 웃으며 만족스럽게 대답하는 시스하.

나도 놀과 같은 심정이었다. 처음부터 지팡이나 격투술을 이용해 적을 때려잡는 등 도저히 신관이라고는 볼 수 없는 시스하였는데, 가챠산 장비가 생긴 덕에 더 다채로운 방법으로 적을 때려눕힐 수 있게 됐다. 점점 안 좋은 방향으로 시스하를 강화시키는 듯한 기분이 들었지만 믿음직해졌으니 괜찮겠지. 오히려 회복이 부업이 된 느낌이다.

"그보다 오쿠라 님은 아까부터 거기에 타서 뭘 하고 계신 겁니까?"

드디어 물어보는군. 실은 지금까지 대화하는 동안 나는 계속 공중에 떠 있는 은색 원반을 타고 있었다. 이건 얇게 늘린 센터터 블라로, 그 위에 안정적으로 올라타는 연습을 하는 중이었다.

어필하듯이 좌우로 휙휙 움직이고 빙글빙글 회전하였더니 드디어 반응해 주었다.

"수련이지. 이것도 센티터블라의 응용법 중 하나야."

놀과 시스하가 라피스 사냥을 하는 동안 나는 계속 센티터블라를 다루는 연습을 했다. 다양한 응용법을 고민하고 연습한 결과, 공격뿐만 아니라 이렇게 올라타거나 방패로 삼을 수도 있게 되었다.

방어는 아직 고블린 상대로만 테스트해 봤지만 언젠가는 이걸 여러 방법으로 응용하고 싶다. 이동은 마법의 양탄자가 있으니 필요 없지만 경사가 가파른 곳에선 이렇게 타고 이동하는 게 편할 것이다.

"호에―, 대단합니다."

"공격, 방어에 사람까지 태울 수 있다니 활용 방법이 다양하네요. 역시 UR장비예요. 문제는 사용자가 오쿠라 씨란 점이겠죠."

"너 무슨 말을……."

크으윽, 시스하 녀석. 또 쓸데없는 말을 하잖아. 내가 가장 센티터블라를 잘 다룬다고! 똑똑히 알려주마!

"가라, 센티터블라!"

"엣― 꺄악?!"

은색 원반에서 내려온 나는 시스하에게 곧장 센티터블라를 날렸다. 닿기 직전에 원반 모양을 액체 상태로 바꿔 시스하의 온몸에 달라붙게 하였다. 그리고 바로 단단히 조른 채로 경화시켜서 움직임을 봉쇄했다.

"으윽, 괴로워…… 무, 무슨 짓을 하시는 건가요!"

"하하, 꼴좋다! 이 헤이하치를 놀린 벌이다!"

"뭘 하시는 겁니까……."

하하하, 기습이긴 했지만 내가 시스하의 움직임을 봉쇄했어! 아직 다루는 게 미숙하지만 어느 정도의 강도는 있을 테니 탈출은 불가능하다.

몸을 조르듯이 만들었기에 약간 괴로워 보였지만 날 바보 취급한 만큼 반성했으면 한다. 정말 힘들면 알아서 사과할 테니 그때 해제하면…….

그렇게 생각했으나 시스하에게 달라붙어 있던 센티터블라에 금이 가기 시작했다. 그리고 '우지직' 소리가 울렸다.

어라? 엣, 설마…….

"——흐읍!"

"으악?! 내 센티터블라를—! 네가 그러고도 인간이냐!"

시스하의 기합 소리와 함께 센티터블라는 산산조각이 나 빛의 입자로 변해 사르륵 사라졌다.

거짓말이지?! 그걸 힘으로 부순 거냐!

"후우, 아직 강도가 부족하네요. 저를 구속하고 싶다면 세 배는 더 강화하셔야겠어요."

시스하는 머리카락을 쓸어 넘기면서 득의양양한 표정을 지었다. 재수 없어, 완전 재수 없어! 지금의 나로선 시스하를 어찌하지 못하는 건가.

"크윽. 언젠가 굴복시키고 말 테다!"

"그만 놀고 오늘의 성과를 확인하는 게 어떻겠습니까—."

바닥에 엎드려 좌절하는 나를 무시하고, 놀이 오늘 얻은 원석을 땅바닥에 늘어놓으며 말했다. 이제 태클을 걸기도 지쳤다고 해야 하나, 익숙해진 건가.

"으음, 이번에도 느낌이 팍 오는 건 없습니다."

"놀은 파란색이 좋아?"

"오오, 어떻게 아셨습니까?"

파란색 계열의 사복이 많아서 물어봤더니 정말이었다. 내 감도 녹슬지 않았군.

"그래도 고르는 데 시간이 너무 오래 걸리면 죄송하니까 슬슬 정해야겠습니다."

파란색 계열의 원석을 손가락으로 집고 살펴보고 있지만 놀 입장에선 전부 만족스럽지 않은가 보다. 내 눈엔 다 괜찮아 보이는데 놀은 이따금씩 감이 날카로울 때가 있으니 맡기는 게 좋겠지.

참고로 마법 가공을 할 예정이라 나와 시스하가 마력을 흘려 넣어서 확인하고 있다. 놀 본인이 하면 마력 조절이 안 되어서 원석이 부서져 버리기 때문이다. 에스텔에게 배우고 있긴 하지만 아직 마력 운용에 고전을 면치 못하고 있다.

"천천히 골라도 괜찮아. 이참에 모후토 거까지 고르는 게 어때?"

"엣, 그래도 됩니까?!"

"오쿠라 씨가 그런 말씀을 하시다니, 왠지 수상하네요."

"그런 게 아니라 실은 가공을 맡겼던 보석상에 원석을 팔았더니 꽤 좋은 값을 쳐 줘서 말이지."

"돈벌이도 하실 생각이십니까."

에스텔과 루나의 액세서리를 받은 후, 필요 없는 원석을 거래

할 수 있는지 물어보자 점원은 눈을 반짝이며 고개를 끄덕였다. 양이 많다 보니 한 번에 전부 팔지는 못했지만 500만 길어치는 팔았다. 모아 뒀다가 조금씩 팔면 좋은 벌이가 될 것이다.

마법 가공에 맞지 않는 원석은 다른 가게에 가져가 팔았다. 거기서도 보석을 꺼내니 점원이 눈을 반짝였는데, 퀘레스에선 원석의 수요가 상당히 많은 모양이었다.

그리고 약속대로 엘레오노라 씨에게도 원석을 팔았다. 입꼬리를 올리고 웃는 엘레오노라 씨는 그때 처음 봤는데, 아마 우리가 가져오는 것을 상당히 기대했던 모양이었다.

"이미 퀘레스에서 많이 벌었는데 더 버실 생각이신가요? 따로 쓰고 싶은 곳이라도 있으신 건가요?"

"아니, 딱히 없어. 돈은 많을수록 좋잖아? 으음, 굳이 쓴다면 왕도에 거점을 만드는 정도겠지."

"오오! 새 집을 사시는 겁니까?!"

"아직 정해진 건 아니지만 말이야."

브루너에서 집을 구입한 이후로 별도의 큰 지출은 없었다. 열심히 모았으니 왕도에 집을 한 채 마련해 거점으로 삼는 것이 좋을지도 모르겠다. 그렇게 하면 비컨을 실내에 둘 수 있을 테고, 다른 사람들의 시선을 의식할 필요도 없어지겠지. 비컨을 들킬 염려도 없어지고 말이야. 왕도 이동이 정말 편해질 것이다.

뭐, 하우스 익스텐션이 없으니 본거지는 계속 브루너겠지만 왕도에 집을 장만하는 것도 큰 메리트가 있는 일이다.

게다가 왕도에 거점을 만들면 에스텔이 편하게 아넬리와 만날 수 있다. 더불어 역으로 아넬리를 집으로 초대할 수도 있으니 일석이조겠지. 모처럼 생긴 친구와 만날 기회를 늘려 주고 싶다.

"그러면 자금도 모을 겸 라피스를 더 잡읍시다! ······덤으로 암염도 모읍시다."

"그냥 암염을 모으고 싶은 거잖아!"

"우후후, 역시 놀 씨는 여전하네요."

놀은 검을 고쳐 잡고 하나로 묶은 머리를 좌우로 흔들며 달려 나갔다. 뒷모습이 마치 꼬리를 흔드는 강아지 같았다.

나와 시스하는 쓴웃음을 지으며 검을 들고 달려 나가는 놀의 뒤를 쫓아 함께 사냥을 재개했다.

가끔 모험가 협회에 들러 의뢰를 확인하거나 놀, 시스하와 함께 마석과 원석을 모으며 지내길 며칠.

오늘은 웬일인지 엘레오노라 씨가 말을 걸었다.

"오쿠라. 너희에게 지명 의뢰가 들어왔어."

"지명 의뢰 말인가요?"

퀘레스에서 우리를 지명할 만한 사람이라면, 아델베르 씨인가? 별장에 초대받았던 날 이후로 꽤 시일이 지났으니 이제 왕도에 돌아가는 걸지도 모르겠네.

그렇게 예상하며 의뢰서를 받아 펼쳐보았다. 예상대로 의뢰주는 아델베르 씨였고, 의뢰 내용은 왕도 슈팅까지의 호위였다.

"오―, 아델베르 씨잖아. 왕도로 돌아가는 모양이야."

"꽤 오래 체류했으니까 말입니다. 그렇다는 건 저희도 이제 퀘레스와 작별입니까―."

아델베르 씨의 호위 의뢰를 맡겠다고 약속했기 때문에 잠시 이곳을 거점으로 삼아 활동했던 것이다. 뭐, 비컨이 있으니 자유자재로 오갈 수는 있지만. 그래도 당분간 퀘레스 모험가 협회에 올 일은 없을 것 같다.

"참 아쉽군. 어떤가, 다시 돌아와서 퀘레스를 본거지로 삼아 활동해 보는 건? 편애는 할 수 없지만 최대한 좋은 대우로 맞아 주지."

"아, 아뇨. 그러지 않으셔도 돼요. 딱히 본거지를 정해서 활동하는 것도 아니고요. 혹시 거점을 정해서 활동하는 모험가가 많나요?"

"각지를 전전하며 활동하는 모험가도 있지만 어느 정도 실력을 인정받으면 안정적인 생활을 영위하기 위해 활동 지점을 정하는 모험가가 많아. 마물 토벌뿐만 아니라 유적이나 숲 탐색 등은 의뢰를 완료하기까지 오랜 시간이 필요하니까 말이지."

오호라. 확실히 모험가라고 부르긴 해도 계속 새로운 환경과 마주하면 안정적인 삶을 살지 못할 것이다. 새로운 지역, 새로운 마물 등 모든 게 생소하면 당연히 생명의 위협에 노출되는 일도 많아질 터. 그러니 각자 익숙한 지역을 주 활동 거점으로 삼고 체류하면서 가정을 꾸린다던가, 조금 더 안정적인 삶을 추구하는 것도 하나의 길이겠지.

으음, 그러고 보니 우린 딱히 본거지를 정하진 않았었다. 굳이 말하자면 역시 집이 있는 브루너인가? 다만, 브루너엔 의뢰가 적은 편이라 주로 왕도 슈팅의 모험가 협회에서 의뢰를 받곤 했다.

그런 생각에 빠져 있자 놀이 내가 생각하던 것과 같은 말을 했다.

"저희는 브루너에 집이 있으니 굳이 말하자면 브루너가 활동 거점입니까?"

"호오, 설마 집을 소유하고 있을 줄이야. 그러면 억지로 퀘레스에 오라고 할 순 없겠군."

"죄송합니다. 그래도 의뢰하고 싶은 게 있으시다면 왕도나 브루너 협회에 연락주세요. 바로 달려오겠습니다. 하루 정도면 퀘레스로 올 수 있으니까요."

"왕도에서 여기까지 하루라니…… 저번에 말했던 날아다니는 천이 그 정도 속도일 거 같진 않고……. 설마 다른 마도구도 있는 건가? 정말 알수록 놀라운 녀석들이군. 그래, 그래서 그 영감이 너희를 퀘레스로 보낸 건가."

왕도에서 퀘레스까지 단 하루. 황당하다는 듯이 말하는 엘레오노라 씨의 반응도 당연한 일이리라. 미리 알려두는 편이 나중에 곤란해지는 일을 피할 수 있을 거라 생각한 나는 대충 그런 마도구가 있다는 것을 전해 양해를 구했다. 그 결과 엘레오노라 씨도 이해했다는 듯이 고개를 끄덕였고, 우리는 가벼운 마음으로 모험가 조합을 나설 수 있었다.

그리고 집으로 돌아와 에스텔에게 이 이야기를 전했다.

"아넬리의 호위 의뢰를 받는 거야? 후후, 기대되네."

이야기를 들은 에스텔은 기쁜 듯이 웃으며 뺨에 손을 댔다. 전에는 친구와 어울리는 일에 소극적인 느낌이었는데 지금은 많이 익숙해진 모양이다.

에스텔의 밝은 미소를 보니 왕도에 돌아가서도 아넬리와 자주 만나 놀 수 있도록 뭔가 도움을 주고 싶어졌다. 역시 왕도에 거점을 만들어 왕래하기 편한 환경을 만들어주는 것이 가장 좋으려나.

아, 그러고 보니 마이라와 만나기 힘들어지는 건 생각 못 했네. 마이라는 마법 학원에 다녀야 하니 자유롭게 왕도에 오갈 수도 없을 테고······. 으음, 셋이 자유롭게 왕래하고 친분을 쌓을 수 있게 도와줄 방법이 없을까?

그런 고뇌에 빠져 한참 동안 머리를 굴리고 있자니, 시스하의 무릎에 앉아 그녀의 손길을 만끽하던 루나가 맥빠진 목소리를 냈다.

"또 호위 의뢰인가ㅡ. 다들 힘들겠군ㅡ."

"어디에서 어디까지 호위하는 건가요?"

"쾌레스에서 슈팅까지. 아델베르 씨가 돌아가는 길을 호위하는 의뢰니까 당연하잖아."

"에ㅡ, 쾌레스부터 슈팅까지인가요ㅡ."

시스하가 미간을 찌푸리며 노골적으로 싫다는 표정을 지었다.

"그런 표정 하지 마."

"루나 씨가 또 열흘 가까이 혼자 있어야 하잖아요."

"의뢰니까 어쩔 수 없지. 그 정돈 참아 줘."

"그래. 제대로 의뢰를 하고 와."

"그래도······."

"난 푹 자고 있을 테니 안심해. 자택 경비는 내가 맡지."

루나가 의기양양한 얼굴로 엄지를 세웠다. 아니, 시스하를 설득해 주는 건 고맙지만 자랑스러운 표정으로 자택 경비를 맡겠다는 건 좀 이상한데······.

"우으, 루나 씨가 그렇게 말씀하시면 어쩔 수 없죠."

"그 정도로 납득하는 겁니까."

시스하는 "하아ㅡ" 하고 한숨을 쉬며 루나를 끌어안았다. 겨우 그걸로 설득될 줄이야. 시스하가 귀가 얇은 건지, 아니면 루나가 대단한 건지 모르겠다. 뭐, 일단 납득했으니 다행이겠지.

하지만 역시 열흘은 길다.

"비컨을 쓸 수 있으면 이런 호위 의뢰도 바로 끝날 텐데 말이야—."

"앗, 그러네요. 그 방법이 있었어요. 이참에 한 번 실행해 보는 게 어떠신가요?"

"아니, 그건 안 되지. 아무리 신용할 수 있는 사람이라도 비컨의 존재는 최대한 숨기고 싶어. 아델베르 씨와 아넬리라면 비밀을 지켜줄 거 같지만, 에곤 씨를 비롯한 호위역 분들도 있잖아. 또 사용 조건을 충족시키기도 상당히 번거로울 거 같고."

물론 가장 큰 이유는 열흘이나 걸리는 거리를 손쉽게 이동할 수 있는 방법이 있다는 것을 최대한 알리고 싶지 않기 때문이다. 편리한 기능인 만큼 분명 탐내는 사람이 많을 거고, 이는 귀찮은 일을 불러올 불씨가 될 수도 있으니까 말이다.

"하아, 어쩔 수 없죠. 남들 앞에서 쓸 수 있었다면 더 다양하게 활용할 수 있을 텐데 말이에요."

"운송업을 하면 수요가 많겠지."

비컨으로 운송이라. 그게 가능하다면 분명 수요는 폭발적이리라. 다른 도시로 순식간에 이동할 수 있다니 꿈같은 일이지. 평생 일할 필요가 없어질 정도로 큰돈을 벌 수 있을 것 같다.

그걸 미끼로 우리의 마석 수집을 도와줄 사람을 모으는 것도…… 핫?! 안 되지, 안 돼. 마석을 생각했더니 나도 모르게 나쁜 생각을 떠올리고 말았다.

……잠깐만. 왕도에 집을 사면 그냥 비컨을 사용해 마이라를 불러오면 되는 거 아닌가? 마이라 한 명뿐이라면 소문이 퍼질 일도 거의 없을 테고. 으음, 혹시 모르니 전에 준 하이포션에 대한 소문이 퍼지지 않는지 한 번 지켜봐야겠네.

만일 마이라를 데려올 수 있다면 아넬리와 왕도에서 같이 놀 수 있을 테니 에스텔도 기뻐할 것이다. 뭐, 그건 의뢰가 끝나고 나서 본인에게 물어본 후에 정해야겠지.

아델베르 씨에게 지명 의뢰를 받고 며칠 후. 해가 막 뜨기 시작한 어둑한 새벽, 우리는 왕도로 출발하기 위해 집합 장소에 조금 일찍 가 말 두 마리를 준비했다. 그리곤 아델베르 씨 일행이 오는 것을 기다리고 있었는데, 갑자기 놀이 외쳤다.

"어라, 저 아이는…… 마이라 아닙니까?"

"엣, 마이라?"

놀이 가리키는 곳을 보니 흑발의 소녀가 있었다. 분명 마이라다.

놀의 외침을 들었는지, 마이라가 더욱 빠른 걸음으로 우리에게 다가왔다. 그러자 에스텔도 서둘러 마이라를 맞이하러 갔다.

"마이라! 이렇게 이른 아침에 무슨 일이야? 아넬리가 오늘 출발한다는 이야기 들은 거야?"

"네. 에스텔이 호위를 맡는다고 들어서 집합 장소를 물어봤어요."

"그렇구나…… 퀘레스에서 돌아가기 전에 또 만날 줄 몰랐네.

정말 기뻐."

"저, 저도 아넬리와 에스텔을 만나고 싶어서요."

에스텔이 양손을 잡자 마이라는 얼굴을 붉게 물들이며 허둥거렸다.

설마 마이라가 배웅하러 와 줄 줄이야. 에스텔도 정말 기뻤는지 천진난만하게 웃었다. 퀘레스에 와서 아넬리, 마이라와 친구가 된 후로 표정이 정말 밝아졌다.

그 후로 마이라와 함께 기다리자 아델베르 씨 일행의 마차가 나타났다. 마차가 정지하자 안에서 아넬리가 나와서 마이라와 에스텔을 끌어안았다. 하하, 이 아이도 여전히 활기차네.

"응응! 역시 마이라는 상냥해! 내가 퀘레스에서 돌아갈 때마다 항상 배웅하러 와 주잖아!"

"어머, 그랬어? 후후, 정말 상냥하네."

"따, 딱히 상냥하단 말을 들을 정도까지는…… 치, 친구니까 이 정도는 당연하죠."

마이라는 부끄러운 듯이 볼을 긁적이며 시선을 돌렸다.

에스텔은 친구라는 단어가 나온 순간 놀란 표정을 짓더니, 곧바로 더 밝은 웃음으로 화답했다.

그 모습을 놀과 시스하가 훈훈하게 미소 지으며 지켜보았다.

"우후후, 좋은 아이들과 친구가 되어서 다행입니다."

"그러네요. 에스텔 씨가 천진난만하게 웃는 모습은 좀처럼 보기 힘드니까요. 이제 에스텔 씨가 절 혼낼 때도 상냥해졌으면 좋겠어요."

"그건 전혀 상관없는 얘기잖아. 우선 혼나지 않도록 노력해."

"그도 그렇게 뭐 때문에 화가 났는지 전혀 모르겠는걸요. 오쿠라 씨랑 같은 짓을 해도 왜 저만 혼나는 건지. 정말 불공평해요."

너랑 같은 취급 하지 마! 확실히 똑같은 짓을 할 때도 있지만 난 그만둘 때를 아니까 말이야. 시스하는 그만둘 때를 모르고 선을 넘으니까 에스텔한테 혼나는 거야.

시스하 때문에 좋은 분위기가 다 깨져 버렸지만, 그런 우리와는 다르게 에스텔과 마이라, 아넬리는 즐겁게 대화를 나눴다.

이윽고 슬슬 출발할 시간이 다가오자 작별 인사를 건네기 시작했다.

"다음에 두 사람과 만나는 건 마도제쯤이겠죠? 그때도 호위는 에스텔 파티한테 맡길 생각이죠?"

"으음, 그러고 싶긴 한데 오쿠라 씨가 바쁠 수 있으니까."

"어머, 그건 걱정 마. 무슨 일이 있어도 일정을 비워 둘게. 그치, 오빠?"

"아―, 응. 그러자."

평소라면 대답하기 곤란했겠지만 에스텔이 두 손을 모으고 '부탁해!' 포즈를 취하기에 승낙하고 말았다. 예전의 에스텔이었다면 곤란한 표정으로 나를 쳐다보았겠지만 이번엔 자신의 의지가 가득 담긴 말투로 단언한 것이다. 그런 모습을 보고도 거절할 순 없겠지.

그나저나 마도제가 언제였더라? 확인하고 일정을 비워 놔야겠네. 정말 큰일이 생겨 참석하지 못할 거 같으면, 그땐 비컨을 사용하는 것도 염두에 둘 생각이다. 뭐, 그건 정말 마지막 수단이지만.

꼭 마도제에서 만나자고 약속한 세 사람은 아쉬움을 뒤로한 채 작별 인사를 나눴다. 아넬리는 마차에 타고 에스텔은 놀이 모는 말 뒤에 탔다. 그렇게 마이라를 뒤로한 채, 우리는 퀘레스 밖으로 달리기 시작했다.

아넬리는 마차 창문 밖에 얼굴을 내밀고, 에스텔은 뒤를 돌아보며 마이라에게 손을 흔들었다.

마이라도 크게 손을 흔들며 서로의 모습이 보이지 않을 때까지 인사를 나눴다.

그 후 또다시 여정이 시작됐다. 퀘레스에 왔을 때처럼 놀의 말이 선두를 맡고, 우리가 탄 말이 마차의 뒤를 쫓아 이동했다. 이번에도 나는 시스하의 뒤에 탔다.

"결국 돌아갈 때도 오쿠라 씨는 제 뒤에 타시네요. 센터터블라 연습도 좋지만 승마 연습도 하시는 게 어떠세요?"

"연습할 기회가 없잖아. 게다가 말을 탈 일도 얼마 없고."

"정말이지, 그렇게 뻔뻔하게 구시면 안 되죠. 나중에 놀 씨한테 부탁해서 배워 보죠."

"켁, 놀은 싫어. 그 녀석 꽤 스파르타식으로 가르친단 말이야."

놀에게 배우는 건 사양이다. 죽을지도 모른다. 평소엔 상냥하지만 뭔가를 가르칠 땐 엄격하니까 말이지. 튜토리얼 전투에서도 갑자기 싸우라고 하는 바람에 애를 먹었다. 마치 새끼를 절벽에서 밀어 버리는 사자 같은 타입이다.

"그보다 돌아갈 땐 별일 없이 돌아갈 수 있겠네요."

"트렌트 이변은 해결됐으니 이번엔 괜찮겠지."

퀘레스에 올 땐 트렌트가 길을 가로막았지만, 이변이 해결되었으니 돌아가는 길엔 별일 없을 것이다. 그래도 방심할 순 없으니 지도 어플로 주위를 경계하며 이동했다.

"왕도로 돌아가면 집부터 구하실 생각이신가요?"

"긍정적으로 검토하고 있어. 단지 왕도는 집값이 비싸다는 게 문제지. 나중 일을 생각하면 신중하게 정하는 편이 좋을 것 같아."

"그렇겠네요. 단순히 비컨용으로 저렴한 집을 살 수도 있겠지만, 그래도 역시 어느 정도 생활 가능한 집이 좋지 않을까요?"

왕도에 집을 사는 건 좋지만 어느 정도의 집을 사야 할까. 하우스 익스텐션이 없어도 살 수 있는 집이냐, 아니면 비컨용으로 작은 집이냐. 쉽사리 결정하기 힘들다. 아무래도 큰 집은 억을 가뿐히 뛰어넘을 테니, 아무리 경제적으로 여유롭다 한들 신중해질 수밖에 없다.

현재 하우스 익스텐션을 사용해 확장 공사를 한 브루너 집의 경우, 누군가를 초대하기 힘들다는 점이 큰 단점이다. 이런 단점을 보완하기 위해서라도 왕도에 새로 살 집은 어느 정도 커야 되지 않을까. 왕도에서 살다보면 아넬리와 마이라가 집을 방문하는 일도 잦겠지. 결국 가장 이상적인 집은 하우스 익스텐션을 사용하지 않고도 손님을 맞이할 수 있는 집인데, 가격을 생각하면 또 꺼려진다. 으음, 이 부분은 에스텔과도 제대로 대화를 나눠 보고 결정해야겠네.

"왕도에 집을 사면 루나 씨와 단둘이서 지내보고 싶어요. 의지할 사람이 저밖에 없는 상황을 만들어서…… 크흐흐."

복잡한 머릿속을 정리하고 있는데, 내 속도 모르고 시스하가 입가를 훔치며 비열한 웃음소리를 냈다.

"뭐야 그거. 완전 위험한 분위기잖아. 절대 안 돼."

"어째서죠!"

내 본능이 이런 녀석과 소녀를 단둘이 두면 안 된다고 경고를 보냈다. 이미 루나는 시스하에게 많은 것을 의존하고 있는데 더 의존하게 만들어서 어쩔 셈이야.

그런 의견을 피력하자 시스하는 바람 빠진 풍선 마냥 축 쳐져 말을 몰았다. 잔뜩 실망한 모양이다. 루나랑 관련된 일이라면 정말 무서워진다니까.

그 후 이동을 계속하다 보니 해가 지기 시작했고, 다들 부산스럽게 야영 준비를 했다.

우리는 저번 호위 의뢰 때처럼 아델베르 씨 일행과 조금 떨어진 곳에 텐트를 쳤다. 그리곤 모닥불 주위에 둘러앉아 식사를 하고 있었는데 아넬리가 찾아와 에스텔과 신나게 잡담을 나누기 시작했다.

한편 나는 놀, 시스하와 시시한 대화를 나누고 있었는데 시스하가 쓸데없는 말을 꺼냈다.

"놀 씨, 나중에 오쿠라 씨한테 승마 지도 부탁드려요."

잠깐 잠깐!! 이렇게 바로 말하는 거냐?!

"으음, 승마 말입니까? 저한테 맡기십시오! 확실하게 가르쳐 드리겠습니다!"

평소보다 의욕적으로 대답하는 놀이었다.

"그만 둬! 놀은 싫어, 놀만큼은 싫어!"

"왜 그렇게 싫어하시는 겁니까! 마음 놓고 저한테 맡기십시오!"

"마음 졸이고가 아니고? 놀은 너무 엄하단 말이야!"

"그렇지 않습니다. 못 걸을 정도로만 가볍게 할 겁니다."

"충분히 과하잖아!"

못 걸을 정도로 가볍게 하겠다니 앞뒤 안 맞는 말하지 마! 걸음 걸이도 제대로 못 할 정도라면 이미 가볍지 않은 거라고!

놀식 육성법이라면 싫어도 탈 수 있게 되겠지만…… 너무 무섭다.

그렇게 두려움에 떨고 있자니, 아넬리가 웃음을 터뜨렸다.

"에스텔 말대로 다들 재밌어 보이네."

"후후, 그렇지? 보고 있으면 즐거워."

응? 설마 우리 대화를 듣고 있었나? 재밌어 보인다니, 전부 놀 탓이야.

그런 생각을 하고 있자 아넬리가 묘한 질문을 했다.

"오쿠라 씨 파티는 오쿠라 씨 외엔 전부 여자인가요?"

"아―, 맞아. 네 명 전부 여자야."

"엣, 루――우읍?!"

"숨 쉴 틈도 없이 입을 막았습니다."

시스하가 루나의 이름을 꺼내려 했기에 바로 뒤에서 손을 뻗어 입을 막았다. 왠지 말할 것 같아서 대비했는데, 진짜 입을 놀리다니.

"헤에―, 그렇군요. ……에스텔, 힘내."

"응. 고마워."

에스텔한테 힘내라니, 대체 무슨 의미지? 에스텔도 웃으며 끄덕이고 있다. 이심전심인가?

말로 하지 않아도 의미가 전달될 정도로 친해졌을 줄이야. 아니면 전에 아넬리네 집에서 놀았을 때 뭔가 얘기한 건가?

"오쿠라 님. 슬슬 시스하가 위험합니다."

놀이 내 어깨를 쿡쿡 찌르며 말했다.

"응? 앗."

놀의 말에 퍼뜩 정신을 차리고 시스하를 바라보니, 시스하는 내 손을 필사적으로 떼어내려고 하고 있었다. 매우 괴로워 보였다. 나는 바로 손을 떼서 시스하를 놓아주었다.

"푸하! 하아…… 하아……. 오쿠라 씨, 입을 막은 채로 생각에 빠지시면……. 적어도 코는 막지 말아 주세요…… 죽는 줄 알았어요."

"미안 미안. 깜빡했어."

머리를 긁적이며 시스하에게 사과하자 놀이 시스하의 어깨에 손을 두고 엄지를 세워 보였다.

"시스하도 저랑 같은 취급을 당하기 시작했습니다. 이제 동료입니다."

"그, 그렇지 않아요. 그렇죠, 오쿠라 씨?!"

"으음, 뭐라고 대답하기가 어렵네. 오히려 놀보다 심할 때도 있지."

"네에?!"

그런 대화를 나누며 호위 의뢰를 계속하여, 6일 후.

마물과 몇 번 조우하긴 했지만 문제없이 처리하며 순조롭게 나아갔다.

왕도까지 절반 정도 왔을까. 이대로만 가면 이번엔 아무 문제없이 호위를 마칠 수 있겠다고 생각한 그 순간, 지도 어플에 특이한 반응이 나타났다.

"……응?"

"왜 그러세요?"

"우리가 나아가는 방향에 파란 점 여러 개가 멈춰 있는데?"

"마물 반응은 없나요?"

"응, 없어. 마물한테 습격당한 건 아닌 것 같은데, 일단 경계는 해 두자."

파란 점이니 적은 아니겠지만 방심할 순 없다. 모두에게 경계 태세를 부탁한 뒤, 에곤 씨에게 해당 사항을 보고했다. 잠시 후, 일렬로 나아가던 마차 행진이 멈추고, 우리는 어떻게 할지 의견을 나눴다.

"앞에 사람이 있는 겁니까?"

"이런 곳에 멈춰 있다니, 무슨 일이 생긴 걸까?"

"글쎄, 잘 모르겠어. 우선 정찰조를 편성하는 게 좋을 거 같은데."

"그게 좋겠네요. 정찰은 저와 오쿠라 씨가 갈까요?"

아델베르 씨 일행을 데리고 이동하는 건 위험하다는 것으로 만장일치. 놀과 에스텔은 마차 호위로 남겨 두고 나와 시스하가 멈춰 있는 파란 점을 확인하러 가기로 했다.

그렇게 정찰길에 올라 잠시 나아간 결과, 커다란 구멍에 빠진 마차를 발견할 수 있었다. 아무래도 이게 파란 점의 정체였던 거 같다.

"앗, 마차 꼴이 말이 아니네요."

"우와, 어떻게 하면 저렇게 되는 거야."

아연실색하며 마차에 다가가자, 갑자기 검을 든 한 남자가 튀어나왔다.

"뭐하는 놈들이냐!"

"아, 수상한 사람은 아닙니다! 모험가예요!"

남자의 복장은 누가 봐도 모험가 복장이었다. 결정적으로 남자는 C랭크 모험가의 상징인 은색 명찰을 목에 걸고 있었기 때문에 바로 알아차릴 수 있었다. 나는 재빨리 상황을 파악하고 황급히 모험가 협회의 명찰을 꺼내 적이 아니라는 걸 알렸다.

그러자 내 명찰을 확인한 남자는 놀란 듯이 눈을 크게 떴다.

"B, B랭크 모험가! 미, 미안하게 됐군!"

"아뇨, 괜찮습니다. 마차가 이 모양이 됐으니 경계하시는 것도 당연하죠. 대체 무슨 일이 있었던 건가요?"

마차 주변을 둘러보니 남성 네 명이 더 있었고, 그 중 한 명은 손과 머리에 붕대를 감고 괴로운 듯이 앉아 있었다. 방어구를 착용하지 않은 것을 보면 이 사람이 호위 의뢰를 맡긴 의뢰주인가? 근처에는 말 세 필이 쓰러져 있었다. 마차가 떨어진 충격으로 다친 듯했다.

나머지 세 사람은 모두 모험가 복장이었다. 한 사람은 다친 남성을 돌보고, 다른 두 사람은 구멍에 빠진 마차를 들어 올리려 하고 있었다.

"의뢰주를 호위하며 길을 나아가던 중에 갑자기 땅이 꺼졌어. 아마 탈파 짓이겠지."

"탈파? 마물인가요?"

"그래. 드물게 출몰하는 마물이지. 그리 강하진 않지만 땅에 구멍을 내며 이동하는 녀석이라, 이런 식으로 갑자기 땅이 꺼질 때가 있어. 덕분에 우리도 참 곤란한 상황에 빠지게 됐군."

모험가 남성은 떨어진 마차를 바라보며 크게 한숨을 쉬었다.

흐음, 샌드웜 같은 녀석인가? 마차가 추락할 정도로 깊은 구멍을 파다니 꽤 큰 마물이겠군. 이대로 못 본 체하기도 어렵겠네.

"저기 앉아 계신 분이 의뢰주이신가요?"

시스하가 한 켠에서 괴로운 듯이 신음하고 있는 사람을 바라보며 물었다. 별다른 방어구를 착용하지 않아 더욱 크게 다친 모양이었다.

"아, 맞아. 일단 응급 처치는 했는데, 떨어지면서 이곳저곳 꽤 심하게 부딪힌 모양이야."

"또 다치신 분은 없나요?"

"우린 괜찮아. 대신 말들이 움직이질 못하고 있지."

"그렇군요. 그러면 제가 한번 봐도 괜찮을까요? 치료해 드릴게요."

"역시 신관이었나!"

"네, 신관이에요. 자, 치료를 시작할 테니, 그동안 오쿠라 씨는 마차를 부탁드려요."

"응. 나한테 맡겨."

오오, 시스하가 웬일로 신관다운 일을 하는군. 그럼 나는 마차를 수습해 볼까.

마차로 향하자 모험가 남성 두 명이 마차를 끌어올리기 위해 우렁찬 고함을 외치며 안간힘을 쓰고 있었다.

"우오오오오! 이야아아압! ……하아, 하아…… 이, 이거 안 되겠는데!"

"꼼짝도 안 해!"

에너지 드링크 광고에서나 나올 법한 외침이었는데, 어째 결과가 영 시원치 않았다. 마차가 조금 들썩거리는 정도였다. 두 사람 모두 근육이 우락부락한 체형인데, 그렇게나 무거운 걸까.

"저기, 괜찮으면 저도 도와드릴까요?"

"하아? 웬 놈이냐?"

남자가 무서운 목소리로 대답했다. 상당히 신경이 곤두서 있는 모양이었다. 덩치가 커서 더 위압적으로 느껴졌다. 마차가 추락해서 어찌할 방도가 없는 상황이니 이해는 간다.

"저도 호위 의뢰 중이라 이곳을 지나가야 하거든요. 도와드려도 될까요?"

"도, 도와준다고 해도 말이지."

"그 명찰, 형씨 B랭크인 거야? 아무리 그래도 고작 한 명이 더 달라붙는다고 어떻게 될 수준이 아냐."

"해 보지 않으면 모르죠. 우선 한 번 살펴봐도 될까요?"

"그, 그래. 그러면 부탁하지."

마차를 찬찬히 살펴보니, 다행히 마차 자체는 아델베르 씨의 고급 마차보다 작았다. 다만 별도의 짐칸이 달린 마차였는데, 그 짐칸 한 켠에 어지러이 쌓인 작은 짐들이 보였다. 아마 의뢰주가 상인인 것이리라. 큰짐들은 미리 빼둔 것 같은데, 아마 이 정도라면 내가 어떻게든 할 수 있으리라. 안 되면 놀을 불러오자.

짐칸 아래를 잡고 위로 들어 올리듯이 힘을 줬다.

"으랏차차."

마차는 가볍게 들어 올려졌다. 그대로 땅 위로 옮겨 구멍에서 마차를 꺼냈다.

다행이다. 내가 들 수 있을 정도의 무게였어. 레벨도 오르고 장비도 충실하게 갖췄으니 당연한 건가?

아무튼 이걸 계기로 나도 제법 강해졌다는 걸 실감할 수 있었다.

"노, 농담이지?! 호, 혼자서 들었다고?!"

"잠깐 잠깐…… 이게 무슨 일이야."

보고 있던 남자들은 입을 떡 벌리고 놀랐다.

앗, 두 명이 애를 써도 못 들던 것을 나 혼자 가볍게 들었으니 놀라는 것도 당연한가. 다 같이 드는 편이 나았을지도 모르겠다.

"치료 끝났어요―. 오쿠라 씨 쪽은 어떠신가요―."

"여기도 끝났어―."

마침 시스하도 치료가 끝났는지 종종걸음으로 뛰어왔다. 좋았어. 이제 도와줄 건 끝났군.

"오쿠라…… 앗, 전에 디우스 파티와 겨뤘던 녀석인가!"

"뭐? 그 오쿠라라고?!"

그 오쿠라가 무슨 오쿠라인가요. 디우스의 이름이 나온 걸 보면 우리를 말하는 게 분명하겠지. 그 이야기를 알고 있단 것은 이 사람들도 왕도에서 주로 활동하는 모험가인가?

"이야, 덕분에 살았어. 고맙군."

"아뇨, 저희도 필요해서 한 거니까요."

마차를 들어 올리려던 건장한 체격의 남성이 감사 인사를 건넸다. 분위기로 봐선 이 사람이 파티의 리더인 듯하다.

"그나저나 곤란하게 됐군. 탈파가 여길 지났다면 이 앞쪽도 똑같을 텐데. 너희도 주의하는 게 좋을 거다."

"그렇군요. 어떻게 하지?"

"그건 에스텔 씨한테 맡기는 게 어떨까요?"

"앗, 그 방법이 있었군."

그냥 봐선 지면에 변화가 없으니 어디가 꺼질지 모른다. 하지만 에스텔이라면 마법으로 어떻게든 해 줄 것 같다.

우리는 바로 일행에게 돌아가서 사정을 말하고 아까 모험가들이 있던 곳까지 이동했다.

"헤에―, 이런 일이 있었구나."

"응. 어디에 구멍이 있을지 모르니까 마법으로 찾아 줄래?"

"후후, 나한테 맡겨. 그 정도는 식은 죽 먹기지."

자신만만한 표정으로 지팡이와 노란색 그리모와르를 드는 에스텔.

이대로 맡겨도 괜찮을까. 왠지 터무니없는 마법을 쓸 거 같은데.

그런 걱정을 하고 있자 마차에서 아넬리가 나왔다.

"에스텔, 마법 쓰는 거야?"

"응. 꽤 큰 마법으로! 위험하니까 오빠 옆에 서 있어."

"와아─! 기대된다!"

아넬리의 성원에 에스텔이 보란 듯이 지팡이를 번쩍 들었다. 표정도 평소보다 의욕적으로 보인다.

"에잇!"

에스텔이 기합이 잔뜩 들어간 목소리로 지면에 지팡이를 꽂아 넣었다. 그러자 곧바로 지면이 떨리더니, 굉음과 함께 이곳저곳이 푹 아래로 꺼졌다.

길이 있던 곳에 커다란 구멍이 나타나고, 사방으로 이어지는 모양의 구멍까지 나타났다. 전부 합치면 몇백 미터는 될 듯한 길이다.

그 광경을 지켜보고 있던 남성 모험가들이 놀라워했다.

"우오오오?! 이, 이건 뭐야!"

"서, 설마 탈파가 지나가는 길을 전부 함몰시킨 거냐……."

우와, 구멍투성이잖아. 그냥 지나갔다간 우리 마차도 똑같은

꼴을 당했겠어!

"어, 엄청난 구멍이네요. 길 아래에만 있을 줄 알았는데, 그 외에도 있는 걸 보면 돌아서 갔더라도 함몰했을지도 모르겠네요."

"이렇게 구멍을 내다니 민폐네. 일단 구멍을 메워 둘까? 으음—, 에잇!"

에스텔이 다시 지팡이를 지면에 꽂아 넣자 함몰한 지면이 솟아오르더니 차례차례 구멍이 메워졌다.

아하하…… 역시 에스텔은 대단해. 몇백 미터나 되는 구멍을 순식간에 메워 버렸잖아.

"엄청나다—! 에스텔 마법은 항상 호쾌하네!"

"후후, 좀 더 칭찬해 줘도 좋아."

"응! 칭찬해 줄게!"

평소처럼 좀 더 칭찬해 달라는 에스텔의 머리를 아넬리가 쓰다듬었다. 에스텔은 기분 좋은 듯이 뺨에 손을 대고 미소 지었다. 호오, 그 대사를 말할 땐 저렇게 하면 기뻐하는 건가.

이걸로 한숨 돌릴 수 있겠다고 생각한 순간, 놀이 뭔가를 발견했는지 외쳤다.

"앗, 저기 뭔가 펄쩍거리고 있습니다."

"저건 탈파야! 아까 마법으로 튀어나온 건가!"

놀이 가리킨 방향을 보자 조금 먼 곳에 검은 물체가 땅 위에서 몸부림치고 있었다. 에스텔의 마법 때문에 땅 위로 밀려 나온 모양이었다.

저게 탈파…… 까맣고 짧은 털, 날카로운 앞발톱, 가늘게 뻗어 나온 빨간 코. 그냥 두더지잖아! 크기는 2미터 정도인가? 아무리 두더지라고 해도 저렇게까지 크면 꽤 강할 것 같다.

다시 땅속으로 돌아가 구멍을 늘려도 곤란하니 바로 처리하는 편이 좋겠다.

"재빨리 잡아 버립시다!"

내 마음을 눈치챈 건지 놀이 검을 뽑아 들고 탈파를 향해 달려 나갔다.

"잠깐, 기다려!"

잠깐 잠깐, 또 혼자서 달려 나가다니……! 으으, 강한 마물은 아니라고 했으니 괜찮나?

발버둥치는 탈파에 접근한 놀은 재빨리 검을 뽑아 들더니 그대로 휘둘렀다. 두더지는 일격에 이등분이 되어 빛의 입자가 되어 사라졌다. 너, 너무 허무하잖아.

"……소문대로 너희 파티는 앞뒤 따지는 거 없이 덤벼드는군."

아까 감사 인사를 하던 덩치 큰 남성이 황당하단 목소리로 내게 말했다.

"아하하……."

소문이라니, 무슨 소문이 퍼져 있는 거지.

"덕분에 살았어. 이거 큰 신세를 졌군. 정말 미안하네."

"천만에요. 그보다 마차는 괜찮나요?"

"그래. 흠집만 조금 났을 뿐이야. 말도 다 나았고, 이동하는 데 문제는 없을 거 같더군. 나중에 왕도에서 만나면 꼭 답례하지."

"답례는 괜찮아요. 어……."

"아아, 자기소개를 깜빡했군. 난 C랭크 모험가인 돌프라고 한다."

"앗, 네. 이미 아시는 것 같지만 전 오쿠라 헤이하치입니다."

돌프 씨가 내민 손을 잡으며 다시 인사했다.

오오, 이런 곳에서 왕도 모험가와 만나게 되다니. 답례라……그러면 이 사람들한테도 마석 사냥 참가를! ……아니, 그건 아직 어렵겠지. 디우스도 알고 있는 듯하니 앞으로 신뢰도가 쌓이면 부탁할 수 있겠네.

가볍게 돌프 씨와 인사를 나눈 후, 나는 모두가 있는 곳으로 돌아왔다.

"오쿠라 님. 저 사람들은 괜찮습니까?"

"괜찮은 것 같아. 말도 시스하가 치료한 덕분에 움직일 수 있게 됐고."

"다리가 부러진 말도 있었으니 그대로였으면 이러지도 저러지도 못했을 거예요."

"시스하도 가끔 신관다운 활약을 보여주네."

이번엔 드물게 나오는 시스하의 귀중한 신관 모드를 볼 수 있었다.

"우후후, 전 언제나 어엿한 신관으로서 일하고 있다구요."

"하하, 또 그런 농담한다."

시스하의 농담을 웃어넘기고 우리는 왕도를 향해 이동을 재개했다.

그리고 며칠 더 이동하여 우리는 드디어 왕도에 도착하였다.

저녁이 되기 전에 도시로 들어가 모험가 협회 앞에 마차를 멈추고 아델베르 씨와 작별 인사를 나눴다.

"오쿠라 군. 이번에도 호위를 맡아 줘서 고맙네."

마차에서 내린 아델베르 씨가 의뢰 종료 증명서를 건네주며 웃었다.

"천만에요. 저희야말로 지명해 주셔서 감사했습니다."

"딸도 자네들 덕분에 즐겁게 온 모양이야. 시간이 맞아야겠지만 나중에 기회가 생기면 부디 본저에도 놀러 오게나."

그렇게 말하며 아델베르 씨가 품속에서 종이를 꺼내 건네줬다. 종이엔 왕도 지도가 빼곡하게 그려져 있었고 빨간 원으로 표시된 부분이 내 시선을 사로잡았다. 아마 아델베르 씨의 집을 표시한 것이리라.

"가, 감사합니다! 기회가 생기면 꼭 들르겠습니다!"

본저에도 초대를 받다니. 에스텔이 아넬리와 친해진 덕분이겠지.

그 당사자들이 있는 곳을 보니 아넬리가 에스텔을 끌어안고 뚱한 표정을 짓고 있었다. 뺨은 잔뜩 부풀었고, 미간에도 주름이 가득하다. 아무래도 에스텔과 헤어지고 싶지 않은 모양이다.

"우우―, 여기서 에스텔이랑 헤어져야 하다니 싫어―."

"어쩔 수 없잖아. 시간이 나면 만나러 갈 테니까 너무 서운해하지 마."

"정말?! 약속했어!"

"후후, 약속할게."

아넬리는 에스텔의 약속에 만족했는지, 그제서야 팔을 풀었다.

그나저나 안겨도 당황하지 않는 모습을 보니, 에스텔도 많이 적응했구나.

"아넬리, 슬슬 출발해야 하니 마차에 타렴."

"앗…… 네―. 아쉽지만 오늘은 여기서 헤어져야겠네. 에스텔, 또 봐!"

"응. 또 만나자."

아넬리는 마지막으로 에스텔의 손을 양손으로 꼭 잡아 주고 마차에 올라탔다. 그러자 에곤 씨가 말고삐를 살짝 당겼고, 마차가 천천히 움직이기 시작했다. 마차의 창문 너머로, 아넬리의 작은 손이 바삐 흔들리는 게 보였다. 에스텔도 마이라와 헤어질 때처럼 마차가 보이지 않을 때까지 손을 흔들었다.

"후우, 드디어 호위 의뢰가 끝났네."

"맞습니다. 이번엔 별일 없이 끝나서 다행입니다."

중간에 다른 모험가가 호위하던 마차의 사고 외에는 딱히 별문제없이 끝났다. 그 사람들도 며칠 있으면 왕도에 도착하겠지.

자, 우리는 남은 할 일을 해야지. 우선 호위 의뢰 완료 보고부터 할까.

바로 협회에 들어가서…… 아니, 그 전에. 아까부터 안절부절 온몸으로 '빨리 돌아가고 싶어요!'라고 말하는 듯한 시스하의 모습이 눈에 들어왔다.

"모험가 협회에 보고하러 갈 건데, 시스하는 먼저 돌아갈래?"

"엣, 그래도 되나요?!"

"응. 보고만 하는 거니까. 먼저 돌아가서 루나한테 얼굴이라도 비쳐."

협회에 보고하는 것은 나 혼자서도 할 수 있으니 조금이라도 빨리 돌려보내자.

루나도 외로워하고 있을…… 아니, 자고 있으려나.

"역시 오쿠라 씨예요! 배려심이 정말 남자답네요! 어쩜—!"

"팔꿈치로 찌르지 마!"

이럴 때만 남자답다고 칭찬하다니, 정말 기분파라니까.

시스하만 집으로 돌려보내고 나와 놀, 에스텔은 협회 안으로 들어섰다. 그러자 낯익은 여성의 목소리가 협회에 울려 퍼졌다.

"아—! 오쿠라 씨!"

접수대의 위지 씨였다. 꽤 방정맞은 목소리였는데, 덕분에 다른 직원이 위지 씨에게 가볍게 주의를 줬다.

약간 그리운 광경이다. 피식 웃으면서 접수대로 향하자 위지 씨가 반겨주었다.

"오랜만이에요……! 돌아오셨군요!"

"네. 퀘레스에서 왕도까지 호위 의뢰를 수행했거든요."

"정말 오래간만입니다."

"언니도 여전히 활기차네."

"활기찬 게 제 장점이거든요! 그래서, 오늘은 의뢰 보고를 하러 오신 건가요?"

"앗, 네."

역시 협회 접수 직원하면 가장 먼저 떠오르는 사람이 위지 씨다. 활기찬 응대에 나까지 기분 좋아진다니깐.

나는 위지 씨에게 호위 의뢰 증명서를 제출해 바로 확인을 받았다. 보수는 60만 길로, 지난번 퀘레스행 호위 때와 같은 금액이었다.

"그나저나 오쿠라 씨 파티의 소문이 자자하던데요? 퀘레스에서도 엄청 활약하셨다고…… 앗."

정산을 받으며 도란도란 이야기를 나누는데, 위지 씨가 갑자기 말을 하다 말고 입에 손을 대고 '아차!' 하는 표정으로 굳었다.

"왜 그러시죠?"

"협회장님께서 오쿠라 씨 파티가 오면 알려 달라고 하셨거든요! 잠시만 기다려 주세요!"

"엣."

저렇게 서두르다니, 게다가 협회장이 알려 달라고 했다는 건 좋지 않은 소식이라도 있는 건가?

"우리 무슨 문제라도 일으켰던가?"

"딱히 아무 짓도 안 했는걸."

"저번에 그 마도구에 관한 일일지도 모릅니다."

"아―, 그게 있었지."

왕도에 오자마자 호출 당할 정도면 설마 조사를 의뢰했던 그 마도구 이야기인가? 엘레오노라 씨가 왕도 협회에도 문의했다고 했으니 협회장도 이미 알고 있을 것이다.

잠시 기다리자 위지 씨가 다시 '다다다' 하는 소리를 내며 돌아왔다.

"기다리게 해서 죄송합니다! 협회장님께서 하실 말씀이 있다는데 잠시 시간 좀 내주실 수 있을까요?"

"네, 괜찮아요."

그렇게 우리는 위지 씨의 뒤를 따라 크리스토프 씨가 있는 방으로 갔다.

"이거, 갑작스레 찾아서 미안하군."

"아뇨, 괜찮습니다. 오랜만에 뵙네요."

"퀘레스에서 자네들의 활약상을 듣고 놀랐다네. 그란디스까지 토벌했다던데?"

"앗, 네. 리스타리아 학원 학생들을 호위하던 중에 조우했었어요. 위험했던 상황도 있었지만, 다행히 아무 피해 없이 토벌했습니다."

"제법 강한 마물이었습니다. 덕분에 잡는 보람이 있었습니다!"

"그러게. 마법이 잘 안 통해서 난 별로 도움이 되지 못했지만."

"하하하, 그란디스를 고작 그 정도로 평가하다니. 믿음직한 아가씨들이군."

"하하, 정말 다들 믿음직스러워요."

"B랭크로 승격하자마자 이만한 성과를 내다니. 자네들을 추천한 나도 뿌듯하군. 엘레오노라 양도 놀랐겠지?"

"그러네요. 그리고 크리스토프 씨가 진 빚이 사라졌다고 말씀하셨어요."

"호오, 그 고지식한 사람이 그런 말을 하다니 놀랄 일이군. 다음에 만났을 때 대화 소재로 삼기 딱이겠어."

앗, 큰일이다. 이 말은 안 하는 편이 나았나. 엘레오노라 씨가 도깨비 같이 화난 얼굴로 바라보는 모습이 눈에 선하다.

하지만 크리스토프 씨의 기분이 좋아 보이는 걸 봐선 B랭크로 추천해준 기대감엔 부응한 모양이다.

"자, 잡담은 이 정도로 하고 본론으로 들어가지. 대략 눈치챘겠지만 이번에 부른 건 자네들이 발견했던 마물이 떨어트린 마도구에 관해서 할 말이 있어서라네."

역시 그게 용건이었나. 일부러 불러냈다는 건 뭔가 진전이 있었다는 소리인데.

"솔직히 나도 아직 그게 무슨 물건인지는 파악하지 못했네. 하지만 보고 내용에 의하면 그란디스 발생과 관련 있는 건 틀림없겠지."

하지만 크리스토프 씨의 입에서 나온 건 실망스러운 소식이었다.

"저희도 그렇게 추측했습니다."

"문제는 그것을 가지고 있었다는 마물이라네. 이쪽에도 정보가 없더군. 그래서 특징을 토대로 더 자세히 찾아봤다네."

"뭔가 실마리라도 잡힌 거야?"

"그런 겁니까?! 역시 왕도 모험가 협회입니다!"

에스텔과 놀이 기대감에 눈을 반짝이며 물었지만, 크리스토프 씨는 고개를 저으며 다시 한번 부정적인 소식을 입에 담았다.

"아니, 현시점에서 협회에서 제공할 수 있는 정확한 정보는 없다네."

어라, 설마 아무것도 알아내지 못한 건가? 근데 왜 우리를 불러서…… 응? 정확한 정보가 없다고?

이렇게 빙빙 돌려 말한다는 것은.

"하지만 내가 알고 있는 이야기 중에 어쩌면 관련이 있을지도 모르는 이야기가 있지."

"정말인가요?!"

"그래. 다만 옛날 자료에 적혀있던 이야기라 진위는 알 수 없네."

"아무것도 모르는 것보다는 낫습니다!"

"맞아. 괜찮다면 우리한테도 말해 줄 수 있을까?"

오오! 역시 협회장이야! 지금 상황에선 정확성이 떨어지는 정보라도 실마리가 될 만한 것은 전부 알아둬야 하니까!

기대감을 품고 이어지는 이야기를 기다리자, 크리스토프 씨의 입에서 충격적인 단어가 튀어나왔다.

"자네들은── 마인이란 존재를 알고 있나?"

마인? 마인이라니…… 이미 멸종했다는 그 마인?

"마, 마인 말인가요? 위지 씨한테 들은 적이 있긴 한데……."

"분명 200년 전의 전투로 사라졌다고 하지 않았습니까?"

"맞아. 애초에 수가 적은데다가 호전적이어서 이미 멸종했다고 들었는데?"

크리스토프 씨가 고개를 끄덕였다.

우와, 진짜 그 마인이었냐. 근데 왜 마인이 여기서 튀어나오는 거지? 설마 이번 사건과 관련이 있는 건가?

"어느 정도 알고 있나 보군. 그 마인에 관한 이야기인데, 당시 전투에서 마물을 이용할 수 없을까 실험한 적이 있었다고 하네."

"마물을 이용…… 하지만 마물이라면 지금 이 나라에서도 이용하고 있지 않나요? 와이번에 마도사를 태운다고 들었는데 말이죠. 게다가 마물술사도 있잖아요?"

"자네 말이 맞아. 일반적으로 마물을 이용한다고 하면 마물술사가 마물을 부리는 것을 말하지."

역시 내 생각은 틀리지 않은 모양이다. 하지만 굳이 이 이야기를 꺼냈다는 것은, 혹시 다른 이용 방법을 말하려는 건가? 그 외에 전투에 마물을 이용하는 방법이 뭐가 있지?

"내가 알기로 마인의 실험은 달랐다네. 실험 자료 등이 발견되지 않아서 명확하진 않지만, 마물을 인위적으로 발생시키거나 마물 그 자체를 강화하는 등의 방법을 여러모로 실험했다는 모양이야."

마물을 인위적으로 발생시키고 강화시킨다니. 어딘가 트렌트 이상 발생과 비슷하다. 고블린 때와 다르게 미궁이 있었던 것도 아니고, 대토벌 치고는 너무 갑작스러웠다.

설마 그란디스 자체가 강화된 마물이었나?

"자네들의 이야기를 듣고, 이번에 나타난 그란디스는 그런 부류의 물건을 사용해서 인위적으로 만든 게 아닐까 하고 추측했다네."

"그, 그렇게 되면 지금도 어딘가에 마인이 살아있다는 건가요?"

이 경우, 200년 전의 전투를 피해 숨어서 연명한 녀석들이 있다고 생각하는 편이 자연스럽겠지. 애초에 전투에서 패배했다고 한 종족이 완전히 멸종하는 게 이상할 정도니까. 일부가 살아남았을 가능성은 충분히 있다.

진짜냐. 그렇게 생각하니 저번 그란디스와의 전투 때는 정말 위험했다는 소리잖아? 만일 그 마인이 GC의 최상위 마인과 비슷한 수준이었다면 지금의 전력으로는 틀림없이 희생이 나왔을 것이다.

"마인들의 생존여부라. 그건 나도 모른다네. 마인이 원인일 가능성도 있지만, 그 실험 자료를 얻은 자가 원인일 가능성도 있지. 어쩌면 그 외의 원인일 수도 있고."

"결국 정답은 아무도 모르는 거네."

"우으, 이야기가 복잡해졌습니다."

결국 추측일 뿐인 이야기. 아직 상대가 마인이라고 확정된 것은 아니다. 어느 쪽이든 번거로운 건 변함없지만 웬만하면 후자였으면 좋겠네.

고개를 끄덕이며 납득하고 있자 에스텔이 갑자기 신경 쓰이는 이야기를 했다.

"그러고 보니 멸망했다는 마인의 나라는 어디에 있었어?"

"흠. 자네들도 그건 몰랐나 보군. 옛 마인의 나라는 아우름이라 불렸는데, 이브리스 왕국 서부 산악 지대 너머에 있는 재액 영역 근처에 존재했지."

멸망한 마인의 나라가 어디에 있었는지도 궁금했지만 그것보다 더 신경 쓰이는 단어가 나왔다. 매우 불길한 느낌의 이름인데.

"재액 영역이 뭔가요?"

"간단히 말하자면 인류가 도달할 수 없는 지역이지. 너무나도 혹독한 환경 때문에 웬만해선 사람이 살 수 없는 곳이라고 해야겠군."

그 후 크리스토프 씨의 설명이 이어졌다. 재액 영역이란 곳은 날씨와 기후가 계속 변화하여 갑자기 태풍이 불거나 지진이 일어나는 등 자연의 분노가 응축된 곳이라고 한다. 게다가 강력한 마물까지 무더기로 있어서 일반인들은 발걸음조차 하지 않는 곳이라고.

하지만 사람의 발길이 닿지 않는 만큼, 희귀한 약초와 재료 등이 풍부하게 자생하기 때문에 굉장히 매력적인 장소이기도 하다는 모양이다.

"헤에, 그런 곳이 있었구나. 하지만 정보가 있다는 건 그곳에 들어간 사람이 있다는 거지?"

"……정말 영특한 아가씨로군. 아가씨의 말대로라네. 재액 영역의 조사를 위해 주로 A랭크 모험가를 파견하는데 그때 얻은 정보들이지."

"그래서 좀처럼 A랭크 모험가를 만날 수 없었던 거였습니까."

오호라. 어쩌면 A랭크 모험가의 조건은 재액 영역에서 살아남을 수 있는 실력을 갖춰야하는 걸지도 모르겠군.

그렇게 되면 실질적으로 B랭크 모험가가 모험가 협회의 의뢰를 받는 모험가들 중에서 최고 레벨이라는 뜻인가? 재액 영역이 얼마나 먼지는 모르겠지만 무슨 일이 있더라도 바로 불러올 수는 없을 테니까.

전에 디우스와 싸웠을 때 A랭크 모험가를 본 건 엄청난 우연이었나.

"어쨌든 이건 간과할 수 없는 사태야. 앞으로 A랭크 모험가들에게도 협력을 구해서 최대한 정보를 모을 생각이라네. 자네들한테도 협력을 구하게 될지도 모르지. 그땐 부디 도와줬으면 좋겠군."

"네. 저희도 최대한 협력하겠습니다."

협회장이 직접 부탁하니 거절할 수도 없었다. 뭐, A랭크 모험가까지 동원해 마인에 관한 정보를 모아주겠다고 하니 우리도 적극적으로 협력해야겠지.

아, 마인 이야기가 나왔으니 이참에 루나 이야기도 해 둬야겠다. 엘레오노라 씨도 말하는 편이 좋다고 했고, 루나와 마인의 특징이 일부 일치하니 사전에 알려 둬야 문제가 생기지 않을 것이다.

"아, 그리고 크리스토프 씨. 실은 이번에 그란디스를 잡을 때 협력해 준 조력자가 있었어요."

갑작스럽게 루나에 대한 화제를 꺼내자 에스텔이 조금 놀란 표정을 지었다.

"호오, 조력자라. 자네들이 믿을 만한 사람이라면 상당한 실력자겠군."

"응. 게다가 사실 그 조력자는 내가 소환한 사역마야. 아마 놀만큼 강할걸?"

에스텔이 이내 루나 이야기를 꺼낸 이유를 눈치챘는지 대화에 끼어들었다. 그러자 놀도 편승해서 도와주었다.

"맞습니다. 루나는 엄청 강하니까 말입니다!"

"거참, 설마 소환까지 가능한 줄이야. 자네들은 항상 날 놀라게 하는군. 그래서, 그 루나란 아이는 지금 부를 수 없는 겐가?"

"응. 용무가 없을 때 부르면 화낼지도 몰라."

지금쯤이면 귀가한 시스하와 여유를 즐기고 있을 테니 말이지. 에스텔의 말에 절로 고개가 끄덕여졌다.

"아쉽군. 혹시 부를 기회가 생기면 내게도 소개시켜 주게나."

"후후, 다음에 본인에게 물어볼게."

좀 더 자세히 물어볼 줄 알았는데 의외로 쉽게 받아들인 모양이다. 엘레오노라 씨는 이렇게 될 줄 알고 미리 알려 두라고 한 걸까.

"다만 그 이야기를 지금 한다는 건, 특별한 이유라도 있는 겐가?"

"네, 실은 그 아이의 귀가 조금 길어서…… 마인의 특징과 일치해요."

"그렇군…… 알겠네. 혹시 문제가 생기면 나도 대응하도록 하지. 그러니 필요할 땐 앞으로도 개의치 말고 그 아이에게 협력을 구하게나."

"가, 감사합니다!"

끝까지 말하지 않아도 내가 하고 싶은 말을 이해하다니! 역시 협회장은 정말 의지가 되는 사람이다. 이제 걱정 없이 루나를 부를 수 있겠군.

그렇게 대화를 마치고 협회를 나서자 놀이 머리를 쥐어짰다.

"우으으, 일이 복잡해진 것 같습니다."

"마인이란 말이지. 갑자기 그런 존재가 있을지도 모른다고 하니까 실감이 안 나."

"그러게. 그래도 지금 당장 우리가 할 수 있는 일은 없잖아? 일단 협회장에게 맡겨 두자."

에스텔의 말대로였다. 당장 우리가 할 수 있는 일이라면 마인과 싸우는 것에 대비하여 전력 강화를 꾀하는 것 정도겠지.

집으로 돌아오니 먼저 귀가했던 시스하가 식사 준비를 마친 참이었다. 우리는 저녁 식사를 하며 시스하와 루나에게 협회에서 들은 이야기를 전했다.

"마인이란 존재가 있었군요."

"우물, 꿀꺽…… 귀찮게 될 것 같군."

"그런가요? 오히려 전 일대일로 한번 싸워 보고 싶은데 말이죠!"

시스하가 눈을 반짝이며 주먹을 쥐었다. 다 같이 상대해도 위험할지도 모르는데 혼자서 싸우고 싶다니. 아무튼 이 전투광은…….

"잠깐 잠깐. 아무리 시스하라도 그건 어려울걸? 다 같이 상대해야 무사히 처리할 수 있을 거야."

"마인이 그렇게나 강합니까?"

"우리가 다 같이 싸워도 어려운 거야?"

아무래도 놀과 에스텔마저 마인이 그 정도로 강한 상대인지 의심하는 모양이다.

지금 우리는 딜러, 탱커, 힐러가 제법 골고루 갖춰져 있는 파티다. 게다가 날 제외하고는 모두 어느 정도 수준의 마물이 몰려들어도 혼자서 순식간에 잡을 수 있을 정도의 실력자들이다.

평범한 상대라면 전혀 걱정할 것이 없다. 하지만…….

"내가 아는 마인은 레이드 보스거든. 게다가 최상위 마인은 우군까지 합쳐서 유닛이 열다섯 명 이상은 필요했던 걸로 기억해."

"여, 열다섯 명 말입니까."

"그 정도라면 상대하기 어렵겠네."

GC에 등장하는 마인의 수준은 등급에 따라 천차만별이었지만, 내가 플레이할 적에 나온 최상위급 마인은 최소 15명 이상의 유닛을 동원해야 이길 수 있었다.

물론 SR과 SSR 유닛을 포함했을 경우였지만 말이지. 아마 UR 유닛으로만 군단을 구성한다면 조금 더 적은 인원으로도 잡을 수 있을 것이다. 게임 초반에 상대하게 되는 최하급 마인의 경우엔 지금 내 레벨이라면 나 혼자서도 이길 수 있을 것 같지만 말이지.

"이건 내가 아는 마인의 이야기일 뿐이고, 실제로 얼마나 강할지는 몰라."

그렇다. 어쨌든 이런 점들은 어디까지나 GC 안에서의 이야기니까.

"역시 아직은 모든 게 불명확하군요. 당분간 그 마인과 싸우는 건 피하는 편이 좋겠네요."

"흠, 그렇게 강한 녀석이라면 싸우고 싶지 않군. 나는 잔챙이 전문이란 말이다."

"스스로 잔챙이 전문이라고 하지 마."

대화를 듣고 있던 루나가 확고한 표정으로 자신이 잔챙이 전문이라고 호언하기에 나도 모르게 태클을 걸고 말았다. 나도 최대한 강한 상대는 피하려고 하지만, 스스로를 그렇게 칭하다니.

"아무튼, 가장 큰 문제는 전력 부족이야. 상대가 어떻든 간에 우리가 압도적인 전력을 갖추면 문제될 게 없잖아?"

"확실히 그렇긴 하지만……."

"그 말씀은 오쿠라 씨가 가챠를 돌리고 싶단 뜻이죠?"

"그 말대로야! 역시 시스하랑은 마음이 통한다니까."

"결론은 또 가챠로군. 헤이하치의 머릿속엔 온통 가챠밖에 없는 건가."

내 설명을 듣지 않고도 다들 가챠를 떠올린 모양이다. 이게 바로 서로를 잘 이해하게 되었단 증거 아닐까.

한편 전력 부족이라고 말한 순간, 유일하게 놀만 말없이 일어나 식기를 주섬주섬 챙기더니 싱크대로 직행했다. 그릇끼리 서로 부딪히는 소리가 들리나 싶더니, 이윽고 놀은 테이블로 돌아와 "뿌―" 하고 울던 모후토를 안아들었다. 그리곤 자기 방으로 가려는 게 아닌가.

나는 깜짝 놀라 놀의 어깨에 손을 올리며 붙잡았다.

"어디로 가려는 거야?"

"모, 모후토와 산책이라도 하려고⋯⋯."

"모처럼 도란도란 식사했잖아. 이참에 느긋하게 대화라도 나누자고."

어딜 도망가려고! 내 눈앞에서 당당히 도망치려던 그 배짱은 인정해 주지!

"윽, 우으⋯⋯ 싫습니다! 전 방으로 돌아갈 겁니다!"

"아직 아무 말도 안 했어."

"어차피 또 마석 수집을 해야 한다고 말할 거 아닙니까! 싫습니다!"

놀이 발버둥치며 역정을 냈다. 역시 이렇게 됐나.

"진정해 놀. 이번엔 나도 생각이 있어. 안심해."

"오쿠라 님이 말씀하시면 전혀 안심이 안 됩니다."

"진짜라니까. 이 맑은 눈을 봐."

"탁합니다만."

"⋯⋯가챠를 걸고 이번엔 진짜 괜찮아. 자, 의자에 앉자."

"우으, 거짓말이면 승마 훈련 때 두고 보십시오."

그렇게 겨우 설득해서 의자에 앉힐 수 있었다. 그나저나 훈련 때 두고 보라니, 무서운데.

나는 놀의 마음이 바뀌기 전에 서둘러 의자에 앉아 말을 이어 나갔다.

"자, 앞으로의 방침을 말할게. 우선 목표였던 마석 2천 개를 모을 생각이야."

"어라? 마석 2천 개가 목표였습니까?"

"그래서 그 방법을 골똘히 생각해 봤는데."

"잠깐, 무시한 겁니까?!"

쳇, 은근슬쩍 목표량을 마석 2천 개로 높여봤는데, 이래서 눈치 빠른 녀석은 싫다니까.

"오빠, 그래서 지금 모은 마석이 몇 개인데?"

"어디 보자, 1168개 있네."

마석 2천 개라고 하면 많아 보이지만, 사실 이미 반 이상을 모았다. 이것도 꾸준히 시스하와 사냥을 해 온 결과겠지. 전투광이라서 곤란할 때도 있지만, 함께 마석 수집을 도맡아 하는 시스하에겐 고맙단 말을 아무리 많이 해도 모자라지 않을 것이다.

"처음엔 마석 천 개가 목표라고 말했었지만, 잘 생각해 봐. 지난 번 박스 가챠의 비극을 떠올려 보라구! 다들 더 이상 그런 일은 겪고 싶지 않잖아? 그러니 더욱 힘내서 2천 개를 모아야 한다고 생각해!"

"그렇게 잔뜩 힘주어 말씀하셔도 곤란합니다만."

내 열변에 놀이 다시 한번 싫은 기색을 내비쳤다.

"그러지 말고 놀. 나도 무리할 생각은 없으니 모두의 부담은 최소한으로 줄일 생각이야. 그러니까 도와 줘."

"으음, 그렇게까지 말씀하신다면 이야기는 들어 보겠습니다."

"오빠가 부탁한다면 어쩔 수 없지. 나도 협력할게."

"감사합니다!"

목표 수량까진 약 800개 남았다. 이미 절반 이상 모았다는 사실을 이해해서 그런지, 다들 내 이야기에 협조적인 반응을 보였다. 물론 크게 의욕적인 반응은 아니었지만 말이다.

"그래서 우선 모으는 방법 말인데. 놀과 에스텔은 이틀에 한 번 북쪽 동굴에서 사냥을 해 줬으면 해. 시간은 낮까지만 해도 괜찮아."

"엣, 정말 그렇게 짧아도 괜찮습니까?!"

"그러게. 저번에 비하면 상당히 짧네. 정말 그래도 괜찮아?"

"응. 괜찮아."

두 사람이라면 한나절에 최소한 30개 이상은 벌어 줄 것이다. 마석 수집은 주로 나와 시스하가 할 생각이니 그 정도만 보충해 주면 된다.

"그리고 시스하는 나와 함께 오크의 숲에서 오크 사냥을 하자. 사냥 시간은 얼마나 해야 좋을 거 같아?"

"해 질 녘까지 사냥해도 괜찮아요."

"앗, 네. 정말 항상 감사드립니다."

"천만에요. 오쿠라 씨가 그렇게까지 부탁하시면 어쩔 수 없죠."

시스하가 상쾌한 미소와 함께 바로 대답했다. 역시 시스하. 정말 믿음직한 신관님이다.

그럼 다음은…… 가장 문제아인 루나인가.

"루나는 해가 진 후부터 심야까지 나랑 같이 오크 사냥을 해 줬으면 좋겠어. 루나도 이틀에 한 번꼴로…… 안 될까?"

"상관없어. 나는 모험가로 활동하지 않으니 이럴 때라도 힘내도록 하지."

"좋았어! 고마워! 끝나면 원하는 만큼 자게 해 줄게!"

"응. 그럴 생각이다."

생각보다 쉽게 승낙해서 놀랐다. 그냥 도와주고 마음 편히 푹 자자, 라는 속셈도 있었던 거 같지만, 사냥에 협력해 주는 것만으로도 감사하게 생각해야겠지.

"오쿠라 님은 계속 사냥하시게 될 텐데, 그렇게 오래 사냥하셔도 정말 괜찮겠습니까?"

"그러게. 아무리 오빠라도 위험해."

"괜찮아, 괜찮아. 나도 그 점을 고려해서 이틀에 한 번으로 정한 거니까."

놀의 말대로 지금 이 계획대로 사냥한다면 나는 이틀에 한 번씩 하루 종일 사냥하게 되겠지만, 그건 어쩔 수 없다. 가챠를 돌리고 싶은 건 나니까 말이지. 내가 가장 팔 걷고 나서야 한다.

사실 이렇게 마음먹을 수 있게 된 것도 성장했다는 증거가 아닐까 싶다. 예전에는 혼자 고블린과 오크를 잡으려면 사투를 벌여야 했지만, 이젠 혼자서도 손쉽게 잡을 수 있으니까 말이다. 아마 큰 위험은 없을 것이다. 남은 건 체력 문제인데, 적절히 휴식을 취하면 어떻게든 되겠지.

그렇게 마음먹고 있자니, 고맙게도 한 분이 나서 주셨다.

"저도 야간 사냥에 참여할게요! 오쿠라 씨랑 루나 씨 단둘이서 사냥하다니 치사해요!"

치사하다니…… 기껏 배려해 줬더니 치사하단 소리를 들을 줄은 몰랐다.

모처럼 루나와 함께 사냥할 기회니, 시스하의 마음도 이해 못할 건 아니지만 말이다.

"어, 그래. 그러면 시스하도 부탁할게."

"흠, 시스하도 함께인가. 그러면 좀 더 의욕이 나는군."

"같이 힘내요!"

시스하에게 안긴 루나가 콧바람을 내쉬며 의욕을 냈다. 오오, 이러면 마석 효율이 꽤 좋아지겠어. 두 사람이 친해져서 시너지 효과가 생긴 건가. 잘 됐다.

"우우—, 그러면 나도 같이 할래."

"엣, 아니. 무리하지 않아도 괜찮아."

"아니, 세 사람만 밤까지 사냥시킬 순 없어. 파티잖아? 다 함께 부담을 나누는 게 좋잖아!"

일리 있는 말이긴 한데, 갑자기 무슨 일이지? 아깐 분명 사냥 시간이 짧다며 기뻐하지 않았나?

"맞습니다. 낮까지라면 저희도 매일 하겠습니다."

"정말 괜찮겠어? 그야 함께 모으면 빠르게 모을 수는 있겠지만 두 사람이 무리할 필요는 없는데."

"괜찮습니다. 다 같이 부담해야 더 빨리 끝나지 않겠습니까?"

"내 고집 때문에 다들 고생하게 됐네. 정말 미안해."

설마 놀과 에스텔까지 협력하겠다고 나설 줄이야. 정말 의외였다.

"그 대신 끝나면 승마 특훈입니다."

"진짜로?"

"진짜입니다."

그리고 다음 날.

아침 일찍 놀과 에스텔을 북쪽 동굴에 데려다 주고, 나와 시스하는 오크의 숲에서 사냥을 했다. 그렇게 몇 시간가량 오크와 고블린들을 상대해준 뒤, 지금은 가볍게 휴식을 취하는 중이다.

"오쿠라 씨. 아까부터 계속 뭔가를 날리시던데 그건 뭔가요? 큰 소리가 나던데요."

"아, 센티터블라야."

이번에도 나는 센티터블라를 섞어서 사냥하고 있다. 전력을 늘리는 방법에는 가챠도 있겠지만, 기존 UR을 능숙하게 다루게 되는 것도 좋은 방법 중 하나일 테니까 말이지.

그래서 약한 고블린을 상대로 여러 사용법을 테스트하는 중이다.

"여러모로 시행착오를 겪어서 말이야. 떠오른 방법을 하나하나 테스트해 보고 있었어."

"재밌겠네요! 저한테도 보여 주실 수 있나요?"

"그렇게 재미있진 않을걸?"

바로 센티터블라를 꺼내 변형시켰다. 가장 먼저 얇은 원반을 마음속에 그리자 센티터블라가 천천히 피자 도우 모양을 만들어 갔다. 크기 약 1미터 정도의 얇은 도우가 완성되자, 그것을 천천히 회전시켰다. 그리곤 조금씩, 조금씩 더 빠르게 회전을. 그러자 센티터블라는 어느덧 원형 톱날처럼 고속 회전을 하는, 살상력을 갖춘 무기로 변모했다.

사실 시스하가 말한 '큰 소리'는 이 센티터블라가 나무에 부딪히며 났던 소리다. 아직 조작이 불안정해서 원하는 방향으로 날리질 못하다 보니까 말이지. 게다가 우거진 숲속에서 조작하는 건 한층 더 까다로운 일이었다. 충분한 절단력을 가지게 된 센티터블라로 멀리 있는 적을 자유롭게 잡을 수만 있다면 더욱 효율적인 사냥이 가능할 거라고 생각했는데, 역시 쉽지 않구나.

"트렌트나 그란디스를 상대할 때 촉수 때문에 애를 먹었잖아? 그래서 고안해 본 거야."

"꽤 괜찮은 아이디어네요. 다만 문제는…… 오쿠라 씨의 센티터블라는 연약한 제가 부술 수 있을 정도니 큰 절단력을 기대하기 힘들 거 같다는 점일까요."

"아니. 오크를 맨손으로 해치우는 녀석이 연약하다는 건 어불성설이잖아."

시스하가 연약하다면 난 대체 뭐지.

아무튼 시스하의 지적도 맞는 말이다. 실제로 고블린은 두 동강 낼 수 있었지만, 나무는 절단할 수 없었다. 경도가 부족한 건지, 회전력이 부족한 건지, 아니면 양쪽 다 부족한 건지는 아직 불분명하지만, 아주 조금씩이나마 발전해나가고 있다는 건 분명하다. 그러니 꾸준히 연습해나가다 보면 바위도 절단할 수 있게 되겠지.

"저번에 센티터블라 위에 올라타서 빙글빙글 도시던 게 이걸 위해서였군요. 전 또 놀고 계신 줄 알았지 뭐예요."

"하하, 그 무슨 실례되는 말을. 내가 아무 생각도 없이 행동할 리 없잖아."

"예?"

"응?"

서로 마주보고 말없이 굳어 버렸다. 자, 잠깐 시스하? 설마 날 그렇게 생각하고 있었던 거야? 그야 그땐 거의 시간 때우기였지만, 좀 너무하지 않아?!

"……아, 아무튼 다시 사냥하러 가시죠!"

"……그, 그래."

그 충격적인 반응에 입만 뻐끔거리고 있었더니 시스하가 서둘러 대화 화제를 돌렸고, 이내 우리는 묵언 수행을 하듯이 아무 말 없이 사냥에만 열중하게 되었다.

그렇게 수 시간을 사냥한 후, 오전 사냥을 마친 우리는 놀, 에스텔과 합류하여 집으로 돌아갔다.

"이야―, 낮에 사냥이 끝나다니, 기분이 정말 좋습니다! 뭔가 이득 본 기분입니다."

"그러게. 나도 아직 해가 하늘에 떠 있다는 게 안 믿길 정도야. 가끔은 이런 것도 좋은걸?"

사냥을 마치고 귀가한 놀과 에스텔이 창문 밖을 바라보며 감동에 젖었다.

아무래도 일찍 끝난 만큼 한가한 시간이 늘어 자유 시간도 대폭 늘었다. 기뻐하는 것도 당연하다.

"으음, 오전에만 46개인가. 저번보다 효율이 조금 떨어졌네."

가볍게 점심 식사를 하고 지금까지 얻은 마석 수를 확인해 보니, 예상했던 수량보다 조금 적었다. 저번엔 오후까지 사냥해서 하루에 약 110개 정도는 얻었었는데······. 효율이 떨어진 건 명확했다. 컴플리트 가챠에 대비할 땐 필사적으로 사냥했었는데, 마음가짐이 달라진 게 원인일 수도 있겠네.

으음, 조금 아쉽긴 하지만, 초반에 비하면 효율은 상당히 좋아졌으니 이 정도로 만족해야 하려나. 게다가 밤 사냥에 루나가 참가할 예정이니 모두에게 부담을 줄 필요가 없을 테고 말이지.

그런 생각을 하고 있는데, 갑자기 놀이 비명을 질렀다.

"히익── 오, 오쿠라 님! 부디 참아 주십시오!"

잘못이라도 비는 듯이 양손을 모아 애원하는 놀.

"딱히 아무 말도 안 했는데."

평소 이런 상황일 때면 '더 효율적으로!'를 외치며 더더욱 마석 수집에 열중하곤 했으니, 내 말뜻을 오해하는 것도 당연한가. 꽤 트라우마가 된 모양이다. 지금은 상냥하게 대해서 신뢰를 회복하자.

"그렇게 급한 거 아니니까, 적당히 사냥해도 괜찮아."

"저, 정말입니까?"

"어머. 항상 마석 수집에 필사적이던 오빠가 그런 말을 할 줄은 몰랐어."

"오쿠라 씨치고는 상냥한 발언이네요."

"하하, 무슨 소리를 하는 거야. 난 항상 상냥했다고."

내가 미소 지으며 말하자 놀과 시스하는 말없이 고개를 돌렸다. 에스텔은 뺨에 손을 대고 나를 봐 줬지만 조금 쓴웃음을 짓고 있다.

잠깐 잠깐, 농담이었는데 그렇게 진지하게 반응하면 상처받는다고.

　그렇게 마음 한 구석에 쓰라린 상처를 남긴 점심 식사 시간을 마치고, 나와 시스하는 사냥을 재개. 그리곤 해가 질 때쯤 다시 귀가했다. 총 마석 획득량은 68개. 역시 중간에 놀, 에스텔이 빠진 탓에 수가 적었다.

　하지만 여기서 끝이 아니다. 다음엔 루나와 함께 밤 사냥에 나설 예정이다.

　"크으―, 힘들다―."

　"이제부터 밤 사냥이군요. 우후후, 루나 씨와 함께 사냥할 수 있다니 기대되네요!"

　지친 나와는 달리, 몸을 들썩이며 루나와 사냥할 수 있다는 사실에 기뻐하는 시스하.

　누가 봐도 너무나 대조적인 모습이었다. 역시 시스하라고 해야 할까, 정말 대단하다. 전혀 안 피곤해 보인다. 체력이 거의 괴물 급이네.

　"정말 밤새도록 사냥하실 생각이십니까? 이거라도 드시면서 힘내십시오."

　퀭한 내 모습을 본 놀이 빨간 잼을 바른 샌드위치를 건네주었다.

　"오, 고마워."

　샌드위치를 한 입 베어 물고 우물우물 씹으니 새콤달콤한 맛이 느껴졌다. 전에 리스타리아 학원 호위 중에 땄던 봄프루트 맛이네. 언제 잼으로 만든 거지.

적당히 식욕을 돋우는 맛. 게다가 샌드위치 자체도 공복을 채우기엔 딱 좋은 양이었다. 아무래도 배가 너무 부르면 움직임이 둔해질 테니, 그런 부분까지 고려하여 준비해 준 듯하다.

"돌아오시면 곧장 식사하실 수 있도록 제대로 상도 차려 두겠습니다."

야식까지 만들어 준다니 더할 나위 없는 녀석이다. 고마워!

그런 놀에게 감격하고 있자 에스텔이 램프 세 개를 끌어안고 다가왔다.

"오빠, 여기에 마력을 넣어 뒀으니까 사냥할 때 써. 일단 마력을 불어넣어 두면 들고 있지 않아도 당분간 최대 밝기로 빛나도록 조정해 뒀어."

"오오, 에스텔 고마워. 한 손에 램프를 들고 사냥할 생각이었는데 잘 됐다."

"괜찮을 거라고 생각하지만, 그래도 방심하면 안 돼."

많이 걱정되는지, 에스텔이 고급 램프에 마력을 넣어 주었다. 놀과 에스텔이 이렇게나 배려해 주다니, 정말 감사한 일이다.

만반의 준비를 마치자 루나의 방문이 열렸다. 준비를 다 마친 건가 싶어 바라보니 루나가 얼굴을 반쯤 내밀고 이쪽을 빤히 쳐다보고 있었다.

응? 왜 안 나오지?

"루나 씨! 일어나셨군요!"

"……응. 그리고 잘 자."

이윽고 천천히 문을 닫는 루나. 뭐야 이거. 설마 인제 와서 안 가겠다는 건 아니지?!

"어이! 어디 가는 거야!"

"싫어─, 이거 놔─."

서둘러 문으로 달려가 루나를 안아 들자 루나가 격하게 발버둥 치며 저항했다. 잠시 실랑이를 벌인 끝에 루나를 힘겹게 거실까지 데려오는 데에 성공. 루나는 그제야 체념했는지 겨우 얌전해졌다.

전투복으로 갈아입은 걸 보면 갈 마음은 있었던 거 같은데 왜 도망친 거지?

"역시 진짜 가는군."

"어젠 의욕적이었잖아. 갑자기 왜 그래?"

"의욕은 있었지. 하지만 막상 나가려고 하니…… 귀찮아."

이 흡혈귀님, 서둘러 끌어내지 않았다면 그대로 방에 틀어박혔 을지도 모르겠군.

"아하하…… 역시 루나 씨네요."

루나에 관해선 무조건 옹호하는 시스하도 쓴웃음을 지을 정도 로 참 루나다운 대답이었다.

"어, 으응…… 그, 그래도 힘내 줘."

"윽. 어쩔 수 없군. 약속은 약속이니 제대로 지키도록 하지."

그 후 루나는 우리와 함께 얌전히 오크의 숲으로 향했다.

"이거, 정말 어둡네. 분위기도 낮에 사냥할 때랑은 많이 다른 거 같고."

"그러게요. 아직 숲 밖인데 이렇게 어둡다니. 역시 안쪽에선 램프가 있어야 움직일 수 있겠어요."

숲 밖에 설치한 비컨으로 이동하자 이미 주변은 새까만 어둠에 물들어 있었다. 컴플리트 가챠 때에도 해가 질 때까지 사냥했었지만, 이 정도까진 아니었다.

"나한텐 낮이나 다름없지만 말이야. 그래서 사냥은 어떻게 할 생각이지?"

역시 흡혈귀. 밤엔 물 만난 물고기구나.

"우선 숲속으로 들어가서 정하자."

한 손에는 일반 램프를, 다른 한 손에는 스마트폰을 들고 지도 어플을 확인하며 평소 자주 다니는 사냥터로 향했다. 중간에 고블린이나 오크가 습격해 오긴 했지만 시스하와 루나가 눈 깜짝할 새에 처리해 큰 문제 없이 나아갈 수 있었다.

곧이어 목적지에 도착. 그 후 곧장 에스텔이 준비한 고급 램프를 설치하니 똑바로 바라보기 어려울 정도로 밝은 빛이 주변을 비췄다.

"우옷?! 에, 에스텔이 준비해 준 램프, 엄청 밝네."

"가챠산 아이템인 것도 있지만 에스텔 씨가 마력을 불어넣었으니까요. 성능이 백 퍼센트 발휘된 거겠죠."

한밤중인데도 낮처럼 밝아지다니. 두 눈이 휘둥그레질 수밖에 없었다.

게다가 엄청난 밝기 덕분에 우리의 존재를 눈치챈 고블린과 오크들이 숲 안쪽에서 몰려들었는데, 이게 또 생각지도 못한 장점이었다. 루나와 시스하라는 강자가 있으니 고블린과 오크가 아무리 몰려들어도 순식간에 처리. 마치 고블린 뷔페라도 온 듯한 기분마저 들 정도였다.

"수월하네요. 이 정도면 낮에 사냥하는 거랑 별 차이가 없을 거 같아요. 사실 처음엔 기척을 읽고 사냥할까 했는데, 역시 시야가 밝은 편이 사냥하기 쉬군요."

순식간에 수십 마리의 오크와 고블린을 처리한 시스하가 손을 탁탁 털며 말했다.

"엣, 그런 것도 할 수 있어?"

이, 이런 능력까지 숨기고 있었다니. 무슨 이런 신관이 다 있어?! 어둠 속에서 기척만으로 상대에게 대응하는 건 영화 속 무술 고수들이나 하는 거 아니었어?

"당연하죠. 저는 신관이니까요."

"신관이랑은 전혀 상관없잖아."

아니, 그러니까. 항상 '신관이니까요!'라고 결론을 내는데, 이제 태클을 걸기도 지칠 지경이라고.

"시스하니까 어쩔 수 없지. 그냥 그렇게 받아들여."

경악하는 내 옆에서 고개를 연신 끄덕이는 루나. 당연하다는 듯한 그 태도에 나도 납득할 수밖에 없었다.

그래. 사실 시스하는 늘 상식을 뛰어넘는 신관이었으니, 나도 루나의 태도를 본받아야겠지.

그 후 일정 간격으로 에스텔이 건네준 고급 램프 세 개를 설치해 사냥 준비를 마치고, 마석 수집 사냥에 처음 참여한 루나를 위해 우선 사냥 방법을 설명했다.

빛의 입자가 모여서 마물이 생겨나는 곳은 세 군데. 그곳을 사냥터로 삼아 차례대로 돌면서 생겨나는 마물을 끊임없이 처리하는 방식이다.

"사실 사냥 방법은 단순해. 이 숲에 빛의 입자가 모여 마물이 생기는 곳이 총 세 군데 있는데, 내가 정한 경로를 따라 각 팝존을 순서대로 돌면서 사냥하면 돼. 마지막 세 번째 팝존의 마물들까지 모두 없애면 다시 첫 번째 팝존으로 돌아가는 거지. 이걸 계속 반복하면 돼."

"알겠다. 시험 삼아 혼자서 해 봐도 되겠나?"

"응. 이동하기 힘들면 다른 경로도 생각할 테니까 말해 줘."

내 승낙에 루나가 자신감 있게 붉은 창을 크게 휘둘렀다. 부웅, 하고 창이 공기를 가르는 것과 동시에, 루나가 어마어마한 속도로 고블린들 사이를 파고들었다.

여러 마리를 한 번에 찌르기도 하고, 가로로 휘둘러 여러 마리를 단번에 몰살시키기도 했다. 중간에 창을 투척해서 잡기도 했는데, 창이 돌아올 때까지는 손톱으로 찢거나 발차기로 날려 버리면서 마물을 잡았다.

이런 공격까지 가능했다니, 흡혈귀도 장난 아니네. 내가 상대했다간 맨손만으로도 두들겨 맞을 것 같다.

몸이 풀린 루나는 나무 밑동을 차고 날아다니듯이 이동하여 팝존의 마물을 잇달아 괴멸시켰다. 이윽고 세 번째 팝존의 마물마저 모조리 정리한 루나는 곧장 첫 번째 팝존으로 향했다. 이윽고 도착한 첫 번째 팝존에는 아직 마물이 한 마리도 나오지 않은 상태였다.

텅텅 빈 팝존에 화려하게 착지한 루나는 팔짱을 끼고 숨을 돌렸다.

"흠. 늦게 나오는군."

"진짜냐. 놀보다 빠른데?"

아무래도 앞서 말한 자칭 잔챙이 처리 전문가는 정말이었나 보다. 솔직히 감탄했다. 그만큼 루나의 전투법은 정말 효율적인 데다가 약한 마물 여러 마리를 잡는 데 특화된 것처럼 느껴졌다.

작은 몸집 덕분인지 숲속 장애물에 크게 구애받지 않고 이동할수 있다는 이점도 사냥 속도가 빠른 이유 중 하나겠지만, 아마 가장 큰 이유는 전투 중 창이라는 긴 무기의 특성을 잘 활용하기 때문일 것 같다. 특히 공격할 땐 한 번에 여러 마리를 꿰어버릴 수있도록 창을 찔러 넣는 각도를 조절하는 점이 인상적이었는데, 덕분에 평범한 찌르기 공격 한 번에 마물 여러 마리가 쓰러졌다. 게다가 마물이 많이 몰린 곳에는 때때로 창까지 투척. 주변 일대를 초토화해 적을 섬멸하기도 하는 등, 검을 주력으로 사용하는 정통파 놀과는 전투법에 큰 차이가 났다. 굉장히 효율적으로 마물들을 상대하는 전투법이었다.

기본적으로 나나 시스하는 한 마리씩 잡으니 루나의 사냥 속도와 보폭을 맞출 수 없을 것 같았다. 마법 공격으로 단번에 섬멸하는 에스텔은 별개로 치더라도, 오늘 모습을 보니 근접 전투에선루나가 가장 빠르게 여러 적을 잡을 수 있는 듯하다.

처음에는 귀찮다고 하더니, 역시 할 때는 제대로 해주는 루나다.

"역시 루나 씨! 밤은 루나 씨의 독무대네요!"

"나한테 맡겨. 잔챙이 처리 전문가의 진가를 보여주지."

"우후후. 저도 지지 않겠어요!"

루나의 전투법을 보고 시스하도 의욕이 생겼는지 그 후에는 겨루듯이 사냥을 했다.

결국 이 날은 의욕적으로 나서 준 루나와 시스하 덕분에 마석 106개를 얻을 수 있었다. 후후후, 이 페이스라면 눈 깜짝할 새에 2천개를 채울 수 있겠어!

그렇게 마석 수집을 개시하고 7일 후.

아침 일찍부터 시작했던 오크의 숲 사냥을 해가 지기 전에 끝냈다. 루나와 사냥하는 날이 아니므로 오늘의 사냥은 이것으로 끝.

7일간 모은 마석은 466개. 원래 있던 것과 합치면 1634개.

약 4백 개가 남았다. 앞으로 얼마 안 남았는데, 그 한 걸음이 너무 괴롭다.

"헤, 헤헤…… 마석, 마석이 엄청 많아……."

나는 귀가하자마자 테이블에 얼굴을 붙이고 엎드렸다. 어제도 늦은 밤까지 사냥하고 오늘도 아침 일찍부터 사냥했다. 숲속을 뛰어다니며 사냥하는 것은 생각보다 몸에 큰 부담을 주는 일이었다.

덕분에 당장이라도 눈꺼풀이 내려앉을 것 같았다. 그나마 스마트폰으로 지금까지 모은 마석의 수를 확인하며 겨우겨우 의식을 붙잡는 상황.

"오늘도 수고하셨습니다. 금방 식사 준비를 할 테니 잠시 기다리십시오."

"고마워……."

놀이 저녁 식사를 만들기 위해 슬리퍼를 끌며 부엌으로 돌아갔다.

최근 들어 가정적인 모습을 많이 보여주는 놀인데, 계속 보다 보니 그런 모습도 은근히 잘 어울리는 것처럼 느껴졌다. 포니테일로 묶은 머리를 흔들며 걸어가는 뒷모습에 조금 마음이…… 아니, 지금 무슨 생각을 하는 거야! 지쳐서 머리가 이상해진 걸까.

졸음을 쫓아내며 목욕이라도 하려는데 에스텔이 말을 걸었다.

"오빠, 괜찮아? 며칠 새에 야윈 것 같아."

"괜찮아, 문제 없어. 몸이 무겁긴 한데 이 정도로 엄살 피울 내가 아니지."

"그렇다면 다행이지만, 무리하면 안 돼. 쓰러지기라도 하면 내 방으로 끌고 들어갈 테니까."

"어, 응. 주의할게."

눈을 가늘게 뜬 에스텔이 마치 사냥감을 보는 듯한 표정으로 나를 쳐다보았다. 의식을 잃은 채로 에스텔의 방에 끌려가면 대체 어떻게 될까.

한편, 나와 똑같이 사냥을 한 시스하는 힘이 넘친다. 마치 피로를 느끼지 않는 것처럼 느껴질 정도다.

"오빠랑 다르게 시스하는 힘이 넘치네."

"우후후, 마음껏 마물을 잡을 수 있으니 당연하죠!"

"물어본 내가 바보였어."

기분 탓인지 시스하의 피부가 평소보다 반들반들한 것 같기도 하다.

아, 참고로 루나는 사냥을 한 다음 날엔 하루 종일 잠만 잔다. 지금도 방 안에서 잠에 푹 빠져 있겠지.

"평소엔 가챠로 힘이 넘치시더니, 오쿠라 씨도 사냥은 힘이 드시나 봐요."

"난 일반인이잖아. 이틀에 한 번 밤늦게까지 뛰어다니는 건 힘들다고."

"그 말은 제가 평범하지 않다고 말씀하시는 것 같은데요? 전 어디까지나 연약한 신관인데 말이죠. 좀 더 체력을 키우시는 편이 어때요?"

대체 어디가 연약한 신관이라는 거야! 숲속을 온종일 뛰어다니며 엑스칼리빠루를 휘두르는 나날의 연속. 다양한 소셜 게임을 해 와서 단순 작업엔 내성이 있지만, 다리가 후들거리기 시작했다. 포션을 마시며 버티고는 있지만 얼마 못 버틸 것 같다.

이런 상황이다 보니 최근엔 센터터블라 연습을 제대로 못하고 있다.

"그나저나 오쿠라 씨, 다음엔 어떤 UR을 노리시는 건가요?"

"그러고 보니 궁금하네. 딜러랑 힐러는 충분하니 부족한 건 탱

커려나? 아니면 원하는 장비라도 있어?"

"으음, 그러네. 솔직히 그냥 가챠가 돌리고 싶은 게 제일 큰 이유야. 굳이 원하는 걸 꼽자면 카론 정도? 아니면 중장갑 계열의 탱커나 주술사, 공주 같은 서포터가 있으면 좋겠네."

현재 파티의 상황을 고려했을 때, 역시 전력을 가장 강화시킬 방법은 확실한 탱커의 영입이다. 아니면 아군 버프에 특화된 공주나, 적에게 다양한 디버프 마법을 걸 수 있는 주술사도 좋을 것 같다. 물론 딜러가 늘어나면 지금처럼 마석 수집을 여럿이서 분담할 수 있으니 나쁘진 않겠지만.

사실 극단적으로 얘기하자면 어떤 유닛이 나온들 만족할 수 있지 않을까.

그리고 그 외라면 역시.

"나도 슬슬 UR 무기가 가지고 싶어."

그런 내 바람을 듣고 시스하와 에스텔은 미묘한 표정을 지었다.

"무기는 필요 없지 않나요? 이미 최강의 엑스칼리빠루가 있잖아요."

"맞아. 게다가 이번 가챠를 돌리면 더 강화시킬 수 있잖아."

"안 돼! 남자란 멋진 장비를 추구해야 한다고! 사용하지 않더라도 가지고 싶어!"

멋진 무기는 역시 남자의 로망이다. 놀처럼 훌륭한 검이나 루나처럼 창을 가지고 싶어!

"마음은 알겠지만 방어구 쪽이 더 실용성 있지 않을까요?"

"오빠도 참 이상한 데 집착한다니까. 우선 복장부터 먼저 어떻게 하는 게 어때?"

"하하, 맞는 말이네."

하긴 지금 엑스칼리빠루를 계속 쓸 것 같지만 부 장비로 멋진 것을 갖고 싶다. 뭐, 에스텔 말대로 복장부터 어떻게 해야 하려나.

그보다 진짜 힘들다. 밥만 먹고 자러 들어갈까.

그렇게 생각하며 꾸벅꾸벅 졸고 있자 시스하가 처음 듣는 단어를 입에 담았다.

"오쿠라 씨 엄청 지쳐 보이시네요. 괜찮으시다면 회복 마사지라도 해 드릴까요?"

"그게 뭐야?"

"회복 마법을 걸면서 평범하게 마사지를 하는 것뿐이에요. 동네분들한테 자주 해 드렸는데 꽤 평판이 좋았거든요. 루나 씨도 기분 좋다고 하셨어요."

"헤에, 그런 것도 했었구나."

"말만 들어도 기분 좋을 것 같은걸."

아―, 전에 교류하던 어르신들께 해 드렸던 건가. 그러고 보니 전에 루나한테 마사지가 필요한지 물어봤었지. 평판이 좋았다면 나도 부탁해 볼까. ……이런 미인한테 마사지를 받을 기회도 좀처럼 없을 테고.

"그럼 다리 마사지 좀 부탁해도 될까? 가만히 있어도 후들후들 떨리더라고."

"우후후, 맡겨만 주세요. 그러면 이쪽으로 오시겠어요?"

"네, 괜찮아요."

시스하의 재촉에 의자에 앉자, 에스텔도 흥미롭게 쳐다보았다.

"그럼 시작할게요."

"응…….."

시스하가 내 몸 이곳저곳을 꾸욱꾸욱 누르기 시작했다. 조금 간질간질하다.

그렇게 간지러움에 몸을 맡기고 늘어져 있었더니, 얼마 지나지 않아 시스하가 진단을 마친 의사처럼 턱을 괴고 눈썹을 찌푸렸다.

"으음, 어깨와 허리가 꽤 굳었네요. 다리뿐만 아니라 전신 마사지를 하는 편이 좋겠어요."

"엣, 그래?"

"오빠는 몸이 잘 굳는 체질인가?"

거짓말. 내 몸이 그렇게 굳어 있어? 아직 젊다고 생각했는데 충격적이다.

"그러면 오쿠라 씨. 초급, 중급, 상급, 극급이 있는데 어떤 게 좋으세요? 오쿠라 씨라면 특별히 숨겨진 단계, 신급도 고르실 수 있어요."

"네? 무슨 말인지 전혀 모르겠는데."

초급, 중급, 상급, 극급이라니 게임 난이도냐?! 게다가 숨겨진 단계는 또 뭐야!

"마사지 강도예요. 이 정도로 굳어 있으면 상급 정도가 좋겠네요. 극급이라면 통증도 완전히 나아지긴 하는데 버티실 수 있을지 모르겠어요. 신급은 중간에 실신 하실지도 모르고요."

"마사지 맞지? 진짜 마사지 맞지?"

"단계가 꽤 세세하게 나뉘네."

마사지를 받다가 실신하다니 무슨 소리야. 장난치는 거 아니지?

아연실색 하며 시스하를 바라보니, 시스하는 여전히 미간을 찌푸린 채 진지한 표정을 짓고 있었다.

아, 아무래도 진심인가 보네. 으음, 믿고 맡겨 볼까. 아니, 어떤 일이 벌어질지 모르잖아. 실신할 정도의 마사지가 어떤 건지 궁금하긴 하지만, 지금은 무난하게 중급을 선택해야겠지.

"주, 중급으로 상냥하게 부탁해."

"네, 조금 아플 수도 있는데, 참아 주세요."

그런 당부의 말과 함께 내 어깨에 살며시 손을 얹는 시스하.

시스하의 손이 내 어깨에 닿았다는 사실을 인식하는 순간, 갑자기 시스하가 내 어깨를 콱 쥐었다. 엄청난 통증이 느껴져 발버둥 치려 했는데, 몸을 꽉 누르고 있는 시스하 덕분에 전혀 움직일 수 없었다. 결국 옴짝달싹 못 하게 된 나는 꼴사나운 소리만 내게 되었다.

"으억…… 억, 억…… 크윽."

"엄청 괴로워 보이는데 괜찮은 거야?"

"곧 기분 좋아질 거예요."

아프긴 아픈데, 이상하게도 몸이 풀리는 듯한 기분이 들었다.

시스하가 누르는 곳에 온기가 돌며 등 전체로 퍼져 나가는 느낌이다.

"앗, 아아…… 이거 대단한데……."

"그렇게 기분 좋아?"

"처음엔 아팠는데 진짜 기분 좋아졌어."

"우후후, 제가 말했잖아요."

뿌듯하단 미소를 지은 시스하가 계속해서 꾹꾹 누르자 정말로 통증이 점점 희미해졌다. 이, 이게 바로 극락 아닐까. 머릿속이 멍해. 지금 누우면 바로 잠들 것 같아…….

등 마사지를 끝낸 시스하는 다음으로 내 팔을 들어 올려 옆으로 뻗게 하더니 양손으로 꽉 잡았다. 그리고 몸에 바짝 밀착될 정도로 끌어 당겨 힘을 주기 시작했다.

이것도 상당히 기분 좋은 마사지였다. 그나저나 여러모로 신경 쓰이는 부분이 팔 전체에 닿는 듯한데…….

"저, 저기. 너무 밀착된 거 아냐?"

"어쩔 수 없잖아요. 회복 마법은 밀착하는 편이 효과가 좋거든요. 평소엔 이렇게까지 안하지만, 이게 다 오쿠라 씨 힘내시라고 열심히 하는 거예요. 혹시 싫으신가요?"

"앗, 아니. 싫은 건 아니야."

싫기는커녕 오히려 업계 포상이다. 그런 생각을 하고 있자 에스텔이 눈을 가늘게 뜨고 나를 쳐다보았다.

"오빠, 표정이 너무 풀어졌는데? 그렇게 기분 좋아?"

"어, 으응. 마사지가 기분 좋네."

"흐응, 그래?"

그 말만 남긴 채 물끄러미 나와 시스하를 바라보는 에스텔.

그 차디찬 시선에서 어마어마한 위압감이 느껴져 졸음이 싹 달아났다. 시스하도 침을 꿀꺽 삼키더니 아무 말 없이 안마에만 집중했고, 그 결과 얼마 지나지 않아 반대쪽 팔과 다리 마사지까지 전부 끝났다.

"네, 대충 끝났어요. 컨디션은 어떠세요?"

"음…… 오오. 엄청나잖아! 온몸이 가벼워! 이거라면 밤새 사냥해도 괜찮겠어. 정말 고마워 시스하!"

"그렇게까지 말씀해 주시니 저도 기쁘네요!"

이렇게 컨디션이 좋은 건 오랜만이네. 이 상태라면 어떤 녀석이 상대라도 무섭지 않을 거 같아!

"그럼 다음은 에스텔 씨네요. 에스텔 씨는 초급으로 하죠."

"엣, 나는…….”

다음 표적이 된 에스텔이 황급히 시스하에게서 멀어졌다. 처음 마사지를 받을 때 고통스러워하던 내 모습을 보고 지레 겁을 먹은 모양이다. 으음, 진짜 기분 좋은데 한번 받아 보지.

"자, 자, 백문이 불여일견이라니까요."

누가 봐도 공포에 질린 에스텔에게 손가락을 꼼지락거리며 천천히 다가가는 시스하. 에스텔은 사색이 되어 어쩔 줄 몰라 했다.

그때, 에스텔에게 구원의 손길이 내밀어졌다.

"뭐 하고 계십니까? 밥 다 됐습니다! 어서 나와서 같이 먹읍시다―."

"어머! 벌써 밥이 다 됐나 보네? 오빠, 시스하 빨리 밥 먹으러 나가자!"

그렇게 그날의 마사지 소동은 종료됐고, 우리는 오순도순 저녁 식사를 하며 나머지 마석 4백 개를 모으기 위한 재충전 시간을 가질 수 있었다.

그 후 마석 사냥 개시일로부터 11일.

갖은 고생 끝에 드디어 마석이 2천 개를 돌파하였다.

"좋았어─! 끝났다─!"

"오오! 드디어 끝났습니까?!"

"오빠, 수고했어. 이제 푹 쉬어."

목표를 달성하고 사냥터에서 귀가한 내가 기쁨의 환호를 지르자 집에서 기다리던 놀과 에스텔도 함께 기뻐하며 맞이해 주었다.

끝났어, 끝났다고…… 모든 걸 하얗게 불태웠어…….

루나도 처음엔 의욕적이었으나 지금은 집에 돌아오자마자 며칠 전의 나처럼 의자에 앉아 테이블에 얼굴을 대고 축 쳐져 있다. 반면 시스하는…….

"하아, 이제 끝인가요? 전 좀 더 사냥하길 바랐는데."

"이제 충분하잖아……. 좀 쉬게 해 줘."

"……한계다. 오늘은 엄청 졸리군."

"루나는 매일 졸리지 않습니까."

"당연하지. 나는 자려고 하면 순식간에 잠들 수 있어."

"그건 자랑이 아닌 것 같은데…… 엇, 루나 벌써 잠들었어."

"이 모습을 보니 내일부턴 잠만 자겠군."

"우후후, 루나 일어나십시오! 우선 밥부터 드시는 겁니다! 저녁 식사하기엔 조금 늦은 시간이긴 하지만, 마석 수집도 끝났으니 호화롭게 차려 봤습니다!"

잔뜩 기합이 들어간 놀이 루나를 깨우더니 서둘러 주방으로 가 음식을 내오기 시작했다.

내오기 시작했는데…… 응?

"이, 이거 너무 많은 거 아냐?"

"목표 달성 기념으로 놀이 힘내서 만들었어."

놀이 몇 번 왔다 갔다 하니, 어느새 테이블 위에는 젓가락을 놓을 장소가 없을 정도로 음식으로 가득 찼다. 대체 몇 인분이나 만든 거야? 뭐, 남으면 놀이 혼자서 처리할 테니 괜찮겠지.

허기져 있는 상태였기 때문에 바로 식사를 시작했다. 응. 역시 놀이 한 음식은 간이 적당해서 정말 맛있다니까.

그렇게 다 같이 떠들썩하게 식사를 하고 있는데, 시스하가 벌떡 일어나 자신의 방으로 가 병 하나를 들고 돌아왔다. 못 보던 병인데, 뭐지?

"시스하, 그건 뭐야?"

"엣, 술인데요."

"너 그런 것도 가지고 있었어?"

"네. 자기 전에 한 잔씩 마시거든요. 모처럼이니 식후에 마실까 해서요. 오쿠라 씨도 한 잔 어떠세요? 목넘김이 정말 부드러워서 아주 맛있어요."

"으음, 그러면 한 잔만 부탁할게."

술을 좋아하진 않지만, 이런 날에 한 잔 정도는 마셔줘야 예의겠지.

내 대답에 시스하가 흔쾌히 술을 따라주었다. 이윽고 잔에 투명한 황갈색 액체가 남실거리고, 향긋한 과일향이 코끝을 간질였다. 그 향을 충분히 음미하고 조심스럽게 한 모금.

그리곤 정말 깜짝 놀랐다. 일반적으로 술이라 하면 쓴맛을 떠올리기 마련인데, 시스하가 가져온 술은 정말 달콤했기 때문이다. 게다가 삼키고 나서도 좋은 향기가 코에 맴돌다니.

"오오, 맛있어."

"우후후, 입에 맞으시나 보네요. 이건 제가 마셔 본 술 중에서도 특히 마음에 들었던 술이에요."

확실히 맛있긴 한데, 신관이 술을 마셔도 괜찮은 건가?

"맛있어 보입니다. 저도 한잔──."

"안 돼! 놀은 절대 안 돼!"

"어째서입니까─. 조금이라면 괜찮지 않습니까."

"너 술에 엄청 약하잖아. 한 모금 마시고 쓰러질걸?"

"놀이 안 되면 나도 안 되겠네. 한 번 마셔 보고 싶었는데."

디저트에 든 술로도 곤드레만드레 취해 버리는 놀이라면 한 모금만 마셔도 만취하겠지. 에스텔도 아직 어리니 술을 마시게 할 순 없다.

"그나저나 오쿠라 씨. 마석 수집도 끝났는데 내일부턴 뭘 하실 생각이세요?"

"응? 마석 수집이 끝나면 뭐를 시작하겠어?"

"엣, 대체 뭐를 시작하는 거죠?"

"모르는 거냐? 마석 수집이다."

"푸읍―!"

"으억?! 왜, 왜 그래?!"

놀이 내 말을 듣고 마시던 음료를 뿜었다. 에스텔도 사레가 들 렸는지 가슴을 치며 급하게 음료를 마셨다.

"콜록, 콜록…… 오, 오쿠라 님이 이상한 소리를 하니까 그렇지 않습니까! 왜 마석 수집이 끝났는데 마석 수집이 시작되는 겁니까!"

"농담, 농담이야. 헤이하치식 농담이라고."

바, 반쯤 진담이었는데, 다들 이렇게 격하게 반응하다니.

"콜록, 콜록…… 오빠, 농담치고는 심하잖아……."

"정말이지. 물어서 바닥을 뒹굴게 만들 뻔했다."

루나는 송곳니까지 드러내며 날카로운 눈초리로 나를 노려보 기까지 했다.

"그래서 정말로 뭘 하실 예정이신가요? 저번에 말씀하셨던 것 처럼 이참에 왕도에 집이라도 사실 생각이신가요?"

"으음, 그것도 있지만 이것저것 고민 중이거든. 우선 사냥에 관 해서인데, 당분간 마석 수집보단 레벨 상승을 최우선으로 생각하 고 사냥하려 해."

"웃, 레벨 말입니까."

"그러고 보니 코스트도 꽤 아슬아슬하지? 지금 오빠 레벨이 몇

이었지?"

"79야. 총 코스트가 93이고 현재 사용 코스트가 76이니, 에스텔 말대로 슬슬 늘려야 할 것 같아."

"그렇다는 건, 남은 코스트가 17이라는 말이군요. 앞으로 가챠를 통해 새 유닛을 뽑는다고 해도 소환할 수 없을 지도 모르겠네요."

"그렇지. 다음 가챠 이벤트가 시작될 때까지 적어도 여유 코스트를 20 정도 확보했으면 좋겠어."

가능하다면 30 정도는 여유가 있었으면 하지만 그만큼 올리려면 시간이 상당히 걸릴 것이다. 그러니 적당히 타협해서 20정도를 목표로 레벨업하면 어떨까.

"우으, 마석 사냥이 끝나서 기뻐했는데 이번엔 레벨을 올려야 한다니."

"그렇게 싫어하지 마. 마석 사냥 때처럼 종일 사냥할 생각은 없으니까."

뭐, 말은 이렇게 했지만 사냥 시간을 줄이는 데엔 이유가 있다. 최근 레벨이 많이 오른 우리는 난이도가 낮은 사냥터에서 사냥하면 레벨업이 거의 불가능한 상태가 됐는데, 이를 해결하기 위해 사냥터를 옮기기로 했기 때문이다.

난이도가 높은 사냥터에서 나오는 마물은 전체적으로 더욱 강한 게 당연하다. 한 번의 전투만으로도 체력이 바닥날 수도 있고, 만전의 상태가 아니라면 불의의 사고가 발생할 가능성도 크다. 그러니 최상의 컨디션을 유지하기 위해 짧고, 굵고, 안전하게 사냥하는 방식을 택하기로 했다. 이런 점들을 생각하며 떠올린 사냥터 후보지로는 레믈리 산이나 알데 숲이 있었지만, 새로운 사냥터를 한 번 찾아보는 것도 나쁘지 않을 거 같은데…….

"으음, 사냥은 그렇다고 치고. 다음은 왕도에 집을 사는 건에 관해서야."

"오오, 기다렸습니다!"

"어머, 정말 사려고 했구나. 예산은 어느 정도 있는데?"

"약 2억 길."

브루너 집을 산 것 외엔 큰 지출도 없었고, 퀘레스에서 돈을 잔뜩 벌었기에 이만큼이나 모을 수 있었다. 아마 자잘한 은화나 동화까지 합하면 더 많지 않을까.

"2억 길?! 저희 그렇게 많이 벌었었나요?! 그 정도면 부담 없이 놀고먹을 수 있겠어요!"

"웃기지 마! 그러려고 모은 돈이 아냐!"

"오쿠라 씨 엄청 쪼잔하시네요. 저한테 천만 길만 적선하는 게 어떠세요? 평소에 많이 도와 드렸잖아요~."

"절대 안 돼."

"에이~ 농담이에요~."

정말 농담인지 의심스러운데. 씀씀이가 헤프지 않다는 건 알고 있지만, 천만 길이나 되는 큰 금액을 대체 어디에 쓸 셈인 거야.

"1억 정도면 나름대로 괜찮은 집을 살 수 있겠네. 전에 왕도 부동산 중개소에서 들은 얘기로는 넷이서 살만한 집이 9천만 길이라고 했으니까."

"9천만 길입니까. 살 수야 있겠지만 역시 비싼 거 같습니다. 차라리 조금 작지만 저렴한 집을 사는 건 어떻습니까?"

음, 놀의 의견도 일리가 있다. 2억 길 중 9천만 길이라면 거의 절반에 가까운 금액. 갑자기 반이나 쓰는 건 엄청난 지출이다.

사실 집을 사려는 가장 큰 이유는 비컨 때문이다. 비컨을 사용하는 모습을 다른 사람에게 들키면 성가신 일이 벌어지는 건 불보듯 뻔한 일. 하는 수 없이 왕도에서 꽤 멀리 떨어진 곳에 비컨을 설치해두었지만, 언제 들켜도 이상하지 않으니까 말이지. 매번 걸어가기도 귀찮고.

"큰 집을 살지, 작은 집을 살지는 우선 다시 부동산 중개소에 가서 알아보고 결정하자. 개인적으로는 조금 큰 집을 사고 싶거든. 큰 집이면 다른 사람을 초대할 수 있을 테니까 말이야."

"네? 오쿠라 씨한테 초대할 만한 지인이 있던가요?"

이, 이 녀석 쓸데없이 날카로운 지적을……!

"디, 디우스가 올지도 모르잖아! 게다가 나 말고도 에스텔이 아넬리를 초대해도 되잖아?"

그, 그래. 디우스는 분명 와 줄…… 아, 근데 부를 이유가 마땅히 없네.

오히려 그 녀석과는 주변 가게에서 가볍게 술이라도 마시며 대화하는 편이 편하지. 군이 집에 불러와서 대화했다간 말실수를 할지도 모르고.

식은땀을 흘리며 그런 생각을 하고 있자 에스텔이 수상쩍은 표정으로 나를 쳐다봤다. 아니, 에스텔뿐만이 아니었다. 다들 말없이 나를 바라보는 게 아닌가.

무, 무슨 일이지?

"오빠, 혹시 큰 집을 사려는 이유가 나랑 아넬리를 위해서야?"

"따, 딱히 그런 건 아냐! 가장 큰 목적은 비컨, 어디까지나 비컨 설치니까! 비컨도 널찍한 방에 두는 게 좋잖아?! 기껏 이동한 곳이 비좁은 방이면 숨 막힐 테고 말이야! 에스텔이 아넬리를 맘 편히 초대할 수 있도록 굳이 큰 집을 사려는 건 아니니까!"

"정말이지, 그런 생각도 있으니까 큰 집을 사자고 한 거지?"

뺨을 붉게 물들이며 몸을 배배 꼬는 에스텔.

윽. 내 생각을 완전히 들켜 버렸다. 무심코 아넬리를 집에 초대한다는 얘기를 꺼낸 게 잘못이었다.

"여전히 변명이 서투르시네요. 다 들켰잖아요—."

"응. 너무 당황하는군. 굳이 말 안 해도 표정을 보면 다 알겠어."

"우후후, 맞습니다. 역시 오쿠라 씨는 참 자상합니다—."

시끄러워! 이렇게 놀림 당할 게 뻔하니까 말하고 싶지 않았던 거야. 시스하가 히죽대는 게 특히 짜증나!

"오빠, 날 위해서 굳이 거액을 쓸 필요는 없어. 내가 너무 미안한걸."

우선 집을 사고 자연스럽게 아넬리 초대를 제안할 생각이었는데 이렇게 들키다니. 에스텔에게 부담만 주는 꼴이 됐네. 이렇게 된 이상 잘 설득해서 큰 집을 사는 편이 에스텔을 위한 일이겠지.

"진짜 주목적은 비컨 설치니까 그렇게 신경 쓰지 마. 원래 왕도에 집을 살 생각이 있기도 했고. 게다가 비컨용으로 비좁고 허름한 곳을 샀는데, 거기서 우리가 우르르 나가는 것도 이상하잖아?"

"확실히 창고 같은 곳에서 네다섯 명이 나오면 이상하게 보겠네요. 적당히 큰 집을 구하는 게 무난하겠어요."

"나는 잘 수만 있다면 어디든 괜찮다."

"저도 찬성입니다. 굳이 에스텔이 신경 쓸 필요는 없습니다."

"······알았어. 다들 고마워."

모두 흔쾌히 큰 집을 사는 일에 동의하자, 에스텔도 납득할 수밖에 없었던 모양이다. 다들 정말 상냥하다니까.

"자, 이제 앞으로 할 일은 대부분 정해진 거 같네요."

"앗, 아닙니다! 오쿠라 님은 할 일이 하나 더 있지 않습니까?!"

"응? 뭐가 있었지?"

"승마 말입니다. 이제 안심하고 연습할 수 있겠습니다!"

윽, 그러고 보니 승마 훈련을 한다고 했었지. 까맣게 잊고 있었다.

"아! 그게 있었네요! 오쿠라 씨, 저랑 놀 씨가 옆에서 하나부터 열까지 지도해 드릴 테니 말을 탈 수 있도록 힘내 봐요!"

잠깐만, 놀이 가르쳐 주는 거 아니었어? 분위기로 봐선 시스하까지 나서려는 모양인데······ 아니야. 안 돼! 주, 죽을 거야. 이 두 사람이 동시에 가르쳐 주면 분명 죽을 거라고!

"아, 안 돼! 잠깐 기다려. 이 두 사람은 위험하다고! 에스텔 도와줘!"

"후후, 오빠. 힘내."

도움의 손길을 원하며 간절히 에스텔을 불렀지만, 되돌아 온 건 응원의 말뿐이었다.

"안 돼—!"

그렇게 승마 훈련 일정이 정해지고 말았다.

며칠 후.

왕도에 좋은 부동산이 없는지 알아보며 지내던 중에 두려워하던 날이 찾아오고 말았다.

"자, 오쿠라 님! 오늘은 승마 훈련입니다!"

"앗, 괜찮아. 난 신경 쓰지 마."

"그런 말씀 하면서 도망치지 마십시오!"

"큭."

불온한 말을 내뱉는 시스하를 피해 서둘러 내 방으로 도망치려 했으나 놀이 내 앞을 가로막았다. 완벽한 디펜스다. 이젠 내 행동 패턴을 완전히 파악한 건가?!

"머, 먼저 레벨을 올리기 위한 사냥터부터 찾는 건 어때? 시스하도 사냥이 하고 싶지?"

놀에게 꼼짝없이 붙잡힌 나는 생명의 위협을 느끼고 시스하에게 미끼를 던져 보았지만……

"아뇨. 지금은 승마 훈련에 더 흥미가 있으니 그쪽을 우선해 주세요."

헛된 희망이었다.

이 녀석, 사냥보다 날 놀리는 게 더 좋아진 건가. 이게 무슨 악취미야. 진짜 신관인지 의심스럽다.

"오쿠라 님. 꼴사나운 모습 그만 보이십시오! 마석 수집 전에 약속하지 않으셨습니까!"

그렇게나 나한테 승마를 가르치고 싶은 건가. 이젠 어쩔 수 없다. 마석 수집을 도와줬으니 약속은 지켜야겠지.

"으윽…… 아, 알았어. 나도 남자니까 두말 안할게."

"우후후, 좋습니다! 어서 가시죠!"

놀이 허리에 손을 얹으며 만족스럽게 웃었다.

"그렇게 불안해하지 마세요. 무슨 일이 생기면 제가 치료해 드릴 테니까요!"

"그, 그건 시스하가 나설 사태가 생길 수도 있다는 거잖아?!"

대체 나한테 무슨 훈련을 시키려는 거야! 설마 밧줄로 묶여서 바닥에 질질 끌려 다니는 건 아니겠지? 그건 훈련이 아니라 고문이라고!

"정말이지. 오빠가 모처럼 연습한다는데 무서운 말 하지 마."

"우으, 딱히 무섭게 만들 생각은 아니었습니다."

"전에 오쿠라 씨가 말에 타려다가 험한 꼴을 당하셨다고 하길래 안심시키려던 것뿐이에요."

응? 시스하가 어째서 그 이야기를 알고 있는 거야. ……설마.

"놀. 네가 말했냐?"

"어, 어느 정도 수준인지 알아야 가르쳐 드릴 수 있으니 말할 수밖에 없었습니다!"

오호라. 역시 놀이었구나.

그래. 죄를 지었으면 죗값을 치르렀다!

"오, 오쿠라 님? 그, 그 손 내려놓으십시오!"

양손을 꼼지락거리며 다가가자, 후다닥 에스텔 뒤로 숨는 놀.

거기 숨는 건 반칙이잖아!

"오빠, 두 사람한테 배우면 금방 탈 수 있을지도 모르잖아. 그러니까 두 사람 말도 좀 잘 들어."

"으음. 배우기 딱 좋은 환경이긴 하지."

"맞아요. 오쿠라 씨의 좀 더 멋진 모습을 보여주세요!"

회식 자리 건배사처럼 말하지 마.

평소 말에 못 타는 게 마음에 걸리기도 했고, 에스텔도 잔뜩 기대하는 모양이니 이번엔 힘내 볼까. 해 볼 가치는 있지!

그래서 우리는 놀이 사전에 수소문해 둔 승마 연습 시설로 찾아갔다.

브루너 외곽에 위치한 곳으로, 울타리로 둘러싸인 녹색 평원에 말이 뛰어다니는 모습은 정말 인상적이었다.

"오오! 말이 많이 있습니다!"

"여기라면 편하게 연습할 수 있겠네."

"어느 말이 좋을지 고민되네요! 바로 들어가 보죠!"

그렇게 우리는 수속실로 보이는 하얀 건물에서 간단한 절차를 거친 뒤, 울타리 안으로 들어가 말들을 가까이에서 볼 기회를 얻게 되었다.

아, 참고로 시스하는 평원에 들어서자마자 눈을 반짝이며 말을 향해 달려갔다.

여전히 활기차다고 해야 하나, 무슨 일이든 즐거워 보인다는 점은 정말 배우고 싶을 지경이라니까.

"자, 오쿠라 님. 말에 타기 전에 전투복을 벗으시는 게 좋지 않겠습니까?"

놀이 전투용 갑옷과 헬름으로 무장한 나를 보며 말했다.

"이, 이것만큼은 양보 못 해. 계속 입고 있을 거야! 이래야 낙마해도 안 다칠 테니까!"

그렇게 절대 다치지 않겠다며 의욕을 불태우고 있노라니 열심히 평원을 뛰어다니던 시스하가 말 한 마리를 끌고 왔다.

"오쿠라 씨, 오쿠라 씨. 이 말은 어떠신가요? 덩치가 커서 좋을 것 같은데요."

시스하가 끌고 온 것은 우람한 흑마였다. 크기가 일반 말 2배는 될 거 같았는데, 갈기가 바짝 서 있어서 정말 박력 있는 말이었다.

"넌 날 죽일 셈이냐?"

윽, 이런 말을 타다가 내동댕이쳐지면 그냥 다치는 걸로는 안 끝날 거야. 그보다 탈 수 있을지조차 의심돼. 이 말한테 차이기라도 하면 바로 지옥행이라고!

"오—. 좋은 말입니다. 한번 타 보고 싶습니다."

"아무리 놀이라도 이 말을 타려면 시간이 걸리지 않을까?"

"그렇지 않습니다. 친해지기만 하면 바로 가능합니다."

'옳지, 옳지'라고 말을 걸면서 자신 있게 말에게 다가가는 놀.

그 모습에 말이 거친 콧바람을 내쉬며 경계하자, 이윽고 놀은 천천히 팔을 뻗어 손등 냄새를 맡게 했다.

그리고 잠시 뒤, 말이 어느 정도 자신의 냄새에 익숙해졌다고 생각한 건지 목도 쓰다듬어 주기 시작했다. 그러자 말이 눈을 가늘게 뜨더니 목을 뻗어 놀에게 비비적거렸다.

"오ㅡ, 옳지 옳지. 보십시오, 참 쉽지 않습니까?"

"그거 어딘가의 화가가 그림을 그리고 마지막에 하던 말이랑 같은 의미 같은데."

보통 잠깐 쓰다듬었다고 이렇게 따르진 않잖아. 모후토도 그랬지만 놀은 동물이 잘 따르는 타입인가?

"오빠는 초보니까 좀 더 얌전한 아이를 골라야 하지 않을까?"

"오쿠라 씨는 말을 탈 때 벌벌 떠시니까 그게 더 좋겠네요."

"알면서 이런 말 데려오지 마!"

"너무 훌륭한 말이 있길래 저도 모르게."

훌륭해 보이긴 하는데, 절대 초보자인 나에겐 맞지 않을 거 같은데 말이죠. 그야 놀이라면 거뜬히 탈 수 있겠지만.

"그럼 다른 말로 타는 겁니까? 조금 아쉽습니다."

놀이 우람한 말을 연신 쓰다듬으며 아쉬워했다. 하지만 어쩔 수 없다.

뱁새가 황새를 따라가면 다리가 찢어진다는 말도 있잖아. 지금은 안 돼.

그렇게 우리는 놀의 아쉬움을 뒤로한 채 다시 평원을 둘러보고 몸집이 작은 편인 말을 골랐다. 성격도 온순해 보이는 게, 나도 탈 수 있을 것만 같은 말이었다.

"자, 그러면 오늘의 목적인 오쿠라 님의 특훈을 시작하겠습니다!"

"놀, 시작하기 전에 말해 두겠는데 적당히 해 줘. 전에 못 걷게 될 정도로 하겠다고 했는데, 그랬다간 트라우마가 생겨서 아예 못 타게 될 지도 모르니까."

"우후후, 안심하십시오. 그건 농담이었습니다!"

농담이었냐. 늘 진지한 놀의 이야기니 전혀 농담으로 들리지 않았다. 뭐, 적당히 해 준다니까 기뻐하자. 시작부터 빡세게 배운다고 탈 수 있을 것 같진 않으니까.

"그럼 바로 승마……를 시작하고 싶지만 우선 익숙해지는 것부터 시작합시다."

"응? 바로 타는 게 아냐?"

"그럴 생각이었습니다만, 오쿠라 님이 긴장하신 것 같으니 긴장을 풀고 시작합시다. 이대로 타면 이 아이까지 불안해질 겁니다."

내가 긴장하고 있다고? 으음, 듣고 보니 몸이 조금 뻣뻣한 것 같기도 하고……. 이렇게 얌전한 말 앞에서도 낙마할지 모른다는 불안감에 몸이 반응한 건가?

"확실히 몸이 딱딱하게 굳으셨네요. 같이 탈 때도 저한테 바짝 달라붙어 계시더니, 그렇게 무서우신가요? 이대로 타면 말에게 도 공포심이 전염될 수도 있겠어요."

"그도 그렇게 처음 탔을 때 몇 번이나 땅을 굴렀으니까 말이야.

언제 낙마할지 모르니 몸이 멋대로 대비하고 있는 것 같아."

"처음 탈 때 몇 번이나 떨어졌었구나. 놀한테 제대로 배웠으면 좋았을 텐데."

"그땐 사정이 급해서……."

그땐 긴급 의뢰를 위해 말에 탔던 것이라 놀에게 차근차근 배울 시간이 없었으니까 말이지.

"그래도 이번엔 괜찮습니다. 저희가 제대로 지도할 테니까 안심하십시오!"

"으, 으응."

"낙마하면 제가 받아 드릴 테니까 안심하고 떨어지세요."

"어디서 안심해야 할지 잘 모르겠는데."

아무튼 이대로 포기하면 사나이 체면이 아니지.

"좋았어. 시작할까?"

"후후, 드디어 의욕이 생겼나 보네. 오빠, 응원할게."

"응. 적어도 말을 타고 움직일 수는 있게 하겠어!"

에스텔도 기대하는 모양이니 정말로 멋진 모습을 보여 주고 싶다.

우선 놀이 말굴레에 끈을 연결하여 이끌고, 나는 그 말에 올라타서 걷는 감각을 익히는 데부터 시작하기로 했다.

곧장 말의 왼편으로 다가가 고삐를 쥐고 등자에 발을 걸쳤다. 그리고 등자를 발 받침대 삼아 안장에 앉았는데,

"옷, 오오…… 탔── 으억?!"

타자마자 균형을 잃고 떨어질 뻔했다. 다행히 바로 옆에 있던

시스하가 잡아 주어서 떨어지지 않고 넘어갔다.

"오쿠라 씨, 몸에 힘이 많이 들어가 있어요. 어깨에 힘을 빼고 등을 곧게 펴세요. 말 등 중앙 부분에 앉아서 다리와 등이 굽어지지 않도록 하시면 돼요."

"마, 말은 쉽지. 이, 이렇게?"

조금 앞으로 기울어져 있던 몸을 바로하고 시스하의 말대로 등을 곧게 세웠다. 그 상태로 등자에 걸친 발 뒤꿈치와 엉덩이가 일직선이 되도록 앉으니 휘청거리던 자세가 안정되기 시작했다.

"오오, 이제 좀 편한데?!"

"우후후, 잘 하시네요. 조금 더 익숙해지면 놀 씨에게 말을 끌어달라고 하죠."

또 놀릴 줄 알았건만, 시스하도 이번엔 정말 진지하게 가르쳐 줄 생각인가 보다.

그 후 체중을 싣는 방법이나 힘을 빼는 법 등을 배웠고, 어느 정도 익숙해진 후에는 놀이 말을 이끌고 움직이기 시작했다.

"오오, 걷는다. 내가 탄 말이 걷고 있어!"

"아직 기뻐하긴 일러요. 지금 감각을 제대로 익히시는 거예요. 하다 보면 곧 직접 몰게 되실 거예요."

내가 몰고 있는 건 아니지만 혼자서 탄 말이 움직이는 순간은 정말 감동적이었다.

그렇게 잠시 천천히 말을 걷게 했다. 이따금씩 균형을 잃을 뻔했지만 시스하가 잡아 준 덕분에 떨어지지 않고 계속할 수 있었다. 어느 정도 익숙해진 후에는 다음 단계로 넘어갔다.

"그러면 오쿠라 님, 다음은 그대로 일어서 보는 겁니다."

"엣, 일어서다니. 등자에만 의지해서 일어서라고?!"

"네. 앗, 고삐는 들지 마세요. 말한테 부담이 되니까요.

앉아 있을 때도 균형을 잃는데 일어서기까지 하라니?! 게다가 고삐를 들면 안 된다고? 상반신만 들어 올리라는 건가?

일단 말을 멈춰 세우고 시키는 대로 발걸이에 얹은 발에 힘을 주고 일어서 보았다. 하지만 발이 부들부들 떨려서 당장이라도 앞이나 뒤로 쓰러질 것 같았다.

"이, 이거 진짜 가능하긴 한 거야?"

"가능해요. 제가 타 볼 테니 한번 보세요."

그렇게 시스하와 교대. 얌전히 시스하의 시범을 보기로 했다.

말에 가볍게 올라탄 시스하는 바로 안장에서 엉덩이를 떼고 허리를 곧추세우더니 고삐에서 손을 놓고 그대로 일어섰다. 그리곤 발을 조금 움직이니 말이 반응하여 빠르게 달리기 시작했다.

"거짓말!"

"뒤에 타고 있을 땐 움직임이 보이지 않아서 잘 몰랐는데, 놀이랑 시스하 둘 다 대단하네."

"저 정도는 해야 말을 타고 달릴 수 있습니다. 익숙해지면 할 수 있을 테니 힘내십시오!"

저 정도는 해야 말에 탈 수 있다니 무슨 소리야.

시스하의 시범을 본 후, 해가 질 때까지 특훈을 이어나갔지만 나는 마지막까지 일어서서 말에 탈 수 없었다. 하지만 연습을 계속하다 보니 낙마에 대한 공포가 옅어져 끝날 때쯤에는 타는 것이 즐거워지기 시작했다.

이대로 계속하면 나도 말을 몰 수 있을지도 모른다. 언제가 될지는 모르겠지만!

스파르타식 훈련일 줄 알았는데, 두 사람이 이렇게 상냥하게 가르쳐 줄 줄이야. 앞으로도 틈틈이 두 사람에게 지도를 부탁하자.

◆

마석 수집도 끝나고 승마 훈련을 하며 지내는 나날이었다. 그리고 드디어 목표 중 하나였던 왕도의 집이 정해졌다.

가격은 1억 3천만 길. 비싸긴 했지만 2층 건물에 방도 많고 제법 넓은 집이었다. 욕실과 화장실은 물론이고 창고와 베란다까지 있다. 하우스 익스텐션이 없어도 충분히 지낼 만한 크기였다.

다 같이 집을 보러 갔다가 그날 바로 수속을 마쳤다. 가구도 빠르게 장만해서 옮겼더니 당장 생활해도 될 정도였다. 이전 집 주인이 관리를 잘 했던 건지, 청소도 오래 걸리지 않았다.

"드디어 장만했네."

"우후후, 새 집은 설렙니다―."

"브루너에 집을 샀을 땐 정말 고생했는데, 이번엔 순조롭게 끝났네."

"구석구석까지 깨끗했으니까요. 청소도 끝냈으니 이젠 진짜 우리 집이에요."

주거 환경을 갖춘 새 집에서 다 같이 느긋한 시간을 보내는 중이다. 브루너의 집도 쾌적했지만 새 집도 그에 못지않았다. 기분 탓인지는 몰라도 다들 들떠 보였다.

항상 잠만 자는 루나도 오늘은 아침부터 일어나 창문 밖을 구경할 정도다.

"루나 씨, 왕도 풍경은 어때요?"

"거리는 예쁘군. 하지만 사람이 많아서 소란스러워. 이러면 조용히 자긴 어렵겠군. ……음. 역시 브루너 집이 더 편해."

"잠자리 하나로 살 집을 정하는 거냐. 좀 더 뭐랄까, 여러 가지가 있잖아?"

"무슨 소리를 하는 건가. 당연히 잠자리가 가장 중요하다. 쾌적한 수면은 필수. 우선순위 첫 번째는 수면, 두 번째는 낮잠, 세 번째는 늦잠이다."

잠깐이라도 외출하고 싶다고 할 줄 알았는데 결국 자는 얘기냐! 집이 늘어난 정도는 이 흡혈귀님의 심경엔 티끌만큼의 변화도 줄 수 없는 모양이다.

"자, 이제 목표였던 마석 수집과 왕도 자택 구입이 끝났네. 그래서 말인데, 모두한테 제안할 게 하나 있어."

"제안 말입니까? 설마 또 마석 수집을 하신다는 건……."

"아뇨, 그보다 레벨을 먼저 올린다고 했잖아요? 뭐, 전 어느 쪽이든 상관없지만 가능하다면 센 마물과 싸우고 싶어요. 고블린과 오크만 잡는 것도 슬슬 질려요."

"난 둘 다 싫군. 헤이하치는 노동력 착취가 심해. 좀 더 복지를 베풀라고. 슬슬 파업할 거야."

파, 파업이라니. 진짜 그랬다간 매우 곤란해진다. 으음, 파업하더라도 결국 평소처럼 잠만 잘 것 같지만.

그보다 내가 말하려던 건 노동과는 완전히 다른 이야기이다.

"말은 끝까지 들어. 내가 하고 싶었던 제안은 제대로 된 장기휴가라도 가자는 거였어."

"장기 휴가? 요즘엔 사냥 자체도 안 하고 있는데 더 쉬어도 괜찮은 거야?"

"응. 애초에 주체적으로 사냥하고 있는 것뿐이잖아. 마석에 여유가 있는 지금 휴가가 필요하지 않겠어? 왕도에 집도 샀으니까 앞으로 여기서 지내기 위해서라도 도시를 둘러볼 필요가 있지 않을까?"

모험가 협회의 의뢰도 얼마 없고 마석도 충분히 모았다. 지금이 아니라면 여유를 만끽할 수 없을 것이다.

게다가 모처럼 왕도에 집을 마련했는데 바로 사냥하러 나가는 건 아쉽기도 하고 말이지. 앞으로 슈팅에서 지낼 일도 많아질 테니 이참에 도시를 둘러보는 것도 좋을 거 같다.

지금까지는 의뢰를 받을 때나 잠깐 여유가 생겼을 때 들르는 정도였으니까 말이다. 일단 이곳의 주민이 되었으니 익숙해질 필요가 있다.

"장기라면, 얼마나 길게 쉬는 겁니까?"

"으음, 그러네. 최소 15일 이상, 최대 30일 정도는 어때?"

"저, 정말 기네요. 그렇게 오래 쉬면 몸이 무뎌질 것 같은데요."

"하하, 안심해. 원하면 내가 같이 사냥하러 가 줄게. 휴가 기간엔 날 마음대로 부려먹어도 좋아."

이번엔 정말 모두를 위한 휴가로 만들 생각이니까 말이지. 슈팅에 집이 생기긴 했지만 브루너에서 이곳으로 오려면 비컨을 사용해야 한다. 그러니 나까지 집을 비우면 다들 자유롭게 왕래하지 못하게 된다.

나는 휴일 동안 기본적으로 집에 있다가 휴가를 보내는 사람들이 필요할 때 도와주는 식으로 지낼 생각이다. 이런 기회가 아니면 평소에 도와준 것에 대한 답례를 하지 못할 테니까. 그런 의미에선 딱 좋은 기회다.

그런 생각을 하고 있자 놀이 바르르 떨면서 무례한 말을 했다.

"정말 오쿠라 님 맞습니까? 어쩐지 다른 사람 같아 무섭습니다……."

"뭔가 꿍꿍이가 없으면 이런 말씀을 하실 분이 아니니까요. 대체 무슨 생각이시죠? 솔직히 말해 주세요."

"너희…… 평소에 날 어떻게 생각하고 있는 거야!"

"귀축입니다."

"악당이요."

이, 이 녀석들! 누가 봐도 신사인 나를 귀축에 악당이라고?! 대체 내 어느 면이 귀축이란 거야!

두 사람의 가차 없는 표현에 이를 악물고 있자 에스텔과 루나는 다른 반응을 해 주었다.

"정말이지, 오빠가 우리 생각해서 모처럼 제안해 줬는데 그런 말 하지 마."

에스텔은 언제나 내 편을 들어주는 착한 아이다. 그래서 어느 정도 예상할 수 있는 반응이었다. 음, 이런 모습을 보고 있으면 무의식적으로 이것저것 해 주고 싶어진다니까.

"선심은 기쁘게 받도록 하지. 난 휴가 기간 동안 집에서 누워있기만 할 예정이니, 이동은 전부 헤이하치에게 맡기겠어."

한편 루나의 발언은 에스텔의 반응과는 전혀 다른 차원이었다. 옹호도 아니었고, 있는 그대로 날 이용하겠다는 의미인데, 설마 진짜로 꼼짝도 안 하고 날 타고 다닐 셈인가? 그, 그건 좀 심하지 않아?

"우후후, 뭘 해야 할지 고민됩니다. 모후토와 함께 카무를 만나러 가고 싶기도 하고 요리도 하고, 장비 손질도 제대로 해 두고 싶습니다! 그리고 다 같이 왕도 구경도 좋을 것 같습니다!"

"그러네. 최근 슈팅을 돌아다닐 기회가 거의 없었지. 이참에 나도 다 같이 돌아다녀 보고 싶어. 여러모로 전과 달라졌을 것 같아."

"맞아요. 루나 씨도 왕도에 온 건 처음이니까 휴가 기간에 여유롭게 둘러봐요."

"흠. 계속 잘 생각이었는데 시스하가 그렇게 말하면 어쩔 수 없군. 가끔은 나가는 것도 괜찮겠지."

응응. 다들 할 일이 있는 건 좋은 일이야. 루나는 방에 틀어박힐 것 같아서 걱정이었는데 시스하와 함께라면 같이 나가기도 할 테니 안심이다. 친해지는 걸 도와주길 잘했다.

자, 이제 내가 전부터 생각해 둔 걸 말해 볼까. 대화가 일단락되고 각자 해산할 타이밍에 에스텔에게 말을 걸었다.

"에스텔, 잠깐 할 말이 있는데 시간 괜찮아?"

"어머, 오빠가 할 말이 있다는데 시간이 안 될 리가 없지."

"휴가 기간에 마이라를 왕도에 불러서 아넬리랑 같이 놀래?"

"아넬리는 알겠는데 마이라도? ……오빠, 설마 비컨을 사용할 생각이야?"

"응. 비컨으로 왕도 집에 마이라를 초대하면 어떨까 해."

"……그래, 처음부터 그럴 목적으로 집을 사려고 한 거구나?"

에스텔은 눈썹을 찌푸리며 뺨에 손을 대고 곤란하단 표정을 지었다. 어라라, 기뻐할 거라고 생각했는데 말이야.

"확실히 마이라를 왕도에 부를 수 있다면 좋겠지만, 그것 때문에 비컨을 사용하는 건 좀 더 생각해 봐야 하지 않을까? 순식간에 장거리를 이동할 수 있다는 사실을 아는 사람이 늘어나는 건 위험하잖아."

"그래도 마이라 한 명이라면 괜찮지 않아? 전에 건넨 하이포션도 다른 사람한테 말하지 않은 것 같고 말이야."

"오빠는 생각이 무르네. 마이라를 왕도에 부른다고 해도 아넬리랑 만나게 할 순 없잖아. 어떻게 마이라가 왕도에 왔는지 이상하게 생각할걸."

앗, 그런가. 마이라는 괜찮더라도 아넬리는 어떨지 아직 모르잖아! 왜 이런 간단한 사실을 깨닫지 못한 거지!

어떻게 할지 몰라 당황하고 있자 에스텔이 웃으면서 나를 쳐다봤다.

"후후, 오빠는 정말 못 말린다니까. 하지만 나도 마이라를 왕도로 불러서 같이 놀고 싶긴 해. 아넬리도 기뻐할 테고. 초대할 만한 핑곗거리가 없을지 같이 생각해 줄래?"

"아, 응! 그 정도야 쉽지!"

배려해 줄 생각이었는데 오히려 에스텔이 나를 배려해 줬다. 난 뭘 하든 똑 부러지게 하질 못한다니까. 그나마 에스텔이 긍정적으로 생각해 줬으니 잘 된 걸까?

그 후 나와 에스텔은 둘이서 괜찮은 핑곗거리를 찾기 위해 머리를 맞댔다.

열흘하고도 며칠 후.

이런 저런 생각을 하며 시간이 흘러가고, 그 동안 여러 가지 일이 있었다.

휴가를 제안한 다음 날부터 다들 왕도에서 각자 원하는 것을 하면서 지내고 있다. 다 같이 왕도를 구경할 때도 있었지만 각자 자유 시간을 보내는 날도 많다.

놀은 예정대로 브루너에서 카무를 만나거나, 모후토를 데리고 왕도를 돌아다니곤 했다. 왕도 맛집 여행을 한다면서 식당이란 식당은 전부 다니면서 하루에 식사로 20만 길이나 쓴 적도 있었다.

모두가 마음껏 즐겼으면 하는 마음에 각자에게 백만 길씩 나눠 주고 부족하면 추가로 주겠다고 말해 뒀었지만, 식비로 하루에 20만 길이라니. 조금 적당히 써 줬으면 좋겠다. 자택 구입으로 상당히 지출이 컸으니까 말이지.

시스하는 루나를 데리고 여기저기 구경을 다니거나 나와 함께 사냥을 가는 등 바쁜 나날을 보내고 있다. 브루너의 이웃들과도 교류하고, 회복 마법으로 마사란 이름의 치료 등도 하는 모양이었다.

덕분에 브루너에 시스하 신자가 생겼다는 소문을 들었는데…… 그냥 소문이겠지? 나중에 불온한 종교가 생길까 봐 엄청 불안한데. 시스하가 교주가 되면 어떤 무서운 집단이 생겨날까. 이 세계에도 자신이 믿는 종교의 가르침을 퍼트리면서 돌아다니는 사람들이 있는 건 아니겠지?

왕도의 교회에도 다닌다는 걸 보면 우리가 모르는 곳에서 신관 역할을 톡톡히 하고 있는 모양이다. 시스하는 묘하게 행동력이 있으니까 말이지. 어떻게 보면 카리스마도 있다고 볼 수 있다. 이후 동향을 유심히 지켜보자.

루나는 딱히 설명할 것도 없이, 시스하가 데리고 나갈 때 외엔 기본적으로 자고 있다. 아, 이따금 시스하가 아니라 나와 함께 다니기도 한다. 누군가가 브루너에 갈 때면 나도 그쪽 집에서 대기하고 있는데, 그때 루나도 함께 대기하곤 한다.

여전히 내 침대에 파고들거나 내 무릎 위에 앉기도 하며 시스하뿐만 아니라 나한테도 어느 정도 어리광을 부린다. 선언한 대로 침대에서 거실까지 옮겨 준적도 몇 번 있지만, 쌀쌀맞았던 시절을 떠올리면 지금은 친해졌구나 싶어서 조금 기쁘기도 하다.

딱 하나, 잠꼬대인지 가끔 물곤 하는데 그것만 고쳐 줬으면 좋겠다.

그리고 에스텔은 기본적으로 나와 함께 시간을 보내고 있다. 왕도에 집을 샀으니 아넬리와 마이라를 초대할 수 있을 것이라고 생각했는데 현실은 그렇게 간단하지 않았다.

아넬리는 집에서 공부도 해야 해서 놀 시간이 적다는 듯했다. 휴가 기간 중에 놀았던 것도 딱 한 번뿐이었다. 그땐 아넬리가 저택으로 에스텔을 초대했다. 나도 배웅, 마중을 하면서 저택을 봤는데 퀘레스에 있는 별장보다 두 배 이상은 커서 놀랐다.

마이라도 역시 학업이 있으니 좀처럼 만날 수 없었고, 결국 에스텔은 두 사람과 거의 놀지 못했다.

하지만 에스텔은 딱히 쓸쓸해하지 않았고 오히려 잠깐 만나는 것만으로도 만족하는 듯했다. 정말 내 생각이 얕았다고 통감하면서도 에스텔의 상냥함에 눈물이 날 것 같기도 했다.

하지만 좋은 소식도 있다. 마이라를 왕도에 데려올 계획이 확정됐다는 것이다. 비컨은 나와 에스텔의 공동 마법이라고 설명하고, 아넬리와도 만날 수 있도록 일정을 조정했다. 운 좋게 두 사람 모두 일정이 비는 날이 있어서 순조롭게 약속을 잡을 수 있었다.

참고로 마이라의 하이포션에 대한 연구도 착착 진행되었는데, 역시 기존 포션에 비해 효능이 훨씬 뛰어나다고 한다. 만일 다른 연구자들에게 들켰다간 큰 소동이 날 수도 있단 이야기를 듣고 가챠산 아이템의 대단함을 새삼스레 실감했다. 효과가 너무 뛰어난 물건이라며 남은 하이포션을 우리한테 돌려줄 정도였다.

그리고 오늘. 드디어 나와 에스텔은 마이라를 데리러 퀘레스의 약속 장소에 왔다.

"에스텔! 오늘은 오쿠라 씨도 같이 오셨군요."

마이라는 이미 약속 장소에서 기다리고 있었다. 안절부절 몸을 가만히 두지 못하다가 우리를 발견하더니 이내 환한 미소를 지으며 달려왔다.

"바쁠 텐데 시간 내 줘서 정말 고마워."

"천만에요! 에스텔이 불렀으니 당연히 나와야죠!"

"후후, 그렇게 말해 주다니 기뻐."

마이라, 엄청 기뻐 보이네. 에스텔도 기쁘게 활짝 웃었다.

합류했으니 바로 다른 사람의 눈길이 닿지 않는 곳으로 이동했다. 미리 알아둬서 장소는 확실히 파악해 뒀다.

지도 어플로 주변을 확인하면서 준비한 곳에 도착했다.

주의에 주의를 거듭하여 에스텔에게 접근 금지와 환각 마법을 부탁했다. 이제 멀리에서도 보이지 않을 것이다.

"좋았어. 이쯤에서 할까?"

"응. 그러면 가자."

"대체 어디로 가는 건가요?"

"지금부터 마이라를 왕도로 데려갈 거야."

"무, 무슨 소리를…… 왕도라면 슈팅을 말하는 거죠? 마차로도 10일 이상은 걸릴 정도로 먼 곳인데요? 게다가 여기엔 아무 것도……"

"걱정하지 마. 내 마법을 사용해서 왕도로 바로 이동할 거야."

에스텔의 말에 마이라는 눈을 크게 뜨고 놀랐다.

"설마 전이 마법인가요?! 아무리 에스텔이어도 그런 마법까지…… 그건 개인이 쓸 만한 마법이 아니에요!"

"응. 나 혼자선 어려워. 그래서 오빠한테 협력을 받아야만 사용할 수 있어."

"오쿠라 씨가 협력해 주시는 건가요?! ……역시 오쿠라 씨도 엄청난 분이셨군요."

"아, 아하하……."

마이라가 눈을 반짝이며 나를 쳐다보는 바람에 나도 모르게 얼굴이 굳어 버렸다. 미리 생각해 둔 핑계인데 내 평가까지 오를 줄이야.

"아넬리한테도 시간 내 달라고 했으니까 같이 놀러 가자."

"엣, 아넬리도 만날 수 있는 건가요?!"

"미리 알려주고 싶었는데 여러모로 확인이 필요해서 말 못 했어. 미안해."

"천만에요! 아넬리와 만날 수 있다니 기대돼요!"

서로 확인할 것도 있었고 여러모로 불확실한 부분이 많았으니까 말이지. 당일에 알려주게 되어 미안한 기분이 들었다. 뭐, 결과적으론 마이라도 기뻐하니 문제없겠지.

"그럼 시작할게. 천천히 눈을 감고 내 손을 잡은 손에 집중해 줘."

"앗, 네!"

에스텔이 손을 잡자 마이라가 뺨을 붉혔다. 전이를 체험하게 되어서 긴장한 건가?

비컨을 사용하려면 파티에 추가되어야 한다. 그러기 위해선 유대감 형성이 필수이기에, 에스텔과 간단한 스킨십을 하게 해 유대감 형성을 노린 것이다. 만일 이게 안 된다면 전이용 아이템이란 구실로 뭔가를 줄 생각이었다.

하지만 비컨 이동 화면에는 마이라의 이름이 문제없이 추가되었다. 좋았어. 이걸로 준비는 완료되었다.

우리 세 명을 선택하여 눈 깜짝할 새에 슈팅 집에 도착하였다.

"됐다. 도착했어."

"벌써 도착했나요?!"

마이라는 눈을 뜨더니 두리번두리번 주변을 둘러봤다. 그리곤 자신이 다른 곳에 와 있다는 것을 확인하고는 놀라워했다. 위장을 위해 바닥에는 마법진을 그리고 비컨에는 투명망토를 덮어서 보이지 않게 해 두었다.

비컨을 설치해뒀던 2층 방에서 나와 아래층으로 내려오니 미리 설명을 들은 놀이 모후토를 안고 기다리고 있었다.

"어서 오십시오—. 앗, 오랜만입니다."

"놀 씨, 오랜만이에요."

마이라는 정중하게 고개를 숙여 인사하고는 놀의 품속에 있는 모후토를 빤히 쳐다보았다. 놀도 그 시선을 눈치챈 모양이었다.

"그 아이 혹시……."

"우후후, 포르투나 래빗인 모후토입니다!"

놀의 소개에 모후토가 콧바람을 내쉬며 반갑다는 듯이 "뿌—"

하고 울었다.

"도감에서나 봤었는데 정말 실재했군요. 와아…… 귀여워요."

"한번 쓰다듬어 보겠습니까?"

"그래도 되나요?! 부탁드려요!"

호오, 마이라는 귀여운 동물에겐 약한가 보군. ……아니, 모후토는 일단 마물이라고 해야 하나? 뭐, 무해하니까 상관없겠지.

마이라가 모후토를 쓰다듬자, 모후토는 "뿌―" 하며 기분 좋게 울었다.

"복슬복슬해서 기분 좋아요. 쓰다듬기만 해도 행복해지는 기분이에요."

"후후, 모후토도 기쁜 모양입니다."

마이라는 그렇게 모후토 쓰다듬기에 푹 빠졌고, 우리는 그 모습을 흐뭇하게 바라보았다.

"그럼 다녀올게."

"응, 조심히 다녀와. 늦어질 것 같으면 데리러 갈 테니까 연락해."

"알았어. 자, 가자."

"아, 네! 놀 씨, 포르투나 래빗을 만지게 해 주셔서 감사해요!"

"우후후, 괜찮습니다. 나중에 또 쓰다듬어 주십시오."

놀과 함께 에스텔을 배웅했다.

전에 아넬리의 저택에 초대받았을 땐 내가 같이 갔지만 이번엔 마이라가 같이 있으니 괜찮겠지. 에스텔은 나보다 똑 부러진 아이인데, 혼자 보내려니 괜히 걱정되네.

"에스텔, 엄청 기뻐 보였습니다."

"응. 제안한 보람이 있었네."

"오쿠라 님은 에스텔에게 정말 상냥한 거 같습니다. 저한테도 좀 상냥하게 대하시는 게 어떻겠습니까?"

"하하하, 무슨 소릴 하는 거야. 난 누구에게나 상냥하다고."

내 말에 놀은 말없이 모후토를 쓰다듬으며 거리를 뒀다. 어이! 그 반응은 뭐야! 왜 도망치는 건데!

그 후 놀도 외출하고 거실엔 나와 모후토만이 남았다. 하얀 털 뭉치를 돌보며 센티터블라를 허공에 띄워 연습을 했다. 그리고 오후가 되자 루나가 방에서 나왔다.

"오, 일어났어?"

"응. 시스하 때문에 요새 자주 낮에 일어났더니 저절로 눈이 떠지는군. 밤낮이 바뀌면 건강에 안 좋은데 말이야. 빨리 생활 리듬을 찾아야겠어."

"그냥 브루너 집에서 자도 되는데. 지금 데려다 줄까?"

"아니, 됐어. 시스하가 돌아올 때까지 기다리지. 게다가 쾌적한 수면을 즐기려면 이 침대에서 자는 것도 익숙해져야 하니까."

참고로 시스하는 오늘 교회에 일이 있어서 루나와 동행하지 않았다. 딱히 문제없을 것 같지만 만일 루나가 교회에 갔다가 컨디션이 나빠지거나 흡혈귀란 것을 들키기라도 하면 귀찮아지니까 말이다.

"헤이하치는 뭘 하고 있었지?"

"시간이라도 때울 겸 센티터블라 연습 중이었어."

"흠. 전부터 생각했는데 그거 재밌어 보이는군. 나도 써 보고 싶다."

"상관없긴 한데, 이거 컨트롤하기 엄청 힘들어. 마음대로 조종할 수 없다고 화내면 안 된다?"

"걱정 마라. 고작 그 정도로 화내지는 않으니까."

하하하, 아무리 루나라도 힘들 텐데. 나도 꾸준히 연습한 결과, 이제 겨우 한 개를 자유자재로 움직일 수 있게 되었단 말이다. 최근 두 개를 동시에 조작하기 시작했는데, 앞으로 다섯 개까지 동시에 조작할 수 있도록 특훈 중이라고.

센티터블라를 건네자 루나는 바로 은색 액체를 수정에서 분출시켜 컨트롤하기 시작했다. 5분 정도 지나자, 이런 저런 모양을 만들며 센티터블라를 자유자재로 변형시켰다.

"꽤 기술이 필요하군. 하지만 한 개 정도라면 간단해."

"나, 난 변형시키는 것도 꽤 고생했는데."

이, 이렇게 간단히 제어하면 내가 뭐가 돼! 어떻게 그렇게 잘하는 거야!

"난 이런 것에 익숙하니까 당연하지. 내 피도 조종할 수 있으니까."

"그런 것도 할 줄 알았던 거냐. 근데 왜 지금까지 안 쓴 건데?"

"빈혈이 된단 말이다. 그래서 내 피로 망토를 조금씩 물들여 놓고 사용했었는데, 이 세계에 온 후론 사용을 안 해서인지 망토가 말을 안 듣더군."

오호라. 전투 때마다 입던 검은 망토는 루나의 피로 물들였던 거구나. 하긴, 망토를 자유롭게 움직일 수 있다면 여러모로 유용할 테니 좋은 활용법이었겠네.

그나저나 이 세계에 소환된 후론 망토가 움직이지 않는다는 점은 마음에 걸리네. 설마 성능이 조금 떨어진 건가? 으음, 합성해서 강화시키면 자유롭게 움직일 수 있을지도 모르겠다. 미묘하게 이런 점이 소환 전과 다른가 보네.

앗, 마침 좋은 기회니까 전부터 궁금했던 걸 물어보자.

"그러고 보니 루나는 GC 세계에서 어떻게 지냈어?"

"잤어."

"응?"

"계속 잤어."

"……외출도 안 하고?"

"응. 깼다가 다시 자기를 다섯 번쯤 반복했는데 그 이후론 기억이 없군. 특제 관에서 계속 자기만 했지."

다섯 번이나…… 기억이 안 날 정도로 계속 잤다니. 캐릭터 시나리오에선 대체 어떤 경위로 동료가 되는 걸까. 실수로 루나가 자고 있는 관을 열었다가 소란스러워졌다던가? 엄청 궁금해졌다.

하지만 기억이 안 날 정도로 잤다는 걸 보면 분명 겉모습에 비해 나이가 더 많겠지? 혹시 세 자릿수를 넘은 거 아냐?

"그러면 루나는 혹시 나이가——."

"헤이하치, 물리고 싶은가 보지?"

내 말에 나른한 표정을 짓고 있던 루나가 눈을 치켜뜨더니 송곳니를 드러냈다.

"히엑?! 실례했습니다!"

"농담이다. 진지하게 받아들이지 마. 머리를 쓰다듬어 주면 용서해 주지."

거짓말. 완전 진심이었잖아. 으윽, 앞으로 루나에게 나이 이야기는 금지. 물어보지 말자.

결국 나는 식은땀을 흘리며 사과의 의미로 루나의 머리를 가볍게 쓰다듬어 줬고, 무사히 사망 플래그를 피할 수 있었다.

그 후에는 딱히 할 일도 없었기에 루나와 보드게임을 했다.

종목은 체스. 아무래도 경험이 적은 루나이니 질 리 없다고 생각했는데…….

"약하군."

"잠깐, 왜 이렇게 강한 거야?!"

"헤이하치가 약한 것뿐이다. 이제 대략적인 수는 파악했다."

열 판을 했는데 한 판도 이기지 못했다. 단 몇 수만에 바로 체크메이트 당하는 일도 있었다.

처음엔 우연이라고 생각해 가볍게 웃어넘겼으나 확실히 실력 차이였다. 나와 에스텔이 두는 체스를 자주 관전하더니 어깨너머로 배우기라도 한 건가?

……에잇, 이대로 물러설 수야 없지! 적어도 한 번은 이겨 주겠어!

"한 판 더 하자! 내가 이길 때까지 계속할 거야! 내가 이기면 끝!"

"흠, 괜찮겠지. 몇 판이고 상대해 주지. 이기는 건 기분이 좋으니까 말이야."

의외로 의욕적인 루나에게 나는 몇 번이고 승부를 걸었다. 그 결과, 30전 0승이라는 충격적인 결과를 남기고 완패.

창문을 통해 노을빛이 들어오기 시작한 시점에 문을 여는 소리가 들려서 승부는 중단되었다. 현관에 나가 보자 에스텔과 마이라가 있었다.

"다녀왔어, 오빠."

"다녀왔습니다."

"응, 어서 와. 오늘은 재밌었어?"

"응. 여러 일이 있긴 했지만 재밌었어."

"저는 조금 피곤하긴 한데…… 그래도 재밌었어요."

"정말이지, 그 정도로 지치면 어떡해. 결국 안 들켰잖아."

"에스텔이 정신적으로 강한 것뿐이에요……."

응? 마이라가 묘하게 피곤한 얼굴인데. 아넬리네 저택에 놀러 갔을 텐데 무슨 일이 있었던 거지? 안 들켰다는 말은 또 뭐야? 무슨 문제라도 일으킨 건 아니겠지?

뭐, 갈 때 무전기를 주면서 무슨 일이 생기면 연락하라고 했었는데, 아무 연락이 없었다는 건 별 문제 없었단 뜻이겠지만…….

뭐, 친구 사이에 비밀이 생기는 것도 자연스러운 일이니 일단 묻지 말고 넘어가야겠네.

더 사이가 좋아진 듯해서 흐뭇하게 쳐다보고 있자 뒤이어 루나도 거실로 나왔다.

"흐음, 누구지?"

"어, 어째서 사역마가 여기에……."

"누가 사역마냐. 무례한 녀석이로군."

"엣, 전에 에스텔의 사역마라고……."

루나는 순간 멍한 표정을 짓더니, 이내 고개를 숙여 연기하기 시작했다.

"앗…… 에스텔 님의 사역마입니다. 루나예요."

리스타리아 학원 호위 중에 소환했을 때 사역마라고 핑계 댔던 걸 완전히 까먹고 있었던 거냐!

일단 황급히 둘러대긴 했지만, 마이라는 의아함이 해소되지 않은 분위기였다.

"그, 그러니까 평소에도 교류를 쌓아두는 게 좋으니 이렇게 소환하곤 해! 오늘은 오빠가 상대해 준 모양이야."

"그랬군요. 사역마와의 교류는 필수니까요. 의사소통이 가능한 사역마일 경우에는 특히 더 중요하다고 들었어요."

휴우, 에스텔의 설명을 듣고 납득했나. 둘러대지 않으면 루나가 마인이라고 의심받을지도 모르니까.

납득은 한 듯한데 마이라는 그 후로도 루나를 힐끔힐끔 쳐다보았다. 에스텔의 사역마라고 하니 관심이 생긴 건가?

"그보다 정말 사역마로 보이지 않네요. 뭐라고 해야 할까, 기품이 흘러넘쳐요."

"흠, 말이 잘 통하는 녀석이군. 마음에 들었다. 특별히 머리를 쓰다듬을 기회를 주지."

"괘, 괜찮나요? 그러면……."

루나가 머리를 슬쩍 내밀자, 마이라는 얼떨떨한 표정으로 루나의 머리를 쓰다듬었다.

칭찬 받아서 기분이 좋은 모양이다. 머리를 쓰다듬게 해 준다는 것은 루나가 마음을 열었다는 증거. 시스하가 자주 머리를 쓰다듬어서 그런지 완전히 버릇이 든 모양이었다.

루나와의 대화를 마치고 마이라를 퀘레스에 데려다 주기 위해 2층의 마법진이 그려진 방으로 올라갔다. 왔을 때처럼 눈을 감게 하고 에스텔과 손을 잡은 후 퀘레스에 있는 비컨으로 전이.

퀘레스의 비컨은 도시 밖에 있었으므로 걸어서 마이라를 도시 안까지 배웅했다.

"오늘은 정말 감사했습니다. 오쿠라 씨와 에스텔 덕분에 즐거운 하루를 보냈어요."

"후후, 나도 즐거웠어. 또 기회가 생기면 아넬리랑 같이 놀자."

"네, 꼭이요. 그러면 오쿠라 씨, 에스텔, 또 만나요."

마이라는 깊게 고개를 숙이고 돌아갔다. 에스텔은 계속 손을 흔들며 마이라를 배웅했다. 마이라의 모습이 보이지 않게 되자 환하게 웃는 에스텔과 눈이 마주쳤다.

"오빠, 고마워. 오늘은 엄청 즐거웠어. 이것도 다 오빠가 집을 사 준 덕분이야."

"딱히 감사 인사를 받을 만한 일은 안 했는데. 원래 집은 살 생각이었잖아. 에스텔뿐만 아니라 다들 왕도를 자유롭게 다닐 수 있어서 기뻐하고 있고."

"그래도 고맙다고 말하고 싶었어. 내 생각 많이 해줘서 정말 기뻤어. 오빠 정말 좋아해, 에잇!"

에스텔이 갑자기 나를 껴안았다.

"잠깐?! 뭐, 뭐 하는 거야!"

"후후후, 애정 표현이야."

◆

오빠와 놀의 배웅을 받으며 나와 마이라는 아넬리네 저택으로 향했다.

"후후, 마이라도 온 걸 보면 아넬리가 분명 놀랄걸."

"하지만 괜찮을까요? 제가 가면 어떻게 왕도에 왔는지 물어볼 거예요."

"그건 걱정 마. 오빠랑 내 마법으로 왔다고 하면 돼."

마이라는 마법을 배우는 학생이라 그런지 전이하는 방법이 있단 것이 알려지면 좋지 않단 걸 아는 모양이네.

"괜찮아. 아넬리라면 다른 사람에게 말 안 할 거야. 게다가 아넬리한테만 비밀로 하면 미안하잖아."

"……그러네요. 아무 생각 없이 말하고 다닐 아이는 아니니까요. 숨기는 것도 미안하니 그게 좋겠어요."

역시 나와 마이라 둘만의 비밀로 남겨뒀다간 하루 종일 기분이 찜찜할 것 같아. 모처럼 만나는 날이니 서로 즐거운 시간을 보내고 싶은걸.

게다가 나는 아넬리를 믿고 있어. 그 아이라면 분명 다른 사람에게 아무 생각 없이 말하진 않을 거야.

왕도 중심을 향해 걷자 조금씩 커다란 주택이 많아지기 시작했다. 이 주변은 부유층이 사는 지역이라고 하는데, 전에 오빠가 데려다 줬을 땐 지나다니는 사람의 복장을 보며 그 사실을 실감할 수 있었다.

이윽고 아넬리네 저택에 도착. 미리 약속을 잡아 둔 덕분인지 현관 앞에는 사용인이 기다리고 있었다. 우리가 온 것을 눈치챈 사용인은 내 옆에 있는 마이라를 보며 놀란 표정을 지었다.

아무래도 마이라는 여러 번 왔으니 이 사용인과도 면식이 있는 모양이다. 마이라가 쓴웃음을 지으며 인사하자, 사용인도 미소를 띠더니 우리를 저택 안으로 안내했다.

아넬리의 방 앞. 사용인이 문 밖에서 우리가 온 것을 전하자 우당탕 요란한 소리와 함께 힘차게 문이 열렸다.

"에스텔! 와 줬…… 엣?! 마이라?!"

"네, 아넬리. 오랜만……이라고 하기엔 조금 빠를 지도──응?!"

아넬리가 마이라의 인사가 끝나기도 전에 끌어안았다.

"응! 이 감촉, 마이라가 확실해!"

"아, 아넬리, 조금 진정하세요……."

"여전히 아넬리는 끌어안는 걸 좋아하네."

"에헤헤, 책에 포옹은 애정 표현이라고 적혀 있었어! 에스텔도 안아 줄게!"

아넬리는 한 팔로 마이라를 안고 반대편 팔로 나를 끌어안았다. 정말이지, 만나면 항상 이런다니까. 싫은 건 아니지만.

그렇게 한참 동안 우리를 끌어안고 나서야 만족했는지, 아넬리가 팔을 풀어 주었다. 그리고 다 같이 아넬리의 방으로 들어갔다.

"그러고 보니 마이라가 어떻게 왕도에 있는 거야? 벌써 방학했어?"

"그게, 여러 사정이 있어서…… 설명은 에스텔이 해줄 거예요."

"간단히 말하자면 마법으로 순식간에 데리고 왔어."

"에에?! 그런 엄청난 마법이 있었어?! 역시 에스텔은 대단해!"

"후후, 고마워. 아넬리를 호위할 때는 못 썼는데, 그땐 준비가 안 된 상태였거든. 게다가 사람이 많으면 소문이 날 수도 있어서……."

"아냐, 신경 쓰지 마. 오히려 평범하게 가는 편이 에스텔이랑 오래 있을 수 있어서 좋은걸! 앗, 다른 사람한텐 말 안 할 테니까 안심해!"

역시 걱정할 필요 없었지? 하는 표정으로 마이라를 쳐다보자, 마이라도 미소 지으며 고개를 끄덕였다.

그 후에는 과자와 홍차를 마시며 퀘레스에서 놀던 때처럼 셋이서 수다를 떨었는데…… 갑자기 아넬리가 복잡한 표정으로 신음을 흘렸다.

"으으음…… ."

"왜 그래?"

"모처럼 마이라랑 에스텔이 왔는데 우리 집에서만 노는 건 아까운 것 같아."

"저는 여기서 대화를 나누는 것만으로도 충분한데요."

"나도 충분히 즐거운데."

"안 돼! 둘 다 그러면 안 되지! 아직 젊으니까 좀 더 넓은 세계를 경험해야지!"

"그 말은 밖으로 나가고 싶단 거야?"

"정답! 말이 잘 통하네, 에스텔!"

으음, 그러네. 모처럼 셋이 왕도에 모였는데 저택 안에서만 있는 건 아까울지도.

아넬리의 제안에 마음이 조금씩 찬성으로 기울고 있는데, 눈썹을 찡그린 마이라의 표정이 눈에 들어왔다. 불만이라도 있는 걸까?

"그냥 아넬리가 나가고 싶은 것뿐이지?"

"역시 마이라. 잘 알고 있구나? 그리고 가능하면…… 우리끼리만 나가지 않을래?"

"우리끼리만?"

"아넬리가 밖에 나갈 때면 항상 호위분이 마차를 끌고 와 주시거든요."

"맞아! 지금까지 마이라랑 밖에 갈 때면 늘 마차를 타고 나갔는걸! 아빠가 너무 걱정이 많아서 호위가 없으면 밖에 못 나가게 한단 말이야."

"몰래 빠져나가니까 그런 거죠. 아넬리의 아버님이 걱정하는 것도 당연해요."

"에―, 그래도…….'

그러고 보니 전에 퀘레스 별장에 있을 때 몰래 나갔다고 했었지. 그 덕분에 아넬리와 마이라가 만나게 되었지만, 마이라 입장에선 아넬리가 또 몰래 나가는 건 눈감아 주기 어려울 것 같아.

하지만 아넬리가 밖으로 나가고 싶어 하는 것도 이해된다. 자유롭게 돌아다니고 싶을 때도 있지.

"그럼 어쩔 수 없지. 오늘은 우리끼리 왕도 구경이라도 할까?"

"그래도 돼?! 신난다―!"

"안 돼요, 에스텔! 우리끼리 나갔다가 아넬리한테 무슨 일이라도 생기면 큰일 나요!"

"마이라는 고지식하다니까. 잠깐 나갔다 오는 것뿐이라면 별로 위험하지 않을 거야."

"하지만…….'

"마도사인 나랑 마이라가 함께 가잖아? 게다가 난 B랭크 모험가인걸. 평범한 호위보다 믿음직할 거야."

"그건 그렇지만…….'

"마이라, 부탁해! 이런 기회 좀처럼 없는걸!"

아넬리가 양손을 모으고 부탁하자 마이라가 곤란하다는 듯이 얼굴을 찡그렸다.

만일 도시 밖으로 나가고 싶다고 했다면 나도 반대했겠지만 도시 안에서 돌아다니는 것뿐인걸. 마물을 상대할 일도 없을 테고, 나와 마이라가 함께 있으니 위험한 상황은 없을 거야.

잠시 고민하던 마이라는 계속 양손을 모으고 부탁하는 아넬리의 모습에 이내 한숨을 쉬었다.

"하아, 알았어요. 하지만 해가 지기 전엔 돌아오도록 해요. 몰래 나가는 거니까 알려지면 난리가 날 거예요."

"네—! 신난다. 마이라도 설득했어! 에스텔 고마워!"

"후후, 천만의 말씀을. 나도 모처럼 마이라를 왕도에 불렀으니 셋이서 구경하고 싶었어."

"에스텔까지 똑같은 말을…… 저도 두 사람이랑 돌아다니는 건 기쁘지만요."

볼을 붉게 물들이더니 고개를 떨구는 마이라. 후후, 실은 마이라도 우리끼리 다니고 싶었던 거구나.

외출이 결정되자 아넬리는 바로 외출용 복장으로 갈아입었다. 늘 입던 드레스가 아니라 움직이기 편한 반바지 차림이다.

"그럼 가자. 마법을 걸 테니 이동 중에 떨어지지 않도록 천천히 움직여 줘. 마법이 풀리면 안 되니까."

"네—! 이렇게 몰래 나가게 되다니 두근거려!"

"걱정은 되지만, 저도 두근거리네요."

후후, 확실히 좋은 일은 아니지만 이런 게 더 신나기도 하지.

준비를 마치고 아넬리에게 인식 방해와 음소거 마법을 걸었다. 그리곤 방 밖에 아무도 없는 것을 확인한 우리는 조용히 복도로 나갔다. 아넬리의 방은 2층에 있으니 계단을 내려가야 나갈 수 있다.

저택 구조를 가장 잘 아는 아넬리가 앞장서고 마이라와 내가 서

로 어깨에 손을 얹고 뒤따라 이동했다. 굳이 어깨를 잡을 필요는 없지만 닿아 있는 편이 마법을 걸기 쉬우니까.

중간에 사용인 한 명과 마주쳤지만 우리를 눈치채지 못하고 그대로 지나갔다. 그것을 본 아넬리는 재밌다는 듯이 키득키득 웃었는데, 마치 장난에 성공한 아이 같은 느낌이었다.

그 후 아무 일 없이 신중히 나아가고 있는데 꺾어지는 길에서 아넬리가 소리를 냈다. 그 앞에 덩치 큰 남성이 있었기 때문이다.

"앗——."

무심결에 낸 소리에 아넬리가 황급히 손으로 입가를 가렸으나, 덩치 큰 남성은 눈치가 꽤 빨랐다.

"음? 지금 아가씨의 목소리가 들린 것 같은데…… 착각인가?"

이 사람은…… 분명 호위 때 같이 있던 에곤 씨잖아. 조금 위험할지도 모르겠는걸. 경계심이 강한 사람에겐 인식 방해 마법이 잘 통하지 않는다.

결국 우리는 숨을 죽이고 그 자리에 멈춰 서서 에곤 씨가 그냥 지나치길 바랄 수밖에 없었다. 잠시 후, 연신 고개를 갸웃거리던 에곤 씨는 주변을 두리번두리번 확인하더니 그대로 우리를 지나쳐갔다.

"휴우——" 하고 한숨을 쉬고 다시 현관을 향해 걷기 시작. 마침내 우리는 마지막까지 들키지 않고 문 밖으로 나올 수 있었다. 그리곤 아넬리의 집에서 어느 정도 멀어진 후 마법을 해제했다.

"푸하——, 깜짝 놀랐어. 우리를 똑바로 쳐다봤는데도 눈치채지 못하다니 마법은 정말 엄청나."

"긴장해서 배가 아플 정도였어요……. 그보다 지금 그건 무슨 마법이었나요? 어둠 마법 계통인 것 같은데."

"반 정도는 정답. 모습을 인식하기 어렵게 만드는 어둠 마법이 랑 소리를 차단하는 바람 마법 두 개였어."

"좋겠다―, 나도 마법을 쓸 수 있으면 아무 때나 나갈 수 있을 텐데―."

"그렇게 편리한 건 아냐. 목소리는 차단이 안 되거니와 큰 동작 으로 움직이면 들키기 쉬워. 게다가 경계심이 많은 상대에겐 통 하지 않는걸."

뭐, 저택에서 나오는 정도라면 이것만으로도 충분하지만.

무사히 저택을 빠져나온 우리는 왕도의 거리를 구경하기 시작 했다.

"마이라는 왕도에 얼마나 와 본 거야?"

"글쎄요, 1년에 한 번씩 학원 방학 때마다 들러요."

"매년 마이라가 날 만나러 와 주거든. 정말 상냥해, 마이라―."

"웃, 머리는 그만…… 왜 에스텔까지?!"

"후후, 귀엽잖아."

아넬리가 마이라의 머리를 쓰다듬는 것을 보고 나도 무심결에 쓰다듬어 버렸다. 얼굴이 빨개지는 게 귀여우니까.

"둘이 왕도에선 만나면 주로 어딜 다니는데?"

"으음, 보통 옷가게나 잡화점이려나. 가게도 많고 종류도 다양 해서 재밌어. 마이라는 문구점도 좋아하지?"

"네, 왕도 도구는 쓰기 편하거든요. 아, 그리고 참고삼아 마도구 상점에 들르기도 해요.”

“왕도에서도 열심히 공부하는구나.”

“마도구를 보면 저도 모르게 시선이 가서…… 부끄럽네요.”

그러고 보니 가챠 아이템을 보여줬을 때도 잔뜩 흥분했었지. 마이라는 정말 그런 것을 좋아하는 모양이다.

“그리고 미술관도 갔었어. 좀 안 맞아서 한 번밖에 안 갔지만.”

“저희한테 예술은 좀 이르다고 할까요. 심오한 면이 있어서 이해하기 어려웠어요.”

“나도 그런 건 잘 몰라. 다 같이 왕도에 몇 번 왔었는데 미술관에 가자는 얘기조차 안 나왔는걸.”

“그래도 시스하 씨라면 예술을 잘 알지 않을까? 신관님이니까.”

……큰일이다. 나도 모르게 웃을 뻔했어. 시스하와 예술은 전혀 안 어울리는걸. 파괴야말로 진정한 예술이에요! 라면서 전부 때려 부수는 모습만 떠올라.

그래도 어떤 반응을 할지 궁금하니까 나중에 다 같이 미술관에 가 보는 것도 좋겠네.

그런 생각을 하고 있자 아넬리가 갑자기 외쳤다.

“앗, 연극도 있었지! 마이라가 왕도에 올 때면 항상 보러 가는걸!”

“그러네요. 저도 매년 연극 관람을 기대하거든요.”

“헤에―, 연극도 있구나. 그건 조금 흥미로운걸.”

“그럼 오늘은 연극을 보러―”

아넬리가 말하려 하자 마이라가 막아섰다.

"안 돼요. 오늘은 몰래 나왔잖아요. 시간이 없어요."

"에에ㅡ, 괜찮아. 세 시간밖에 안 걸리는 걸ㅡ."

"'세 시간이나'겠죠. 이번엔 가볍게 구경하는 걸로 만족하죠. 연극은 다음에 기회가 생기면 제대로 집에 말하고 가는 게 좋겠어요. 들킬까 봐 조마조마한 마음으로 보다간 집중하기 힘들 거예요."

"어머, 그렇게까지 말하는 걸 보니 마이라는 연극을 많이 좋아하나 봐?"

"정말 좋아하지ㅡ. 항상 연극이 끝나고 나면 여운에 잠겨서 말이 없는걸. 그 후엔 계속 감상을 나누기도 하고."

"모, 모처럼 연극을 보는 거니까 그 정도는 당연하죠. 특히 왕도 연극은 배우들의 연기도 훌륭한데다가 완성도가 높잖아요. 감상을 나누지 않는 게 아까워요."

"후후, 그러면 나중에 꼭 보자. 이야기를 들어보니 관람 후에 천천히 감상을 나눠 보고 싶어지네."

결국 오늘은 옷가게 같은 평범한 가게를 구경하며 돌아다니기로 했다. 항상 교복만 입는 마이라에게 여러 옷을 입혀 보거나 잡화들을 구경하면서 대화의 꽃을 피웠다.

그렇게 몇 시간 정도 돌아다니니 금세 허기가 져 우리는 길거리 음식을 샀다. 아넬리는 얼린 과일 꼬치를 샀는데, 굉장히 만족스러운 듯이 먹었다.

"으음! 걸으면서 먹는 건 오랜만이야!"

"마차로 이동하면 이럴 기회가 없지. 그러고 보니 둘만 만날 땐 식사를 어떻게 해결했었어?"

"아, 아넬리의 저택에서 전부 준비해 주셨었죠. 그래서 이렇게 길거리 음식을 사먹어 볼 기회가 없었어요."

"맞아. 마이라랑 외출할 때면 늘 그랬지. 사실 마차에 타서 이동하느라 걸을 시간도 얼마 없었어. 이렇게 자유롭게 돌아다니거나 길거리 음식을 사먹는 건 꿈도 못 꿨지."

으음, 마차로 이동하면 편할 거라고 생각했는데 포기해야할 일도 많았나 보네. 이야기를 들으니 걸어 다니면서 구경하고 싶은 마음도 이해가 가. 괜찮아 보이는 가게가 있어도 마차 안에선 잘 안 보이니까. 게다가 이렇게 길거리 음식을 먹을 기회도 없으면 조금 따분할 것 같아.

그런 생각을 하며 식당이 늘어선 골목을 걷고 있자 갑자기 한 남자가 화내는 소리가 들려왔다.

"어머? 어쩐지 소란스럽네."

"무슨 일이지? 잠깐 보고 가자!"

"구경거리가 아니니까 그렇게 들뜨면 안 돼요. 무슨 일이 생기면 안 되니까 피해가죠."

"맞아. 귀찮은 일에 휘말릴지도 모르잖아. 위험해."

"괜찮아! 잠깐 보고 가자!"

나와 마이라의 만류에도 아넬리는 눈을 빛내더니 구경꾼들이 잔뜩 몰려있는 곳으로 가 버렸다. 그 뒤를 서둘러 쫓아가니 남자 두 명이 싸우는 모습을 볼 수 있었다.

"이 자식—! 잘도 덤볐겠다!"

"그쪽이 먼저 시비 걸었잖아!"

둘 다 입과 코에서 피를 흘리고 있다. 꼴이 말이 아니었다. 주변에 굴러다니는 빈병을 보아하니, 대낮부터 술을 마신 모양이었다.

바로 아넬리에게 떨어져 있자고 말하려던 순간, 싸우던 남성이 바닥에 떨어져 있던 병을 집어 상대방을 향해 던졌다.

하지만 이게 무슨 일인지 남자가 던진 병은 곧장 아넬리를 향해 날아들었고, 나는 깜짝 놀라 서둘러 마법으로 병을 쳐냈다.

"아넬리! 괜찮나요?!"

"으, 응. 깜짝 놀랐어…… 지금 에스텔이 막아 준 거야?"

"다친 곳은 없어?"

"응. 에스텔 덕분에 맞진 않았어. 그냥 조금 놀랐을 뿐이야. 고마워."

"후후, 천만에. 그보다 아넬리한테 병을 던지다니. 용서할 수 없네. 에잇."

내가 수면 마법을 사용하자 두 남자 머리 위에 검은 연기가 뭉게뭉게 피어났다. 그리고 잠시 후, 조금씩 비틀대던 두 사람은 자리에 풀썩 쓰러져 코를 골았다.

"두 사람 갑자기 잠들었는데……?"

갑자기 남자들이 쓰러진 탓에 구경꾼들 사이에서 술렁임이 일었다.

"에스텔, 혹시?"

"응. 수면 마법으로 재웠어. 방치하면 주변에 피해를 줄 수도

239

있잖아."

"그건 그렇지만…… 일단 자리를 피하죠. 괜히 귀찮은 일에 휘말릴 수도 있겠어요."

마이라의 말에 우리는 재빨리 자리를 피했다.

그렇게 현장에서 멀어지고 나니, 아넬리가 나와 마이라에게 머리를 숙였다.

"미안해. 내가 에스텔과 마이라의 말을 무시한 바람에……."

"그렇게 자책하지 마. 아넬리가 안 다쳐서 다행이야."

"맞아요. 그래도 이걸로 언제든 위험한 일이 생길 수 있단 걸 잘 알았죠?"

"응. 두 사람이랑 같이 돌아다니느라 너무 신났나 봐…… 정말로 미안해."

"알았으면 됐어. 이렇게 배워 가면 되는 거니까. 슬슬 저택으로 돌아갈까? 더 늦으면 몰래 빠져나간 걸 들킬지도 몰라."

"그렇게 해요. 아넬리도 괜찮죠?"

"응! 이제 충분해! 두 사람 모두 내 변덕을 들어 줘서 고마워!"

"천만의 말씀을. 또 기회가 생기면 이렇게 셋이서 외출하자."

"몰래 나오는 건 좀 그렇지만…… 가끔은 괜찮을지도 모르겠네요."

"에스텔, 마이라…… 정말 두 사람 너무 좋아!"

아넬리가 나와 마이라를 끌어안았다. 후후, 정말 못 말린다니까.

◆

　각자 자유롭게 장기 휴가를 보낸 후, 우리는 레벨을 올리기 위해 마음을 다잡고 리저드맨 사냥에 전념 중이다.

　"흐랴압!"

　냄비 뚜껑으로 공격을 흘리고, 리저드맨의 다리에 집요하게 엑스칼리빠루를 꽂아 넣었다. 그러자 리저드맨이 균형을 잃었고, 나는 그 틈을 노려 리저드맨의 어깨에 엑스칼리빠루를 박았다. 그리곤 앞으로 당겨서 넘어트린 후 곧장 등 중앙을 찔렀다.

　눈 깜짝할 새에 빛의 입자가 되어 사라진 리저드맨. 그 자리엔 비늘 같은 드롭 아이템만 남았다.

　"후우, 이제 좀 정리된 건가."

　"역시 여기 리저드맨은 계속 쏟아져 나오는 거 같습니다."

　"응. 덕분에 이동하지 않아도 돼서 다행이야. 마법을 쏘면 알아서 찾아오니까."

　오늘은 몇 번이나 리저드맨을 집단 격파했다.

　에스텔에게 원거리 마법 공격을 부탁한 후, 마법에 반응해서 다가오는 리저드맨 집단을 기다렸다가 처리하는 식으로 사냥 중이다. 공격하면 알아서 동료를 데려오니 에스텔의 말대로 이동할 필요가 없어 꽤 편한 사냥이다. 희소종인 케플도 있어서 마석도 얻을 수 있고, 고가에 팔 수 있는 가죽이나 비늘도 나오기 때문에 제법 쏠쏠하기도 하고.

　덕분에 1레벨이 올라 80레벨에 도달했다. 이 속도라면 목표인 코스트 20은 금방 확보할 수 있을 것 같다.

자, 다시 사냥을 시작할까! 하고 의욕을 불태우고 있는데 루나가 창을 어깨에 걸치고 바위 위에 나른하게 앉아 있는 모습이 시야에 들어왔다. 아무래도 사냥에 데리고 나온 것이 불만인 모양이었다.

"이런, 휴가가 끝나자마자 또 사냥이라니. 헤이하치는 너무 성질이 급해."

"루나가 너무 느긋한 거 아냐?"

"무슨 말. 이래서 요즘 젊은이들은 안 된다니까."

"루나도 충분히 어리지 않습니까……."

그 외모로 요즘 젊은이란 소리를 하는 거냐! 대체 몇 살이길래 그런 소릴 하는 거지?

그런 궁금증을 담아 루나를 빤히 바라보았더니, 루나는 시선을 돌리고 먼 산을 바라보기 시작했다. 대놓고 무시할 생각이군.

끈질기게 물어봤다간 물릴 테고, 시스하도 화낼 테니 이쯤에서 물러나자.

어라, 그러고 보니 아까부터 시스하가 전혀 대화에 끼어들지를 않네.

"……하아."

"왜 한숨을 쉬어?"

"시스하가 사냥 중에 한숨이라니, 이상합니다."

시스하는 고개를 숙이고 처량하게 바위에 앉아 있었다. 리저드맨을 사냥할 때도 멀쩡히 전투에 참가했으니 몸이 안 좋은 건 아닐 텐데.

"아하하, 사냥 자체는 즐거워요. 하지만 이렇게 다 같이 사냥을 하다 보니까 제 자신의 역량 부족이 느껴지는 거 있죠."

"딱히 신경 쓸 정도는 아닐 텐데."

"아뇨, 당연히 신경 쓰이죠. 여러분에 비하면 잡는 속도가 확연히 느린걸요."

"신관이니까 문제없지 않아?"

확실히 시스하 혼자 리저드맨을 잡을 땐 시간이 걸리는 편이다.

언제 포위될지 모르는 상황에서 무리해서 혼자 상대하는 것보단 파티 플레이에 전념하는 게 더 좋겠다는 판단 하에, 시스하는 현재 회복 마법에 집중하고 있는 상황이다. 장비도 대부분 회복 마법 강화 장비로 착용하고 있으니, 시스하로선 만족스럽지 못하겠지.

그런 생각을 하고 있자 루나가 말도 안 되는 소리를 했다.

"헤이하치의 무기를 시스하에게 주는 건? 그건 누구라도 사용할 수 있지 않나?"

"무슨 소릴 하는 거야! 무기가 없으면 내가 무능——."

"그 방법이 있었군요!"

시스하가 루나의 말을 듣고 내 허리춤에 있던 엑스칼리빠루를 순식간에 뺏어 갔다.

뭐야?! 이 녀석 프로 소매치기범이냐!

"아—! 이 도둑 녀석—! 돌려줘! 내 엑스칼리빠루 돌려 달라고!"

황급히 쫓아가니, 엑스칼리빠루를 품에 안고 뒷걸음질로 도망치는 시스하. 이 녀석, 내가 거기엔 손을 뻗지 못하는 것을 이용하고 있어!

"잠깐만, 잠깐만 빌릴게요! 바로 돌려 드릴 거예요!"

"오쿠라 님. 잠깐 빌려줘도 괜찮지 않습니까."

"오빠, 아예 가져갈 생각은 아닐 테니 잠깐만 빌려줘 봐."

"윽. 그, 그럼 잠깐만이다."

"감사합니다!"

떨떠름하게 빌려주겠다고 말하자 시스하는 활짝 웃더니 엑스칼리빠루를 치켜들고 구석에 있는 리저드맨을 향해 달려갔다.

으음, 황금색 쇠지레를 들고 뛰어다니는 모습은 정말 이상한 사람으로밖에 안 보이네.

"저 녀석, 신관이 쇠지레를 들고 달려들다니. 정말 이상하단 말이야."

"후후, 오빠도 항상 저런 모습인걸."

"게다가 이상한 차림까지 하고 계셔서 더 이상해 보입니다."

내가 저런 모습이었던가. 저 모습을 보니 우리끼리만 사냥을 해서 정말 다행이라는 생각이 드네. 다른 사람이랑 사냥할 때는 좀 부끄러울지도 모르겠다.

한편, 시스하는 리저드맨을 향해 쾌속으로 접근. 이를 눈치챈 리저드맨이 경계음을 내기 위해 입을 연 순간, 리저드맨의 목에 엑스칼리빠루가 꽂혔다. 시스하는 그대로 리저드맨을 끌어당겨 쓰러트리고는 엄청난 속도로 빠루를 내리꽂았다. 결국 리저드맨은 동료를 부를 틈도 없이 순식간에 빛의 입자가 되어 버렸다.

무섭다. 아니 잔인해. 내가 항상 하는 방식인데도 제삼자의 시선으로 보면 이렇게 잔인할 줄이야.

사냥을 마친 시스하는 폴짝폴짝 뛰며 돌아왔다. 굉장히 만족스러운 모습이다.

"이거 엄청나네요! 리저드맨을 순식간에 잡았어요! 그냥 이상한 무기인 줄 알았는데 갖고 싶어지네요!"

"어, 응. 일단 돌려 줘."

가만히 있다간 강탈당할 것 같아 서둘러 시스하의 손에서 엑스칼리빠루를 빼앗았다.

"아앙! 조금 더 빌려 주세요—."

아직 부족하다는 듯이 몸을 배배 꼬며 불만을 표하는 시스하.

하지만 나는 단칼에 거절했다.

"안 돼. 나도 당장 쓸 만한 무기가 이거밖에 없단 말이야."

"하아. 제 비팅도 강화됐으면 좋겠어요."

"차라리 시스하도 오빠처럼 SR무기를 강화해 보면 어때? 어차피 비팅은 회복 마법용 장비잖아."

다들 처음부터 전용 UR 장비를 가지고 있었으니, 다른 무기를 써 볼 생각은 안 했었는데, 에스텔이 정말 좋은 아이디어를 내놓았다.

"앗, 그거 좋네요. 요즘 매직블레이드를 자주 사용하는데, 그걸 강화할 수 있을까요?"

"좋은 생각입니다! 전용 무기 외에도 다른 무기를 강화해서 하나쯤 가지고 있는 것도 좋을 것 같습니다!"

"난 내 창 외엔 쓰고 싶지 않아."

"나도 내 지팡이가 아닌 다른 무기엔 안 끌리네. 루나도 창에는 깐깐한가 봐?"

"아니. 던진 후에 가지러 가는 게 귀찮아."

에스텔은 루나의 대답에 그대로 굳어 버렸다.

역시 루나는 뼛속부터 게으름쟁이다. 뭐, 루나의 전투 방법을 생각해 보면 자동 회수 기능이 없는 무기는 쓰기 까다로운 건 사실이니까.

"그럼 시스하랑 놀은 보조 무기가 갖고 싶은 거지? 다음 가챠 때는 SR 무기를 합성할까?"

"오, 좋습니다! 벌써부터 다음 가챠가 기다려집니다."

"그래? 그러면 마석을 좀 더——."

"아니! 안 할 겁니다!"

"쳇."

조금이라도 다음 가챠에 의욕을 가진 줄 알았는데 역시 간단히 넘어오지 않는군. 뭐, 레벨을 올리면서도 마석은 얻을 수 있으니 지금 상태로도 충분하지만.

"그러고 보니 다음엔 어떤 이벤트일까? 오빠가 마석 2천 개를 목표로 삼았던 건 어떤 가챠를 대비한 거야?"

"그야 물론 박스 가챠지. 사실 2천 개는 여분까지 생각해서 모은 거야."

"그런 데선 또 용의주도합니다."

"하하, 과찬이야."

"칭찬은 아니었습니다만……."

저번 굴욕은 기필코 만회하겠다는 일념 하에 박스 가챠를 전부 돌리고도 남을 만큼의 마석을 준비했다. 그러니 개인적으로는 또 박스 가챠 이벤트가 열렸으면 한다.

"하지만 박스 가챠가 아닐 수도 있죠? 어떤 이벤트가 열릴지는 아무도 모르는 거니까요."

"뭐 그렇지. 하지만 이만큼 있으면 대부분의 가챠 이벤트에서 원하는 UR 한두 개쯤은 얻을 수 있을 거야. 컴플리트 가챠의 경우엔 확신할 수 없지만."

"2천 개 이상 있는데도 불확실하다니. 가챠란 무섭군."

2천 개면 11연챠가 40회. 가챠를 440번 돌릴 수 있다.

1퍼센트 확률로 나오는 아이템이라 하더라도 440번이면 어림잡아 네 개는 얻을 수 있겠지.

후후, 이렇게 완벽하게 가챠 대비를 해 뒀으니 이제 두려울 건 없어. 아— 다음 가챠 이벤트는 언제 시작하려나.

◆

사냥을 마치고 시스하를 먼저 귀가시킨 우리는 리저드맨 토벌 증명을 왕도 모험가 협회에 제출하러 갔다.

모험가 협회에 들어가니 위지 씨가 반갑게 우리를 맞이해 주었다.

"앗, 오쿠라 씨. 어서 오세요~. 마침 잘 됐네요. 협회장님이 할 이야기가 있다고 하셨어요."

"협회장님이요?"

"네. 오시면 방으로 불러 달라고 하셔서, 안내해 드릴게요."

딱히 거절할 이유도 없었으므로 얌전히 위지 씨를 따라갔다.

"협회장님이 직접 부르시다니 또 무슨 일이 있었습니까?"

"아니 그런 건 아닌데……. 그래도 부를 때마다 무슨 일이 있었으니 조금 떨리네."

"뭐, 그렇게 부정적으로 생각하진 말고 이야기나 들어 보자. 어쩌면 좋은 소식일지도 모르잖아."

아마 저번에 의뢰한 마도구 관련 이야기가 아닐까 싶은데, 혹시 다른 정보가 입수된 건가? 으음, 그렇다면 그 정보와 관련된 의뢰를 할 수도 있겠네. 뭐, 최근엔 레벨을 올리는 일 말곤 할 일도 없었으니 상관없겠지. 마음 편히 먹도록 하자.

이윽고 협회장실에 도착. 평소처럼 위지 씨가 문을 열어줘 협회장실로 들어가니 크리스토프 씨가 우리를 반겨주었다.

"어서 오게. 일부러 불러내서 미안하네."

"괜찮습니다. 오늘은 무슨 일이신가요?"

"이야기가 빨라서 좋군. 자, 일단 앉게나."

만족스럽게 웃은 크리스토프 씨가 자리를 권했고, 우리는 그의 맞은편 소파에 일렬로 앉았다.

"다름 아니라, 자네들에게 전해 줄 정보와 부탁하고 싶은 것이 있어서 보자고 한 걸세.

"정보라는 건······."

"드디어 그 마도구에 어떤 효과가 있는지 판명되었다네."

"오오! 드디어 알아낸 겁니까?!"

"헤에. 그걸 분석하다니, 퀘레스 연구소도 대단하네."

"그래서, 어떤 걸 알아내신 건가요?"

"봉인되었던 마법의 일부가 밝혀졌다네. 주변 마소를 급격히 끌어올려 분출하는 효과가 포함되어 있었다는 모양이야."

"마소를 모아 분출하는 마도구면, 대체 어떤 효과가 있는 겁니까?"

"으음, 사실 알아낸 건 여기까지라네. 이게 대체 무엇을 의미하는지는 좀 더 자세한 분석이 필요할 거 같더군."

마소를 급격히 끌어올려서 한 번에 분출시키는 마법이라······. 대체 왜 그런 마법이 걸려있었던 걸까. 점점 더 의미를 알 수 없게 됐다. 역시 분석이 완벽히 끝날 때까지 기다릴 수밖에 없으려나.

머릿속에 물음표를 띄운 채 생각에 잠겨 있자니, 갑자기 에스텔이 놀라운 말을 했다.

"어느 정도 예상이 가는걸."

"엣, 정말로?!"

"역시 에스텔, 든든합니다!"

"호오, 그거 대단하군. 의견을 들려주지 않겠나?"

"그 마물은 그란디스 안에서 나왔어. 즉, 그 마도구는 마물의 체내에서 사용되었을 가능성이 높다는 이야기야. 이건 그란디스 발생에 그 마도구가 관련되어 있다는 걸 의미한다고 생각해. 다들 어느 정도 예상했잖아? 그 가정에 할아버지가 말한 정보를 더하면 그 마도구의 효과는 아마 두 가지일 거야."

그 정보만으로 마도구의 효과를 예상할 수 있다니. 게다가 두 개나. 역시 우리 중에서 가장 머리가 잘 돌아간다니까!

우리의 기대에 부응하듯이, 에스텔은 설명을 이어나갔다.

"하나는 마물의 체내에 들어가서 마물을 강화하는 것. 그리고 또 하나는 마물을 발생시키는 빛을 만드는 것. 그것도 대토벌급 마물을 발생시키는 빛 말이야."

즉, 그 날아다니는 고블린 같은 녀석이 직접 트렌트 안에 들어가 그란디스를 만들어냈다는 거야? 하지만 굳이 안으로 들어갈 이유가…… 혹시 그란디스를 직접 컨트롤했던 건가? 아, 단순히 안에서 상황을 지켜봤을 수도 있겠네.

게다가 팝존처럼 마물이 발생하는 빛을 만든다니. 그거 어마어마하게 위험하잖아. 만일 도시 내에 생긴다면 정말 악몽 같은 상황이 펼쳐질 것이다.

어라, 그러고 보니 비슷한 이야기를 최근에 들었던 것 같은데.

"이거 전에 할아버지가 말했던 마인의 실험과 비슷하지 않아?"

"확실히 내가 말했던 마인의 실험과 비슷하군. 아직 확신할 순 없지만 연관이 있다고 보는 게 좋겠지."

아앗?! 맞아 그거였어! 전에 크리스토프 씨가 말한 마인 이야기! 마물을 강화하는 실험을 했었다고 했지! 에스텔의 추측에 따르면 우리가 찾은 마도구도 마물을 강화하는 마법이 걸려있다는 거고! 그렇다는 건 정말 마도구에 마인이 관련되어 있을 가능성이 더 높다는 이야기잖아?

"만약 에스텔의 말이 사실이라면 어느 쪽이든 빨리 찾아내서 막아야겠습니다. 곳곳에서 그런 마물이 생겨난다면 상황이 걷잡을 수 없이 커질 겁니다."

"그러네. 마도구의 효과를 밝혀내는 것도 중요하지만 결국 범인을 찾아내지 못한다면 해결이 안 되는걸. 그 후로 퀘레스에 다른 이변은 일어나지 않았지?"

"무슨 일이 생기면 바로 보고하도록 엘레오노라 양에게 말해 뒀는데 아직 아무 보고도 없었다네. 혹시 몰라 다른 지부에도 말해 두긴 했지만 감감무소식인 건 마찬가지군."

퀘레스뿐만 아니라 다른 지부에도 이야기해 둔 건가. 그런데도 좀처럼 정보가 들어오지 않는다는 것은 그 후로 활동을 멈추고 숨어 있다는 이야기겠지.

우리와의 전투로 인해 활동하기 어려워진 것이라면 다행이지만, 뭔가 꾸미고 있는 것이라면 빨리 찾아내야 한다.

"일단 협회도 더욱 다방면으로 조사해야겠다고 판단했다네. 곧 왕국 기사단에도 보고가 들어갈걸세. 하지만 왕국 기사단이 움직여줄지는…… 잘 모르겠군."

"국가가 나서지 않을 수도 있다는 건가요?"

"지금 상황에선 어렵다네. 그란디스 사태가 인위적으로 발생한 것이라고는 아직 단정 지을 수 없잖나. 마인이 관련되어 있다는 것도 아직은 추측일 뿐이고."

"그러네. 확증이 없는데 군을 움직일 수는 없지. 이야기를 들어

주는 것만으로도 감지덕지해야 할 상황일 거야."

확실히 마인이 관련되어 있다는 결정적인 증거가 하나도 없다. 검은 보석 마도구 분석도 아직 끝난 게 아니고, 거기서 뭔가를 알아내더라도 그게 명확한 증거라고 할 수 있을지…….

국가를 움직이게 하려면 역시 더욱 직접적인 증거가 있어야겠지. 나중엔 우리가 어찌하지 못하는 사태로 발전할지도 모르니 증거 확보가 최우선이다.

"으으으, 제가 기사단이었으면 바로 설득해서 움직였을 텐데 말입니다! 중대사입니다!"

"멋대로 나서면 주변 사람에게 폐가 될 거야. 놀이 기사단 소속이었으면 여러모로 힘들었겠네."

"그, 그렇지 않습니다…… 아마도?"

"의문형으로 끝내면 어떡해."

아―, 그러고 보니 GC의 놀 시나리오에선 기사단 사람들이 휘둘리는 이야기가 꽤 많았지. 놀은 행동파라서 나중 일을 생각하지 않을 때가 많아 고생하게 될 것 같다.

뭐, 정보가 너무 부족해서 지금은 나서고 싶어도 나서지 못하는 상황이지. ……앗, 그러고 보니 부탁할 것도 있다고 하지 않았나?

"음, 마인 이야기는 접어두고, 부탁은 어떤 거죠?"

"그것도 이 이야기와 관련 있는 일일세. 그 마도구 분석에 필요한 재료가 더 있다고 해서 말이야. 엘레오노라 양이 그 재료 확보를 부탁하더군."

"그러면 또 퀘레스로 가야 하려나?"

"아니, 이번엔 슈팅의 서남부에 있는 폭스 화산으로 가줬으면 하네."

"화산 말입니까? 매우 위험할 것 같습니다."

"아, 그건 걱정하지 말게. 폭스 화산은 휴화산이라네. 용암도 흐르지 않고 분화의 위험도 없지. 루겐 계곡과 비슷한 산이라고 생각하면 될 걸세."

휴화산인가. 용암이 흐르는 작열 지대를 탐색하라는 줄 알고 조마조마했네.

"그래서, 거기서 어떤 재료를 가지고 와야 하는데?"

"으음, 아르미우스에게서 얻을 수 있는 인갑판이라는 소재라 네. 인갑판은 마용로의 소재로 쓰이지."

아르미우스라……. 처음 듣는 마물이다. 대체 어떤 녀석이지?

그런 생각을 품고 있었더니, 크리스토프 씨는 내 궁금증을 눈 치챈 듯 아르미우스에 대한 보충 설명을 해주었다.

"아르미우스는 방어력이 높은 게 특징인 마물이지만, 보통 C랭 크 모험가들에게 적당한 상대라고 여겨지니 자네들에겐 손쉬울 걸세. 그리고 가능하다면 인갑판을 퀘레스에 전달해 줄 수 있겠 나? 물론 운송 대금도 보수에 추가하도록 하지."

"그것까지 생각해서 우리한테 의뢰한 거지?"

"하하하, 엘레오노라 양이 최대한 빠르게 필요하다고 해서 말 일세."

역시, 우리라면 폭스 화산에서 소재를 얻자마자 바로 퀘레스로 향할 수 있다고 판단한 건가. 그만큼 중요한 의뢰라는 거겠지. 엘레오노라 씨도 우리가 맡을 거라고 생각하고 의뢰한 듯하니 배달까지 포함해서 맡도록 할까.

◆

새 의뢰를 받은 우리는 왕도를 출발하여 마법의 양탄자를 타고 사흘 정도 걸려 폭스 화산에 도착했다.

회색빛 화산은 루겐 계곡보다도 높았다. 주변엔 커다란 바위가 곳곳에 놓여 있고, 안이 비어 있는 기다란 바위도 셀 수 없을 정도로 많았다.

저건 용암이 흐를 때 나무가 타서 만들어지는 거였지? 게다가 저 커다란 바위도 분화 때 떨어진 것 같다. 옛날에는 화산 활동이 활발했던 걸까.

"여기가 폭스 화산입니까. 엄청나게 큰 산입니다—."

"그러게. 이런 화산이 분화하면 큰일 날 거야."

"응? 활동하지 않는 화산인데도 연기가 나나?"

"완전히 멈춘 건 아닐지도 몰라. 마법은 조심해서 쓰는 편이 좋겠네."

휴화산이지만 곳곳에선 하얀 연기가 피어오르고 있었다. 용암이 밖으로 흐르는 건 아니니 괜찮지만 괜히 자극하지 않는 편이 좋을 것 같다.

에스텔이 평소처럼 마법을 썼다간 갑자기 분화할 것 같다.

"화산이라니 두근거리네요! 분화구까지 가 보고 싶어요!"

"음, 아무리 시스하의 부탁이라도 그건 힘들다. 내 체력이 다할 거 같군."

"그러면 제가 업고…… 앗, 루겐 계곡 때처럼 에스텔 씨가 계단을 만들면 되지 않을까요?!"

"싫어. 루겐 계곡보다 높잖아. 게다가 아까 내가 마법은 조심하는 편이 좋을 거라고 했지. 활동기는 아니더라도 화산을 자극하는 건 좋지 않아. 무슨 일이 생길지 모르잖아."

"분화라도 하면 큰일이니까 말입니다. 안 그래도 저희가 사냥터에 가면 항상 난리가 나지 않습니까."

"윽, 확실히 그렇긴 하네요……."

음, 지금까지 여러 사냥터를 박살낸 실적이 있으니까 말이지. 괜한 짓을 했다가 또 그런 일이 일어나면 안 된다.

게다가 아르미우스는 산 아랫부분에 있어서, 산을 오르지 않아도 된다고 한다. 이 정도로 높은 산이면 오르는 데 하루는 더 걸릴지도 모른다. 나도 정상에 뭐가 있는지 조금 궁금하긴 하지만 그건 나중에 시간이 있을 때 시스하와 둘이서 가 보는 것으로 하자.

그런 생각을 하며 바로 아르미우스를 찾기 시작.

커다란 바위 때문에 시야를 확보하기 어려워 지도 어플에 의존해 걸어갈 수밖에 없었는데, 다행히 얼마 안 가 아르미우스를 발견할 수 있었다.

온몸이 우둘투둘해 공룡과 비슷한 인상을 주는 마물. 느릿느릿 움직이는 게 꽤 둔해보였지만 은색 피부는 굉장히 단단할 것 같았다.

"용암 속에서도 버틸 거 같은 몸이네. 이 산이 활화산일 때부터 서식했던 걸까?"

휴화산이 됐지만, 마물은 활화산일 때와 다름없다는 뜻인가.

음, 주변에 용암이 흐르는 상태에서 싸웠다면 제법 힘든 상대였겠지만 지금은 그냥 속도가 느린 마물일 뿐이겠지. 아무래도 환경 변화에 뒤쳐진 느낌의 마물이었다.

종족 : 아르미우스

레벨▶60 HP▶35500 MP▶0

공격력▶600 방어력▶2500 민첩▶30 마법내성▶50

고유능력 〈불 내성〉 〈물리 내성〉 스킬 〈없음〉

일단 스테이터스를 확인했다. 특별한 점이 없었기에 바로 잡기로 했다. 움직임이 느리므로 놀이 먼저 공격해서 행동 속도를 반감시킨 후 다 같이 때려잡자 순식간에 쓰러졌다.

쉽게 잡을 수 있다는 것을 알았으니 찾기만 하면 된다고 생각하여 열심히 아르미우스를 찾아다녔으나…… 세 시간 동안 아홉 마리밖에 찾지 못했다. 게다가 잡아도 인갑판은커녕 드롭 아이템조차 나오지 않았다.

"잡는 건 문제없는데 찾기 힘들어서 문제야. 지도 어플에도 거의 보이질 않아."

"게다가 드롭 아이템도 안 나오니 잡는 맛이 없네요. 이래서야 희소종에게 마석을 얻는 것도 기대하기 어렵겠어요. 모험가들이 오길 꺼려하는 것도 이해가 가요. 의뢰 보수는 좋지만 효율은 정말 꽝이네요―."

"마석도 못 얻고, 개체 수마저 적어서 경험치도 짜. 소재로 돈을 벌 수도 없을 거 같고."

공격력이 낮으니 다른 모험가도 시간을 들이면 잡을 수 있겠지만 정말 장점이 없는 사냥터였다. 아무리 인갑판 하나에 천만 길이라지만 드롭 확률과 아르미우스 출현율을 생각해 보면 일확천금이라고 하긴 어렵다.

게다가 왕도에서도 너무 멀어 평범한 모험가는 오기도 힘들 거 같다. 나는 지도 어플로 위치를 알 수 있지만 다른 사람이라면 하루에 두세 마리를 잡는 정도로도 감지덕지일 것이다.

그런 우리의 대화를 듣고 있던 루나가 팔짱을 끼고 고개를 갸웃했다.

"왜 이런 의뢰를 받은 거지? 하고 싶은 것만 하면 되지 않나?"

"그럴 수야 없지. 일단 B랭크니까 그에 상응하는 책임도 있어. 게다가 여러모로 신세를 지고 있는 협회장이 직접 부탁한 거니까 말이야. 조건이 좋은 의뢰가 있으면 이런 의뢰도 있는 거지."

"흠. 모험가도 고생이군. 역시 나는 엮이지 않는 게 좋겠다."

랭크가 낮았을 땐 원하는 의뢰만 받았지만 B랭크인 지금은 그릴 수 없다. 이번 의뢰는 우리도 관련되어 있으니 더욱 그렇다.

크리스토프 씨에게 이용당하고 있는 기분이긴 하지만 그 이상의 메리트가 있으니 어쩔 수 없다. 그 덕분에 디우스를 마석 수집 그룹에 끌어들일 수 있기도 했고 말이야.

그 후로도 계속 사냥했으나 인갑판이 나올 기미는 전혀 없었다. 아니, 애초에 아르미우스를 찾는 게 더 힘들었다.

"아─, 진짜 안 나오네. 오늘 내에 인갑판을 얻을 순 있을까?"

"아르미우스 자체가 좀처럼 안 보이니까 말입니다. 조급해하지 말고 천천히 사냥할 수밖에 없습니다."

"그건 그렇지만, 슬슬 지치는걸."

"음. 내일부턴 나 없이도 될 것 같군. 괜찮겠지?"

"아─, 응. 그래도 되겠다."

만일을 위해 루나를 데려 왔지만 싸울 일이 거의 없으니 인력낭비 같았다. 응. 내일부터는 우리끼리 와도 괜찮을 것 같네.

조를 짜서 번갈아 오는 것도 좋을 거 같다며 생각에 빠져있었는데, 갑자기 지도 어플에 마물 반응이 나타났다.

"어라, 한 마리만 이상하게 빠르게 움직이는데?"

"희소종인가요?! 마지막으로 그것만이라도 잡고 가죠!"

"그래. 오늘은 그걸 잡고 끝내는 게 깔끔하겠어."

"꽤나 오래 걸릴 것 같으니까 말입니다. 소재는 빨리 얻고 싶지만 서두르는 건 금물입니다."

첫날부터 힘을 다 빼는 것도 좋지 않으니 서두르지 말자. 그러면 마지막으로 이 희소종으로 추정되는 녀석을 잡고…… 으응?!

"잠깐. 이 녀석 움직임이 이상해. 이쪽으로 직진해서 오고 있어."

"마침 잘 됐습니다. 이대로 여기서 기다렸다가 물리칩시다!"

"오빠가 말한 건 그런 의미가 아니잖아. 이런 곳에서 직진이라니, 이상하지 않아?"

"엣, 어째서입니까?"

놀은 내가 이상하다고 한 이유를 모르는 모양이다. 한편 시스하는 바로 이해한 듯이 고개를 끄덕였다.

"오호라, 그런 뜻이었군요. 곳곳에 장애물이 있는데 일직선으로 접근하는 건 부자연스럽죠."

"앗, 그런 의미였습니까. 으으음, 이쪽으로 어떻게 오고 있는 겁니까?"

으음, 역시 날아서 오고 있을 확률이 가장 크겠지. 땅속으로 이동 중이라면 지도 어플에 표시되지 않을 것이다.

그래서 우리는 비행형 마물이라는 것을 전제로 경계 태세를 취했다. 그리고 얼마 안 가 하늘에서 나타난 것은, 삼지창을 든 작은 체구의 마물. 디아볼루스였다.

"저 녀석! 이런 곳에 있었나!"

"여기서 만나다니 운이 좋았네요! 신의 인도에 감사해야겠어요! 이번에야말로 놓치지 말고 쳐죽이죠!"

"신관이 무슨 말을 하는 겁니까……."

"악을 물리치고 싶은 마음이 강하다고 생각하면 되지 않을까?"

신관치곤 조금 과격한 발언이었지만, 시스하의 의견엔 동감이다. 이번엔 다들 만전을 기한 상태이니 잡을 수 있겠지.

"흠. 어쨌든 저건 여기서 처리하도록 하지. 저번처럼 놓치진 않겠다."

창을 꽉 쥐고 의욕을 불태우는 루나.

한편 디아볼루스는 우리 머리 위에서 빙글빙글 돌며 도망치려 하지 않았다.

그 기회를 놓치지 않고 에스텔과 루나가 공격을 가했다. 루나는 투창 공격을, 에스텔은 바람 칼날과 불덩어리를 쏘았다.

하지만 디아볼루스는 여전히 재빨랐고, 가볍게 둘의 공격을 피했다.

"쳇. 아직 끝이 아니다."

혀를 한 번 찬 루나에게 반응하듯, 루나의 창이 자동 추격을 시작했다. 하지만 디아볼루스의 움직임이 워낙 재빨라 이마저도 별 소용이 없었다. 게다가 녀석은 우리를 놀리는 것처럼 가끔씩 고도를 낮춰 우리 머리 바로 위를 날아다니기까지 했다. 크으윽, 이자식! 완전히 우릴 놀리고 있잖아!

그렇게 잠시 쫓고 쫓기는 추격전이 이어지나 싶었는데, 펑 소리와 함께 에스텔의 마법이 디아볼루스에게 직격했다. 루나가 자동 추격 공격으로 디아볼루스의 비행경로를 유도하고, 그 경로에 에스텔이 마법을 날린 것이다.

"어때? 드디어 맞췄어!"

뛸 듯이 기뻐하는 에스텔. 요리조리 피하는 모습에 어지간히 화가 났었나 보다.

그러나.

뭉게뭉게 피어오른 폭염을 헤치고 디아볼루스가 멀쩡히 나타났다. 마법 저항이 높은 탓인지 전혀 통하지 않은 모양이다.

에스텔의 마법마저 통하지 않는다는 사실에 아연실색하고 있자, 디아볼루스가 우리를 비웃기라도 하는 듯 공중에 드러누워 배를 긁적였다.

그 모습에 발끈한 루나가 다시 한번 창을 던져 비행경로를 유도해보았지만, 영악한 디아볼루스는 마치 루나의 마음을 읽는 것처럼 변칙적인 비행을 선보였다.

"크윽. 패턴을 파악했는지 이젠 자동 추격도 먹혀들지 않는군."

"날아다니다니 비겁해요! 정정당당하게 내려와서 싸워야죠! ……앗! 저를 가리키면서 웃고 있어요! 크윽, 용서 못 해요!"

시스하가 발을 쿵쿵 구르며 화를 냈다.

"비행형 마물 상대로는 마땅한 공격 수단이 없습니다……."

만반의 준비를 갖춘 상태에서도 이 정도라니.

계속 제대로 된 공격을 가하지 못하고 있는데 디아볼루스가 들고 있던 삼지창을 투척하며 반격까지 하기 시작했다.

내가 서둘러 그 창을 막자, 튕겨나간 창은 반짝반짝 빛나더니 녀석의 손으로 돌아갔다. 그런 공방을 몇 번이나 반복했다.

"크윽, 이래서야 끝이 없잖아."

"어쩔 수 없지. 지금은 내가 스킬을 사용해 처리하는 수밖에."

그렇게 말하며 루나가 한 발짝 앞으로 나서자, 창에서 빨간 아우라가 뿜어져 나오기 시작했지만 에스텔이 서둘러 그것을 제지했다.

"기다려. 아직 쓰면 안 돼."

"읏, 어째서지?"

"아까부터 우리를 적당히 도발만 하고 있는 게 수상해. 마치 스킬을 사용하도록 유도하는 것 같아."

"듣고 보니 그러네요. 설마 스킬을 사용한 후엔 반동이 있다는 걸 아는 걸까요?"

확실히…… 디아볼루스도 우리를 쓰러뜨릴 만한 능력은 없는 거 같은데, 거리를 좁히며 도발하는 것을 보면 스킬을 사용하도록 유도하는 것 같기도 하다.

무슨 목적이 있는 걸까. 아니면 생각이 지나친 걸까. 어찌됐든 지금 스킬을 쓰는 건 현명하지 못한 판단일 거 같다.

"좋았어. 여긴 나한테 맡겨."

"엣, 비행형 마물을 잡을 방법이 있는 겁니까?"

"하하하, 당연하지. 얼마 전에도 배웠잖아? 이럴 땐 가챠 아이템을 쓰는 거야!"

나는 자신만만하게 주머니에서 스파티움을 꺼냈다. 그러자 다들 내 의도를 이해했는지 각자 무기를 꺼내 들었다.

"그러면 기합과 동시에 가는 거야!"

"알았어."

"알겠습니다!"

모두의 대답에 나는 에어로프를 꺼내 머리 위를 날아다니는 디아볼루스를 보며 기회를 노렸다. 그리고 녀석이 고도를 낮춘 순간, 나는 "지금이야!"라고 외치며 스파티움의 스위치를 눌렀다.

순식간에 시야가 변했다. 내 발 밑에 놀을 비롯한 파티원들이 보인다.

지금 내가 있는 곳은 허공. 스파티움을 이용해 디아볼루스와 위치를 바꾼 것이다.

위치가 바뀐 것을 확인한 나는 바로 에어로프를 발동시켜 허공에 매달렸다.

아래를 내려다보자 디아볼루스는 루나의 창에 배가 꿰뚫리고 놀의 검에 날개가 잘린 상태였다. 에스텔의 마법으로 다리를 묶여 꼼짝도 못 하고 당한 듯했다.

좋았어. 제대로 먹혔나 보네. 스파티움으로 디아볼루스와 위치를 바꾸고, 그 기회를 틈타 모두가 총공격을 가한다. 회피뿐만 아니라 적을 원하는 위치로 옮길 수 있다니. 스파티움은 공격용으로도 충분히 쓸 만하군.

드디어 소동의 원흉 중 하나인 디아볼루스를 토벌했다고 확신하는 그 순간, 이변이 일어났다. 놀이 마지막 일격을 가하기 위해 검을 치켜들자, 갑자기 디아볼루스의 손에서 검은 빛이 뿜어져 나오더니 땅이 크게 흔들리기 시작한 것이다.

"지, 지진?!"

갑작스레 땅에서 새어나오는 하얀 연기. 그 모습에 경악하고 있자니 놀이 황급히 디아볼루스를 내리쳤다. 빛의 입자가 되어 소멸하는 디아볼루스. 하지만 이미 늦은 모양이었다. 곳곳에서 바위가 굴러 떨어지고, 땅을 뚫고 나오는 연기가 점점 많아졌다. 디아볼루스를 쓰러뜨렸는데도 지진은 전혀 멈출 기미가 없었다.

나는 서둘러 센티터블라를 발아래에 전개시켜 모두가 있는 곳에 착지했다.

"괜찮아?!"

"응. 몸에는 이상이 없는 것 같아. 그보다 큰일이야 오빠!"

"끝까지 악독한 마물이네요! 얌전히 사라지면 좋으련만!"

"정말이지. 다들 항상 귀찮은 일에 휘말리는군."

"한가한 소리는 그만하고 주의하십시오! 뭔가 옵니다!"

놀의 일갈에 정신을 차리고, 디아볼루스가 소멸한 위치를 보니 저번처럼 검은 마도구가 떨어져 있는 게 보였다. 지진의 원흉인가 싶어 서둘러 주웠더니 파삭 소리와 함께 마도구는 잿더미로 변해버렸다.

젠장, 완전히 당했네. 1회용 마도구였나.

이대로 아무 일 없이 넘어갔으면…… 하고 얄팍한 기대를 품었지만 지진은 점점 심해졌다. 땅이 크게 흔들린 직후, 산의 일부가 날아가더니 하얀 증기가 한꺼번에 분출되었다.

그리고 그곳에서 모습을 나타낸 것은 온몸이 붉은 거대한 드래곤.

"드, 드래곤이라고?!"

"아닙니다! 저건 와이번입니다!"

저, 저게 와이번이라고?! 완전 드래곤처럼 생겼는데.

뿔이 달린 흉악한 얼굴, 한눈에 봐도 단단할 것 같은 붉은 피부. 다리는 두 개밖에 없는 듯했지만, 앞발이 날개와 일체화된 모양이었다. 드래곤과 다른 점은 그것뿐인가.

아무튼 강적인 건 틀림없다. 이쪽으로 오기 전에 스테이터스부터 확인하자!

라바 와이번 종족 : 와이번

레벨▶70 HP▶55000 MP▶0

공격력▶4600 방어력▶3500 민첩▶145 마법내성▶70

고유능력 〈불 내성〉 〈대물 장갑〉 〈대마 장갑〉 스킬 〈용암탄〉

"젠장! 스테이터스가 그란디스급이야!"

"또 대토벌급 마물인가 보군요."

"우리에게 스킬 사용 반동이 왔을 때 저 마물을 이용해서 공격하려던 걸지도 모르겠네."

"옵니다! 다들 피하십시오!"

라바 와이번은 잠깐의 틈도 주지 않고 우리를 향해 곧바로 돌진했다. 다들 자리를 박차고 도망치고, 나는 에스텔을 안아 들고 피했다.

아주 간발의 차이로, 라바 와이번의 육중한 뒷다리가 우리가 서 있던 곳을 덮쳤다.

고막이 찢어질 듯한 굉음이 울리고, 뒤를 돌아 라바 와이번이 지나간 자리를 보니, 땅에는 마치 거대한 폭풍에 찢겨 나간 듯한 상처가 새겨져 있었다.

한편, 라바 와이번은 그대로 다시 하늘로 날아올라 다음 공격을 준비하는 듯 했다.

"잠깐 잠깐! 대토벌급 비행형 마물이라니 이건 좀—— 으억?!"

그리고 라바 와이번의 입에서 검은 포탄이 쏟아졌다.

연속해서 날아오는 포탄. 정신을 차릴 틈이 없었다.

부리나케 달려 포탄 세례를 피했더니 그게 끝이 아니었다. 포탄은 철퍽 소리를 내며 땅에 착탄. 포탄 속에서 뜨거운 용암이 잔뜩 터져 나와 주변을 온통 새빨갛게 물들이기 시작했다.

"이게 뭐야! 뜨거! 아뜨뜨뜨!"

"오빠! 이, 일단 틈을 만들어 볼게! 에잇!"

품에 안긴 에스텔이 기합 소리와 함께 마법을 날리자 익숙한 착탄음이 울려 퍼지고, 라바 와이번의 공격이 멎었다. 에스텔이 화염 마법을 날린 것이다.

"괜찮아, 오빠?"

"응, 덕분에 살았어. 그보다 곤란하게 됐네."

에스텔의 반격 덕분에 일단 숨 돌릴 틈이 생겼지만, 정작 우리에겐 라바 와이번을 공격할 수단이 없다는 게 문제였다. 게다가 에스텔의 마법을 맞고도 멀쩡한 라바 와이번을 보니 마법 대미지가 전혀 들어가지 않은 것처럼 보였다.

원래 마법내성이 높은데다가 고유능력에 대마 장갑이란 것도 있었으니까 당연한 건가. 게다가 루나의 창마저 전부 튕겨 내는 걸 보면 방어력도 어마어마하다는 걸 알 수 있었다.

이런 상황이 되니 비행형 마물은 정말 상대하기 벅차다는 것을 실감하게 되었다. 퀘레스에서 마도사가 와이번 탑승 훈련을 하는 것도 옛날 마인과의 전쟁에서 같은 상황을 겪었기 때문일지도 모르겠다.

어떻게든 저 녀석을 쓰러트릴 방법을 찾아야…….

"오빠, 앙고리 유적에서 한 것처럼 섬광탄으로 움직임을 봉쇄하는 건 어때?"

"그 방법이 있었지! 에스텔, 모두에게 텔레파시로 전달 부탁해!"

"응, 알았어."

그렇지! 날아다니는 마물이라면 앙고리 유적에서 상대해 본 적이 있었잖아!

황급히 섬광탄을 꺼내자, 에스텔이 텔레파시로 작전을 전달한 뒤 신호용 마법을 공중에 쏘았다. 위력이라곤 전혀 없는, 단지 화려하기만 한 불덩어리가 공중에서 폭죽처럼 터지고, 그 신호에 맞춰 나도 섬광탄을 던진 후 눈을 감았다.

번쩍.

섬광탄에서 감은 눈꺼풀 너머가 밝아질 정도로 강렬한 빛이 뿜어져 나왔다. 이윽고 이어지는 라바 와이번의 비명. 꿍음과 함께 땅이 크게 흔들리는 게 느껴졌다. 분명 라바 와이번이 추락하는 소리이리라.

빛이 사그라지는 것을 기다렸다가 눈을 뜨자 크레이터를 만들며 추락한 라바 와이번이 발버둥 치며 괴로워하는 모습이 보였다. 좋았어, 계획대로야.

"에잇!"

에스텔이 기다렸다는 듯이 노란 그리모와르를 한 손에 들고 지팡이를 휘둘렀다. 그러자 땅이 솟아올라 라바 와이번의 움직임을 구속했다.

그리곤 바로 놀의 공격이 이어졌다. 하지만 내려친 놀의 검은 라바 와이번의 피부에 튕겨져 나갔다. 역시 엄청 단단한 녀석이다.

그래도 행동 속도 반감 효과는 나타났는지 갑자기 라바 와이번의 움직임이 둔해졌다. 언제 봐도 엄청난 효과다.

이어서 루나가 스킬을 사용해 진홍의 창을 던졌다. 섬광과 함께 날아간 창은 보기 좋게 라바 와이번의 몸에 꽂혔다. 스킬을 사용한 루나의 창이라면 어지간한 마물들의 몸을 완전히 관통하는데, 고유능력인 대물 장갑 때문에 중간에 멈춘 모양이다. 하지만 피부의 일부가 파괴되었는지 창이 꽂힌 부분에선 피가 꿀렁꿀렁 흘러나왔다.

"좋았어! 제대로 먹혀들었어!"

"다들 바로 공격해 준 덕분에 어떻게든 될 것 같아."

날아다니는 상대를 땅으로 떨어트리면 남은 건 다시 날아가지 못하도록 두드려 패는 것뿐. 그렇게 생각했으나, 라바 와이번이 포효에 그것이 안일한 생각이었다는 것을 통감했다.

라바 아이번이 구속을 풀고 벌떡 일어선 것이다. 단단히 화가 난 건지, 라바 아이번의 눈에는 분노가 어려있었다.

이어서 앞발을 땅에 짚는 라바 아이번. 그리곤 목 부분을 잔뜩 부풀렸다. 지금까지의 패턴을 볼 때, 저건 검은 탄을 발사할 때 취하는 준비 자세. 나는 순간 오싹함을 느끼고 에스텔의 이름을 크게 외쳤다.

"에스텔!"

내 외침에 흠칫 에스텔이 놀란 순간, 라바 아이번이 검은 탄을 발사했다. 역시 목표는 에스텔이었다.

나는 곧바로 에스텔을 끌어안았다. 그리고 센티터블라를 이용해 포탄이 날아오는 방향을 향해 이중으로 벽을 만들었다.

첫 번째 벽이 깨지고, 검은 포탄의 기세가 죽었다. 하지만 아직 방심하기엔 이르다. 이윽고 두 번째 벽에 착탄하며 터지는 폭탄. 그러자 포탄 안에 들어 있던 용암이 쏟아져 나와 주변의 모든 것을 녹여버렸다. 기분 나쁜 냄새가 코끝을 찡하게 만들었지만, 다행히 나와 에스텔은 센티터블라 덕분에 무사할 수 있었다.

"괜찮아?"

"어, 으응…… 고마워 오빠."

"다행이다. 그보다 저 상태로 반격을 하다니."

"그러게. 저 단단한 피부가 정말 성가신걸. 저걸 뚫을 수 있으면 마법 공격도 가능할 텐데."

센티터블라를 해제하자 놀과 루나가 라바 와이번이 날지 못하도록 필사적으로 공격하고 있는 것이 보였다.

재빨리 라바 아이번의 배 아래로 파고들어 드러난 속살을 찌르는 루나. 그때마다 라바 와이번은 비명을 지르며 상처를 가리려 했다. 피부가 파괴되면 대물 장갑 효과도 사라지는 건가.

한편, 놀은 라바 와이번의 반격을 방패로 잘 막아내고 있다. 이따금 검을 휘두르긴 했지만, 큰 효과는 보지 못하는 듯하다.

시스하는 숨어서 회복 마법을 걸고 있는 건지, 놀이 공격을 막을 때마다 어디선가 회복 마법이 날아드는 중이다. 그 녀석의 신체 능력이 이런 데서 도움이 될 줄이야. 알아서 잘 피하는 힐러라니 적으로 두고 싶지 않은 타입이다.

다들 필사적으로 시간을 벌고 있다. 내가 할 수 있는 일은 이 틈에 대책을 짜내는 일.

이대로 루나의 공격으로 드러난 상처를 공략하는 방법도 있지만 잘못하면 도망칠 가능성도 있다. 저 피부를 더 크게 파괴할 수 있으면 놀의 공격도 먹혀들 테고 대마 장갑 효과도 없앨 수 있을 텐데.

어떻게든 파괴할 수 있으면 좋겠는데…… 앗! 그 무기라면 파괴할 수 있을지도 몰라!

"에스텔, 저 녀석의 머리를 고정시킬 수 있을까?"

"응. 그 정도야 쉽지."

"좋았어, 그러면 부탁해!"

나는 만일의 상황에 대비해 에스텔을 바위 뒤에 숨게 하고 달려 나갔다.

라바 와이번이 다시 에스텔의 흙 마법에 의해 땅에 구속되고, 나는 그 모습을 바라보며 센티터블라를 한 개 전개시켜 원반 상태로 늘린 후 그 위에 올라탔다.

그리곤 아슬아슬 원반을 컨트롤하여 구속된 라바 와이번 위로 이동. 스마트폰으로 무기 하나를 구현화시키며 뛰어내렸다.

구현화시킨 아이템은 박스 가챠에서 나온 공성퇴였다. 대물 특효가 있는 이 무기라면 라바 와이번의 바위 같은 피부를 파괴할 수 있을 거야!

공중에서 떨어지는 속도에 더해 공성퇴의 무게로 더욱 가속도가 붙은 나는 그대로 라바 와이번의 머리로 떨어졌다. ……정확히 말하자면 그냥 자유 낙하지만.

"우오오오오오오!"

거의 비명에 가까운 소리를 지르며 구속된 라바 와이번의 머리에 낙하. '쿠웅' 하는 둔탁한 소리를 내며 공성퇴는 바위와도 같은 피부에 박혔다.

콰지직 소리가 울려 퍼지고, 라바 와이번의 피부가 산산조각 나며 붉은 속살이 모습을 드러냈다. 그러자 라바 와이번은 크게 울부짖으며 괴로워하더니 에스텔의 마법 구속에 저항하는 것을 멈췄다.

그 후에는 노출된 속살을 놀과 루나가 공격하기 시작했다. 오른쪽으로 머리를 휘두르면 놀에게 베이고, 왼쪽으로 휘두르면 루나에게 찔린다. 그리고 뒤이어 내가 정면에서 엑스칼리빠루를 찔러 넣어 공격하기 시작했다.

결국 라바 와이번은 아무 저항도 못하고 공격당하다가 빛의 입자가 되어 사라졌다.

"후우, 겨우 잡았군."

"응. 이번엔 정말 위험했어."

만약 섬광탄과 공성퇴가 없었다면 잡지 못했을지도 모른다. 그리고 에스텔의 충고가 없었다면 디아볼루스를 상대로 스킬을 사용했을지도 모른다. 그 상태로 라바 와이번과 싸웠다면 어떻게 되었을까.

마지막의 마지막까지 귀찮은 일에 휘말렸지만 드디어 끝났다. 그렇게 생각했는데 놀이 신경 쓰이는 말을 했다.

"으음, 그보다 어째서 디아볼루스가 이곳에 있던 겁니까?"

"우연이라고 하기엔 타이밍이 너무 절묘했죠? 이런 마물까지 준비해 둔 걸 보면 마치 저희를 기다리고 있었던 것 같은데요."

어째서 디아볼루스가 이곳에 있었을까? 또 뭔가 실험을 하고 있었던 건가? 하지만 그런 거라면 굳이 우리 앞에 모습을 드러낸 건 부자연스러운데……. 정말 시스하의 말대로 우리를 기다렸던 건가.

비행형 마물을 이용해 공격한 것도, 우리에게 공중 공격 수단이 없다는 것을 알고 준비한 것이라면……. 그런 내 생각을 뒷받침하듯 에스텔도 의견을 말하기 시작했다.

"역시 우리를 노리고 잠복한 거라고 생각해."

"우리가 온다는 보장도 없는데 여기서 잠복한다고?"

"보통은 그렇게 생각하겠지. 하지만 우리가 온다는 것을 알고 있었다면?"

대체 어떻게…… 설마 내통자라도 있는 건가? 아니면 계속 우리를 감시하고 있었나? 잠깐 잠깐, 생각할수록 무섭잖아.

"대체 어떻게 된 일입니까!"

"정확히는 우리가 아니라 누군가가 반드시 이곳에 올 거라고 알고 있었던 게 아닐까? 디아볼루스, 아니, 디아볼루스를 조종하는 상대는 이곳에 인갑판을 얻으러 누군가 올 거란 걸 알고 있었던 거야. 그 마도구를 분석하기 위해서 말이야."

"그렇군요. 그렇다면 충분히 잠복할 수 있었겠네요. 그러면 마도구 분석에 필요한 소재가 있는 다른 곳에도…… 어라, 혹시 루겐 계곡에 이상한 루페스렉스가 있던 것도 디아볼루스의 짓일까요?"

"가능성은 높아. 아무래도 예상보다 귀찮은 상대일 수도 있겠어."

검은 마도구가 우리 손에 들어왔다는 것을 알고 그 분석에 필요한 소재가 있는 곳을 미리 돌며 함정을 설치해 두었다는 건가. 그 거대한 루페스렉스도, 실은 디아볼루스가 마도구를 사용해 강화한 개체라면…… 무섭다. 정말 무서운 일이다.

우리가 상대하고 있는 녀석은 대체 어떤 존재일까.

◆

라바 와이번과의 전투를 끝낸 후, 우리는 바로 왕도의 모험가 협회로 가서 크리스토프 씨에게 이번 사태에 대해 이야기했다. 폭스 화산에서 디아볼루스가 잠복하고 있었다는 것을 말하자 협회장은 상당히 놀라며 디아볼루스가 위험한 존재라는 것을 다시금 인식한 듯했다.

안타깝게도 디아볼루스는 드롭 아이템을 떨어트리지 않았기 때문에 잡았다는 증거를 확보할 순 없었다. 하지만 라바 와이번은 송곳니와 바위처럼 딱딱한 피부를 떨어트렸기에 그것으로 어찌어찌 확인은 받을 수 있었다. 아, 참고로 라바 와이번은 역시 대토벌급 마물이었다.

그 결과, 추가 보수로 5천만 길이나 받게 되었다.

이번 사태로 강대한 마물이 잠복하고 있을 가능성이 생겨났기에, 마인을 조사하는 모험가들에게는 한층 더 주의하라고 권고할 예정이라고 한다. 최악의 경우엔 대토벌급 마물을 상대해야 할지도 모르니까 말이다.

이와는 별개로 결국 인갑판은 얻지 못했기 때문에 우리는 5일 동안 다시 폭스 화산에 가야했고, 결국 인갑판을 얻어 엘레오노라 씨에게 전달할 수 있었다.

덧붙여 루나는 매일 동행해야만 했다. 라바 와이번 사건 때문에 어쩔 수 없는 상황이었지만, 루나는 부탁을 받고 울먹거리기까지 했었다.

어쨌든 의뢰를 마친 우리는 레벨 업을 위해 레를리 산에서 착실하게 사냥했다. 덕분에 레벨은 목표치인 82를 넘어 83에 도달. 이제 여유 코스트는 21이 되었다. 마석은 2115개가 되어 11연챠 2회분이 더 늘었다.

코스트도 마석도 목표치를 넘은 데다가 여유분까지 마련한 상태. 준비는 이미 끝났다. 이제 남은 건 집에서 느긋하게 쉬면서 가챠 이벤트를 기다리는 일 뿐.

"레벨도 다 올렸고 이제 느긋하게 지낼 수 있을 것 같습니다."

"응. 디아볼루스도 잡았고 당분간 조용히 지낼 수 있을 것 같네."

레벨 업이나 마석 목표 달성은 물론이고, 디아볼루스를 잡은 것 또한 큰 성과다. 아직 예측불허 상황이긴 하지만 우선은 안심해도 되겠지. 남은 것은 마도구 분석에 진척이 생기기를 기다리는 것뿐이다.

"그래서, 오빠는 스마트폰 앞에서 왜 그러고 손을 모으고 있어?"

"기도를 올리는 중이야."

나는 대화에도 끼지 않고 테이블에 스마트폰을 두고 경건히 기도를 올리고 있는 중이다.

"기도한다고 바뀌는 일은 없습니다만."

"뭘 모르네. 평소에 기도를 꾸준히 하면 UR이 나올 확률이 0.01퍼센트 오를지도 모른다고."

"0.01퍼센트밖에 안 오르는구나."

"무슨 소리야! 0.01퍼센트나, 라고!"

"이미 광기에 몸을 맡겼네요. 일종의 신앙이라고 봐도 좋겠어요."

기도해서 UR 확률이 오른다면 이런 고생은 안 하겠지만 그래도 아무것도 안 할 수는 없다. 원래 세계에서 가챠를 돌릴 땐 항상 이렇게 여러모로 발버둥을 치고는 했다.

게임을 껐다 키거나, 날짜가 바뀔 때를 노리거나, 단챠로 전환하는 등, 기도에 가까운 것에 기대를 걸었다. 확실히 일종의 신앙일지도 모르겠네.

아이템이 나올 때 화면을 가리고 소리를 끈 적도 있었지. 이야, 지금 떠올려 보면 그립다니깐.

"흐아암⋯⋯. 피곤하니까 슬슬 자러 들어갈까?"

"저는 모후토랑 조금 놀아준 다음에 자야겠습니다."

"하아, 놀 씨는 좋겠네요. 저도 루나 씨와 함께 밤을 보내고 싶어요."

"루나는 한번 잠들면 좀처럼 일어나질 않으니까 말입니다."

에스텔이 하품을 하며 일어서자 놀과 시스하도 슬슬 자러 갈 준비를 했다.

루나는 레벨 업 사냥이 끝난 후부턴 사흘에 한 번밖에 일어나지 않는다. 사냥에 데리고 다녔다고 반동이 너무 크잖아.

각자 자신의 방으로 들어가는 것을 배웅하고 나도 슬슬 방으로 들어가기 위해 일어섰는데, 돌연 시스하가 말을 걸었다.

"그래서 말이에요, 오쿠라 씨. 잠깐 시간 좀 내 주실래요?"

"갑자기 뭐야."

"그렇게 매정하게 굴지 마시고요─. 힘든 부탁 하려는 건 아니에요─."

시스하가 다가와 내 어깨에 손을 얹더니 활짝 웃었다. 이건 방에 돌아가게 놔두지 않겠다는 의미지? 이런 밤중에 무슨 일이야.

"이 늦은 시간에 뭔데?"

"자기 전에 같이 한잔 안 하실래요?"

"한 잔씩 마신다고 했던 그거?"

"네, 그거예요."

으음, 술이라. 전에 마셨던 술은 제법 맛있었지만 자기 전에 마시는 건 좀……

"안심하세요. 취하시면 바로 회복 마법을 걸어 드릴게요. 내일 사냥에 지장이 가진 않을 거예요."

"회복 마법을 그런 데 쓰는 건 좀 이상하지 않아?"

"우후후, 이런 식으로라도 유용하게 활용하지 않으면 아깝잖아요."

그걸 유용하게 활용한다고 말할 수 있나. 신관으로서 안 좋은 모습만 점점 늘어나는 것 같은데. 뭐, 숙취 걱정만 없다면 같이 마시는 것도 괜찮겠지.

"알겠어, 한잔 하자. 그나저나 별일이네. 시스하가 이런 제안을 하다니."

"감사합니다! 이야, 전에 오쿠라 씨가 맛있다고 해 주셔서 이것저것 추천하고 싶어졌거든요. 혼자서 마시는 것도 좋지만 다른 사람과 함께 즐기고 싶었어요. 자, 제 방에서 느긋하게 마시며 밤을 지새우죠!"

잔뜩 수다스러워진 시스하가 어서 방으로 들어오라며 손짓했다. 거실에서 마셔도 되지 않나 생각했지만 모처럼 초대해 준다고 하니 기꺼이 방으로 들어섰다.

처음 보는 시스하의 방에는 별다른 물건이 없었다. 가구라고는 3인용 소파와 테이블, 침대와 장롱 정도. 에스텔과 놀의 방에 비하면 물건이 얼마 없다. 창문에 놓인 관엽식물 같은 것이 눈에 띌 뿐이었다.

조금 의외였다. 평소 이미지를 떠올리면 바닥에 빈 술병이 굴러다니고 있어도 이상하지 않다고 생각했는데 의외로 신관다운 방이잖아.

"헤에―, 정리가 잘 되어 있네. 십자가는 없어?"

"그런 걸 방에 났다간 루나 씨가 싫어하실 지도 모르잖아요―."

"그게 이유냐……."

'그럴 수야 없죠―'라고 말하는 듯이 시스하는 한손을 휘휘 저으며 말했다. 이 녀석, 십자가를 그런 취급해도 되는 거냐.

그리고 보니 최근 루나와 함께 있을 때가 많아서인지 십자가 목걸이를 벗고 있을 때가 많네. 자신의 UR 장비조차 그런 취급할 정도로 루나를 생각하는 마음이 큰 거겠지.

그런 생각을 하고 있으니, 시스하가 방에 놓인 상자 안에서 병을 다섯 개 꺼냈다.

"으음―, 이 정도가 오쿠라 씨 취향에 맞겠네요."

"이건 한 잔이 아니잖아."

"우후후, 휴가 기간에 좋은 술을 몇 개 구했거든요. 모처럼 함께 마시는데 한 종류만 마시면 재미없잖아요―. 취하면 회복 마법을 걸어 드릴 테니 같이 마셔요."

"으음, 그러면 괜찮지만……."

엄청 신났나 보네. 같이 마시는 게 그렇게 기쁜가. 지금 시스하는 잠옷인 건지 윗가슴과 어깨가 노출된 하얀 네글리제 차림이었다. 이런 차림으로 바로 옆에 앉아 있으면 아무리 시스하라고 해도 조금 두근거린다.

"제 얼굴에 뭐가 묻었나요?"

"아, 아니! 자, 빨리 마시자!"

"이상하게 서두르시네요—."

안 되지 안 돼. 또 가슴에 시선을 뺏길 뻔했어.

시스하는 그런 나를 무시하고 술병을 열어 입구가 넓은 글라스에 술을 따랐다. 첫 번째 술은 검은빛을 띠었는데, 잔에 따르자 거품이 이는 게 마치 맥주 같았다.

냄새를 맡아 보니 달콤한 향이 났다. 입에 머금자 쌉싸래한 맛과 함께 향기로운 풍미가 입안에 퍼졌다.

"조금 쌉싸래하네."

"그러네요. 오쿠라 씨는 별로신가요?"

"단맛이 나는 걸 좋아하긴 하는데, 이건 이것대로 맛있네."

"우후후, 입맛에 맞으신다니 다행이에요."

맥주처럼 쓴 술은 별로 좋아하지 않지만, 이렇게 가끔 마시는 것도 나쁘지 않네. 이 세계에 온 후로 술은 입에도 안 댔으니까 말이지.

시스하가 권하지 않았다면 마실 기회가 없었을 것이다. 시스하도 자신의 잔에 술을 따라 꼴깍꼴깍 마시더니 "푸하—" 하고 숨을 내쉬며 '이거지!'라는 듯한 표정을 지었다.

호쾌하게 마시네. 혹시 혼자 마실 땐 병나발을 불지 않을까?

"의외로 제대로 잔에 따라 마시네."

"그 말씀은 제가 병째로 마실 거라고 생각하셨단 거군요? 그렇게 마실 리 없잖아요. 그런 건 루나 씨가 절 상대해 주지 않을 때 홧김에 마시던 방법이라구요."

"하긴 했던 거군."

"이야ㅡ, 그땐 정신 차리니 방바닥에 널브러져 있었다니까요."

방바닥에 널브러져 있었다니…… 만취해서 쓰러져 있었던 거냐. 그리곤 회복 마법을 사용해 멀쩡히 다녔던 거군. 점점 신관답지 않은 모습만 늘어가는 거 같은데.

"자, 다음 잔 가죠, 다음!"

"그렇게 재촉하지 마. 천천히 마시게 해 줘."

"앗, 죄송해요. 오쿠라 씨랑 같이 마시는 게 기뻐서 저도 모르게."

쑥스러운 듯, 배시시 웃으며 말하는 시스하. 그 모습에 덩달아 나도 쑥스러워졌다.

"그, 그래. 딱히 사과할 일은 아니니까 신경 쓰지 마."

그 후로도 백포도주나 물을 타 희석한 양주 등을 즐겼다. 제법 도수가 높은 술만 마시다 보니 금세 머리가 멍해지는 느낌이었다.

"아ㅡ, 슬슬 취기가 도네. 이제 방으로 돌아가야겠어."

"에이, 재미없게! 저 같은 미인이 술을 따라 주는데, 좀 더 마시다 가세요."

볼을 벌겋게 물들인 시스하가 내게 어깨동무를 하더니 신이 나서 말했다. 스스로 미인이라고 칭하는 걸 보면 상당히 취한 모양이다.

"정말이지…… 자, 한 잔 받아."

"앗, 감사합니다."

그렇게 연거푸 술잔을 기울이고 있자니, 시스하가 가슴에 손부채질을 하기 시작했다.

얼굴도 잔뜩 상기되어 있고, 뭔가 엄청 야해 보이는데.

아니지. 이런 생각은 안 돼. 아무래도 나도 제법 취한 모양이다.

"전부터 생각했는데 네 옷들, 노출이 좀 심하지 않아? 안 부끄러워?"

"무슨 소리를 하시는 거예요. 이 잘 빠진 몸매가 부끄러울 리 없잖아요!"

"너 말이야…… 거리를 거닐 때면 남자들이 엄청 쳐다. 적어도 가슴은 가리는 게 어때?"

"엣, 설마 오쿠라 씨. 혹시 질투하시는 거예요?"

"하?! 그, 그런 의미로 말한 거 아니거든!"

"우후후, 농담이에요. 오쿠라 씨가 그렇게 말씀하신다면 한번 생각해 볼게요."

딱히 질투하는 건 아니거든! 그냥 욕정을 불러일으키는 복장은 삼가는 게 어떨까 싶어서…… 아니, 마음속으로 변명해서 어쩌자는 거야!

나는 상황을 무마하기 위해 잔을 기울여 술을 벌컥벌컥 마셨다.

그리고 잠시 후, 엄청난 졸음이 몰려왔다. 잠결에 옆으로 몸을 뉘었는데, 부드럽고 따뜻한 촉감이 머리에 느껴졌다.

"제 어깨에 기대시면 어떡해요—! 오쿠라 씨, 졸리세요?"

"으음, 졸린 것 같아……."

"그러면 잠깐 누우실래요? 자, 여기 머리를 대고 누우셔도 돼요."

"부드러워……."

"우후후, 그대로 주무셔도 괜찮아요."

아—, 기분 좋다. 진짜 이대로 자 버릴까. 그래도 그건 위험하겠…… 아—, 생각하기 귀찮아졌어.

……응? 바지 안에서 뭔가 움직이는 듯한…….

"어라, 오쿠라 씨. 스마트폰이 진동하는데요?"

"으음? 네가 확인해 줘—."

"네, 그러면 실례하겠습니다…… 앗, 가챠 알림이에요."

"뭐라고?!"

"우왓?! 가, 갑자기 일어나시면 어떡해요!"

"앗, 미안 미안."

가챠 알림이란 소리에 내 의식이 각성했다. 뭐야 뭐야, 취기가 싹 달아났다고! 드디어 가챠 이벤트가 시작된 건가!

놀란 시스하에게 사과하면서 스마트폰을 받아 들었다. 그리고 화면에 표시된 것은…… **〈픽업 가챠 개최!〉**라는 문구였다.

에엑…… 진짜냐?

바로 가챠를 돌리기 위해 시스하와 함께 방에서 뛰쳐나와 모두를 깨웠다.

취기는 완전히 가셨지만 혹시 몰라 시스하에게 회복 마법을 부탁했다. 겸사겸사 술 냄새도 없애 뒀다. 단둘이서 술을 마신 걸 들켰다간 무슨 소리를 듣게 될지 모르니까 말이다.

나는 놀과 에스텔을 깨우러 가고, 루나는 시스하에게 맡겼다. 여전히 놀은 펫하우스 안에서 모후토와 놀고 있었기에 별다른 수고 없이 불러올 수 있었고, 에스텔은 자고 있었지만 깊게 잠들진 않은 모양인지 바로 일어났다.

그리고 루나도 시스하가 무사히 깨워서 늦은 밤인데도 모두가 거실에 모였다.

"이 시간에 알림이 오다니 정말이지 민폐입니다."

"하암…… 그러게."

"자고 있는데 깨워서 정말 미안해."

"……졸리군."

"루나 씨, 역시 깨우지 않는 편이 좋았을까요?"

"상관없어. 가챠라면 어쩔 수 없지. 오히려 깨우지 않는 게 더 싫다."

아침이 되기를 기다렸다가 돌린다는 선택지도 있었지만 가챠 결과에 따라 무슨 일이 생길지 모른다. 최악의 경우엔 마석을 전부 탕진해서 사냥하러 가야 할지도…… 그래서 빨리 돌리고 싶었다. 그보다 아침까지 기다릴 수 없어!

"이번엔 무슨 가챠입니까?"

"픽업 가챠야."

"그거 시스하의 소환석을 얻었던 가챠였지?"

"저는 픽업되었던 건가요? 우후후, 역시 전 대단해요!"

시스하가 콧바람을 내뿜으며 만족스럽게 웃었다. 픽업된 게 그렇게 기쁜가.

"예상과 다른 가챠입니다만 괜찮습니까?"

"으음, 미묘하지만…… 우선 픽업 대상이 뭔지 확인해 보자."

픽업 가챠 개최란 알림을 보기만 했지, 아직 자세한 내용은 확인하지 않았다. 바로 스마트폰으로 가챠 화면을 띄우고 확인해 보았다.

픽업 대상

UR

· 클로에 아우렐리아

· 하이디 브뢰헬

· 그리모와르[굴라]

· 니벨룽의 반지[신들의 황혼]

· 아이무르

SSR

· 그리모와르 계열

· 니벨룽 계열
· 브레이슬릿 계열

"니벨룽의 반지에 UR도 있었습니까."

"그리모와르도 UR이 있나 보네."

그리모와르와 니벨룽의 반지에 UR이 있다니 놀라운걸. 역시 전부 모으면 뭔가 있다는 거겠지.

"아, 맨 위 두 개는 UR유닛이네. 으음, 내 기억이 맞다면 클로에는 공주, 하이디는 마도전사일 거야. 그리고 아이무르는 UR 무기로 알고 있어."

"UR이 다섯 개나 포함된 픽업 가챠군요. 그 중 유닛을 뽑으려면 꽤 힘들겠어요."

저번 픽업 UR은 네 개였는데 이번엔 하나가 더 늘어 총 다섯 개. 게다가 지난 33연 픽업 가챠와는 달리 픽업 목록 중 유닛이 40퍼센트 밖에 안 된다. UR이 두 번 나와도 유닛을 못 뽑을 수도 있다는 소린데, 으음······.

"헤이하치, 돌릴 건가 안 돌릴 건가?"

"돌려야지. 가챠를 돌리지 않으면 헤이하치가 아니야!"

"음, 의미는 모르겠지만 잘 알았다."

"결국 돌리는 겁니까."

그래. 괜한 고민할 필요는 없다. 이 몸은 가챠의 신에게 선택받은 사람이라고. 확률이 더 낮았어도 돌렸을 거야.

"그래서, 오빠가 노리는 건 누군데?"

"둘 다 좋은데…… 굳이 고르자면 클로에려나."

"버퍼 계열인가요?"

"응. GC에선 스테이터스를 대폭 향상시키거나 스킬 쿨타임을 줄여주는 버프를 쓸 수 있어서 유명했어. 전투 능력도 괜찮았고."

"클로에가 나와 준다면 스킬 반동도 나아질 수 있는 겁니까?"

"그럴 수도 있지."

내겐 클로에가 없었지만 GC에선 UR 버퍼 유닛인만큼 엄청난 능력 상승효과가 있었던 것으로 기억한다. 놀과 클로에의 버프를 동시에 받을 수만 있다면 무서울 게 없어지겠지.

다만 공주 캐릭터인 탓에 상당히 거만한 성격이라는 정보를 본 적이 있다. 동료로 맞이하게 된다면 한차례 태풍이 휩쓸고 지나갈 것 같아서 걱정이군.

하이디는 직업명 그대로 마법을 쓸 줄 아는 전사다. 마법을 사용할 줄 아는 놀이라고 생각하면 가장 쉬울 것이다. UR 유닛이니 강하긴 하지만 클로에랑 비교하면 좀 아쉽지.

"얼마나 돌리실 생각이신가요?"

"으음, 유닛이 나오면 끝내는 게 좋지 않을까?"

나는 사리 분별도 못 하고 가챠를 돌리는 인간이 아니다. 마석이 많다고 무분별하게 돌리다가 전부 탕진할 순 없지. 사실 이번엔 전력 증강이 주목적이니 픽업 대상이 아닌 유닛이 나와도 멈출 생각이다.

"헤이하치치고는 겸허하군."

"하하, 나는 몰지각한 행동을 정말 싫어하니까 말이야. ……응?"

왜 그런 눈으로 쳐다봐?"

"아니……."

루나가 한심한 눈으로 나를 쳐다봤지만 무시하자, 무시.

어쨌든 마석 2115개를 전부 쓸 생각은 없다. 이 픽업 가챠에 전부 쏟아 붓는 것은 리스크가 너무 크다. 작정하고 클로에를 뽑으려 든다면 전부 써도 부족할 수도 있다.

박스 가챠 같은 가챠 이벤트를 위해 남겨 두고 싶으니 우선 천 개 정도로 생각해 두자. 그러면 각자 3회씩 돌리면 딱 맞겠네. 다섯 명과 한 마리니까 이렇게 하면 11연챠 18회, 마석 900개 소비다.

"좋았어. 그러면 우선 한 사람당 세 번씩 돌리자."

"오오, 이번엔 모두 공평하게 돌리는 겁니까! 열심히 사냥한 보람이 있습니다!"

"그러게. 세 사람이 저녁 늦게까지 고생한 덕분이네."

"아냐 아냐, 이만큼이나 모을 수 있었던 건 다들 협력해 줬기 때문이야. 그리고 디우스와 그린 씨 일행 덕분이기도 하고. 감사해야겠어."

사실 2115개라는 개수는 나 혼자 힘낸다고 모을 수 있는 게 아니니까 말이지. 모두가 열심히 도와준 덕분이다. 덧붙여 디우스와 그린 씨 덕분에 얻은 마석도 있으니 나중에 감사 인사를 해야겠다.

그 후 우린 가챠를 돌릴 순서를 정하기 위해 잠시 머리를 맞대고 의논을 했다. 그 결과, 시스하가 가장 먼저 돌리기로 했다.

"우후후, 항상 제가 제일 먼저 돌리는 거 같아서 죄송하네요."

"네가 돌리기도 전에 UR이 나와서 '저는 못 돌렸어요!'라면서 소란을 피웠다간 곤란하니까 말이야."

"무슨 말씀이세요. 제가 그렇게 소란을 피울 리가 없잖아요—."

"시스하와 오쿠라 님의 그런 뻔뻔함을 보면 가끔 본받고 싶어질 때가 있습니다."

"끼리끼리 노는군. 하지만 나도 그런 점은 좋아해."

"그러네. 두 사람은 마음이 잘 맞나 봐. 아까도…… 아니, 아무것도 아냐."

왜 나까지 시스하랑 같은 취급을 하는 거야. 시스하에 비하면 내 마음은 섬세하고 순수하다고. 상처받기 쉬우니 조심히 다뤄줘!

"자, 첫 번째 가챠 돌리겠습니다! 에잇!"

드디어 가챠 개시. 첫 타자인 시스하는 호쾌하게 스마트폰을 터치하여 11연챠를 돌렸다. 화면에 보물 상자가 나타났다. 그리고 보물 상자는 은색에서 멈췄다.

〈R 식료, R 인형, R 섬광탄, R 도시락통, R 캔들, R 램프, R 향수, R 금괴, R 포션×10, R 커틀러스, R 매직다이너마이트〉

"야, 초장부터 망했잖아."

"으…… 아직 1회차, 1회차예요. 초조하면 안 돼요. 다들 진정하죠!"

"우선 시스하부터 진정해야겠군."

결과물에 상심했는지 혼자 야단법석을 떠는 시스하. 루나가 어

깨를 두드려 주자, 시스하는 이내 마음을 가다듬고 가챠를 두 번
더 돌렸다.

〈R 스피커, R 금고, SR 엑스칼리빠루, R 인형, SR 냄비 뚜껑,
R 뼈목걸이, R 차크람, R 부적, SR 고져스아머, R 칼, SR 매직
실드〉

〈R 간식, SR 축복의 목걸이, R 만능약, SR 천리안, R 캠프 세
트, SR 매직실드, R 무전기, R 애니멀비디오, R 아이스링, SR 트
윈사벨, SSR 파워브레이슬릿〉

"휴, 금색으로 끝나지 않아서 다행이에요."

"그래도 중복이네―."

"괜찮잖아요. 파워브레이슬릿이라면 강화할 수 있으니까요."

"맞아. 게다가 이걸로 픽업이 제대로 되고 있는 걸 알았어."

확실히 이걸로 픽업 대상이 나오는 것을 알았다. 그리모와르와
니벨룽의 반지 계열은 합성할 수 있을지 모르겠지만 중복 장비는
합성하거나 하우스 익스텐션의 포인트로 변환하는 방법도 있으
니 문제없다.

시스하와 교대하여 두 번째는 루나 차례.

"흠, 저번엔 UR이 중복이었으니 이번에야말로 제대로 된 UR
을 뽑아 주지."

"오오, 루나가 의욕적입니다."

"제 몫까지 힘내세요!"

"나한테 맡기도록."

저번 박스 가챠에서 UR을 뽑은 건 루나였지. 그 때문일까, 평

소엔 의욕 제로, 생기 제로인 루나의 눈동자가 빛나고 있다.

정말로 또 UR을 뽑아 주는 건가?! 놀과 모후토에 뒤이어 루나까지 운빨이 따라 주는 흡혈귀님이 되는 건가!

우선 1회차, 루나는 11연챠 버튼을 눌렀다.

〈R 식료, SR 엑스칼리빠루, SR 토시, SR 오토가드스피어, SR 카오스링, R 만능약, SR 비컨, R 통나무, R 노송나무 막대기, R 롱코트, SR 금 메이스〉

2회차.

〈SR 엑스칼리빠루, SR 니케의 신발, SR 자애의 반지, R 스콥, SR 수호의 반지, R 롱소드, R 식료, SR 스태빌라이저, SR 수라의 권, R 매직포션×10, R 캠프 세트〉

……3회차.

〈R 간식, SR 엑스칼리빠루, R 얇은 책, SR 파초선, SR 카두케우스의 문장, SR 생명의 보옥, SR 고져스슈즈, R 마스크, SR 비컨, R 수리검, SR 힙색〉

가챠 세 번을 전부 돌린 루나의 눈이 평소처럼 생기 없는 눈으로 돌아왔다. 아니, 오히려 평소보다 더 죽은 눈빛이 되었다.

"자야겠군."

그 말만을 내뱉고 벌떡 일어나 방으로 돌아가려는 루나. 그런 루나를 시스하가 황급히 끌어안아 겨우 방에 들어가는 걸 막을 수 있었다.

"잠깐, 현실 부정 하지 마."

"현실 부정 따위 안 했어."

"그러지 말고, 기분 푸세요."

"우으—."

입술을 내밀고 불만스러운 표정을 지은 루나였지만 시스하가 무릎 위에 앉히고 머리를 쓰다듬어 주자 마지못해 얌전해졌다.

다음은 영원한 기대주 놀의 차례다.

"이번엔 순서가 빨라서 안심하고 돌릴 수 있겠습니다."

"착각하는 거 아냐? 놀, 나는 널 믿고 있어. 분명 UR을 뽑아 줄 거라고 믿고 있어."

"그렇게 부담 주시면 안 된다고 전부터 말하지 않았습니까! 왜 그렇게 심술 맞으신 겁니까!"

"하하, 미안 미안. 농담이야."

놀은 주로 마지막에 모두의 기대를 받으며 가챠를 돌리는 경우가 많으니까 말이지. 그만큼 모두가 놀의 가챠운을 믿고 있다는 증거이기도 하다.

UR을 빼고 생각하더라도 SSR 획득률로는 아마 모후토와 비교해도 뒤지지 않을 정도의 성과를 내고 있다.

그 증거로 지금 돌리기 시작한 1회차도…… 앗, 백색이다.

〈R 포션×10, SR 니케의 신발, R 크롬헬름, SR 엑스칼리빠루, R 무전기, R 나이크, SR 스파이크실드, SR 고져스슈즈, R 섬광탄, SR 고급 안대, SSR 그리모와르[이라]〉

흐름을 놓치지 않고 놀이 다시 한번 11연챠 버튼을 눌렀다.

〈SR 냄비 뚜껑, R 인형, R 아이스링, SR 비컨, SR 고급 램프, R 천옷, R 동레깅스, SR 하이포션×10, R 연막탄, R 망원경, R 에스톡〉

"오쿠라 님, 다음은 단챠 10회를 돌려도 괜찮겠습니까?"

"원하는 대로 해."

"감사합니다―."

여기서 단챠로 가는 건가. 역시 놀은 단챠교를 믿는 모양이다. 개인적으로는 보너스 1회가 없어서 별로 좋아하지 않지만.

그런 생각을 하며 놀이 연달아 단챠를 돌리는 것을 지켜보았다.

〈R 청소기〉〈SR 엑스칼리빠루〉〈R 간식〉〈SSR 니벨룽의 반지[라인의 황금]〉〈SR 고겨스아머〉〈R 만능약〉〈SSR 디멘션브레이슬릿〉〈SR 방천극〉〈SR 골드브레이슬릿〉〈R 식료〉

"우으―. 그저 그렇습니다."

"네에?! SSR이 세 개나 나왔는데 그저 그렇다니 농담이시죠?!"

"헤이하치가 기대할 만하군. 잠깐 목 좀 내밀어 봐. 피와 운을 좀 나눠 받아야겠군."

"엣, 잠깐?! 물지 마십시오!"

무참한 결과로 끝난 시스하와 루나가 놀을 원망스러운 표정으로 바라봤다. 바라보는 것뿐만 아니라 루나는 놀의 등 뒤로 다가가 어깨에 손과 턱을 얹고 당장이라도 물려고 했다.

설마 단챠에서 SSR이 두 개나 나오다니. UR은 나오지 않았지만 역시 놀의 가챠운은 경이롭다.

그렇게 세 사람이 투닥거리고, 이윽고 에스텔이 스마트폰 앞에 앉았다. 그러자 다들 이내 숨을 죽이고 에스텔의 손끝을 바라봤다.

"이번엔 내 차례네."

"클로에나 하이디도 좋지만 에스텔 입장에선 그리모와르도 뽑고 싶지?"

"응, 물론이지. 빛 속성 그리모와르만 남았으니까 아마 이 UR 그리모와르가 빛 속성 아닐까?"

불, 물, 바람, 흙, 어둠 속성 그리모와르는 가지고 있으니 이제 남은 건 빛 속성 그리모와르 하나. 확실히 남은 그리모와르는 빛 속성 그리모와르일 거 같다.

게임에서는 세트 아이템 효과 같은 것도 있으니, 혹시 전부 모으면 어떤 특별한 능력이 생기지 않을까 싶은데…… 이건 좀 기대되는 걸.

에스텔은 차분한 모습으로 11연챠 버튼을 터치했다.

〈R 뼈목걸이, SR 수호의 반지, R 포션×10, SR 비컨, SR 엑스칼리빠루, R 하드커버, R 본나이프, R 숄더패드, SR 두꺼운 책, SR 숄더백, SR 니케의 신발〉

그리고 다시 11연챠 버튼을 터치했으나 결과는…….

〈R 간식, SR 천사의 옷, SR 냄비 뚜껑, R 만능약, SR 비컨, R 인형, SR 자애의 보옥, SR 코로나 링, SR 방천극, R 섬광탄, R 최루탄〉

"우우―, 나도 금색에서 멈췄어."

"에스텔도 내 동료가 되는 거다."

에스텔이 2연속으로 금색 상자에서 멈추자 루나가 기뻐하며 말했다.

"나는 항상 이렇다니까. 운이 좋은 건지 나쁜 건지 모르겠어."

혼자서 금색 신세인 게 어지간히 분했던 모양이다.

루나의 말에 불안해졌는지 에스텔은 석연치 않은 표정으로 스마트폰을 터치했다.

화면에 보물 상자가 나타났다. 그리고 보물 상자는 은, 금, 백, 무지개.

"엣…… 해냈다! UR은 처음이던가?"

무, 무지개색! 처음으로 UR을 뽑은 에스텔이 한 손을 주먹 쥐고 가볍게 들어올렸다.

"우오오오오! 잘 했어 에스텔!"

"후후, 좀 더 칭찬해 줘도 좋아."

"내용물, 내용물은 뭔가요!"

"큭, 이럴 수가. 그래도 축하해. 에스텔도 운이 좋군."

"클로에나 하이디가 나와 준다면 좋겠습니다."

UR이 나온 것은 좋은데 문제는 그게 무엇이냐는 것이다. 픽업 이벤트 중이니 픽업 대상 5개 중 하나일 가능성이 높다. 하지만 지금까지의 패턴을 생각하면 빨리 나올수록 꽝인 경우가 많았지.

UR을 뽑았다는 기쁨과 함께 에스텔이 다시 화면을 터치.

〈R 무전기, R 윈드로드, SR 매직블레이드, R 티아라, SR 비컨, SR 니케의 신발, SR 폭렬권, R 정크링, SR 에어로프, SSR 그리모와르[아와리티아], UR 프리지아〉

에엑?! 프, 프리지아라고?! 픽업을 뚫고 나와 버렸어…… 실화냐.

"어머, 프리지아잖아. 픽업 대상은 아니지만 유닛을 뽑은 거니 목표 달성이려나?"

"그러네요. 꽤 빨리 나왔어요. 마석을 많이 소비하지 않고 끝나서 다행이네요."

"하아, 이걸로 일단 가챠는 종료입니까? 참 다행입니다."

"벌써 끝났나. 이번엔 SSR도 뽑지 못한 게 아쉽군."

다들 끝났다는 듯이 말하는데, 과연 이걸로 끝내도 괜찮은 것일까?

아니! 흐름이, 순풍이 불고 있다고! 지금은 속행해야 할 때다. 내 본능이 그렇게 외치고 있어!

그보다 난 아직 한 번도 못 돌렸다고. 이대로 끝내려고 하지 마!

"저기, 정말 죄송합니다만…… 저도 돌리고 싶은데요."

"무슨 소리를 하시는 겁니까! 유닛은 이미 나오지 않았습니까!"

"아직 픽업 대상 UR이 안 나왔잖아! 이 흐름을 타고 노려야해!"

"유닛이 나오면 끝이라고 말한 건 헤이하치다만."

"난 한 번도 못 돌렸는데 끝낼 순 없어! 용서 못 해!"

"못 돌리면 제가 소란을 피울 거라고 하셔 놓고는 오쿠라 씨가 이러시다니요."

비록 픽업 대상은 뽑지 못했지만, 여기서 가챠를 멈추면 우리의 승리.

하지만 구경만 하고 끝내는 건 역시 괴롭다. 나도 가챠를 돌리고 싶어. 한 번이라도 좋으니까 돌리게 해 줘.

"원래 오빠랑 모후토한테 배정된 회수만큼만 돌리는 건 어때? 이대로 끝내면 오빠가 미쳐 날뛸지도 몰라."

"아─, 그건 그렇습니다."

"하긴, 이대로 불완전 연소 상태로 두는 것도 위험할 것 같네요. 오쿠라 씨, 그걸로 괜찮으신가요"

"감사합니다!"

에스텔이 거들어 준 덕분에 나와 모후토도 세 번씩 돌릴 기회를 얻었다. 고마워, 진짜로 고마워!

처음에 정한 순서로는 다음이 모후토 차례였으므로 그대로 진행하기로 했다.

"그러면 모후토, 갑시다!"

"이번엔 바로 앞에 놓아 주는구나."

"저와 노느라 피곤할 테니까 말입니다."

늦은 시간까지 펫하우스에서 뛰어다녔으니까 말이지. 놀이 끝어안은 모후토 앞에 스마트폰을 가져와 앞발로 11연챠 버튼을 터치하게 했다. 모후토는 졸린지 "뿌─" 하고 울며 연타했다.

그렇게 한꺼번에 11연챠 세 번을 돌린 결과.

〈R 식료, R 간식, SR 수호의 반지, R 쇼트스피어, SR 매직블레이드, SR 엑스칼리빠루, R 선더로드, SR 버터플라이그립, R 만능약, R 포션×10, SR 파초선〉

〈R 인형, SR 방천극, R 롱소드, SR 숄더백, SR 카오스링, SR 수호의 반지, SR 고져스아머, R 애니멀비디오, R 소취제, SSR 아다만트실드, SSR 사복검〉

〈R 연막탄, SR 비컨, SR 지팡이검, R 매직포션×10, R 본나이프, SR 매직블레이드, R 무전기, R 캠프 세트, SR 두꺼운 책, SR 냄비 뚜껑, SSR 파워브레이슬릿〉

"UR은 안 나왔지만, 역시 모후토네."

"세 번 돌려서 SSR 아이템이 세 개나 나오다니. 놀 씨도 그렇고 얼마나 운이 좋은 건가요."

"모후토, 내게도 그 운을 나눠 줘."

"우후후, 잘 했습니다―."

행운의 토끼란 건 허세가 아니었군. UR은 나오지 않았지만 SSR이 세 개나 나왔다. 가챠를 마친 모후토는 그대로 놀의 무릎 위에 풀썩 쓰러졌다.

정말 잘 해줬어. 나도 질 수 없지!

"자, 드디어 주인공 등장이다."

"오쿠라 님은 가챠를 돌릴 때면 늘 자신만만한 거 같습니다."

"후후, 그게 오빠다워서 좋잖아. 힘내."

드디어 내 차례가 돌아왔다. 마지막을 장식하게 되었으니 역시 UR을 뽑아서 깔끔하게 끝내고 싶어!

그런 마음가짐을 품고 나는 11연챠 버튼을 터치했다.

〈R 만능약, SR 냄비 뚜껑, SR 비컨, R 인형, SR 엑스칼리빠루, SR 매직 블레이드, SR 행복의 반지, R 본링, SR 현자의 돌, SR 금 메이스, R 식료〉

"큭."

"역시 마음가짐만으론 안 나오네요―."

"나와 함께 폭망으로 마무리하지."

루나가 내게 미소 지으며 손짓했다. 그렇게 사람을 끌어들이지 말라고!

"폭망 동료로 끌어들이지 마! 다음, 다음엔 UR이 나올 거야!"

루나의 손짓을 무시하듯이 나는 스마트폰을 힘차게 터치했다.

〈R 식료, SR 냄비 뚜껑, SR 수호의 반지, R 간식, SR 매직블레이드, SR 비컨, R 램프, R 스파타, SR 니케의 신발, R 샌들, SR 생명의 보옥〉

"으, 으아아아아아!"

"그러니까 끝내자고 하지 않았습니까."

"그래도 아직 한 번 더 남았어. 다음엔 나올지도 모르잖아."

"으, 으응. 그렇지……."

우와…… 위험해……. 2연속 금색에서 멈췄다. 이대로라면 모처럼 받은 기회가 날아갈 거야. 적어도 SSR, SSR이라도 나와 줬으면……!

"후우―."

나는 혼란스러운 마음을 잠재우고 눈을 감았다. 심두멸각, 무념무상, 가챠만 생각하자. UR을 뽑는 모습을 떠올리는 거야!

……좋아, 됐어! 가자!

화면에 보물 상자가 나타났다. 그리고 보물 상자는 은색에서 멈췄다.

〈R 간식, R 스파타, R 인형, R 무전기, R 포션×10, R 침낭, R 얇은 책, R 부츠, R 강철낫, R 갑옷토시, R 칼〉

"으아아아아아! 내가! 내가 망하다니!"

"헤이하치, 동료가 됐군."

루나가 환하게 웃으며 내 어깨를 두드렸다.

동료는커녕 내가 더 심하잖아!

"으윽, 크으윽…… 한 번만——."

"안 됩니다. 이제 타협은 없습니다."

"부, 부디! 자비를 베풀어 주세요!"

"안 됩니다—!"

놀이 내 간청을 단호하게 일갈했다. 게다가 스마트폰도 빼앗아 가기까지……. 젠장, 젠자아앙!

◆

다음 날 아침.

우리는 프리지아 소환과 가챠 장비 정리를 하기로 했다.

"어젠 밤늦게 집합해 줘서 고마웠어."

"정말이지 못 말립니다. 뭐, 오쿠라 님이 발광하지 않아서 다행입니다."

"그러게. 그 결과를 보고 오빠가 폭주하지 않은 건 의외였어."

"뭐야, 내가 그 정도로 날뛸 리가 없잖아?"

"그런 것치고는 엄청 소리 지르셨죠……."

냉정함을 유지할 수 있었던 이유는 적은 마석으로 유닛을 뽑은 덕분이겠지만, 애초에 난 그렇게 간단히 발광하는 남자가 아니라고!

"그보다 루나가 아침 일찍 일어날 줄은 몰랐네."

"새로운 동료를 맞이하는데 얼굴 정돈 비춰야겠지. 게다가 소환에 관심도 있어."

평소엔 당당하게 빠지려고 하면서 이런 부분에서 착실한 것은 놀랍다.

"일단 장비를 정리하기 전에 프리지아 소환부터 해야겠지?"

"코스트는 충분합니까?"

"응. 소환 코스트는 15니까 문제없어."

"어머, 그러면 굳이 레벨을 올릴 필요가 없었네."

"뭐 그렇지. 그래도 앞으로 코스트는 계속 필요할 테니까 먼저 올려 둔 거라고 생각하면 될 거야."

프리지아의 코스트는 15였으므로 레벨을 올릴 필요는 없었다. 하지만 이는 결과론일 뿐이고, 언젠가는 다음 유닛을 위해 또 레벨을 올려야 할 때가 올 테니 시간 낭비라고는 할 수 없겠지.

바로 프리지아의 소환석을 선택해 소환을 시작했다.

"새로운 아이가 오는 건 언제나 기대됩니다—."

"오랜만에 보는 소환이네. 루나를 소환한 게 언제였더라?"

"맞아요. 아아, 되돌아보면 루나 씨의 차가운 태도도 좋은 추억이었네요."

"윽. 그런 건 좋은 추억으로 두지 마."

스마트폰에서 흘러나오는 빛을 바라보며 시스하가 추억에 잠겼다. 루나는 그런 시스하를 한심한 눈으로 쳐다보았다.

하긴, 처음에 비하면 루나도 상당히 온순해졌다. 당시엔 막막

했었지.

흘러나오던 빛이 잠잠해지고 눈앞에 여자아이의 모습이 나타났다.

가장 먼저 시야에 들어온 것은 옆으로 뻗은 뾰족하고 기다란 귀. 루나보다도 길다.

복장은 민소매 상의에 미니스커트. 가벼운 차림과는 대조적으로 손에는 커다란 활을 들고 허리에는 훌륭한 화살통을 차고 있었다.

프리지아는 눈을 뜨더니 벽색 눈동자를 깜빡였다. 그리곤 갈색 양갈래 머리를 흔들며 두리번두리번 우리를 살펴보았다.

"어―, 당신들이 나를 부른 거야?"

"응, 맞아. 난 오쿠라 헤이하치. 잘 부탁해."

"그렇구나. 나는 프리지아. 잘 부탁해―."

프리지아가 한 손을 들어 올리고 활짝 웃으며 대답했다. 오오! 제대로 대답해 줬어! 역시 평소 말투로 인사하는 편이 낫네.

그런 생각을 하고 있는데 웅성거리는 소리가 들려왔다.

"오쿠라 님이 처음으로 평범하게 인사했습니다!"

"그러게. 어떤 인사를 할지 걱정됐는데, 이번엔 의외로 평범하네."

"음. 이번엔 괜찮군. 내가 소환되었을 땐 상당히 기분 나빴지."

"재미없네요. 오쿠라 씨, 좀 더 모험을 하시는 편이 좋지 않을까요?"

"제대로 인사했는데 뭐가 불만이야!"

왜 평범하게 인사했는데도 소란을 피우는 거야.

"아하하, 잘은 모르겠지만 다들 즐거워 보이네."

우리의 대화를 보고 프리지아가 웃었다.

"즐거운 건 아닌 것 같지만…… 앞으로 잘 부탁해."

이, 일단 첫인사는 성공이겠지?

그보다 프리지아는 소환된 후로 계속 방긋방긋 웃고 있다. 내가 기억하는 GC 지식으론 분명 밝은 성격의 엘프였다. 딱히 별다를 게 없다면 에스텔처럼 똑 부러진 아이일 것 같다.

그 후엔 각자 자기소개를 하며 첫인사를 무사히 마쳤다.

"기억엔 문제없어?"

"으음―, 마인 이야기랑 전력이 부족하다는 그런 거?"

"으, 응. 일단 기억은 있는 모양이네."

"정말 알고 있는 걸까?"

대답이 굉장히 애매했는데…… 뭐, 대충 파악은 하고 있는 것 같으니 괜찮겠지.

"아까부터 계속 궁금했습니다만 그 귀 말입니다. 프리지아는 평범한 사람이 아닙니까?"

"응. 난 엘프야―. 긴 것뿐만 아니라 움직일 수도 있어!"

"오오. 귀가 움직인다."

프리지아의 귀가 앞뒤로 움직이는 것을 루나가 흥미롭게 쳐다봤다. 자신의 의사로 움직일 수 있는 건가.

"으음, 하지만 역시 그 귀는 눈에 띄네. 어떻게 하지?"

"내 차밍 포인트에 무슨 문제라도 있어?"

"아니, 그렇게 심각한 문제는 아닌데 말이야."

프리지아가 귀를 쫑긋 움직이며 고개를 갸웃거렸다.

"모험가로 등록하기 어려워서 그래? 그러고 보니 마인도 귀가 길다고 했었지."

"응. 그리고 웬만하면 밖에 안 나가는 편이 좋겠어. 시기가 안 좋아."

"에―, 밖에 나가면 안 돼?"

"무턱대고 돌아다니면 안 된다는 의미니까 안심해."

전에 들었던 이야기로는 마인의 특징 중 하나가 바로 긴 귀였다. 프리지아도 긴 귀를 갖고 있으니 가급적 외출을 자제해 괜한 오해를 사지 않도록 주의하는 게 좋겠어. 게다가 최근 마인이 있을지도 모른다는 의혹이 생겨나고 있으니 협회에 모험가 등록을 하는 것도 일단 보류해야겠군. 뭐, 크리스토프 씨라면 사정을 이해해 주겠지만, 다른 모험가들이 이상하게 여길 수도 있으니까 말이지.

밖에 나가면 안 되냐며 얼굴을 찌푸리는 것을 봐선 프리지아는 루나와 다르게 방에 틀어박히는 걸 좋아하는 타입은 아닌가 보다. 지금 모습 그대로 외출하긴 어렵겠지만, 전에 루나가 사용한 마법도 있으니 비슷한 방식으로 대처하면 되겠지.

"자, 그러면 프리지아도 무사히 소환했으니 장비 정리를 할까?"

"응, 그러자. 그나저나 이번엔 장비에 큰 수확이 없었네."

"중복이 많았으니까요. 그래도 그만큼 강화할 수 있으니 기대되네요."

이번 가챠에서는 새로운 장비가 거의 나오지 않았다. 시스하가 말한 대로 중복된 장비를 합성하는 것을 기대할 수밖에 없다. 아, 그러고 보니 저번 가챠에서 프리지아의 디바인룩스도 얻었었지. 이참에 합성해서 전력 상승을 꾀해야겠군.

자, 우선 이번에 뽑은 장비들의 효과부터 좀 살펴볼까.

⟨디멘션브레이슬릿⟩

일정 영역 내의 임의의 공간에 장착한 부위를 일시적으로 이동시킨다.

"새로운 장비네. 장착한 부위를 이동시킨다는 건, 일종의 차원 문을 여는 걸까?"

"우선 테스트해 봅시다."

놀의 말에 즉시 테스트해 보기로 했다.

팔찌를 끼고 멀리 있는 컵을 보며 컵을 잡는 이미지를 연상시켰다. 그러자 팔찌 아래의 손목부터 손끝까지가 사라지더니 컵 앞에 손이 나타났다.

뭐, 뭐야 이거! 무서워! 시험 삼아 손가락을 움직였는데, 위화감이 전혀 느껴지지 않았다. 다만 저 멀리서 움직이는 손가락을 보는 건 정말 이상한 느낌이었다. 혹시나 싶어 단면이 어떻게 되어 있는지 확인해 보니 새까매서 마치 이공간 같았다.

"오오! 손이 공중에 떠 있어! 엄청나!"

"기묘한 광경이네요. 무기도 같이 이동시킬 수 있는 거라면 유효하게 사용할 수 있겠어요."

"으음. 그게 되려나. 컵으로 테스트해 볼까?"

시험 삼아 컵을 잡고 내 손이 컵을 든 채로 돌아왔다.

무기도 같이 이동시킬 수 있다면 적의 배후를 노리기 정말 쉬워질 것이다. 그렇게만 된다면 전투 때 유용하게 활용할 수 있겠지.

"오. 누워 있어도 물건을 집을 수 있겠군. 내게 줘."

"안 돼! 다른 용도로 쓸 게 뻔하잖아!"

"짠돌이. 헤이하치는 짠돌이다."

윽. 이 게으름쟁이 녀석은 공간 계열 아이템만 생기면 탐을 내는군. 더 이상 나태해지면 곤란하니 주면 안 되겠다. 입을 내밀고 불만스러운 표정을 지어도 어쩔 수 없다.

다음으로 꺼낸 것은 칼날 중간중간에 선이 새겨진 검이었다.

〈사복검〉

공격력+950

"SSR 검입니까. 기묘한 선이 그어져 있습니다만?"

"아―. 이거 아마 와이어로 이어진 칼날이 분리되면서 늘어나는 검일 거야. 놀이 보조 무기로 써 볼래?"

"으으음. 늘어나는 검입니까. 일단 나중에 한번 써 보겠습니다."

놀보다 검을 잘 다루는 사람은 없으니 일단 놀에게 주기로 했다.

남자의 로망이 넘치는 무기라 한 번 써 보고 싶었지만 내가 썼다간 몸에 휘감길 것 같으니 포기했다.

"새 장비는 이 정도인가. 니벨룽의 반지랑 그리모와르도 중복 뿐이고."

"그러게. ……어라? 오빠, 이 아와리티아라는 그리모와르는 처음 나온 거 아냐?"

"어?"

응? 그러고 보니 픽업 목록의 UR 그리모와르는 굴라였는데, 그게 마지막 아니었어?

일단 확인해 보자!

〈그리모와르[아와리티아]〉

빛 속성 마법의 공격력+100%

공격 대상을 30% 확률로 혼란시킨다.

아와리티아는 표지에 여우가 그려진 하얀 그리모와르였다.

"빛 속성 그리모와르란 건, 모든 속성을 모은 거잖아. 그럼 굴라란 그리모와르는 뭐지?"

"나한테 물어봐도 모르는 건 마찬가지인걸. 뽑을 때까지 기대하란 거네."

에스텔은 기쁜 듯이 웃으며 새 그리모와르를 끌어안았다. 그리모와르[굴라]가 뭐였는지는 아직 의문으로 남았지만 본인이 기뻐하니 넘어가자.

"그러면 마지막은 평소대로 중복 장비 강화를 해 볼까. 우선 프리지아의 활부터 합성하자."

"엣. 내 디바인룩스를 강화해 주는 거야?!"

"응. 이때를 위해 전에 얻은 걸 남겨 뒀거든."

"와아—! 에헤헤, 소환되자마자 장비 강화라니 기뻐—."

프리지아의 천연덕스런 밝은 웃음에 전에 잠깐 하우스 익스텐션 포인트로 변환할 뻔했던 게 생각나서 양심의 가책을 느꼈다. 앞으로도 전용 UR이 나오면 분해하지 말고 남겨 두자. 자, 그러면 강화해 볼까.

〈디바인룩스☆2〉

공격력+2900

사거리 연장 [대]

명중 보정 [대]

자동회수

행동속도+35%

오오오! 역시 UR 무기! 한 번 강화에 공격력이 1000, 행동 속도가 5퍼센트나 올랐어! 원거리 공격력이 2900이나 된다는 것은 엄청나다. 앞으로 2번만 더 강화하면 착실히 강화를 거듭한 내 엑스칼리빠루도 바로 따라잡을 것 같다.

"말 나온 김에 다른 UR 장비도 확인할 수 있을까?"

"응."

"전용 UR 화살까지 있구나."

디바인룩스에 함께 제공되는 화살과는 별도로, 화살통에 든 화살은 또 다른 UR 장비였다. 프리지아가 허리춤의 통에서 화살 하나를 꺼내 보여주었다. 투명한 녹색 화살로, 둔감한 나도 신비한 힘이 느낄 수 있을 정도였다.

〈디바인애로〉

공격력+600

자동 회수

명중 보정 [대]

크리티컬+50%

화살 자체 공격력도 장난 아니잖아. 게다가 일정 확률로 대미지가 2배까지 뛰어오르는 크리티컬의 확률까지 증가한다니.

이 정도 공격력이라면 마물을 상대로 놀에게 뒤지지 않는 대미지를 줄 수 있을 것 같다.

"훌륭한 활과 화살입니다. 머리 위에 물건을 올려 두고 맞추는 것도 가능합니까?"

"당연하지! 정확히 이마 중앙에 명중시킬 수 있어!"

"그, 그게 아니잖아! 사람이 아니라 표적을 노리라고!"

"앗, 그런가? 에헤헤, 착각했나 봐."

뭐야 방금 발언! 표적은 무시하고 이마를 꿰뚫겠다니! 프리지아의 공격력에 머리를 관통 당하면 수박처럼 폭파, 아니 흔적도 없이 사라져 버릴 거라고! 똑 부러진 아이일 것이라고 생각했는데 혹시 허당에 위험한 녀석인 거 아냐……?

마지막으로는 매번 그렇듯이 중복 장비를 강화하였다.

〈엑스칼리빠루☆45〉

공격력+4890

행동속도+270%

상태 이상 : 독 (소)

나무 특효 : 대미지+10%

〈냄비 뚜껑 ☆33〉

방어력+1850

〈고져스아머 ☆8〉

방어력+750

방어속도+20%

〈매직블레이드 ☆8〉

공격력+550

방어 무시 공격 부가

"신난다―! 제 매직블레이드도 대폭 강화됐어요!"

"엑스칼리빠루의 수준이 다른 차원으로 넘어가고 있습니다."

"같은 게 46개나 나왔다는 것도 놀라워."

"이상하게 생긴 무기인데 엄청 강하다!"

"음. 내 창보다 강하군."

드디어 엑스칼리빠루의 공격력이 5천에 가까워졌다. 설마 SR이 이 정도로 강화될 줄이야. 그보다 지금까지 46개나 나왔다니 말도 안 돼!

냄비 뚜껑과 고져스아머도 굉장히 좋아졌다. 고져스아머의 경우 ☆5 이후부터 방어력 증가폭이 훨씬 커졌다.

시스하의 매직블레이드도 상당히 강화되었는데, 이대로라면 시스하가 '신관을 그만두겠어요!'라고 말하며 전방 전투로 나설까 봐 걱정되는군.

으음, 이번엔 전력 강화 측면에선 수확이 괜찮았네. 이제부터 프리지아도 함께할 테니 사냥도 빨라질 것 같다.

◆

"저기―, 헤이하치."

"왜 그래?"

프리지아를 소환하고 다음 날. 놀과 거실에서 대화하고 있자 프리지아가 다가와 말을 걸었다.

"내 방, 역시 창문이 있었으면 좋겠어. 바깥이 보이지 않아서 답답해!"

"프리지아는 그렇게 바깥이 보고 싶습니까?"

"응. 소환된 후로 한 번도 밖에 못 나갔잖아? 돌아다니진 못하더라도 적어도 바깥 풍경만큼은 마음껏 보고 싶어!"

가챠 정리를 마친 후 남는 장비를 하우스 익스텐션 포인트로 변환, 프리지아의 방을 생성했다. 그렇게 만든 방은 창문이 없는데, 아무래도 그게 불만이었던 모양이다.

"그렇게 말해도 말이지. 창문 너머로 다른 사람이 보면 안 되잖아."

"귀 정도는 남들이 봐도 상관없어! 나도 조심할 테니까 안심해도 돼!"

"안심이 전혀 안 되는데. 생각해 볼 테니까 지금은 참아 줘."

"우우…… 알았어. 참아 볼게. 그래도 꼭 생각해 줘야 돼? 약속이야! 꼭이야!"

어깨를 축 늘어트리나 싶더니, 이내 내 양손을 잡고 위아래로 붕붕 흔들며 부탁하는 프리지아. 감정 변화가 놀보다 급격하다.

절실하게 부탁하니 어떻게든 해 주고 싶지만, 사실 그렇게 간단한 일이 아니다. 창문이 있는 방을 줬다간 무심코 얼굴을 내밀 수도 있고, 그러다 보면 다른 사람에게 들킬 확률도 자연스레 올라가겠지. 늘 조심해서 나쁠 건 없다.

하지만 이대로 뒀다간 프리지아에게 스트레스가 쌓일 게 불 보듯 뻔하다는 것이 문제. 그런 고민을 하고 있자 놀이 한 가지 제안을 했다.

"진짜 밖은 아니지만 좋은 곳이 있습니다. 같이 가보겠습니까?"

"엣, 정말?! 갈래! 가보고 싶어!"

"우후후, 좋습니다. 바로 갑시다!"

"와아—!"

놀이 힘차게 일어나 한 손을 번쩍 들고 자신의 방으로 향했다. 프리지아도 놀처럼 한 손을 번쩍 들고 그 뒤를 따라갔다.

좋은 곳이라니. 설마 펫하우스 안을 말하는 건 아니겠지? 놀이 갈 만한 곳은 펫하우스밖에 없을 텐데.

그렇게 프리지아와 놀이 어딘가로 가 버리고, 에스텔이 거실로 나왔다.

"놀이랑 프리지아가 시끄럽던데, 무슨 일 있었어?"

"아, 프리지아가 밖에 나가고 싶다고 해서 말이야. 그래서 놀이 모후토의 펫하우스로 데려간 모양이야."

"그 안이라면 바깥이랑 다름없으니까 프리지아도 만족하겠네."

펫하우스 안은 뛰어다닐 수 있을 정도로 넓고, 경치도 바깥과 구별이 안 갈 정도다. 프리지아가 펫하우스에 만족해 준다면 다행이지만……. 혹시 모르니 밖에 나갈 방법은 생각해 둬야겠다.

일단 실력도 파악해야 하니, 기분 전환 겸 사냥터에라도 데려갈까.

놀과 프리지아가 돌아오기까지는 시간이 걸릴 테니, 조금 신경 쓰이던 것을 에스텔에게 물어보기로 했다.

"에스텔이 보기에 프리지아는 어떤 아이인 거 같아?"

"어떤 것 같냐고 물어봐도…… 밝고 솔직한 아이라고 생각해. 뭔가 불안한 점이라도 있어?"

"그야 GC 덕분에 어느 정도 성격은 알고 있었는데 말이야. 시스하처럼 겉보기엔 평범해 보이지만 실상은 다르지 아닐까 걱정이 돼서 말이야."

"오빠도 참 걱정이 많네. 괜찮아. 그런 분위기는 안 느껴졌어."

첫인상은 매우 좋았던 시스하였지만, 지금은 그 인상이 180도 달라졌다. 그래서 첫인상이 좋았던 프리지아도 사실 다른 모습이 있는 게 아닐까 의심하고 말았다. 처음에 시스하를 의심했던 에스텔이 이렇게 말한다면 괜찮은 거겠지.

"그러면 안심해도 되겠네. 이야, 시스하도 첫인상은 좋았는데, 완전 외모 사기였다니까. 하하하…… 응?"

그렇게 말하며 웃고 있자 앞에 있던 에스텔이 쓴웃음을 지으며 내 뒤를 가리켰다. 무슨 일인가 싶어 돌아보자 바로 뒤에 우리의 멋진 신관님이 활짝 웃으며 서 있었다.

"외모 사기라서 죄송하네요."

"앗…… 아니, 그런 게 아니라. 방금 그건 헤이하치식 농담이었어."

"우후후, 저도 알아요. 아무 짓 안 하니 그렇게 경계하실 필요 없어요."

시, 십년감수했다! 이렇게 상냥한데 정말 실례되는 말을 했네.

그렇게 생각했는데 갑자기 시스하가 손뼉을 짝 쳤다.

"아참. 오쿠라 씨, 오랜만에 마사지 어떠신가요? 신급으로 서비스해 드릴게요."

"날 죽일 생각이잖아! 얌마, 이쪽으로 오지 마!"

만면에 미소를 머금고 슬금슬금 다가오는 시스하. 꼼지락거리는 손가락이 지네 다리처럼 느껴질 정도로 섬뜩했다.

"사양하지 마시고요! 48가지 마사지 기술로 천국을 보여 드릴게요!"

뭐가 신급 마사지야! 날 하늘나라로 보내 버리려는 거잖아!

"바보 녀석 그만 둬! 다가오지 마아아아아!"

"둘 다 정말 못 말린다니까."

에스텔이 질렸다는 듯이 한숨을 내쉬고, 나와 시스하의 추격전이 시작됐다.

이게 입이 화를 부른다는 것인가!

그리고 수십 분 후, 놀과 프리지아가 즐거운 모습으로 거실로 돌아왔다.

"후아—, 대만족이야—. 놀, 모후토, 고마워!"

"우후후, 마음에 들었다니 다행입니다!"

프리지아가 행복한 표정으로 콧바람을 내쉬었다. 모후토의 펫하우스 안이 마음에 들었던 모양이다. 프리지아의 품에 안긴 모후토도 대답하듯이 "뿌—" 하고 울며 앞발을 들었다.

"만족스러웠나 보네."

"응! 그런 펫하우스에서 지낼 수 있다니 모후토가 부러워—."

"모후토도 같이 놀 상대가 생겨서 기뻐 보입니다—."

모후토뿐만이 아니라 놀도 엄청 기뻐 보였다. 함께 놀 친구가 생겼으니 기쁜 것도 당연하겠지.

아무튼, 프리지아도 돌아왔으니 사냥하러 가볼까?

"프리지아, 지금부터 사냥하러 갈 생각인데 함께 나가지 않을래?"

"엣, 정말?!"

밖에 나간다는 말에 프리지아가 눈을 반짝이며 달려들었다. 일단 모후토의 펫하우스로 만족했던 거 같지만, 역시 밖에 나가고 싶었던 모양이다.

"응. 프리지아의 실력도 확인해 두고 싶어서 말이야."

"실력 확인이라면, 레믈리 산으로 가시는 건가요?"

"아니, 우선 루겐 계곡에 갈 생각이야. 탁 트인 곳이니 먼 곳에서 라피스로 보이는 바위를 저격해 보는 건 어때?"

활이라면 역시 원거리 저격이 메인이니, 우선 루겐 계곡에서 사거리를 확인해 볼 생각이다.

"어머, 그게 좋겠네. 프리지아라면 나랑 다르게 주변을 몽땅 날려 버리지 않고 끝낼 수 있겠어."

"에스텔의 원거리 공격은 잘못하면 산사태가 일어나니까 말입니다……."

에스텔에겐 불 마법이나 물 마법으로 주변 일대를 쓸어버리는 광범위 공격이 많아 핀 포인트로 적을 노려야할 때는 조금 아쉬운 점이 있었다.

하지만 프리지아는 이런 점을 완벽히 보완해 줄 수 있는 궁사. 게다가 기다리고 기다리던 공중 공격의 스페셜리스트다. 앞으로는 비행형 마물과의 전투도 조금 수월해지겠지. 어떻게 보면 비행형 마물에 대한 마땅한 대책이 없었던 지금, 프리지아가 나와 준 건 크나큰 행운이라 할 수도 있겠네.

"에헤헤, 나한테 맡겨! 저격은 특기니까!"

"오, 기대할게."

프리지아가 엄지를 치켜들며 자신만만하게 대답했다. 조금 맹한 구석은 있지만 UR이니만큼 활에 있어선 굉장한 실력자일 것이다. 어떤 솜씨를 보여줄지 기대되는걸.

루겐 계곡에 도착한 프리지아는 바위산 정상부터 산허리의 숲까지 훑어보곤 감탄사를 내뱉었다.

"와아─, 정상은 바위뿐인데, 산허리부터는 온통 숲이네! 경치가 엄청 좋아─. 어라, 그러고 보니 루나는 같이 안 왔네?"

"응. 그 녀석은 자택 경비 담당이니까."

"그렇구나. 자택 경비를 맡을 만큼 루나는 신뢰받나 보네. 어린 아이인데 대단해!"

"아니, 신뢰야 하지만 그거랑은 조금 다른데…… 앗, 역시 이 얘긴 됐어. 자세한 얘기는 다음에 하자."

"응? 헤이하치 이상해—."

신뢰하는 것도 맞고 자택 경비를 맡긴 것도 맞지만 뭔가 이상하게 전달된 것 같은 기분이 든다. 뭐 그렇게 생각해도 문제없으니 넘어가자.

우선 프리지아의 스테이터스를 확인해볼까?

프리지아

레벨▶70 HP▶3700 MP▶850

공격력▶1250 방어력▶550 민첩▶120 마법내성▶10

코스트▶15

고유능력 〈신역의 사수〉

명중 보정 [대] 사거리 연장 [대] 적에 의한 방해 효과 감소.

스킬 〈인버사기터〉

광범위에 지속적으로 동시 공격을 가한다. 재사용시간 : 1일

B : 77 W : 55 H : 81 추정 : B컵

오오, 시작부터 70레벨인가. 역시 내 레벨을 올린 보람이 있네. 스테이터스만 따지자면 HP와 공격력, 그리고 민첩은 보통, 방어력은 약간 낮은 편인가.

원거리 유닛이니 방어력이 낮은 건 어쩔 수 없겠지. 에스텔과 달리 움직임이 빠른 듯하니 주로 끊임없이 이동하면서 후방 엄호 사격을 하는 전투법이 될 것 같다. 방해 효과 감소란 건 잘 모르겠지만 유용해 보인다.

……그 부위는 평범하네. 활쏘기에 방해될 일 없는 적당한 크기다.

"자, 우선 어떤 걸 노려야 하려나."

라피스를 찾기 위해 끝없이 펼쳐진 바위산을 둘러보았지만, 역시 어떤 바위가 라피스인지 알 방법이 없었다.

"전혀 모르겠네. 그리고 보니 놀이랑 시스하는 아직 원석을 모으고 있었지. 혹시 라피스와 바위를 구별하는 노하우 같은 건 안 생겼어?"

"그런 건 없습니다. 저희도 여전히 의태한 바위를 찾을 땐 고생합니다."

"맞아요. 잡는 건 쉬운데 발견하는 게 참 힘들다니까요."

역시, 놀과 시스하도 그럴싸한 바위를 하나하나 두드리며 찾는 모양이군. 간단히 구별할 수 있으면 사냥도 훨씬 쉬워질 거고, 원석으로 더 많은 부수입을 챙길 수 있을 텐데.

"우선 마물을 쏘면 되는 거지?"

"응. 라피스로 보이는 바위를 찾으면 알려줄 테니까, 프리지아도 마물 같아 보이는 바위가 있으면 자유롭게 쏴 줘."

"알았어! 그럼 바로 시작할게!"

내 말이 끝나기 무섭게 프리지아가 녹색 화살을 시위에 메겼다. 그 표정과 행동거지에는 평소의 나긋함을 전혀 찾아볼 수 없었다.

잠깐 잠깐, 어떤 게 라피스인지도 모르잖아. 갑자기 활시위는 왜 당기는데?!

당황한 나와는 달리, 프리지아가 자신만만한 표정으로 한 바위를 향해 활을 조준, 그리고 숨을 크게 들이쉬고 내쉬었다. 그 순간, 화살이 발사되었다.

바람을 가르는 엄청난 소리와 함께 내가 있는 곳까지 가벼운 충격파가 전해져 왔다. 식은땀이 절로 날 지경이다.

엄청난 속도로 날아간 화살은 멀리 떨어져 있던 1미터 정도 크기의 바위에 명중. 그러자 쾅 소리와 함께 바위는 순식간에 산산조각 나더니 빛의 입자가 되어 흩어졌다. 라피스였던 모양이다.

한편, 화살은 라피스 한 마리를 처치하고도 멈추지 않았다. 이번엔 그 뒤에 있던 거대한 바위마저 관통해버렸다.

"에헤헤, 맞았다!"

"프, 프리지아! 어, 엄청납니다! 정말 대단합니다!"

"의태한 라피스를 한 번에 찾아내다니……. 게다가 한 방이야."

"역시 UR 궁사 유닛이네."

우와, 엄청나잖아. 라피스를 단번에 알아맞힌 것도 대단하지만 화살로 바위를 산산조각 내다니. 라피스에게 직격한 후에도 위력이 전혀 줄어들지 않았어. 덜렁대는 성격으로 보였는데 공격력은 장난 아니다. 게다가 디바인애로에는 자동 회수 옵션도 있었으니 화살이 떨어질 걱정도 없고!

그 후로도 프리지아는 화살을 연사하여 5회 연속으로 라피스를 쓰러트렸다. 점점 먼 거리에 있는 라피스를 향해 쐈는데, 마지막에는 쌍안경으로 착탄 지점을 확인해야할 지경이었다. 확인 결과, 놀랍게도 처음부터 끝까지 백발백중이었다.

화살이 멀리까지 날아가는 것 자체도 엄청난데, 화살 한 발에 마물을 한 마리씩 쓰러뜨리다니…….

게다가 더 놀라운 건 의태한 라피스를 정말 기가 막히게 찾아낸다는 점이었다.

"저, 저기. 역시 5회 연속으로 단번에 라피스를 찾아낸 건 좀 이상하지 않아?"

"프리지아 씨, 혹시 어떤 바위가 라피스인지 아는 건가요?"

"응. 왠지 느낌이 와."

"엣, 구분이 가는 겁니까?!"

뭐……라고……? 감각이 예민한 놀도 구별 못 하는데, 프리지아는 의태한 라피스를 구별할 수 있다고?!

"스킬로 의태하고 있는데 어떻게 아는 거야?"

"으음―. 설명하기 어렵네―. 뭐라고 말하면 되려나…… 풍경과 동떨어져 있다? 바위지만 바위 같지 않다? 그러니까, 으으음…… 설명하기 어려워…….."

"알았어, 알았으니까 계속 설명 안 해도 돼."

"그 마음, 이해합니다. 생각하지 말고 느끼면 된다! 이런 뜻입니까?"

"맞아, 그거야!"

감각에 의존할 때가 많은 놀만이 프리지아의 말뜻을 이해한 모양이다. 아침에 떠들썩했을 때도 생각했던 점이지만, 두 사람은 상성이 잘 맞나 보네.

그보다 의태한 라피스를 구분할 수 있다는 것은 좋은 소식이다. 원석 수집 효율이 엄청나게 오르겠어. 혹시 방해 효과 감소란 게 이런 의미인가?

가볍게 실력을 확인하고자 온 사냥이었는데 상상 이상으로 프리지아의 대단함을 깨닫게 되었다.

◆

그 후 우리는 며칠 동안 루겐 계곡에서 라피스 사냥을 했다. 프리지아의 의태 구별 능력 덕분에 사냥 효율이 비약적으로 상승하여 눈 깜짝할 사이 원석을 50개 가까이 얻을 수 있었다. 덕분에 놀도 눈에 띄는 원석 몇 개를 고른 모양이었다.

"이야, 프리지아 덕분에 사냥이 굉장히 편해졌어."

"맞습니다. 특히 라피스 사냥이 엄청 빨라졌습니다! 역시 프리지아입니다!"

"흐흥─, 나만 믿으라구!"

자못 자랑스럽다는 듯이 콧바람을 내쉬며 자신만만한 표정을 짓는 프리지아.

엄청 득의양양하다. 꼭 놀을 보고 있는 것 같네. 뺨을 꼬집어 주고 싶어지는 표정이야.

"이대로 레믈리 산이랑 루겐 계곡에서 계속 사냥할 거야?"

"아니, 슬슬 다른 마물을 찾아보려고. 원석도 꽤 모았고, 리저 드맨의 소재도 많이 쌓였으니까 말이야."

놀의 원석 수집도 끝나가고, 프리지아의 적응도 어느 정도 끝 났다. 새로운 사냥터를 찾기엔 지금이 적기겠지.

사냥터를 찾으려면…… 모험가 협회에 물어보는 게 무난하겠 군.

"오늘은 왕도 모험가 협회에 가자. 오랜만에 얼굴도장도 찍고 다른 사냥터도 물어보는 거야."

"맞습니다. 사냥터를 많이 알아둘 수록 선택지도 늘어날 겁니 다. 게다가 마도구나 마인에 대한 새로운 정보가 들어왔을지도 모르고 말입니다!"

놀과 그런 대화를 하고 있자 옆에서 듣고 있던 프리지아가 대 화에 끼어들었다.

"에헤헤, 기대돼! 놀, 왕도라고 부를 정도니 대단한 도시인 거 지?"

"엣…… 아─, 맞습니다. 화려한 건물도 많고 주민도 많습니 다."

"역시! 너무 기대된다─."

환한 미소와 함께 우릴 바라보는 프리지아. 놀은 그 모습을 보고 당황한 듯했다.

어라, 이상하네. 분명 외출은 힘들다고 계속 말했을 텐데, 같이 가는 게 이미 확정된 듯이 말하잖아.

"기대하는 와중에 미안하지만 프리지아는 집에서 대기해 줘야겠어."

"옛?! 어째서!"

"아니, 밖에 내보낼 순 없다고 계속 말했잖아? 그러니까 당분간 프리지아는 루나처럼 자택 경비를 담당해 줘."

거듭 말했는데 벌써 까먹었을 줄이야. 정말 괜찮은 건가?

"놀! 헤이하치가 못되게 굴어!"

그렁그렁 맺힌 눈물을 닦으며, 프리지아가 놀에게 도움을 요청했다.

"웃, 저한테 말씀하셔도 이번만큼은…… 죄송합니다."

그러나 놀이 볼을 긁적이며 시선을 피하자 프리지아는 바닥을 짚고 좌절했다.

"그래! 정 그렇다면 루나랑 놀아야겠어! 지금 당장 깨워야지!"

"앗, 잠깐…… 가 버렸잖아."

어느새 벌떡 일어난 프리지아는 막을 새도 없이 루나의 방으로 가 버렸다. 기분 변화가 정말 빠르네. 긍정적인 것은 좋지만 좀처럼 따라갈 수가 없다.

"프리지아는 활발해서 참 좋습니다. 저도 더욱 분발해야겠습니다."

"더 시끄러워져서 어쩌려는 거야."

"그보다 루나를 깨우게 둬도 괜찮을까?"

"에에?! 호, 혹시 프리지아 씨가 루나 씨를 깨우러 갔나요?!"

에스텔이 뺨에 한 손을 대고 불안한 얼굴로 중얼거린 순간, 방에서 나오던 시스하의 외침이 거실에 울려 퍼졌다. 왜 저렇게 놀라는 거야?

"어, 응. 왜 그렇게 당황해?"

"느긋하게 대화하고 있을 때가 아니에요! 빨리 막으러——."

시스하가 서둘러 루나의 방으로 향하려던 순간, 프리지아의 절규가 울려 퍼졌다.

[으갸아아악!]

"……아, 늦었네요."

에, 엥? 대체 무슨 일이야…… 설마 루나한테 물린 건가?

루나의 방으로 뛰어가니, 그곳엔 바닥에 널브러진 프리지아와 잠든 채로 프리지아의 목을 물고 있는 루나가 기다리고 있었다. 그 모습에 황급히 루나를 떼어내고 거실로 프리지아를 회수. 시스하에게 치료를 부탁했다.

한편 그 난리통 속에서도 루나는 단 한 번 깨는 일 없이 꼬물꼬물 이불 안으로 파고 들어가 다시 새근새근 숨소리를 냈다. 아무래도 이미 침대 속 생활이 무의식에 각인된 모양이었다.

"우으, 너무하잖아……."

"괜찮습니까? 뚝 하십시오."

놀이 치료를 마치고 울먹이는 프리지아의 머리를 쓰다듬으며 위로했다.

"루나한테 물린 희생자가 나온 건 오랜만이네. 시스랑 친해진 후로 나아진 줄 알았어."

"루나 씨를 억지로 깨우려고 하면 안 돼요. 잘못 깨우면 반사적으로 덮치거든요. 다들 깨울 땐 주의해 주세요."

"경험자가 말하니까 설득력 있네."

"우후후, 그 정도는 아니에요."

친해지기 전엔 치근덕대다가 셀 수도 없이 물렸으니까 말이지. 억지로 깨웠다가 물리는 건 비일비재한 일이었다. 나도 루나가 침대에 파고들면 깨워야 할 때가 있으니 주의해야겠군. 워낙 잽싸니까 말이지.

"아, 루나 얘기가 나와서 말인데, 전에 에스텔이 루나한테 가르쳐 준 마법을 프리지아한테도 알려주는 게 어때?"

"앗, 그 방법이 있었습니다! 그렇게 하면 밖에 나가도 문제없습니다!"

"뭐야 뭐야?! 마법 가르쳐 주는 거야?"

프리지아가 눈을 반짝이며 에스텔을 바라봤다. 그 시선에 에스텔이 평소처럼 '나한테 맡겨'라며 자신 있게 말할…… 줄 알았는데, 예상외의 반응이 돌아왔다.

뺨에 한 손을 대고 눈썹을 찌푸리는 에스텔.

어라, 왜 그러는 거지?

"으음, 환각 마법은 흑마법 중 하나라 아마 프리지아와 상성이 나쁠 거야."

그렇게 입을 연 에스텔은 대뜸 프리지아의 머리에 손을 얹었다.

그리고 잠시 후.

"프리지아에게 맞는 건…… 바람 마법이 아닐까?"

오오! 상대를 만지는 것만으로도 어떤 속성과 상성이 좋은지 알 수 있는 건가. 에스텔 엄청나!

역시 마법 속성에도 상성이 있구나. 에스텔이 너무 만능이라 그것을 간과하고 있었다.

"에스텔! 난 괜찮으니까 알려줘! 해 보지 않으면 모르는 거잖아?"

"그러네. 상성이 안 맞더라도 한번 해볼 가치는 있겠어."

"와아―! 고마워! 에스텔은 정말 상냥해!"

"후후, 조금 쑥스러운걸."

결국 에스텔은 프리지아에게 마법을 가르치기 시작했다.

그렇게 시작된 에스텔의 마법 강의. 우리는 말없이 그 강의에 집중했다.

자신의 몸 일부분을 다른 모습으로 바꾸는 예시를 보여주기도 하고, 직접 프리지아의 귀에 환각 마법을 걸어 평범하게 보이게끔 하거나, 프리지아에게 손을 얹고 마력을 직접 불어넣어 주며 어떤 느낌으로 마법을 사용하는 것인지 가르쳐주기까지.

얼핏 보면 상당히 간단해 보였지만, 똑 부러지는 에스텔이니 최대한 알기 쉽게 설명해주려고 배려하는 거겠지. 프리지아도 연신 고개를 끄덕이고 있고.

"이런 느낌이야. 알겠어?"

"응! 바로 해 볼게!"

기운차게 대답한 프리지아가 눈을 감고 집중했다. 그러자 녹색 마법진이 귀 부분에 나타났다. 다들 기대를 가득 담은 눈빛으로 지켜봤으나…… 마법진은 이내 '푸스스' 소리를 내며 사라지고 말았다.

"시, 실패인가요?"

"그런 거 같습니다."

시스하와 놀이 자못 아쉽다는 듯이 말했다. 그러나 프리지아는 거기서 포기하지 않았다.

다시 마법진을 형성하고, 또 실패하고. 그것을 몇 번이나 반복했다.

"끄으응…… 으으—! 귀야 숨겨져라! ……안 돼—."

"역시 상성이 안 좋은 마법은 어려운 모양이네요."

"응. 그래도 노력하면 쓸 수 있을지도 몰라. 포기하지 말고 힘내."

"우으, 힘낼게."

결국 프리지아는 어쩔 수 없이 외출을 포기하고 집에서 얌전히 기다리기로 했다. 마법을 쓸 수 있다면 전부 해결될 텐데 어려워 보이네.

그렇게 집에 프리지아를 남기고, 나는 놀, 에스텔과 함께 왕도 모험가 협회로 향했다. 아, 시스하는 풀이 죽은 프리지아를 위로해주겠다며 집에서 대기하기로 했다.

잠시 후 모험가 협회에 도착한 우리는 곧바로 위지 씨에게 새로운 정보가 들어왔는지 물어보았다. 하지만 아쉽게도 "딱히 별

다른 보고가 없네요"라는 대답이 돌아왔다.

으음, 디아볼루스를 잡긴 했지만 새로운 실마리를 찾은 건 아니니 당연하겠지.

일단 우리는 우리가 할 일을 하자. 자, 오늘의 주 용건인 사냥터에 대해 물어볼까.

"그나저나 혹시 추천해주실 만한 사냥터는 없나요? 슬슬 레믈리 산 말고 다른 사냥터도 가보려는데."

"다른 사냥터…… 그럼 사라트 삼림에 한번 가 보시는 게 어떠신가요? 거기서 서식하는 스파이더의 실은 튼튼해서 굉장히 유용하게 쓰이는 소재라 찾는 사람이 많거든요."

스파이더란 이름을 듣자마자 사라트 삼림에 가고 싶은 마음이 싹 달아났다. 벌레는 질색이라고.

"스, 스파이더 말인가요. 다른 사냥터는 없나요?"

"네, 그 외엔……."

머릿속을 정리하듯이 잠시 뜸을 들이던 위지 씨는 이내 사냥터 몇 군데를 소개해주었다. 어느 정도 이야기를 들은 후 접수대를 벗어나자 미간을 찌푸린 에스텔이 입을 열었다.

"오빠, 사라트 삼림에 갈 생각이야? 나, 스파이더는 상대하기 싫은데. 소름이 돋아서 힘 조절이 안 될 거 같단 말이야. 숲을 통째로 날려 버릴지도 몰라."

"나도 좀 안 내키긴 해. 지금까지의 패턴을 봐선 우리보다 큰 거미일 거 같은데, 상상하는 것만으로도 소름 돋아."

"캐터필러나 바쿠벌레 때도 생각했는데 두 사람은 곤충류에 약한가 봅니다."

"괜찮은 사람이 더 적지 않을까."

애벌레도 인간 사이즈인데, 거미라면 얼마나 클까. 생각만 해도 오싹하다.

으음, 위지 씨가 소개해 준 사냥터 중엔 광물 채취가 가능하다는 슈트갈 광산이 괜찮아 보이네. 광산답게 광물처럼 단단한 마물이 있다는 듯하지만 마법 공격에 약하다고 한다. 마법에 약한 마물이라고 하면 북쪽 동굴의 스팅어가 생각나서 괜히 기대하게 된다니까.

그렇게 슈트갈 광산에 가기로 마음먹고 협회를 나서려는 순간, 디우스와 미구루 씨가 협회로 들어오는 것이 보였다.

"오, 디우스. 오랜만이네."

"오쿠라잖아? 정말 오랜만이네."

"에스텔 오랜만이야! 변함없이 귀엽네!"

나와 디우스가 반갑게 인사하는 사이, 미구루 씨가 에스텔에게 달려들어 격렬하게 뺨을 비비적댔다. 역시 이 사람은 에스텔을 정말 좋아한다니깐.

"꺅?! ……우으, 갑자기 안으면 어떡해."

"에헤헤, 미안—."

에스텔이 힘들어하자, 미구루 씨가 곧장 사과했다.

"오늘은 두 분뿐입니까?"

"맞아요—. 스미카는 볼일이 있어서 못 왔어요. 아, 가우스 씨는 스미카를 따라갔구요. 아마 당분간은 둘뿐일 거예요."

"어머, 파티인데 장기간 개별 활동을 하기도 해?"

"파티라고는 해도 계속 다 같이 있을 순 없잖아. 나는 거의 디우스랑 같이 행동하지만."

역시 같은 파티여도 오랫동안 떨어질 때도 있구나. 하긴, 사적인 용무는 생기기 마련이지. 우리는 그런 일이 없으니 어떻게 보면 강점이라고 할 수 있나.

"모험가 협회에 왔다는 건 의뢰를 받으려는 거지?"

"응. 그럴 생각이야. 요즘은 미구루랑 둘이서 할 수 있을 만한 의뢰를 받고 있거든."

"둘이서 사냥하니 좀 위험하긴 하지만요. 역시 사람이 많아야 편하단 걸 실감하는 중이에요."

B랭크인 만큼 개개인이 제법 강할 텐데도 네 명이 두 명으로 줄어들면 힘들구나. 나도 놀과 둘이서 사냥하던 시기와 비교하면 지금은 상당히 편해졌다. 역시 싸움은 머릿수 싸움이지.

이 타이밍에 만난 것도 인연이니 오늘은 같이 사냥하자고 해 볼까. 마석 수집 관련이나 전에 준 마도구에 대해서 물어보고 싶기도 하고.

"그러면 가볍게 우리랑 사냥이라도 하지 않을래?"

"옛, 정말요?! 갈래요, 가고 싶어요! 또 에스텔과 같이 사냥할 수 있다니 최고예요!"

"같이 가준다면야 고맙지만…… 정말 괜찮겠어?"

"응. 우리도 마침 어느 사냥터로 갈지 고민하고 있었거든."

"그럼 부탁할게. 너희와 또 사냥할 수 있을 줄은 몰랐어."

디우스가 흔쾌히 허락하여 우리는 함께 사냥하기로 했다. 마석 수집을 도와주고 있으니 이번 기회에 조금이라도 답례를 하고 싶었는데 잘 됐다.

그 후 어디로 갈지 협회에 있는 테이블에 앉아 생각해보기로 했다.

"그러고 보니 오늘은 시스하 씨는 없네?"

"아─, 부탁할 게 있어서 오늘은 따로 움직이고 있어. 못 데려와서 미안."

"아니, 딱히 상관없어. 이 주변 사냥터라면 너희 셋만 있어도 넘칠 정도로 충분하니까."

"그렇게 높이 평가해 주니 고마운데. 뭐, 난 그렇게 강하진 않지만."

실은 시스하도 데리고 가고 싶지만 프리지아를 집에 혼자 두기엔 너무나도 불안하다. 자고 있는 루나에게 맡길 순 없으니 사람을 잘 돌보는 시스하에게 맡기는 편이 무난하다.

게다가 이 주변이라면 미궁에라도 가지 않는 이상 나와 놀, 에스텔이면 충분히 사냥할 수 있다. 시스하에겐 이따가 늦게 돌아간다고 연락해 두자.

하지만 그렇게 되면 프리지아가 밖에 나가지 못할 때 의뢰를 받게 되면 곤란해진다. 디우스와 사냥하고 나서 그에 대한 대책을 먼저 생각해야겠다.

"우선 어디로 갈 지부터 정하자. 디우스는 가려던 곳이라도 있어?"

"아니, 딱히 정한 곳은 없어. 그걸 정하려고 협회에 왔으니까 말이지. 너흰 어떤데?"

"우리도 아직 미정이야. 위지 씨에게 슈트갈 광산을 추천받아 서 거기라도 가려던 참이야."

"슈트갈 광산?! 그러면 부디 우리도 데려가 줘!"

디우스가 눈을 크게 뜨고 놀라더니 흥분해서 달려들었다. 이렇 게 놀라다니 슈트갈 광산에서 얻고 싶은 것이라도 있나?

아, 그러고 보니 슈트갈 광산에는 가끔 거대한 석상을 닮은 마 물, 콜로서스가 나온다고 했지. 그 녀석이 콜로티움이란 희소한 광석을 떨어트린다던데, 그게 필요한 건가?

"혹시 콜로티움을 구하러 가는 거야?"

"응, 맞아. 오쿠라도 그거 때문에 가는 거 아니었어?"

"희소하다니까 뭔지 궁금하긴 했어. 얼마나 희귀한 소재길래?"

"스팅어의 껍질보다 몇 배는 더 구하기 힘든 희귀품이야. 시중 에 나오지도 않아서 모험가 외에도 원하는 사람이 잔뜩 있을 정 도지. 단적으로 콜로티움 냄비는 2백만 길이 넘어."

"으음?! 그런 냄비가 있었습니까?! 좀 궁금합니다!"

냄비가 2백만 길이 넘는다고?! 뭐가 그렇게 비싸?! 근데 왜 그 런 귀한 소재로 냄비를 만드는 거지?

여러 의문이 들었지만, 결국 나와 디우스는 슈트갈 광산에 가 기로 했다. 하지만 목적지를 듣고 미구루 씨가 안타깝다는 듯이 풀이 죽었다.

"슈트갈 광산으로 가다니 디우스는 좋겠네ㅡ. 나도 사라트 삼림의 타이런트 스파이더에게 나오는 실이 갖고 싶었는데."

"미안해. 내가 스파이더는 싫다고 해서 사라트 삼림은 후보에서 빠졌었어."

"엣, 그랬어? 그러면 어쩔 수 없지, 응. 스파이더가 싫다니 에스텔 귀엽네―."

"그걸 보고 귀엽다고 하는 건 좀 이상한 것 같은데……."

미구루 씨가 미안하단 표정의 에스텔을 끌어안고 머리를 쓰다듬었다. 표정을 보니 이미 사라트 삼림에 못 가게 되어서 안타까웠던 마음은 전부 사라진 모양이었다.

에스텔이 거미가 싫다고 했다고 이렇게 바로 태도가 바뀔 줄이야. 나도 가고 싶지 않았으니 다행이다. 타이런트 스파이더라니 이름만 들어도 오싹하게 생긴 마물일 게 뻔하잖아.

"미구루는 벌레를 안 싫어하나 보네?"

"옛날엔 싫어했는데 지금은 아무렇지도 않아. 바쿠벌레도 맨손으로 때려잡는걸."

"오오, 저도 그렇습니다! 역시 오쿠라 님과 에스텔이 너무 호들갑을 떠는 겁니다!"

뜻밖의 동료 발견에 놀이 뛸 듯이 기뻐했다. 진짜냐. 활기찬 아가씨라고 생각은 했지만 설마 미구루 씨가 맨손으로 바쿠벌레를 잡을 줄이야.

"미구루 씨는 참 씩씩하네. 디우스는 어때? 벌레를 맨손으로 만질 수 있어?"

"모험가 활동을 하다 보면 벌레 정도로 주저할 순 없거든. 불쾌하긴 하지만 싫어도 저절로 익숙해져. 미구루도 벌레를 무서워하던 때는 여자아이다웠지."

"뭐? 그 말, 지금은 여자아이답지 않다는 거야?"

"앗…… 그, 그런 건 아니야! 엄청 여성스럽지!"

"이제 와서 변명해도 늦었어!"

미구루 씨가 격노했다. 그리고 우리가 있는 것도 잊었는지 디우스를 쫓아 달리고 있다. 으음, 이런 게 싸울수록 사이가 좋다는 것인가.

그 후 나는 시스하에게 연락했다. 디우스와 함께 슈트갈 광산에 사냥하러 간다고 하니 자기도 가고 싶다고 하는 바람에 설득하는 데 시간이 걸렸다. 상대가 단단한 마물이니 이번에 강화한 매직블레이드를 써 보고 싶었던 거겠지. 나중에 데리고 가겠다고 약속하고 일단 넘어갔다.

슈트갈 광산은 말로 2일 정도 이동한 후 근처 마을에서 도보로 한나절 걸리는 곳에 있다고 한다. 그래서 우리는 말을 빌려 이동하게 됐는데, 이번에도 나는 놀의 뒤에 타게 되었다. 승마 연습을 시작하긴 했지만 아직 장거리를 몰고 가진 못하니 어쩔 수 없다.

덧붙여 에스텔은 미구루 씨의 뒤에 탔고, 디우스는 혼자 말을 끌고 갔다.

그렇게 말을 타고 부지런히 달리는 와중에, 디우스가 입을 열었다.

"오쿠라가 말을 못 타다니 의외인데."

"으음, 연습은 하는데 아직 미숙해서 말이야."

"한숨이 절로 나옵니다. 하루 빨리 혼자서도 탈 수 있도록 연습량을 더 늘려야겠습니다!"

"으엑…… 노력할게."

"우헤헤―, 덕분에 나는 에스텔이랑 같이 탈 수 있어서 좋은걸."

"고맙지만 그렇게 이상하게 웃진 말아 줘."

매우 만족스럽다는 듯이 웃는 미구루 씨. 너털너털한 웃음을 보고 있자면, 중년 아저씨 같기도 하고, 변태 같기도 하다.

그 후 부지런히 슈트갈 광산으로 향한 우리는 그날 저녁 야영을 하게 되었다.

텐트를 치고, 야영 준비를 재빨리 마친 우리는 평소처럼 에스텔에게 마법을 부탁해 모닥불에 불을 붙였다. 그리곤 옹기종기 모닥불 앞에 앉아 수다를 떨게 되었다.

"역시 마법을 쓸 수 있으면 편리하네."

"너흰 불 지피는 마도구 안 들고 다녀?"

"들고 다니기야 하지. 다만 마력이 전부 소진되면 보충해야 해서 불편한 점이 조금 있어."

"그것도 충분히 편리한 편이잖아. 난 막 모험가가 됐을 때 부싯돌을 썼는걸. 지금 생각해 보면 추억이지."

디우스와 미구루 씨가 추억에 잠긴 표정으로 모닥불을 바라봤다. 하긴, 야영할 때마다 부싯돌로 불을 지펴야 한다면 힘들겠지.

반면 나는 그런 고생을 한 번도 안했다. 단적으로 말하자면, 나는 디우스와 미구루 씨에 비해 모험가로서의 경험이 턱 없이 부족한 거 아닐까. 벌레 마물이 나온다며 특정 사냥터를 기피하거나, 아직까지 말을 못 타는 점은 모험가로서 내가 얼마나 부족한 녀석인지 나타내는 증거겠지. 어쩌면 나는 모험가 실격일지도 모르겠다.

"그러면 슬슬 식사 준비를 합시다!"

내 기분을 아는지 모르는지, 놀이 밝은 목소리로 외쳤다. 자세히 보니 이미 냄비와 채소까지 들고 있다. 적당히 보존식으로 때우려고 했는데, 제대로 식사할 생각인 듯하다.

그 모습에 저절로 쓴웃음이 나와, 부정적인 생각은 접어두기로 했다.

"냄비까지 가져온 거야?"

"식재료도 있네. 꽤 기합이 들어갔잖아."

"우후후, 언제나 요리할 수 있도록 준비해 뒀습니다!"

출발 전 큰 짐을 챙기던 건 이것 때문이었나. 디우스와 미구루 씨 앞에서 힙색을 사용할 수는 없으니 의심을 피하기 위해 미리 준비했던 모양이다. 먹을 것에 관련되면 평소보다 머리 회전이 빠르다니깐.

한편, 디우스와 미구루 씨는 요리를 시작하려는 놀을 보며 눈을 깜빡이더니, 주섬주섬 육포를 꺼냈다. 아무래도 따로 먹을 생각인 거 같은데……. 식사는 모두 함께 해야 맛있다, 라는 게 내 신조.

나는 디우스에게 함께 식사하자고 제안했다.

"그러지 말고 놀이 해주는 요리를 함께 먹는 게 어때?"

"아니야. 신경 쓰지 마. 재료도 부족해 보이는데 따로 먹을게."

역시 거절하는 건가. 이 녀석은 쓸데없는 부분에서 남을 배려한다니깐.

그런 생각을 하고 있자니, 옆에서 나와 디우스의 대화를 듣고 있던 놀이 대화에 끼어들었다.

"사양하지 마십시오! 식재료는 잔뜩 챙겨왔습니다! 식사는 다 같이 해야 가장 맛있게 먹을 수 있는 겁니다!"

놀의 말에 디우스가 잠시 머뭇거렸다. 그냥 같이 먹겠다고 하면 될 것을…….

"그러면 실례할게요. 솔직히 육포 같은 걸론 배가 안 차니까요. 제대로 된 요리를 먹을 수 있다니 기쁘네요!"

"기뻐해 주시니 저도 기쁩니다! 바로 만들 테니 앉아서 기다리십시오!"

답답해지려는 찰나, 성격 좋은 미구루 씨가 놀의 미끼를 덥석 물어 상황이 해결되었다.

미구루 씨의 대답을 듣고 기분이 좋아졌는지, 놀은 바지런히 요리를 시작했다.

에스텔의 마법으로 물을 받아 채소를 씻더니 식칼을 손에 쥐는 놀. 표정이 사뭇 진지하다. 그리곤 순식간에 화려한 손놀림으로 껍질을 벗기더니 얇게 썰었다. 전에 과일 껍질을 깎던 때와 같은 속도다. 그 후에도 정말 빠른 속도로 차례차례 채소를 다졌다. 식칼을 내려치는 손이 안 보일 지경이었다. 처음엔 도와주려고 했는데, 괜히 나섰다간 방해만 될 것 같았다.

놀의 곡예와도 같은 요리를 바라보며 나는 디우스에게 말을 걸었다.

"디우스, 희소종을 잡아 주는 답례로 원하는 걸 해주겠다고 했는데, 너무 오래 기다리게 했네. 정말 미안해."

"응? 사과할 필요 없어. 우리한테는 굉장히 좋은 조건의 제안이었으니까. 게다가 모험가로 활동하다 보면 오랫동안 못 만나는 건 일상다반사잖아? 우리도 의뢰 때문에 왕도에 없었을 때도 많았고."

"그렇긴 하지…… 그냥 평범한 건가."

"그렇지. 그러니까 신경 쓰지 마."

다른 사람들이 우리처럼 비컨으로 순간 이동을 하는 것도 아니니 당연하다면 당연한 이야기인가.

"말 나온 김에 물어볼 게 있는데 희소종 사냥은 어때? 내가 준 마도구는 쓸 만해?"

"으음─. 그러네. 너희한테 반지를 받은 후로부턴 꽤 편하게 희소종을 잡고 있어. 대미지 경감 효과가 뛰어나서 굉장히 쓸 만해."

"저도 공격당할 뻔했을 때 이 반지가 빛나면서 몇 번이나 막아줬어요. 이것도 에스텔의 가호라고 볼 수 있겠네요!"

"도움이 됐다면 다행이네. 나도 같은 반지를 끼고 있지만 효과를 체감할 일이 아직 없었거든."

그러고 보니 에스텔도 행복의 반지를 끼고 있었지. 하지만 에스텔의 경우 기본적으로 공격에 노출되는 일이 없으니 효과를 체감할 수가 없었다.

디우스 파티의 사용 후기를 들어보니 방어면에선 충분히 도움이 되는 모양이다. 역시 가챠산 장비는 성능이 좋다니깐.

앞으로도 함께 소재를 구해주거나 장비 강화를 도와주다보면 좀 더 많은 마석을 자동으로 얻을 수 있겠군…… 크흐흐.

그런 생각을 하면서 다 같이 잡담을 나누고 있으니 좋은 냄새가 코를 간질였다. 냄새가 나는 쪽을 보니 놀이 작은 그릇에 수프를 담아 간을 보고 있었다. 몇 번 간을 본 놀은 이내 고개를 끄덕이더니 "우후후, 완성입니다!"라고 외쳤다. 그리곤 맑은 호박색 수프를 그릇에 담아 차례차례 우리 앞에 냈다.

잘게 다진 베이컨과 다양한 채소가 듬뿍 든 수프.

그 향을 음미하며 스푼을 들어 한 숟가락을 떴는데……. 파랗고 빨간 버섯이 쑤욱 떠올라 시선을 강탈당하고 말았다.

이, 이건 알데 숲에서 얻은 버섯을 사용한 건가. 완전 식욕 떨어지는 색감이잖아!

반면, 미구루 씨와 디우스는 주저하지 않고 수프를 입에 넣었다.

"으음―! 맛있어! 놀 씨, 이 버섯 혹시 퀘레스 근방에서 출몰하는 마탕고의 버섯인가요?"

"맞습니다. 아직 남아 있으니 원하시면 버섯구이도 해 드리겠습니다."

"엣! 정말인가요! 부디 부탁드려요!"

미구루 씨의 반응을 보니 왕도에서도 마탕고의 버섯은 인기 있는 모양이다. 생긴 건 이상하지만 맛과 식감은 좋으니까 말이지.

그보다 이 수프, 콩소메 수프잖아. 놀이 웬일로 산뜻한 요리를 만들었네.

"고기 같은 기름진 요리를 좋아하는 놀이 이런 채소 수프를 만들다니 의외인데."

"처음엔 고기를 구울까 생각했습니다만, 너무 기름진 걸 먹었다간 에스텔에게 부담될 것 같아서 말입니다."

"응. 난 이쪽이 더 좋아. 괜히 속이 더부룩해지면 걷기 힘들어지니까. 고마워."

아, 에스텔을 배려한 거구나. 체력이 약한 에스텔에겐 가벼운 음식이 더 낫겠네.

메뉴 하나하나에 이런 사소한 배려가 녹아 있다니, 역시 우리의 식탁을 담당하고 있는 놀이다.

"강한데다가 요리도 잘 하고, 세심한 배려심까지……. 너희는 놀 씨랑 같이 다녀서 좋겠어."

"뭐, 덕분에 많이 편한 건 사실이야."

"우후후, 오쿠라 님이 솔직히 칭찬해 주시다니 웬일이십니까. 한 그릇 더 드시겠습니까?"

"응. 부탁해."

그렇게 잡담을 나누며 식사를 즐긴 후, 나와 디우스는 교대로 불침번을 서며 밤을 보냈다.

으음, 가끔은 이렇게 다른 파티와 다니는 것도 괜찮겠네.

다음 날.

몰래 곳곳에 비컨을 설치하며 계속 이동한 결과, 우리는 저녁 무렵에야 슈트갈 광산 근처의 마을에 도착할 수 있었고, 거기서 하룻밤을 묵게 되었다.

그리고 이튿날 아침, 광산을 향해 출발한 우리는 오후가 다 돼서야 목적지인 슈트갈 광산에 도착했다.

흔히 광산이라고 하면 산에 갱도가 뚫려 있을 것이라고 생각하는데, 우리 눈앞에 나타난 것은 나선형으로 커다란 구멍이 뚫린 광산이었다.

이거, 직경 몇 미터나 되는 거야? 1킬로미터는 가볍게 넘을 것 같은데. 깊이도 상당히 깊어.

"우와, 이게 광산이야? 엄청 깊잖아. 정말 사람이 판 건가?"

"글쎄, 꽤 오래전부터 있었던 광산이라 진짜 사람이 판 건지는 나도 몰라."

디우스의 말에 구멍 주변을 둘러보니 커다란 건물이 몇 개 보였다. 전부 상당히 오래 전에 지어진 듯, 금방이라도 무너질 것 같은 건물이었다. 아무리 봐도 관리가 전혀 안 된 건물로 보였기에, 이 지역이 사람들의 왕래가 끊긴 지 오래되었다는 걸 알 수 있었다.

"어머, 확실히 굉장히 오래된 광산 같아 보이네. 사람들의 발길이 끊긴 지 오래된 거 같은데, 지금은 채굴은 안 하나 봐?"

"으음, 마물 때문에 평범한 채굴은 그만뒀다는 모양이야. 대신 희소종인 아이언가고일을 잡으면 철광석이 나와서, 철이 필요할 땐 나라에서 마도사들을 파견해서 잡는다고 해."

그렇다는 건 원래는 마물이 나오지 않는 곳이었단 뜻인가? 대체 옛날에 이곳에서 무슨 일이 있었던 것일까.

 그런 의문을 품으며 하늘을 올려다보니 열 마리는 될 법한 가고일이 날아다니는 모습이 보였다. 역시 저런 마물을 상대로 일반인이 채굴하긴 힘들 거 같았다.

 "그래서, 여기 마물은 어디에서 나오는 거야?"

 "이 구멍 바닥에 굴이 하나 있는데 거기서 나온다는 모양이야. 아마 건너편에선 보일걸?"

 "헤에, 그런 곳에서 나오는 건가. 좋았어. 그러면 그 안으로 들어가 볼까?"

 평소처럼 마물이 나오는 곳으로 가려고 했으나, 내 말을 들은 디우스는 눈을 크게 뜨고 외쳤다.

 "자, 잠깐 기다려! 제정신이야?!"

 "응? 갑자기 왜 그래?"

 "이 인원으로 가고일이 나오는 곳으로 들어가다니…… 아무리 생각해도 제정신이 아니잖아! 멀리서 마물을 한 마리씩 유인해서 각개 격파하는 게 일반적이지!"

 "그건 효율이 나쁘지 않아?"

 "효, 효율?"

 디우스가 무슨 말을 하냐는 듯한 표정으로 나를 보았다. 콜로티움을 사냥하러 왔으니 효율을 생각하는 게 당연한 거 아냐?

 "에스텔, 혹시 너희가 사냥할 땐 항상 이래 왔어?"

 "응. 보통은 마물이 나오는 곳에 들어가서 잡지."

"북쪽 동굴에선 끊임없이 나오는 전갈 사이를 달리면서 한곳으로 몰아서 마법으로 일망타진하고 있습니다. 오쿠라 님은 사냥할 때 효율만 따지시니까 무섭습니다."

"우와…… 상상하는 것만으로도 위가 아파 오는 것 같아요."

미구루 씨까지 눈썹을 찌푸리며 엮이면 안 되겠다는 눈으로 나를 바라봤다. 그런 눈으로 보지 마. 시스하 같은 광인이라면 몰라도 나는 정상인이라고!

"가고일은 마도사가 아니면 공격하기 힘들걸? 안으로 들어갈 거라면 좀 더 꼼꼼히 준비하고 인원도 늘려야 해. 아무 준비도 없이 들어가는 건 자살 행위나 마찬가지야."

"마도사라면 여기 에스텔 님이 계시잖아."

"후후, 나한테 맡겨. 굴 안에 화염 마법을 쏴서 전부 폭파시켜 줄게."

내가 양손으로 옆에 있는 에스텔을 가리키며 어필하자, 에스텔이 미소와 함께 지팡이와 빨간 책을 꺼냈다. 단번에 몰살시킬 생각인가 보다.

그것을 보고 디우스가 또다시 당황한 얼굴로 외쳤다.

"우, 우리는 사냥터를 부수러 온 게 아냐! 그건 참아 줘!"

"농담이야. 진지하게 받아들이지 마."

"방, 방금 건 나도 농담으로 안 들렸어."

나도 진심인 줄 알았다. 저 갱도 같은 구멍이 파괴되면 말도 안 되는 피해가 생길 테니 실행하기 전에 멈췄겠지만. 혹시 모르니 폭발 계열 마법은 자제해 달라고 하자. 잘못 쏘았다가 무너지기라도 하면 위험하니까 말이다.

하지만 팝존에 들어가지 않는 건 정말 효율이 나쁠 텐데. 리저드맨처럼 여러 마리가 동시에 달려온다면 몰라도 가고일에게 그런 습성은 없다고 들었다.

"위험하단 건 알겠어. 그런데 멀리서 가고일을 한 마리씩 잡으면서 콜로서스가 나오는 걸 기다린다니, 너무 오래 걸리지 않겠어?"

"그래도 다른 방법이 없잖아."

B랭크인 디우스가 들어가길 주저할 레벨인가. 억지로 안으로 끌고 들어갈 수도 없고, 이번엔 디우스 말대로 얌전히 밖에서 사냥하는 편이 좋으려나.

어떻게 할지 고민하고 있자 놀이 대화에 끼어들었다.

"그러면 굴 앞까지 가서 나오는 마물을 잡는 건 어떻겠습니까? 안으로 들어가는 것은 확실히 위험합니다만 그렇다고 해서 멀리서 마물을 유인해 잡는 것도 답답하지 않겠습니까?"

"앗, 그런 방법이 있었군. 안으로 들어가는 것만 생각하는 바람에 그런 생각은 못 했어. 놀도 가끔은 영리한 소리를 하네."

"가끔이 아니라 전 항상 영리합니다! 마지막 말은 필요 없지 않습니까! 실례입니다!"

놀이 발을 구르며 화를 냈다. 으음, 항상 영리했었나?

아무튼 이번엔 정말 좋은 제안을 했다. 그러고 보니 나와 놀이 처음 오크의 숲에서 사냥할 땐 숲 바깥에서 사냥했었지. 그때처럼 사냥하면 되는 건가.

"으음, 그 정도면 괜찮겠네. 하지만 이곳 가고일은 제법 세다고? 굴 앞까지 가면 정신없이 싸워야 할 텐데 괜찮겠어?"

"디우스는 걱정이 많네. 우리를 좀 믿어주는 건 어때?"

"역시 에스텔 든든하네. 하지만 가고일은 코볼트랑 다르게 정말 강해. 단단한데 재빠르기까지 해서 마법도 잘 피하거든."

"어머, 그건 좀 힘들겠네."

그렇게 재빠른 상대인가. 확실히 애를 좀 먹겠네. 게다가 비행형 마물이잖아. 그런 적을 상대할 때 에스텔의 마법 명중률은 특히 낮았었지.

무차별 난사하면 쉽게 잡을 순 있겠지만, 그 방법은 MP소비가 너무 많다. 장기적으로는 좋지 않은 선택이겠지. 이럴 때 루나나 프리지아가 있었다면 좋았을 텐데…… 우선 가고일의 스테이터스라도 확인해 볼까.

종족 : 가고일

레벨▶45 HP▶3500 MP▶0

공격력▶600 방어력▶1400 민첩▶100 마법내성▶0

고유능력 〈없음〉 스킬 〈날카로운 발톱〉

일반 가고일이 이 정도라면 아이언가고일과 콜로서스는 제법 강할 것이다. 확실히 팝존 안으로 들어가는 건 위험하겠네. 역시

스테이터스 확인은 중요해.

그보다 디우스와 미구루 씨가 마치 가고일과 싸워 본 적 있는 것처럼 말하는데.

"두 사람은 여기에 와 본 적 있어?"

"응. 이곳을 조사하려는 마도사를 호위하러 몇 번 온 적 있어. 여기에서 전투할 땐 그 마도사가 중심이긴 했지만."

"이야, 정말 그땐 무슨 일 생기는 줄 알았어. 안 된다고 했는데도 굴 안으로 들어가는 바람에…… 앗."

미구루 씨가 서둘러 입을 막았지만 이미 늦었다.

"아까부터 유달리 싫어한다 싶더니 혹시 안에 들어갔었어?"

"윽, 그, 그건……."

"……실은 딱 한 번 마도사가 굴 안으로 들어가는 바람에 쫓아간 적이 있었어요. 그랬더니 안쪽에서 가고일이 끊임없이 나오는 바람에 바로 도망쳤죠. 그땐 정말 죽는 줄 알았다니까요."

오호라. 그래서 그렇게 필사적으로 막으려고 했던 거군. 준비된 채로 들어간 것도 아니고 갑자기 들어갔다가 이 수준의 마물 무리에게 쫓겼으니 트라우마가 생기는 것도 당연하다.

자, 사냥 방침은 정해졌으니 아래로 내려가기 전에 가고일과 직접 싸워 볼까.

"계속 여기 서 있지 말고 가고일이 어느 수준인지 한번 싸워 보자. 두 사람은 어떻게 싸웠었어?"

"우선 미구루가 활로 유인하고 이쪽으로 왔을 때 가우스 씨가 막았지. 그러면 내가 소닉블레이드로 주의를 끌고, 미구루랑 함께 제압하다가 틈을 봐서 마도사가 공격하는 식이었어."

역시 디우스 파티는 정석적으로 전투를 하네. 가고일은 방어력이 1400이나 되니 마법 없이 잡기엔 시간이 오래 걸릴 것이다.

디우스의 이야기를 참고로 삼아 이번에도 미구루 씨에게 유인을 부탁하고 내가 막은 후 놀과 디우스가 주의를 끌다가 에스텔에게 마무리를 부탁하기로 했다.

우선 평소처럼 에스텔이 지원 마법을 모두에게 걸었다.

"으응! 역시 에스텔의 지원 마법을 받으면 힘이 나! 지금이라면 가고일을 꿰뚫을 수 있을 것 같아!"

"후후, 기뻐해 주니까 나도 기뻐. 그럼 이제 미구루도 화살로 돌을 깰 수 있는 걸까?"

"엣, 역시 깨는 건 어렵지 않을까? 힘내면 꽂히는 정도는 할 수 있을 것 같아."

B랭크인 미구루 씨도 바위를 깨부수는 건 어려운 건가. 라피스를 꿰뚫고 뒤에 있는 바위까지 산산조각 내던 프리지아는 얼마나 비상식적인 거야. 그 녀석이라면 가고일도 혼자서 잡을 수 있을 것 같다.

전투 준비를 마친 미구루 씨가 활시위를 당겨 상공의 가고일을 조준했다. 그리곤 잠시 호흡을 가다듬고, 손을 놓았다.

그러자 화살은 빨려 들어가듯이 목표에 적중, 가고일의 몸에 꽂혔다.

"좋았어! 정말 가고일에 꽂혔어! 어때, 에스텔?!"

"응, 대단하다. 상당한 실력이네."

"에헤헤, 천만의 말씀을—."

에스텔의 칭찬에 헤벌쭉 웃는 미구루 씨. 역시 대단한 명중률이다. 미구루 씨도 어엿한 B랭크라는 걸 새삼 깨달았다.

"미구루, 마냥 기뻐할 때가 아냐! 요격 준비!"

"앗, 미안 미안."

디우스의 호통에 미구루 씨가 다시 가고일에게 정신을 집중하고. 나는 작전대로 하강하는 가고일을 막기 위해 내가 미구루 씨의 앞으로 나섰다.

이윽고 우리 앞으로 내려온 가고일이 뾰족한 발톱이 달린 발을 내리쳤다. 나는 그 공격을 침착하게 냄비 뚜껑으로 방어. 냄비 뚜껑 너머로 전해진 건 가벼운 충격 뿐이었다. 역시 강화한 보람이 있다.

"좋았어, 놀! 지금이야!"

"저한테 맡기십시오!"

다음으로 놀과 디우스의 차례. 놀이 검을 뽑아들고 재빠르게 내가 붙잡은 가고일을 향해 돌진했다.

……응? 잠깐만. 가고일의 스테이터스를 생각해 보면 지금 놀이 공격했다간……. 그런 생각이 머리를 스쳤을 때.

"—이얍!"

놀이 기합 소리와 함께 검을 내리쳤다. 그러자 놀의 검은 튕겨나가—지 않고 가고일의 몸을 산산조각 냈다.

앗, 역시 이렇게 되는군. 놀의 통상 공격 대미지가 이미 가고일의 방어력을 넘어서는 것을 간과했다.

"어라, 깨졌습니다만?"

공격한 당사자인 놀은 산산조각 난 가고일을 보고 고개를 갸웃했다.

"정말이지, 한 방에 잡으면 내가 나설 자리가 없잖아."

"죄, 죄송합니다."

지팡이를 들고 마법을 준비하던 에스텔이 뺨을 부풀리며 꽁하게 말하자, 놀이 면목 없다는 듯이 사과했다.

한편, 디우스와 미구루 씨는 눈을 동그랗게 뜨고 경악했다.

"가, 가고일을 한 방에 부수다니……."

"이, 이건 말도 안 돼! 오쿠라 씨, 어떻게 된 건가요?! 대토벌 때도 느꼈지만, 놀 씨는 대체 뭐 하시는 분이시죠?!"

"엣, 아니, 그렇게 물어보셔도……."

후우, 에스텔의 마법만 신경 쓰느라 놀의 스펙을 잊고 있었어. 결국 나는 미구루 씨의 질문 공세에 땀을 뻘뻘 흘리며 시달리게 되었다.

그렇게 잠깐의 소동이 지나가고, 우리는 나선형으로 뚫린 광산을 내려가 가고일이 나온다는 구멍으로 향했다. 내려가는 도중에 몇 번이나 가고일에게 습격당했지만, 놀이 순식간에 처리했다.

나도 시험 삼아 엑스칼리빠루로 공격했었는데, 가고일은 너무나도 간단히 부서졌다. 엑스칼리빠루도 여러 번 강화한 덕분에 정말 말도 안 되는 위력을 갖게 됐구나, 라고 실감했다.

얼마 안 가 광산의 최하층에 도착. 직경 4, 5미터 정도는 될법한 거대한 굴과 마주했다. 우리는 시행착오를 겪으며 그곳에서 나오는 가고일을 몇 시간 동안 계속 사냥했다.

"이만큼 잡았는데도 콜로서스는 안 나오네."

"맞습니다. 희소종인 아이언가고일은 제법 나오는데 말입니다."

"앗, 아이언가고일 또 나왔다. 에잇."

구멍에서 전신이 은색으로 빛나는 괴물, 아이언가고일이 모습을 드러내자, 곧바로 에스텔이 지팡이를 휘둘렀다. 공중에 마법진이 생기고, 마법진 중앙에서 물줄기가 세차게 뿜어져 나와 가고일을 덮쳤다. 물벼락을 맞은 아이언가고일은 그대로 산산조각 나서 빛의 입자로 변했다.

손쉬워 보이는 사냥법이지만, 초반에는 정말 고생했다. 그도 그럴게 직경 4미터 정도의 구멍 곳곳에서 가고일이 쏟아져 나왔기 때문이다. 비행형 마물인데다가 떼로 나오니 대처할 방법이 없었고, 속절없이 도망만 다니기 일쑤였다.

어떻게 해야 하나 고민하고 있을 때, 이 헤이하치에게 하늘의 계시가 내려왔다.

우선 가고일이 나오는 구멍에 에스텔의 흙 마법을 이용해 벽을 만들고, 그 벽에 작은 구멍을 뚫어 강제로 한 마리만 밖으로 나올 수 있게 손을 썼다. 그 앞에서 대기하다가 일반 가고일이 나오면 나와 놀이 때려잡고, 아이언가고일이 나오면 에스텔의 마법으로 처리했다.

현재 상황에선 이 사냥법이 가장 고효율이었다. 흙벽이 무너지지 않을까 걱정도 됐지만 에스텔의 마법으로 만들어 낸 벽은 아이언가고일의 공격으론 꿈쩍도 하지 않았다.

"모험가가 된 이래로 이런 사냥법은 처음이야······."

"오히려 이런 전투법을 해 본 사람이 지금껏 없었을걸······."

디우스와 미구루 씨는 '뭔가 좀······'이라고 하는 듯한 시선으로 우리를 쳐다보며 앉아 있었다.

"너희가 사냥을 자주 한다는 이야기는 들었는데 이렇게까지 하는 줄은 몰랐어."

"시간이 꽤 지났는데, 에스텔 괜찮아? 안 힘들어?"

"응. 이 정도는 아무것도 아니야. 평소 사냥 시간의 3분의 1도 안 되는걸."

"오쿠라 님과 사냥하면 아침부터 밤까지 하는 게 당연하니까 말입니다."

"아침부터 밤까지······?"

미구루 씨가 황당한 표정으로 나를 바라봤다. 약간 얼굴이 굳어 있었다. B랭크 입장에서도 아침부터 밤까지 사냥하는 건 이상한가 보다.

"오쿠라, 왜 그렇게 사냥하는지 이유는 모르겠지만 장시간 사냥하는 건 그다지 좋지 않다고 생각해."

"맞습니다! 좀 더 말해 주십시오!"

"큭······ 요, 요즘은 많이 줄였잖아! 나도 반성했다고."

최근엔 이전에 비해 상당히 나아진 건데 말이야.

"그보다 처음엔 말도 안 되는 소리라고 생각했는데 너희라면 저 안에 들어가도 괜찮겠네."

"꼭 그렇지도 않아. 지금은 나오는 걸 기다렸다가 잡고 있으니까 일방적이지만 안에 들어가면 상황이 다르잖아? 아이언가고일은 나랑 놀의 공격에 끄떡도 않고."

그 말을 하고, 나는 다시 한번 아이언 가고일의 스테이스터스를 확인했다.

아이언가고일 종족 : 가고일
레벨▶55 HP▶6500 MP▶0
공격력▶1400 방어력▶2600 민첩▶130 마법내성▶0
고유능력 〈없음〉 스킬 〈경화〉

역시 스킬인 경화가 가장 성가시다. 사용하면 놀의 공격으로도 한 방에 쓰러지지 않게 되어 에스텔의 마법으로 처리하는 게 가장 좋은 방법이었다. 작은 구멍을 뚫은 것도 아이언가고일에게 마법을 확실하게 맞추기 위해서였다.

한 가지 아쉬운 점이 있다면, 한 마리씩 잡는 사냥법으론 콜로서스가 나올 때까지 꽤 오랜 시간이 걸릴 거라는 점이다.

시스하가 있었다면 치료를 받을 수 있을 테니 굴 안으로 들어가 한 번에 여러 마리와 전투할 수 있었을 텐데. 항상 신관 같지 않은 언동을 일삼는 시스하지만, 사냥 때 시스하의 존재 유무는 파티의 안정성과 직결된다는 점을 뼈저리게 실감했다. 역시 신관은 신관이다. 지금은 그립기까지 하다.

그런 생각을 하며 하늘이 노을빛으로 물들 때까지 사냥을 계속했다.

"벌써 해가 질 시간이네."

"맞습니다. 아쉽지만 사냥은 여기까지 하는 게 좋을 거 같습니다."

도착한 게 정오쯤이었으니 아직 한나절도 지나지 않았다. 그런데도 놈은 벌써 끝낼 생각인가 보다. 벌써 끝낼 리가 없지.

"무슨 소리를 하는 거야? 조금 더 하고 근처에서 야영해야지. 그러면 내일은 아침 일찍부터 사냥할 수 있을 테니까."

"엣…… 더, 더 하실 생각이십니까?! 아니, 그보다 내일도 사냥하는 겁니까?"

"오빠의 이상한 의욕이 또 불타기 시작했네……."

모처럼 여기까지 왔는데 몇 시간 사냥하고 끝낼 순 없잖아. 이번엔 반드시 디우스에게 콜로티움을 구해 주고 싶다. 소량씩이긴 하지만 디우스 파티가 보내는 마석의 양은 큰 도움이 되니 그 답례를 꼭 하고 싶단 말이다! 뭐, 디우스 파티의 장비가 향상되면 내 주머니로 들어오는 마석도 늘어날 테니, 나한테도 좋은 일이겠지만 말이다.

"오쿠라, 괜찮겠어? 나야 괜찮지만, 괜히 너희 시간까지 뺏는 것 같아서 말이야."

"신경 안 써도 돼. 여기까지 와서 포기하면 분하잖아. 나올 때까지 사냥하면 확실히 나올 거야. 며칠이든 해 주지."

"또 의미 모를 말을 하기 시작했습니다……."

"오빠가 이상한 말을 하는 게 어제 오늘 일이 아니잖아."

"며, 며칠이나 하긴 힘들지 않을까……."

"오쿠라 씨는 이런 사람이었구나……."

아무래도 나만 너무 열정적이었나 보다. 다들 내 의견에 난색을 표했고, 우리는 잠시 회의 시간을 갖게 되었다. 당연한 결과지만, 콜로서스가 나올 때까지 계속 사냥하자는 내 의견은 바로 기각되었고, 내일까지만 사냥하고 왕도로 돌아가자는 중론에 굴복할 수밖에 없었다.

그렇게 회의를 마친 우리는 사냥을 끝내고 슈트갈 광산에서 조금 떨어진 곳으로 이동하여 텐트를 쳤다.

"놀 씨, 오늘 전투엔 그다지 도움을 못 드렸으니까 저녁 식사는 저도 도울게요!"

"오옷, 그러면 같이 맛있는 식사를 만듭시다!"

"어머, 그러면 나도──."

"안 돼! 에스텔은 열심히 했으니까 쉬고 있어!"

"괜찮아. 그 정도로는 안 지치는걸."

그렇게 셋이서 저녁 식사를 만들게 되었는지 여자아이끼리 재잘대고 있다. 놀은 다 같이 요리를 만든다는 사실이 어지간히 기쁜 건지 만면에 미소를 피우고 있었다.

그런 광경을 흡족히 바라본 나는 디우스에게 말을 걸었다.

"디우스, 콜로서스가 어느 정도 빈도로 나오는지 알아?"

"그건 잘 모르겠어. 나도 실물은 본 적이 없거든. 들은 이야기로는 군이 이곳에 철을 채취하러 왔을 때 아주 가끔씩 나타났다나 봐."

"헤에, 그땐 얼마나 오래 사냥을 했다는데?"

"적어도 20일은 했을걸. 대규모 사냥이라고 했으니 며칠 수준은 아닐 거야."

그렇게 오래 사냥해도 좀처럼 보기 힘든 건가. 하루 이틀 사냥으로는 못 볼 수도 있겠네.

"내일 열심히 사냥해도 나올지는 모르는 거네."

"그렇지. 그래도 사냥 속도는 정말 빠른 편이니까 충분히 나올수도 있다고 생각해. 아무리 군이어도 나오자마자 잡진 못했을테니까."

"콜로서스 자체는 얼마나 강한데?"

"실제로 싸워 본 적 없으니 나도 자세히는 몰라. 모험가 협회기준으론 B랭크 추천에 마도사가 필수라고 했어. 겉보기와는 다르게 속도도 빠르다고 해."

"상대하기 까다로울 거 같긴 하네."

"어느 정도 예상은 했지만, B랭크 추천이란 이야기를 듣고도고작 그 정도 반응이라니. 정말 대단하다니깐……."

덤덤한 내 반응에 디우스가 혀를 내둘렀다.

사실 덤덤하게 반응할 수밖에 없지 않나? 콜로서스와 만날 수있을지도 모르는 상황이니까 말이지.

그런 이야기를 나누고 있자 미구루 씨가 종종걸음으로 다가오더니 "디우스, 그거 빌려줘!"라고 외쳤다.

"어, 으응…… 자."

갑작스런 미구루 씨의 요구에 아주 잠시 고민한 디우스는 이내 가방을 뒤적여 빨간 가루가 든 작은 병을 꺼내 미구루 씨에게 던졌다. 그러자 미구루 씨는 그 병을 훌륭하게 캐치.

"고마워—"라는 말을 남긴 채 놀과 에스텔이 있는 곳으로 돌아가 병을 보여주며 무언가 설명을 늘어놓았다.

가루 형태인 것을 보면 아마 향신료겠지. 그나저나 '그거'라고만 했는데 뭘 원하는지 알아채다니, 이게 바로 이심전심인가?

"대단하네. 간단한 표현으로도 서로의 마음을 알 수 있다는 건 사이가 정말 좋다는 소리 아니야?"

"그렇게 보여? 정말 자주 다투는데 말이야."

디우스가 미간을 찌푸리며 말했다. 다툴 정도로 사이가 좋다는 말이겠지.

이윽고 세 사람이 함께 만든 요리가 완성되었고, 우리는 음식을 맛있게 먹으며 디우스와 미구루 씨가 겪었던 옛날이야기로 이야기꽃을 피웠다.

그리고 다음 날, 아침 일찍부터 막아 뒀던 구멍 앞으로 돌아가 가고일을 계속 잡았다. 그렇게 정신 없이 사냥하길 몇 시간, 눈치 채고 보니 이미 해가 저물고 있었다.

"쳇, 벌써 저녁인데 전혀 안 나오잖아!"

"우우, 이렇게 많이 잡았는데 안 나오다니 콜로서스는 희소종 중에서도 희소종인 겁니까?"

"사냥은 편한데 언제 나올지 모른다는 게 힘드네."

쉬지 않고 사냥했음에도 코빼기도 보이지 않는 콜로서스. 자연스레 다들 볼멘소리를 입에 담았다. 그나마 위안인 건 마석이 착실하게 쌓이고 있다는 점이었다.

"이것 봐 디우스. 철광석이 이만큼이나 나왔어."

"하하, 정말이네. 어떻게 들고 가지?"

아이언가고일을 잡아서 나온 축구공 크기의 철광석을 쌓으며 웃는 디우스와 미구루 씨.

나에게 마석이 있다면, 그들에겐 질 좋은 철광석이라는 수확이 있었다. 어제부터 오늘까지 약 40개 정도는 모았을 것이다.

약속한 사냥 기간은 오늘까지. 게다가 슬슬 해가 질 시간이다.

아직 콜로티움도 못 얻었는데…… 돌아가야 하나. 역시 뭔가 아쉽다.

"디우스, 어떻게 할래? 내일도 사냥해 볼까?"

"……아니, 아쉽지만 이번엔 포기하고 돌아가자."

원한다면 하루 더 사냥하려 했는데, 디우스는 미안하다는 듯이 고개를 가로저었다. 콜로티움을 가장 원하던 건 디우스. 그런 디우스 본인이 포기하자고 한다면 어쩔 수 없지. 이번엔 얌전히 돌아가야겠네.

나중에 우리끼리라도 사냥하러 와야겠다. 그때 콜로티움을 얻어 디우스한테 주자.

그런 생각에 막아 둔 굴 입구를 원래대로 돌려놓기 위해 에스텔을 부르려던 순간. 흙벽 안쪽에서 '쿵' 하는 둔탁한 소리가 들려왔다.

"……응? 저기, 방금 무슨 소리 나지 않았어?"

"그랬나? 난 아무것도 못 들었는데."

"아직도 포기 못 하신 겁니까? 환청까지 듣고…… 어라?"

"앗, 오빠. 구멍 안쪽에 뭔가 있어."

"어어?! 저, 저건……."

미구루 씨가 소리치며 가리킨 곳을 바라보자 가고일용 구멍에서 선명한 주황빛 물체가 보였다. 구멍이 작은 탓에 일부밖에 보이지 않았지만 상당히 큰 뭔가가 구멍 안쪽에서 움직인다는 분명했다.

저게 콜로서스인가?! 스테이터스부터 확인하자!

종족 : 콜로서스

레벨▶70 HP▶26000 MP▶0

공격력▶2000 방어력▶3200 민첩▶180 마법내성▶0

고유능력 〈하이퍼아머〉 스킬 〈축지〉〈경화〉

역시 콜러서스였어! 듣던 대로 높은 방어력을 가진 마물이잖아? 희귀종 마물 치곤 공격력 자체는 보통 수준이었으나, 에스텔이나 디우스, 미구루 씨에겐 충분히 위협적인 수치였다. 셋을 동시에 지키려면 정신 바짝 차려야겠다고 마음먹으며 스테이터스 확인을 마치니, 콜로서스가 쿵쿵 걸음소리를 울리며 굴 안쪽으로 모습을 감췄다. 밖으로 나오는 건 포기한 건가? 아니, 그럴 리 없는데, 어라? 이 축지란 스킬은…….

내가 그 스킬을 눈치챈 순간, 굴 입구를 막고 있던 벽이 굉음을 내며 부서졌다. 흙먼지가 자욱이 피어오르고, 그 안에서 3미터는 될 듯한 거대한 인간형 동상이 걸어 나왔다.

축지란 순식간에 앞으로 이동하는 스킬이다. 이 녀석, 그걸 사용해서 벽에 부딪힌 건가?! 그래서 일단 안으로 돌아갔던 거구나!

나는 바로 냄비 뚜껑과 엑스칼리빠루를 들고 에스텔의 앞에 서자, 디우스와 미구루 씨도 각자의 무기를 들고 내 뒤에 섰다.

그러자 콜로서스가 우리의 움직임에 반응했다. 갑자기 몸을 빛내더니──.

눈 깜짝할 새에 내 눈앞으로 다가와 돌기둥처럼 두꺼운 발을 휘둘렀다.

"뭐야──"

나는 재빨리 냄비뚜껑을 꺼내들어 콜로서스의 발차기를 간발의 차로 막아냈다. 냄비뚜껑 너머에서 거대한 충격이 전해지고, 풍압이 나를 훑고 지나갔다.

정말 위험했다. 방패를 드는 속도가 조금만 느렸더라면 지금쯤 으깬 토마토 신세가 되었을 거야! 이게 다 엑스칼리빠루에 붙은 행동 속도 상승 옵션 덕분인가?!

아, 아무튼 일단 콜로서스의 행동 속도부터 늦춰야 해!

"놀!"

"저한테 맡기십시오!"

내 외침에 놀이 바로 반응해 콜로서스를 향해 뛰었다. 그리고는 어마어마한 점프력으로 콜로서스의 머리 높이까지 뛰어올라 레기 엘리트라를 내리치는 놀. 하지만 동시에 콜로서스의 몸에서 빛이 내뿜어졌다.

그렇게 놀의 레기 엘리트라와 콜로서스의 몸이 한 차례 격돌해 꽝 소리가 울려 퍼지고 잠시 후. 황급히 바닥에 착지한 놀이 연신 손목을 털며 볼멘소리를 했다.

"아야야야, 소, 손이 저립니다……! 엄청 단단한 마물입니다!"

"바보야!"

행동 속도만 감소시키면 되는데 있는 힘껏 내리친 거냐!

놀이 저린 손을 부여잡고 있는 동안 콜로서스가 방향을 틀었다. 목표를 수정한 듯, 놀쪽으로 몸을 돌려 다시 빛을 내뿜기 시작한 콜로서스의 모습에 나는 냄비 뚜껑을 고쳐 잡았다. 그리고 놀을 향해 바로 뛰어가려 했는데——.

그 순간, 화살 한 발과 투명한 검기가 콜로서스의 머리를 콕 때렸다. 거대한 콜로서스에겐 정말 보잘 것 없는 공격. 하지만 틈을 만들기에는 충분했다.

갑작스럽게 공격을 허용해 놀란 듯, 콜로서스의 몸에서 뿜어져 나오던 빛이 사그라든 것이다.

그러자 미구루 씨의 외침이 허공을 메웠다.

"에스텔 지금이야!"

"알았어! 에잇!"

미구루 씨의 목소리에 대답하듯 에스텔이 힘찬 목소리와 함께 마법을 시전하자, 땅이 꿀렁꿀렁 출렁이더니 콜로서스의 다리를 붙잡아버렸다.

상황을 파악한 나와 놀이 흙마법의 여파에서 벗어나기 위해 서둘러 자리를 피하자, 곧바로 불의 비가 콜로서스를 덮쳤다.

그렇게 불의 비는 폭음과 함께 콜로서스의 몸을 사정없이 두드렸다.

잠시 후.

매캐한 폭연 사이로, 잔뜩 금이 간 콜로서스의 몸이 무너지듯 빛의 입자가 되어 사라졌다.

사냥을 마무리하려는 도중에 나타나 제대로 대처도 못하고 당할 뻔했는데, 어찌어찌 처치할 수 있었다.

겨우 이겼다는 사실에 긴장감이 확 풀린 나는 바닥에 털썩 주저앉아 디우스와 미구루 씨를 바라봤다.

"디우스, 고마워. 미구루 씨도 감사합니다."

그리고 진심을 담아 감사의 말을 입에 담았다. 그도 그럴 게 중요한 순간 틈을 만든 건 미구루 씨의 화살 공격과 디우스의 소닉 블레이드 덕분이었으니까 말이다.

"아니, 저흰 거의 도움이 안 되었는걸요…….”

"잠깐 주의를 끈 것뿐인데 뭘. 놀 씨가 무사해서 다행이지.”

"우으, 면목 없습니다……. 정말 감사합니다."

아무튼 급박했던 상황도 무사히 넘어갔고, 드디어 목표물이었던 콜로티움도 얻었으니 천천히 확인해 볼까?

콜로티움을 확인하기 위해 콜로서스가 사라진 곳으로 가니 반짝반짝 빛나는 고급스러운 주황색 광석을 찾을 수 있었다. 크기는 밸런스볼 정도로, 광석치고는 너무 커보였다.

"이게 콜로티움인가."

"나도 광석 상태의 콜로티움은 처음 봤어."

"호오, 이게 냄비가 되는 겁니까? 다음에 얻게 되면 이걸로 조리 도구를 만듭시다!"

"희귀한 광석으로 겨우 조리 도구를 만드는 거야?"

정말 못 말린다니까. 뭐, 가챠산 장비만 사용하니 따로 장비를 만들 일은 없지만 말이지. 그나저나 콜로티움과 가챠 장비를 합성기로 섞을 순 있으려나. 궁금하네.

그런 궁금증을 품고 열심히 콜로티움을 관찰하고 있자, 미구루 씨가 다가와 콜로티움을 들려했다. 열심히 낑낑거리는 미구루 씨. 하지만 역시 커다란 콜로티움은 꿈쩍도 안 했고, 미구루 씨는 이내 진땀을 닦으며 입을 열었다.

"이거 어떻게 들고 가죠? 도저히 들고 갈 수 없을 거 같은데요."

미구루 씨가 나를 바라보며 말했다. 뭔가 좋은 방법이 없을까요? 라고 묻는 듯했다. 그래서 나는 아무 말도 하지 않고 콜로티움을 번쩍 들어올렸다.

"웃차. 꽤 무겁네. 일단 근처 마을까지 옮기자."

"앗…… 네."

콜로티움을 가볍게 들어 올리자, 눈을 끔벅이는 미구루 씨. 놀라는 것도 당연하다. 이게 다 파워브레이슬릿과 에스텔의 지원 마법 덕분이니까 말이지.

"이야, 아슬아슬하게나마 구할 수 있었으니 정말 다행이네."

"그러게. 분배는 어떻게 할래? 솔직히 우리는 별로 도움이 안 됐으니까 너희가 정해."

"응? 전부 디우스가 가져가."

"엣…… 그, 그걸 통째로 우리한테 주겠다고?!"

"응. 그러려고 온 건데. 돈으로 달라고는 안 할 테니까 안심하고."

어라? 애초에 전부 주는 조건으로 온 거 아니었나…… 앗, 혹시 나 혼자서 그렇게 생각한 간가? 디우스와 미구루 씨가 엄청나게 당황한 표정을 지었다.

"그, 그건 조금…… 팔면 적어도 8백만 길은 하는데?"

"8백만 길…… 뭐, 협력해 준 것에 비하면 그 정도야 아무것도 아니지."

구체적인 가격을 들으니 조금 아까운 기분도 들었지만 마석 수집을 도와준 것에 대한 감사함은 무엇으로도 대체할 수 없다.

"미구루…… 우, 우리 대체 뭘 도와주고 있는 거지? 좀 무서워졌어……."

"나, 나도……."

"엣?! 저, 절대로 위험한 일은 아냐! 단지 처음에 원하는 소재를 구할 때 도와주겠다고 약속하기도 했고, 너희 파티의 장비가 좋아지면 희소종 사냥도…… 그, 그런 눈으로 보지 마!"

"과잉 서비스도 꼭 좋은 것만은 아니네."

"맞습니다. 이렇게까지 하면 오히려 수상해서 무섭습니다."

왜 그렇게 반응하는 거야?! 가차를 위한 일이긴 하지만 나쁜 생각은 티끌만큼도 없다고!

그 후 마을로 돌아갈 때까지 디우스 파티의 불안감을 없애기 위해 필사적으로 변명해야 했다. 덕분에 너무 조건이 좋으면 오히려 불안감을 불러일으킨다는 것을 배울 수 있었다.

알고 지낸 지 오래된 편이긴 하지만 이번엔 너무 나갔던 모양이다. 놀과 에스텔도 나를 도와서 설득해 준 덕분에 일단 위험한 일은 아니라는 것을 이해시킬 수 있었다.

다음 날 아침, 우리는 근처에 있던 마을에서 짐수레를 샀다. 미구루 씨와 디우스가 타던 말 두 필에 짐수레를 이어 콜로티움을 운반하기로 했기 때문이다. 다만, 한 가지 걱정되는 점이 있었는데, 콜로티움이 너무 무겁다보니 말이 지쳐 쓰러질 수 있다는 점이었다.

그런 걱정을 말하니 에스텔이 묘안을 내놓았는데, 바로 아델베르 씨를 호위했을 때처럼 말에게 지원 마법을 거는 것이었다.

그 덕분일까, 말은 무거운 콜로티움을 싣고 달리는 것이라곤 생각하지 못할 정도의 속도로 나아가 이튿날 정오 무렵에는 왕도 앞까지 도착할 수 있었다.

"우와―, 이 무거운 광석을 끌며 왔는데도 고작 이틀밖에 안 걸리다니. 역시 에스텔의 마법은 엄청나."

"후후, 이 정도야 식은 죽 먹기지. 내 지원 마법이라면 평범한 말도 마물에게 지지 않을 정도로 강해질걸?"

"그건 그것대로 무서운 것 같은데……."

뭐, 에스텔의 지원 마법만 있어도 놀랄 정도로 강해지는 건 사실이니 할 말이 없다. 지금 우리가 타고 있는 말도 아마 울프 정도는 가볍게 발로 차서 잡을 수 있지 않을까.

"말한테 지원 마법을 걸다니, 너흰 정말 유연한 사고방식을 갖고 있는 거 같네……."

"그런가? 우리 같은 마도사도 있지 않아?"

"아, 그런 마도사가 있다는 이야기는 들어봤어. 그래도 그런 방법은 엄청 힘들어서 위급할 때가 아니면 못 쓴다고 들었거든."

당연하다면 당연한 소리인가. MP는 유한하니까 말이다. 다만, 에스텔의 경우 가챠산 장비 덕분에 상상을 초월하는 MP회복 속도를 갖게 됐다. 덕분에 지원 마법의 MP 소비량보다 회복량이 더 큰 상황이 되었고, 이는 꾸준히 말에게 지원 마법을 걸 수 있는 원동력이 되었다. 만약 지원 마법만 계속 써야할 상황이라면 무한정 걸 수 있지 않을까. 그런 점을 생각해 보면 말에게 지원 마법을 계속 걸며 왕도까지 온 건 정말 상식 밖의 일이었구나. 다음부턴 자중해야겠어.

그 후 왕도에 들어선 우리는 말에서 내려 디우스의 안내를 따라 간트의 장비점에 갔다.

디우스와 미구루 씨 둘이선 콜로티움을 옮길 수 없어 내가 가게 안까지 운반해 주기로 했기 때문이었다.

"콜로티움을 받아 놓고 운반까지 부탁해서 미안해. 나도 오쿠라처럼 힘이 셌으면 좋겠는데 말이야."

"괜찮아. 마침 나도 오랜만에 간트 씨의 장비점에 오고 싶었어."

"최근엔 소재를 팔러 오지 않았으니까 말입니다."

가챠산 장비를 하우스 익스텐션 포인트로 변환하기 시작한 후, 스팅어의 껍질을 팔 때를 제외하곤 간트 씨의 장비점에 올 일이 없었다.

요즘은 그것마저도 줄었으니 정말 오랜만이었다. 말고삐를 가게 앞 말뚝에 묶고, 짐수레에서 콜로티움을 챙긴 우리는 가게 안으로 들어섰다.

그러자 친숙한 간트 씨가 큰소리로 맞이해 주었다.

"어서 옵…… 오, 디우스잖아. 게다가…… 오쿠라?! 이거 오랜만이잖아!"

"안녕하세요, 오랜만이네요."

"너희가 같이 오다니 웬일이냐?"

"네, 이번에 오쿠라와 같이 사냥을 했거든요. 그러다가 이 광석을 구해서 가져왔어요."

"호오, 의뢰도 아닌데 같이 사냥을 하다니. 꽤나 사이가 좋아졌나 보군, 어디, 그 광석이란 걸 한 번…… 앗?!"

디우스가 내가 들고 있던 콜로티움을 가리키자, 간트 씨는 크게 놀라 손을 부들부들 떨었다.

"그, 그거…… 콜로티움이잖아!"

"네. 슈트갈 광산에서 채취해 왔어요. 거의 오쿠라 파티가 다 잡았지만요."

"그런 말 하지 마. 협력해 준 덕분에 위험한 상황을 넘길 수 있었잖아?"

"그렇게 말해도 말이지······."

콜로서스가 나올 때까지 함께 버틴 사이니까 그렇게 일방적으로 우리의 공으로 돌리지 않아도 되는데 말이야.

"어쨌든 콜로티움을 가져오다니 엄청나군! 오오······ 이렇게 커다란 건 처음 봐."

조심스레 바닥에 내려놓은 콜로티움에 간트 씨가 야단법석을 떨며 달라붙었다. 스팅어의 껍질을 가져왔을 때보다도 더 흥분한 모습이다.

간트 씨라면 자주 봤을 거라고 생각했는데 그렇지도 않은 모양이다.

"간트 씨도 콜로티움은 거의 본 적 없으신가 봐요?"

"당연하지! 애초에 시장에 좀처럼 나오지도 않는 물건이라고! 나오더라도 작게 나뉜 것뿐이야! 그런데 이렇게 큰 덩어리로······ 이걸 가져왔단 건 나한테 장비 제작을 맡길 생각인 거지?! 그렇지?!"

"지, 진정하세요!"

얼굴을 시뻘겋게 물들인 간트 씨가 눈에 불을 켜고 디우스에게 달려들었다. 흡사 콜로티움으로 장비를 제작하는 것이 모든 대장장이의 꿈이 아닐까 싶을 정도로 광적인 반응이었다.

"엄청 흥분한 것 같습니다."

"눈에 살기가 돌아. 마치 그걸 할 때의 오빠 같네."

아무리 나라도 가챠를 돌릴 때 저렇게 필사적이진 않은데……
같은 취급을 하는 건 좀 너무한 거 아니야?

"아하하…… 간트 씨는 좋은 소재를 가져오면 항상 이러세요.
평소에는 폴라가 진정시키곤 하지만요."

미구루 씨가 볼을 긁으며 쓴웃음을 지었다.

그러고 보니 오늘은 따님이 안 보이네. 지금 간트 씨를 말릴 만
한 분은 따님밖에 안 계실 거 같은데, 어디 외출이라도 했나?

우리는 어쩔 수 없이 간트 씨의 흥분이 가라앉을 때까지 기다
릴 수밖에 없었다.

침을 튀기며 우리가 가지고 온 콜로티움을 예찬하던 간트 씨는
그로부터 한참이 지나서야 정신을 차리게 되었다.

"미안 미안. 나도 모르게 흥분해 버렸군. 디우스는 이걸로 전에
말했던 검을 만들 생각인 거지?"

"네."

"좋았어. 이런 귀중한 재료를 맡겨 줬으니 최고의 검을 만들어
주마!"

디우스의 승낙을 얻은 간트 씨는 소매를 걷어붙이며 의욕을 불
태웠다. 아마 디우스의 검은 놀랄만한 장비가 되지 않을까 싶다.

자, 용무도 끝났으니 슬슬 돌아갈까.

그렇게 생각한 순간, 간트 씨가 나를 불렀다.

"같이 왔다는 건 오쿠라 것도 만드는 거지?"

"아뇨, 전 광석을 옮기러 온 것뿐이에요."

"허? 설마…… 이 광석, 전부 디우스 거냐?"

"네."

"뭐어어?! 너 바보냐?!"

"우리도 같은 소리를 했는데 통째로 주지 뭐예요…… 그것도 거의 무료로."

바보란 소리까지 듣다니. 간트 씨까지 디우스와 같은 반응이다. 그리고 무료란 단어를 들은 순간, 잔뜩 흥분한 상태였던 간트 씨가 갑자기 말이 없어졌다.

"……오쿠라. 미안하지만, 머리가 어떻게 된 건 아니겠지?"

"무, 무슨 말씀을 하시는 거예요. 게다가 디우스 파티가 저희를 도와주고 있거든요."

"너 말이야, 아직 제대로 된 무기도 없는 것 같아 보이는데, 이 기회에 만드는 게 어때? 허리에 매고 있는 그 이상한 무기. 처음 왔을 때부터 쓰던 거 아냐?"

"앗, 아뇨. 전 이걸로 충분해요."

"그래도 말이야. 잘도 이런 걸로 싸우고 있네."

그렇게 말하며 어느새 내 옆에 다가온 간트 씨는 이내 쭈그려 앉아 내 허리춤의 엑스칼리빠루를 살펴보기 시작했다.

으음, 그 귀하다는 콜로티움을 가공해 만든 무기라면 가챠에서 나온 SSR 장비 수준일 수도 있겠지만, 솔직히 필요할 거 같진 않다. 가챠 폭망을 거듭하여 강화한 이 엑스칼리빠루는 이미 SSR이나 UR장비의 수준을 넘어섰으니까 말이지.

게다가 만들고 싶다면 나중에 또 구해서 만들면 된다. 희귀 소재로 만든 장비가 과연 어느 정도의 위력을 가질까, 라는 궁금증은 완성된 디우스의 장비를 살펴보면 풀 수 있을 테니 말이다.

그런 생각을 하고 있었더니, 간트 씨가 엑스칼리빠루에 손을 뻗었다. 나는 퍼뜩 정신을 차리고 외쳤다.

"자, 잠시만요! 막 만지면 위험해요!"

"어, 으응. 미안하군. 그래도 그렇게 외칠 것까진 없잖아."

"아뇨. 이거 독이 섞여 있어서 위험해요."

"하아?! 독이라고?!"

휴, 위험했다. 잘못했다가 날 부분이라도 만지면 중독 상태에 빠질 테니까 말이야. 보기보다 날카로워서 살짝 스치기만 해도 바로 중독될 것이다.

지금은 시스하가 없으니 그렇게 됐다간 만능약을 써야 했을 테고.

"아무튼, 일단 이번엔 디우스의 검만 만들면 된다는 거지?"

"네. 남은 건 다른 파티원들과 상의해서 결정할 테니 맡아 주시면 감사하겠습니다."

"우리 것까지 생각해 주다니 너한테 이런 모습이 있는 줄 몰랐네—."

"난 항상 너희 것까지 생각했는데?!"

"에—, 그랬던가?"

미구루 씨가 놀리듯이 히죽거리자 디우스는 약간 곤란하단 표정을 지으며 반응했다. 우리에게 스팅어의 껍질을 살 때도 파티원들의 분량까지 생각했었으니 평소에도 늘 파티원을 생각한다는 말은 사실일 것이다.

미구루 씨가 그걸 모를 리도 없을 테고, 역시 두 사람은 사이가 좋아 보인다.

간트 씨에게 성공적으로 콜로티움 장비 제작을 의뢰하고, 우리는 장비점을 뒤로했다.

"오쿠라, 이번엔 정말 고마웠어. 기회가 생기면 또 같이 사냥이라도 하자. 그땐 우리도 제대로 싸울 수 있도록 만반의 준비를 갖춰볼게."

"응. 서로 시간이 맞으면 보자. 콜로티움을 얻게 되면 협회에 부탁해서 연락할 테니까 말이야."

"그렇게 간단히 구하긴 어렵겠지만 기대할게. 다음엔 대금도 제대로 지불할 테니까."

마을로 돌아가면서, 또 콜로티움을 구하게 되면 제대로 거래하겠다는 약속까지 했다. 전부 공짜로 줘도 상관없지만, 선의가 너무 과하면 도리어 의심을 살 수 있다는 걸 배웠으니까 말이지. 도와주는 이유를 제대로 설명하지 못하는 우리 탓이기도 하지만 어쩔 수 없다.

"아아─, 에스텔이랑 또 헤어져야 하다니─."

"그렇게 아쉬워하지 마. 같이 사냥해서 정말 즐거웠어. 나중에 또 하자."

"에스텔은 역시 착해─."

연신 에스텔의 머리를 쓰다듬는 미구루 씨. 그 손길 하나하나엔 진한 아쉬움이 묻어 있었다.

"놀 씨도 이번엔 여러모로 감사했습니다. 요리, 정말 맛있었어요."

"우후후, 그렇게 말씀해 주시니 기쁩니다. 다음엔 좀 더 다양한 재료를 준비해 갈 테니 기대하셔도 좋습니다!"

"준비하느라 원래 목적까지 잊을 것 같네."

"아하하…… 그럼 저도 조미료를 준비해 둘게요. 다른 모험가와 같이 떠들썩하게 요리할 기회는 정말 드문데, 너무 즐거웠어요."

놀도 이번 사냥을 통해 미구루 씨와 제법 돈독해진 모양이다. 너무 요리에만 열중해도 곤란할 것 같지만, 이렇게 즐거워하는 모습을 보니 괜찮을 것 같기도 하다.

한 가지 아쉬운 점은 루나와 프리지아는 소개할 수 없었다는 것. 기회가 생긴다면 디우스 파티를 집으로 초대해도 좋을 것 같다.

그렇게 디우스 파티와 헤어진 우리는 해가 지기 전에 귀가할 수 있었다.

자, 조금 오래 집을 비웠는데 다들 잘 지냈을까.

시스하와 루나가 있으니 프리지아는 걱정 없겠지, 라고 생각했는데…….

비컨으로 집으로 이동하자마자 시야에 들어온 것은 풍비박산 난 거실이었다. 그리고 바닥에 엎드린 채 쓰러져 있는 흡혈귀님의 모습도. 옆에선 모후토가 "뿌— 뿌—" 하고 걱정스럽게 울고 있었다.

"이, 이게 무슨 일이야?"

"마, 마치 태풍이라도 휩쓸고 지나간 듯한 참상입니다."

"루나, 괜찮아?"

너무나도 충격적인 광경에 잠시 할 말을 잃었지만, 바로 정신을 차리고 쓰러져 있던 루나를 안아 일으켰다.

"헤, 헤이하치…… 드디어 돌아왔군……."

"어, 으응. 그래서, 무슨 일이 있었던 거야?"

"프리지아, 전부 그 녀석 탓이야……. 이제 싫어…… 자게 해 줘…… 꼴까닥."

"잠들었습니다."

입으로 꼴까닥 소리를 낸 루나는 그대로 의식을 잃고 잠들어 버렸다. 대체 프리지아가 무슨 짓을 저질렀길래 이렇게 된 거야?

"루나를 이렇게 내버려 두다니, 시스하는 어떻게 된 거지?"

"맞습니다. 방까지 이렇게 어질러져 있고, 어디로 간 겁니까?"

쓰러진 루나 옆에 시스하가 없다니. 그 녀석이라면 분명 옆에 달라붙어 간호하고 있었을 텐데……. 게다가 프리지아도 없다. 그 녀석들, 대체 어디로 간 거지?

설마 밖으로 나간 거 아냐? 하는 생각이 들었을 때, 놀의 방에서 '다다다' 하고 격렬한 발소리가 들리더니, 쾅 소리와 함께 문이 세차게 열렸다.

"아하하하하, 여기야 여기—!"

"거기 서세요! 이번엔 확실히 넘어트리고 말겠어요!"

열린 문 너머에서 유쾌하게 웃으며 달리는 프리지아와 한 손에 밧줄을 들고 프리지아를 쫓는 시스하가 튀어나왔다. 이 녀석들 뭐 하고 있는 거야.

"앗, 놀! 어서 와!"

"다, 다녀왔습니다."

우리의 존재를 눈치챈 프리지아는 그대로 달려와 놀을 끌어안 았다.

"하아…… 하아…… 이, 이제야 돌아오셨군요…….”

우리가 귀가한 것을 눈치챘는지, 시스하도 프리지아를 쫓던 걸 그만두고 숨을 헐떡였다.

"어, 응. 엄청 힘들어 보이네."

"어제부터 계속 프리지아 씨를 쫓아다니고 있었거든요…….”

"어, 어제부터? 대체 왜 그러고 있었는데?"

"그게 말이죠…….”

시스하는 우리가 집을 비운 사이에 일어난 일을 설명하기 시작 했다.

우리가 출발하고 사흘간은 문제없었지만, 나흘쯤 되니 갑자기 프리지아가 밖으로 나가고 싶다며 투덜거리기 시작한 게 사건의 시작이었다고 한다. 프리지아의 투정에 시스하와 루나는 같이 놀 아주며 어떻게든 달래 줬는데……. 그게 화근이었다고 한다. 프 리지아는 두 사람이 상상한 것 이상으로 장난을 좋아했고, 놀아 주다 지친 두 사람이 중간에 자려하자 프리지아의 장난기가 발 동. 두 사람이 자려는 걸 방해하기 시작하여 그것이 하루 종일 이 어졌다고 한다.

결국 루나가 폭발하여 프리지아와 루나의 추격전이 발발. 시스 하도 루나를 거들어 주기 위해 프리지아를 잡으려 했다. 하지만 프리지아는 강적이었다. 두 사람은 프리지아의 옷깃 한 번 잡아 보지 못하고 포기. 이내 무시하고 자려했는데 다시 방해가 시작되었다. 그렇게 이틀 동안 시달린 루나는 결국 지쳐 쓰러졌다.

그것에 격분한 시스하가 모후토의 펫하우스로 도망간 프리지아를 온힘을 다해 쫓기 시작한 게 지금까지 이어졌다나.

"그래서 거실이 이 꼴이었던 거군. 이 좁은 집에서 잘도 도망쳐 다녔네."

"전력을 다해서 잡으려고 했는데 아슬아슬하게 피하더라고요. 방심시킨 후에 몇 번이나 기습하기도 했는데, 그것도 전부 피해 버려서……."

"술래잡기 재밌었어!"

"루나한테 물려봤으면서도 그런 장난을 치다니, 어떤 의미론 정말 대단하네."

프리지아는 여전히 힘이 넘치는 모습이다. 싸운 건 아니지만 이 두 사람한테 쫓기고도 무사하다니, 이 녀석 괴물인가.

밖에 못 나간다고 해서 괴롭히듯이 장난치는 건 좋은 일이 아니다. 해결 방법을 찾지 못하고 집을 비운 내 잘못도 있지만 이건 제대로 짚고 넘어가야겠지.

그렇게 생각하고 쓴소리를 입에 담으려는 순간, 놀이 프리지아를 혼내기 시작했다.

"프리지아. 모두에게 폐를 끼치면 안 되지 않습니까."

"에ー, 그래도…… 계속 집 안에 있으려니 심심했는걸."

"답답한 건 이해합니다만 지켜야 할 선이라는 게 있습니다. 시스하와 루나에게 사과하십시오."

"우으…… 미안해……."

놀의 호통에 프리지아가 어깨를 축 늘어뜨리더니 시스하에게 고개 숙여 사과했다. 놀의 말은 고분고분 듣는구나. ……동류라서 그런가?

"아, 아뇨. 그냥 방에 묶어 놓고 감금시키고 싶었을 뿐이니까 신경 쓰지 마세요."

"본심이 흘러나왔어."

"안 잡힌 게 다행일지도 모르겠네."

그래서 밧줄을 들고 쫓아다녔던 거냐. 아마 잡혔으면 의자에 칭칭 묶여서 방치되었을 것이다.

"으으, 피곤하네요. 이제부턴 여러분께 맡길게요……."

"어, 으응. 푹 쉬어."

"시스하가 저렇게 탈진한 건 처음 봤어."

시스하는 비틀거리며 자신의 방으로 돌아갔다. 저렇게 피곤해하다니 대체 얼마나 열심히 쫓아다닌 거야.

나도 루나를 안아 들고 방 침대에 눕혔다. 루나는 꼬물거리며 모습이 보이지 않게 될 때까지 이불 속으로 파고들었다. 기절한 상태에서도 본능적으로 파고 들어가는구나.

거실로 돌아와 이번엔 소동의 원흉이 된 프리지아의 외출에 대해 생각해 보기로 했다.

"이대로 두기도 어려울 듯하니 프리지아가 밖에 나갈 수 있도록 해결책을 생각해야겠습니다."

"엣, 정말?! 와아—!"

"어머, 굉장히 밖에 나가고 싶었나 보네."

"조금 안일하게 생각했었나 봐."

재미도 있었겠지만, 역시 시스하와 루나에게 지나친 장난을 친 것은 밖에 나가지 못하는 것에 대한 불만을 표출하기 위해서였겠지. 이대로 두는 것도 불안하니 빨리 대처해야겠어.

"밖에 나가려면 귀를 어떻게 해야 하는데…… 어떻게 하지?"

"그러네. 오빠, 차라리 모자 같은 걸 써서 가리는 편이 제일 간단하고 좋지 않을까?"

모자라……. 하지만 프리지아의 귀는 옆으로 길쭉하다. 평범한 모자로는 가리기 어려울 것 같은데……. 귀를 덮는 방한용 모자는 어떨까? 아니. 역시 모자는 벗겨지기 쉬우니까 위험하다. 뭔가 좋은 방법이……. 그렇게 고민하던 내 시야에 놀이 들어왔다.

앗, 저거라면 가능할지도.

"왜 그러십니까?"

"헬름이 딱 좋지 않아?"

놀이 장착한 헬름을 보고 귀를 가릴 수 있겠다는 생각이 뇌리를 스쳤다. 바로 가챠산 헬름을 꺼내 프리지아에게 건넸다.

그러자 프리지아는 두 손으로 헬름을 받더니 눈썹을 찌푸렸다.

"에에…… 이걸 쓰는 거야?"

"오빠, 보통 써서 가린다고 하면 모자나 후드를 떠올리지 않아?"

에스텔이 뺨에 손을 대고 곤란하단 시선을 보냈다.

"아니, 그랬다간 벗겨질 수도 있어. 헬름은 웬만하면 안 벗겨지니까 안심할 수 있지 않겠어?"

"묘하게 설득력이 있는 것 같기도 합니다……."

헬름이라면 얼굴 전체를 덮어서 가릴 수 있고 벗겨질 걱정도 없다. 귀를 가리기에 이보다 적당한 물건이 있을까? 아니, 없다!

프리지아에게 바로 쓰도록 했으나 프리지아는 헬름을 보고 고개를 갸웃했다.

"헤이하치, 난 이거 못 써. 귀에 닿잖아."

"괜찮아 괜찮아. 가챠산 장비라서 알아서 맞춰서 변형될 거야."

"어머, 그래?"

"그러고 보니 다들 아직 몰랐겠네."

시스하와 보석을 고르던 때 가챠산 장비는 장착하는 부위의 크기에 따라 달라지는 것을 알게 되었다. 사냥에 열중하느라 모두에게 말해 주는 걸 깜빡했네. 내가 설명하자 다들 놀라워하면서도 바로 납득했다.

일반적이라면 귀가 걸려서 헬름을 쓸 수 없겠지만 가챠산 장비라면 변형되어서 쓸 수 있을 것이다.

"그러면 써 볼게! 웃차…… 어라?"

프리지아가 바로 헬름을 써 봤지만 헬름은 변형되지 않고 귀에 닿았다.

"형태가 바뀔 기미가 전혀 안 보입니다."

"어라, 이상하네."

"너무 큰 변화는 안 일어나나 보네."

잠시 그 상태로 기다려 봤으나 헬름은 조금도 변형되지 않았다.

설마 형태는 바뀌지 않는 건가? 프리지아의 긴 귀가 들어가려면 형태가 상당히 바뀌어야 할 테니까 말이다.

"으음, 모자나 후드를 씌울 수밖에 없나. 일단 나가서 찾아보자."

가챠산 아이템 중에 좋은 게 없을지 찾아봤지만 눈에 띄는 것이 없었다. 귀를 가리려면 모자나 후드, 귀마개 같은 것이겠지? 잡화점에 괜찮은 물건이 있으면 좋을 텐데.

사러 나가기 위해 현관으로 향했으나 그 전에 놀이 외쳤다.

"앗, 딱 좋은 것이 있을지도 모릅니다!"

"정말?!"

"잠깐 기다리십시오!"

놀은 그렇게 말하며 자신의 방으로 들어갔다. 좋은 게 있다고? 대체 뭐가 있단 걸까.

프리지아는 기대감에 눈을 반짝이며 놀의 방을 바라봤다. 나와 에스텔도 얼굴을 마주하고 대체 무엇인지 고개를 갸웃하며 놀이 돌아오길 기다렸다.

기다리고 있자 드디어 방문이 열리고 돌아온 놀의 손에는 하얀 천이 들려 있었다.

"짜잔— 입니다!"

프리지아의 앞으로 다가온 놀은 자랑스레 천을 펼쳤다. 그것은 그저 평범한 후드……가 아니라 허리 아래까지 내려오는 한 장의 천이었다. 머리 부분엔 토끼 귀 같은 귀여운 것이 달려 있었다.

"오오! 귀여워!"

프리지아는 흥분한 듯이 놀에게서 후드를 받아 들었다. 토끼귀 후드인가. 이런 걸 어디서 사 온 거지?

"어머, 진짜 귀엽네. 어디서 산 거야?"

에스텔이 물음에 놀이 허리에 손을 얹더니 가슴을 쫙 펴고 웃었다.

"우후후, 제가 만든 겁니다!"

"엣, 직접 바느질해서 만든 거야?"

"맞습니다! 모후토의 귀여움을 가미한 후드입니다!"

이 무슨 재능충인가. 요리뿐만 아니라 재봉 기술까지 있었던 거냐. 역시 자칭 소녀라고 할만하다.

수제 후드라는 이야기에 솔직하게 감탄한 나와는 달리, 프리지아는 기뻐하던 것을 멈추고 진지한 표정을 지었다.

"놀, 모처럼 만든 건데 내가 받아도 돼?"

"괜찮습니다. 프리지아가 써 준다면 정말 기쁠 것입니다! 저야 또 만들 수 있으니 신경 쓰지 마십시오."

"노, 놀…… 고마워!"

놀을 끌어안고 더욱 격하게 기뻐하는 프리지아. 직접 만들었단 소리에 받기를 주저한 건가. 그런 부분을 신경 쓰기도 하는구나.

프리지아는 바로 후드를 썼다.

"어때?"

"잘 어울립니다―. 하지만 그대로는 후드가 벗겨질 것 같지 말입니다. 나중에 목 끈도 달아 주겠습니다."

놀의 말대로, 지금은 걸치기만 하는 구조라 고정 끈이 필수일 거 같네.

응. 무사히 대처법이 정해진 것 같아서 다행이다. 개인적으로는 이 후드도 너무 눈에 띄는 것 같아 마음에 걸리지만, 본인이 좋아하니 괜찮겠지. 밖을 돌아다녀 보고, 너무 이목을 끄는 것 같으면 나중에 놀에게 다른 후드를 만들어 달라고 하자.

그보다.

"놀, 이런 게 있었으면 빨리 꺼내 주지 그랬어."

"에헤헤, 후드로 가린다는 생각을 못해서 쓰게 될 줄 몰랐습니다."

놀이 환한 미소를 지으며 머리를 긁었다. 전투에 가사 능력까지 뛰어난데, 이런 점에선 덜렁댄다니까.

◆

프리지아의 귀 문제가 해결되고 다음 날.

"으흐흥─!"

"기분이 좋아 보입니다."

"에헤헤, 당연하지! 드디어 바깥 구경을 할 수 있는걸!"

프리지아는 콧노래를 부르며 방 안을 가볍게 뛰며 돌아다니고 있다. 놀에게 받은 후드를 쓰고 있어서 뛸 때마다 토끼귀가 흔들

렸다.

밤사이 놀이 후드에 목 끈을 달아주었기에, 오늘은 프리지아에게 외출을 허락할 생각이다.

"오쿠라 님도 같이 가시는 겁니까?"

"응. 너희끼리 보내면 여러모로 걱정되니까."

"나도 같이 갈래. 무슨 일이 생기면 마법으로 도와줄게."

"두 분, 너무 걱정이 많으십니다~. 제가 같이 가니까 걱정하실 필요 없습니다!"

"맞아─. 나는 혼자서도 괜찮은데?"

전혀 안심이 안 되는데요.

결국 프리지아 첫 외출에 나와 놀, 에스텔이 동행하기로 했다. 덤으로 모후토도 놀이 안고 나가게 됐다.

"그러면 출발하── 앗?!"

더 이상 기다리기 힘들었는지, 프리지아가 문을 열고 혼자서 멋대로 뛰쳐나가버렸다. 깜작 놀란 나는 서둘러 디멘션브레이슬릿을 발동, 손을 날려 프리지아의 목덜미를 붙잡았다.

후우, 방심할 수 없는 녀석이야. 만일의 상황에 대비해서 껴 두길 잘 했어. 걱정하자마자 문제를 일으키다니.

"뭐 하는 거야─."

"혼자서 멋대로 뛰쳐나가지 마!"

"오오, 벌써 능숙하게 사용하시는 겁니까."

"시스하와 루나도 못 잡은 프리지아를 바로 잡다니 그 팔찌 대단하네. 오빠."

"우우―, 내가 진심으로 하면 이 정도는 피할 수 있어!"

"네― 네―, 알았으니까 조금 진정하자."

버둥거리는 프리지아를 진정시키고 우리는 집을 나섰다. 하늘도 파랗고 햇빛도 기분 좋게 내리쬐어 외출하기 딱 좋은 날씨였다.

"와아…… 놀! 밖이야 밖! 드디어 집 밖에 나왔어!"

프리지아가 활짝 웃는 얼굴로 오랜만에 느끼는 바깥 공기를 만끽했다.

"우후후, 잘 됐습니다."

"너무 좋아하는 거 아냐? 저번에 사냥하러 나왔었잖아?"

"헤이하치는 뭘 모르네! 사냥터와 도시는 완전 다르다구!"

"그건 그래 오빠. 마물을 사냥하러 가는 것과 거리를 편하게 구경하는 건 전혀 다르지."

하긴, 노동이라고 볼 수 있는 사냥과 거리를 자유롭게 산책하는 건 천지 차이겠지.

"하아―, 역시 속세의 공기는 최고야!"

"그렇게 말하면 집이 마치 감옥 같잖아. 그보다 그런 말은 어디서 배운 거야?"

"응? 다들 나가 있을 때 책에서 읽었어. 시스하가 심심할 때 읽으라고 가져다 줬거든―."

"어머, 가챠에서 나온 책이려나?"

"저도 가끔 읽습니다만 꽤 재밌는 책이 많았습니다."

"응! 그림도 예쁘고 재밌었어!"

시스하 녀석, 대체 무슨 책을 보여준 거지. 시스하가 준 데다가 그림이 나온다면…… 느, 느낌이 좋지 않다. 나중에 주의를 줘야 겠어.

아무튼 프리지아는 나른한 얼굴로 햇살을 받으며 산책을 즐겼다. 다만 조용히 즐기는 건 아니었다. 몇 걸음 안 가 새로운 게 눈에 띄면 멈춰서길 반복했다.

"꽃 예쁘다ー. 저것도 예뻐! 앗! 아하하, 이건 뭐야? 이상하게 생긴 게 있어!"

꽃에 흥미를 보이나 싶더니 곧바로 남의 집 현관 앞에 놓인 석상을 보고 웃는 등. 이리저리 정처 없이 떠돌아다니는 프리지아. 미아가 되는 건 아닐지 심히 걱정스러울 정도였다.

"잠깐, 프리지아! 그렇게 마구 돌아다니면 안 됩니다!"

"전혀 차분해지지를 않네. 관심사가 여기저기로 튀고 있어."

"따라오길 잘 했어. 혼자 보냈으면 미아가 됐겠는데?"

쫄랑쫄랑 바삐 움직이다 보니 이따금 후드가 벗겨질 뻔해 가슴이 철렁일 때도 있었다. 뭐, 다행히 고정 끈 덕분에 벗겨지지는 않았지만 말이다.

아무튼, 프리지아는 활동력은 정말 차원이 달랐다. 같이 있는 것만으로도 지칠 정도라 놀보다 한 수 위인 건 분명했다.

그런 프리지아에게 휘둘리며 우리는 브루너 광장에 도착했다.

"우와! 사람, 사람이 엄청 많아! 이 마을이 이렇게 넓은 줄 몰랐어!"

"맞습니다. 브루너도 떠들썩한 마을입니다. 왕도는 더 크지만 말입니다!"

"여기보다 크다니…… 왕도에도 가보고 싶어!"

오늘도 광장은 많은 사람으로 북적였기에 프리지아가 눈을 반짝이는 것도 당연했다. 아까부터 계속 이런 상태인데, 산책은 처음이라 모든 것이 신기한가 보다. 좀 더 얌전해지면 정말 귀여울 텐데.

그나저나 아까부터 사람들이 눈살을 찌푸리고 지나가는 거 같은데…… 뭐지?

하지만 그 의문도 잠시, 나는 놀과 프리지아가 대화하는 모습을 보고 이유를 깨달았다.

이, 이 녀석들! 둘이 같이 있으니까 엄청 이상하잖아!

후드를 푹 눌러 쓴 프리지아, 그리고 그 옆엔 안대를 낀 놀.

다른 사람들이 이상하게 여기는 게 당연한 조합이었다.

그 사실을 깨닫고 경악하고 있으려니, 프리지아도 사람들이 자신을 이상하게 바라보는 걸 눈치챈 듯, 이런 질문을 놀에게 던졌다.

"놀, 아까부터 사람들이 이쪽을 보는 것 같은데? 왜 그럴까?"

"우후후, 분명 모후토를 보고 있는 겁니다!"

"그렇구나! 모후토는 귀여우니까!"

뭐가 그리 신난 건지 큰 소리로 웃어대기 시작한 놀과 프리지아. 반면 놀에게 안겨 있던 모후토는 "뿌—" 하고 낮은 목소리로 울었다. 모후토까지 눈치챈 거 같은데, 정작 본인들은 원인을 전혀 눈치 못 채고 있잖아! 이, 이건 이미 희망이 없는 조합이야.

그런 두 사람의 모습에 나는 조치를 취할 생각을 접고 조금 멀리 떨어져서 걷기로 했다. 한편, 에스텔도 같은 생각을 한 건지, 나와 같은 보폭으로 걷기 시작했다.

"오빠, 우리는 모르는 사이인 척하는 게 낫겠다."

"동감이야."

그렇게 얼마나 걸었을까, 신나게 길을 쏘다니던 프리지아가 뭔가를 발견한 듯 갑자기 멈춰 섰다.

프리지아의 시선을 따라가 보니, 광장에서 조금 떨어진 곳에서 나무를 올려다보는 소년들이 보였다.

"놀, 저 아이들 뭘 하고 있는 거지? 계속 위를 쳐다보고 있어."

"앗, 정말입니다. ……어라, 저 아이는?"

아는 아이인 건지, 놀이 아이들을 향해 종종걸음으로 다가갔고, 그 뒤를 우리도 쫓아갔다.

"카무, 무슨 일입니까?"

"앗, 이상한 누나."

"전 이상한 누나가 아니라고 하지 않았습니까!"

카무라면…… 예전에 놀을 이상한 누나라고 부르던 아이잖아? 여전히 호칭에 변함이 없구나. 사실이니까 어쩔 수 없지만.

카무는 놀에게 대답한 후에 옆에 있던 프리지아를 보고 눈을 크게 떴다.

"어라, 이 사람은 누구야?"

"아―, 제 친구입니다."

"헤에, 누나는 친구도 이상한 사람이네."

"엣, 나 말이야? 난 하나도 이상하지 않아!"

"거짓말. 그런 후드를 쓰고 있는데 당연히 이상하지."

"에에…… 이거 엄청 귀여운데……."

이상하다는 말에 프리지아가 어깨를 축 늘어뜨렸다. 귀엽긴 하지만 그걸 쓰고 외출하면 이상하긴 하지. 카무 외의 소년들은 두 사람의 모습에 겁을 먹은 건지, 약간 거리를 두고 있을 정도였다.

"그래서, 여기서 뭘 하는 겁니까?"

"공이 나무 위에 걸려 버렸어. 좀처럼 안 떨어지네."

"어디 보자…… 앗, 위쪽에 걸렸나 봅니다."

카무의 말에 나무 위를 보니 가지 사이에 꽉 끼인 공이 보였다. 아마 긴 막대로 찔러도 간단히 떨어지지 않을 만큼 꽉 낀 걸로 보였다.

"그러면 내가 꺼내 줄까? 마법을 쓰면 저 정도는 간단해."

"형이랑 누나도 있었구나. 그보다 작은 누나는 마도사였어?!"

"응, 맞아. 그러니까 나한테 맡겨."

처음엔 디멘션브레이슬릿을 사용하는 방법도 떠올렸지만 갑자기 허공에 손이 나타나면 아이들이 놀랄 것 같았다. 역시 에스텔의 마법이 가장 무난하겠지.

에스텔이 검지를 세우고 공을 향해 원을 그렸다. 그러자 손가락 끝에 작은 마법진이 나타나더니 바람이 불기 시작했다.

바람은 공을 향해 일직선으로 불어 나뭇가지를 격렬하게 흔들었지만 공은 꿈쩍도 하지 않았다.

"어머, 안 빠지네. 지팡이를 안 들고 왔더니 조절이 조금 힘드네. 그러면 다음은 좀 더 강하게."

에스텔의 마법으로도 못 꺼낼 정도로 꽉 끼다니. 그렇다고 더 강한 바람 마법을 썼다간 주변에 피해가 생길 게 분명했다. 도시 안에서 강한 마법을 쓰면 위험하니까 말이지.

"잠깐 잠깐. 지금은 나한테 맡겨. 집중해야 하니까, 너희는 잠깐 저쪽을 바라봐줄래?"

그렇게 아이들의 시선을 다른 곳으로 돌리고, 디멘션브레이슬릿을 사용해 공을 꺼내려 했는데.

"그러면 나한테 맡겨! 이 정도야 식은 죽 먹기라구!"

어느새 돌을 집어든 프리지아가 끼어들었다.

"잠깐 기다——."

"이얍!"

공을 향해 힘껏 돌을 던지는 프리지아. 그러자 갑작스런 움직임에 고정 끈이 풀려 후드가 벗겨졌다.

바, 바보야! 그러니까 기다리라고 했는데!

나는 프리지아의 후드를 씌우기 위해 서둘러 다가갔다가 깜짝 놀랐다.

후드가 벗겨지며 드러난 프리지아의 귀는 평범하게 둥근 귀였기 때문이다.

어라, 어떻게 된 일이지?

상황 파악을 못 해 내가 어리둥절한 표정을 짓고 있자, 툭 하는 소리와 함께 프리지아가 던진 돌과 공이 정확히 부딪혔고, 이내 나뭇가지 사이에서 공이 떨어졌다. 프리지아는 튕겨 나온 돌을 캐치하고 득의양양한 표정을 지었다.

"오오! 엄청나다—! 이상한 후드 누나 제법이잖아."

"흐흥—! 이 정도야 쉽지!"

"도와줘서 고마워!"

소년들의 감사 인사에 프리지아가 만족스럽게 콧바람을 내쉬었다.

귀를 들키지 않고 무사히 넘어간 건 다행인데, 어째서 둥근 귀였던 거지? 혹시…… 에스텔인가?

그렇게 에스텔을 바라보니, 에스텔이 마치 내 의문에 대답하듯이 미소 지어 화답했다.

"에스텔, 덕분에 무사했어."

"후후, 천만의 말씀을. 만일의 상황에 대비해서 계속 프리지아에게 마법을 걸어 두길 잘 했네."

프리지아의 후드가 벗겨질 것을 예상하고 있었나. 에스텔이 있어서 정말 다행이다.

"프리지아. 내가 조심하라고 했지!"

"엣…… 아앗?! 미, 미안해!"

내 말을 듣고 알아챘는지 프리지아는 서둘러 후드를 썼다. 고정했는데도 벗겨지다니, 후드만으로는 안심할 수 없겠네. 외출하기엔 아직 일렀던 것일까.

"그러지 마십시오. 프리지아도 고의로 한 건 아니었을 겁니다. 조금 더 너그럽게 봐 주십시오."

"그래도 말이야."

"미안해⋯⋯. 이제 집에 갇히는 건 싫어—."

밝았던 모습은 온데간데없이 사라지고, 겁먹은 듯 바들거리며 나를 쳐다보는 프리지아. ⋯⋯이렇게 풀이 죽다니. 밖에 나가지 말라고 할 수도 없겠네.

멋대로 행동한 결과였지만, 아이들을 위한 마음에 한 행동이니 나쁜 거라곤 할 수 없고 말이지.

"오빠, 프리지아도 반성하는 거 같으니 용서해 줘. 첫 외출에 너무 들떠서 실수한 거겠지."

"으응, 에스텔이 그렇게 말한다면야."

"엣, 용서해 주는 거야?! 신난다—!"

프리지아의 표정이 순식간에 밝아졌다.

이 녀석도 정말 대단한 기분파라니까.

오히려 이런 일을 일찍 겪은 게 다행일지도 모른다. 후드가 벗겨질 수 있다는 것을 알았으니, 좀 더 강하게 고정시킬 수 있는 후드를 새로 만들어야겠네.

"그래도 당분간은 외출할 때 같이 나가야 돼. 그리고 놀, 후드가 벗겨지지 않도록 보완이 필요할 거 같은데, 가능할까?"

"앗, 그러면 옷가게에 들러도 괜찮겠습니까? 다른 후드를 만들 재료가 필요합니다!"

그 후로 우리는 완전히 들뜬 모습으로 돌아온 프리지아와 함께 해가 기울어질 때까지 브루너를 산책했다.

◆

프리지아의 첫 외출로부터 며칠 후. 매일같이 밖에 놀러 나가는 프리지아를 따라 우리도 함께 산책을 했다.

마석 사냥이나 돈벌이를 하러 가고 싶었지만 프리지아가 외출에 익숙해질 때까지는 참아야겠다고 생각했기 때문이다. 오늘은 이미 해가 지기 시작해서 집으로 돌아가는 중이다.

참고로 후드는 놀이 개량해줬다. 그 결과, 산책 중에 작은 언덕에서 모후토와 함께 뛰어다닐 때도 전혀 문제없을 정도였다.

"에헤헤, 오늘도 대만족이야—."

"프리지아는 정말 활기찹니다."

"응! 놀, 항상 같이 놀아 줘서 고마워!"

"우후후, 이 정도는 아무것도 아닙니다! 오쿠라 님과 사냥하는 것에 비하면 식은 죽 먹기입니다!"

놀 녀석, 프리지아랑 잘 놀아준다 싶더니 그런 생각을 하고 있었던 거냐.

매일같이 아침부터 저녁까지 돌아다니는데도 안 질리나 보네.

"둘 다 그렇게 뛰어다녔는데도 쌩쌩하네. 모후토가 먼저 지쳤어."

"체력이 놀이랑 비슷하다니 프리지아도 참 대단해."

"흐흥! 이 정도야 당연하지!"

모후토는 놀의 품속에 안겨 얌전히 "뿌우—" 하고 울고 있다. 상당히 지친 모습이다. 마물인 모후토도 지쳤는데 놀과 프리지아는 아직 부족한 듯했다.

프리지아는 원숭이처럼 나무까지 올랐으니까 말이지. 궁병이라서 움직임이 둔할 줄 알았는데 전혀 그렇지 않았다. 시스하와 루나에게 붙잡히지 않았던 것도 납득이 간다.

집에 도착하여 거실로 들어서자, 의자에 멍하게 앉아 있던 루나는 우리가 돌아온 것을 보고 미간을 찌푸렸다.

"루나! 일어났네—!"

"……응."

"아직도 졸려 보이네. 계속 집에만 있지 말고 나중에 같이 나가서 놀자!"

"거절하지. 귀찮아. 게다가 너처럼 시끄러운 녀석은 질색이다."

"우으, 질색이라고 하지 마!"

우리가 집을 비웠을 때의 소동 이후로 루나는 프리지아에게 이런 태도를 취하고 있다. 완전히 무시하는 것은 아니지만 계속 상대했다간 끈질기게 따라다녀서 쉴 수가 없으니 싫은 모양이다.

지금처럼 밖에 나가자는 얘기까지 하니, 루나 입장에선 프리지아는 천적에 가까운 듯하다. 뭐, 시간이 지나면 괜찮아지겠지.

차가운 태도를 보이는 루나에게 프리지아가 끈질기게 말을 걸고 있을 때 안쪽 방에서 시스하가 나왔다.

"앗, 시스하! 다녀왔어—!"

"네, 어서 오세요. 오늘도 많이 돌아다니셨나 보네요. 목욕 준비는 되어 있으니 들어가실래요?"

"응! 항상 고마워!"

프리지아는 여기저기 뛰어다니느라 옷이 엉망이었다. 마치 아이처럼 옷이 더러워지는 걸 전혀 신경 쓰지 않는 프리지아를 위해, 시스하는 항상 목욕 준비를 해 주고 있다.

지난번 콜로서스 건으로 우리가 집을 비웠을 때 프리지아와 다퉜던 시스하였지만, 루나 같은 태도를 보이진 않았다. 오히려 '다음엔 반드시 잡겠어요!' 하며 의욕을 불태우는 중이다.

정말 지기 싫어하는 성격이라니깐. 뭐, 그러는 편이 사이가 틀어지지 않고 무난히 넘어갈 수 있으니 안심되지만.

"자, 그러면 전 식사 준비라도 하러 가야겠습니다. 빨리 만들지 않으면 식사가 늦어지겠습니다. 루나, 모후토를 부탁합니다."

"응. 그러지."

모후토를 루나에게 건네고 놀은 부엌으로 향하려 했다. 그때 내가 놀을 불러 제안을 하나 했다.

"놀, 오늘은 내가 식사 준비 할 테니까 프리지아랑 같이 씻고 오는 게 어때?"

"엣, 오쿠라 님이 말이십니까?"

"오빠가 요리하려고? 요즘엔 거의 놀한테 맡겼었잖아."

"내일은 해가 서쪽에서 뜨려나 봐요!"

다들 내 제안에 놀랐다. 놀이 본격적으로 요리를 담당하기 전에는 나도 같이 만들었는데 말이지. 배은망덕한 녀석들!

"놀도 돌아다니느라 지쳤잖아? 가끔은 내가 하는 것도 좋을 것 같기도 하고, 오랜만에 먹고 싶은 게 생겨서 말이야. 프리지아를 환영하는 의미에서 한번 만들어 볼 생각이야."

"헤이하치도 요리를 할 수 있었군. 먹을 순 있는 거겠지?"

"그 무슨 실례되는 소리를. 나는 콩나물 요리만큼은 프로라고."

"콩나물? 뭔지는 모르겠지만 만들어 준다니까 기대되네—."

원래 세계에선 자취생이었으니 요리 정도는 할 수 있다. 귀찮을 땐 외식으로 때우기도 했지만 지출이 많을 땐 어쩔 수 없이 직접 해 먹어야 했다.

한 때는 요리에 빠져 여러 가지 요리에 도전해 본 적도 있었다. ……결국엔 간단한 파스타 정도로 정착했지만.

"그러면 부탁드리겠습니다. 프리지아, 같이 씻으러 갑시다!"

"응! 같이 씻자!"

조금 망설이던 놀은 내 제안을 받아들여 프리지아와 함께 욕실로 향했다. 최근 프리지아 돌보기는 놀이 전담하는 꼴이 되었으니, 다른 부분에서 부담을 줄여 줘야겠지.

게다가 만들고 싶은 요리가 있다는 것도 사실이다.

"그래서 뭘 만들 생각인데, 오빠? 정말 콩나물 요리를 만들 생각이야?"

"아쉽게도 콩나물 요리는 아냐."

"어머, 그러면 뭘 만들 건데?"

"그건 완성되고 나서 직접 확인해. 너희 입맛에 맞을지는 모르겠지만, 내가 살던 나라의 대표 요리거든."

"입맛에 맞을지는 모르겠다니 불안하긴 해도 기대되네요."

"음. 먹어보고 싶군. 입맛에 안 맞으면 어떡하지?"

"괜찮아 괜찮아. 정 못 먹겠으면 가챠산 식료도 있으니까. 도전은 하게 해 줘."

오늘 만드려는 요리는 내가 살던 나라에서 가정식으로 유명했던 요리다. 놀이 만들어 주는 이 세계의 양식 비슷한 요리도 맛있지만, 이따금 원래 세계의 요리가 먹고 싶을 때가 있다.

쌀밥도 먹고 싶었지만 모두의 입맛에 안 맞을 것 같으니 이번엔 뺐다. 뭐, 다들 맛없다고 하면 남은 건 마법 가방에 넣어 뒀다가 나중에 혼자서 먹으면 되겠지.

"오빠, 나도 만드는 거 도와줘도 돼?"

"응? 나 혼자서도 만들 수 있으니까 괜찮아."

애초에 그렇게 어려운 요리는 아니니까 말이지. 6인분을 만들어야 하니 재료를 준비하는 데 시간이 조금 더 걸릴 뿐이다. 그래서 혼자서 하려고 한 건데.

"요즘 놀한테 요리를 배우는 중이라, 언젠가 오빠랑 꼭 한 번 요리해보고 싶었거든. 안 될까?"

에스텔이 양손을 모으고 나를 올려다보며 부탁했다. 큭, 오랜만에 귀여움으로 공격하는군. 같이 요리하고 싶다고 귀엽게 말하면 남자로서 거절할 수 없지.

"어, 응. 괜찮아."

"후후, 신난다."

내 대답에 에스텔이 작게 파이팅 포즈를 취했다. 이렇게 기뻐하다니 왠지 쑥스러워지네. 정신 차리고 보니 시스하가 말없이 히죽거리며 나를 보고 있긴 했지만 무시하자, 무시.

바로 요리를 하기 위해 부엌에 둔 식재료 판매기 앞에 섰다. 정면에 달린 액정엔 14800포인트라고 표시되어 있는데, 이 포인트는 평소부터 착실히 고블린의 이빨 같은 자잘한 소재를 넣어 적립해 둔 것이다.

나는 감자, 양파, 당근, 실곤약을 선택해 구입했다. 돼지고기는 블랙 오크의 고기로 대체하기로 했다. 아직 블랙 오크의 고기에 저항감이 좀 남아있지만 맛은 최고니까 어쩔 수 없다. 아, 그리고 조미료는 가챠에서 나온 조미료 세트 덕분에 해결할 수 있었다.

단순하게 1인분 재료의 6배를 꺼내면 되려나?

자취할 땐 늘 1인분만 했으니 이렇게 많은 양을 만들어 보는 건 처음이다. 조금 걱정되네.

재료도 준비됐고 요리를 시작하기 위해 앞치마를 둘렀다. 에스텔도 앞치마와 포니테일 머리를 하고 요리 준비를 마쳤다. 역시 포니테일을 한 여자아이는 귀엽지. ……놀은 안대 때문에 좀 그렇지만.

우선 감자와 당근의 껍질을 벗겼다. 6인분인 만큼 오래 걸릴 줄 알았는데, 둘이서 하다 보니 생각보다 빨리 끝낼 수 있었다.

"다음은 재료를 잘라야 되는데 할 수 있겠어?"

"응. 배우기 전엔 전부 마법으로 했지만 놀을 도와줄 땐 칼도 쓰는걸. 직접 자르는 것도 꽤 재밌어."

마법으로 재료 손질까지 했었다니……. 아, GC에선 숲속에서 혼자 살았으니 그 정도는 당연한가?

일단 시험 삼아 감자를 한입 크기로 잘라달라고 부탁했는데, 에스텔의 손질 실력은 전혀 문제없었다.

왼손 엄지를 검지 아래 두고, 손을 살짝 오므려 식재료를 고정시키는 에스텔. 이른바 고양이 손 썰기다. 놀이 제대로 가르쳐줬나 보네.

놀은 눈으로 쫓기 힘들 정도의 속도로 재료를 손질하곤 하니까 가르칠 때도 이상하게 가르쳐줬을까 봐 걱정했었는데, 안심했다.

그렇게 에스텔에게 재료 손질을 맡기고 나도 식칼을 들었다. 그리고 오크 고기를 썰기 위해 식칼을 가져다 댄 순간 깜짝 놀라게 되었다. 힘을 전혀 주지 않고도 식칼의 무게만으로 고기가 잘려 나가는 게 아닌가.

"우왓?! 뭐, 뭐야 이 식칼…… 엄청 잘 들잖아."

"놀이 자주 갈아서 그런가 봐. 전엔 도마까지 잘라 버렸는걸."

도마까지 자르다니 그 녀석, 요리하면서도 덜렁대는 거냐! 이 거 가챠에서 나온 고급 식칼이지? 놀의 손질까지 더해지니 정말 엄청난 식칼이 되어 버렸구나.

잠시 놀랐지만 바로 묵묵히 에스텔과 함께 재료를 잘랐다. 감자는 자른 후에 잠시 물에 담갔다. 이렇게 해야 삶을 때 잘 뭉그러지지 않는다.

다음으로 양파를 빗 모양으로 썰기 시작. 그러자 에스텔의 눈에 눈물이 맺혔다.

"누, 눈이 아파."

"양파를 자를 땐 원래 그래. 이건 내가 전부 자를게."

"아니, 괜찮아. 이 정도는 나도 할 수 있어."

대신 해 주려 했는데, 에스텔은 눈물을 글썽이며 양파를 다시 자르기 시작했다.

음, 뭐라고 해야 하나. 이런 것도 괜찮네. 원래 세계에선 다른 사람과 함께 요리한 적이 없었기에 이런 대화가 매우 신선하게 느껴진다. ……원래 세계로 돌아가면 이렇게 누군가와 함께 요리할 기회는 없어지겠지.

조금 숙연한 기분으로 옆에서 열심히 재료 손질을 하는 에스텔을 바라봤다.

잠시 후, 모든 재료 손질을 마쳤다.

"좀 크게 자른 것 같은데 정말 괜찮아?"

"응. 이제 고기를 볶은 후에 채소를 삶으면 끝이야."

"그게 끝이라니 꽤 간단한 요리인가 봐?"

"응. 뭐라고 해야 하나. 조리 자체는 간단한데 어떻게 양념하느냐에 따라 맛이 달라지거든."

재료만 손질하면 조리는 거의 끝난 것이나 마찬가지다. 다만 익히는 과정이 중요하다. 간을 맞추는 것도 그렇지만 삶으면서 뭉그러지지 않도록 주의해야 한다.

나는 간이 센 것이 취향이지만, 다 같이 먹어야 하니 간은 약하게 하는 편이 좋겠지.

냄비에 기름을 두르고 가열한 후, 얇게 썬 오크 고기를 먼저 볶았다. 그 다음엔 양파, 감자, 당근, 실곤약 순으로 넣어 볶았다. 재료들의 색이 변할 때쯤, 물과 간장 등을 베이스로 만든 양념을 넣고 끓이기 시작. 중간중간 거품이 생기면 걷어 냈다.

이제 뚜껑을 닫고 재료가 다 익을 때까지 기다리면 완성이다.

"좋았어, 이 정도면 됐나. 맛있게 완성되면 좋을 텐데……."

"재료가 많이 들어가네. 간 맞추기 힘들 것 같아."

에스텔의 말 대로다. 사실 이 요리는 간장과 설탕의 양 조절이 매우 어렵다. 일단 계량컵으로 재면서 넣었지만 과연 잘 될까. 아, 술도 조금 넣었는데 놀이 취하지 않을까 걱정되네. 뭐, 알코올은 전부 날아갈 테니 설마 취하기야 하겠어?

어느 정도 끓인 후, 감자와 양념을 앞접시에 담았다.

"에스텔, 간 좀 봐 줄래?"

"응, 알았어."

에스텔의 입맛에 안 맞는다면 모두의 입맛에도 안 맞을 텐데. 조금 두근거리네…….

"음…… 맛있네! 그런데 감자는 조금 싱거운 것 같아."

"양념은 어때?"

"……양념은 딱 좋아."

아직 양념이 배어들지 않은 것뿐이니 잠시 식히면 딱 좋겠네. 휴, 다행이다.

"그럼 괜찮을 것 같아. 이제 조금 더 끓이면 되겠네. 다 되면 잠시 식혀야 하니까, 그 사이에 우리도 씻고 올까?"

"같이 씻자고 하다니 오빠도 드디어 나를 받아들여 줄 생각이구나?"

에스텔이 부끄럽다는 듯이 뺨을 붉혔다.

"……따로 씻는 거야."

같이 씻자는 소리는 한 마디도 안 했거든…… 아직도 나랑 같이 욕실에 들어갈 생각인 건가.

어느 정도 조린 후에 불을 끄고 우리도 욕실로 향했다.

개운하게 씻고 나오니 놀과 프리지아가 아우성치고 있었다.

"오쿠라 님―, 배고픕니다―. 아직입니까―?"

"헤이하치―, 빨리 밥 줘―."

"응. 이제 간이 딱 됐을 테니 잠깐만 기다려. 금방 가져올게."

"꽤 좋은 냄새가 나네요. 기대해도 좋을 것 같아요."

"응. 문제는 맛이군."

"간을 봤을 땐 맛있었는데 과연 어떨까?"

주방으로 가 어느 정도 식은 감자를 한 입 베어 물어보니 딱 알맞을 정도로 간이 밴 상태였다. 이 정도면 괜찮아!

나는 요리를 다시 데우고 그릇에 담아 거실로 가져갔다. 덤으로 식재료 판매기에서 많이 사 둔 당근도 가져갔다.

"자, 모후토한텐 당근."

당근을 건네자, 놀의 무릎 위에서 양손으로 당근을 받아 든 하얀 털뭉치는 기분 좋은 듯이 "뿌뿌―" 하고 울며 당근을 물었다.

"우후후, 맛있게 먹습니다."

자, 드디어 선보일 때인가. 어떻게 반응할지 긴장돼.

"많이 기다렸어. 고기 감자조림이야."

그렇다, 내가 만든 요리는…… 바로 고기 감자조림이다.

"이게 다 감자입니까?"

"양이 엄청나네요. 조금만 먹어도 배가 부를 것 같아요."

"생각보다 평범하군."

음, 비주얼에 대한 반응은 별로네. 평소에 놀이 만드는 식사는 플레이팅도 잘 되어 있고 딱 보기에도 군침이 도는 비주얼이니까 말이지. 하지만 비주얼과 맛은 아무 상관 없잖아. 혹시 감자 요리인 게 의외였나?

"나 감자 좋아! 냄새도 좋고 맛있을 것 같아!"

오직 프리지아만이 잔뜩 들떠서 내 요리에 대해 긍정적으로 말해 줬다.

"크흑, 고마워 프리지아. 많이 있으니까 마음껏 먹어."

"신난다―!"

얘 뭐야. 엄청 착한 애잖아! 이렇게 기뻐해 주다니! 잔뜩 담아 주겠어!

나는 서둘러 그릇에 감자의 탑을 쌓아 프리지아에게 건네줬다. 그러자 프리지아는 눈을 빛내더니 이내 야무지게 오물오물 감자를 먹었다.

"어때?"

"응! 맛있어!"

다행이다. 프리지아의 반응을 보고 다들 손을 뻗기 시작했어.

"오오, 맛있습니다. 달콤한 건 의외지만 감자와 고기에 간이 잘 배어들었습니다. 설탕을 넣으신 겁니까? 이런 요리를 하실 줄 알았으면 빨리 가르쳐 주시지 그랬습니까!"

"……흠, 나쁘지 않군. 담백한 맛이다."

놀과 루나도 맛있다고 평가했다. 좋았어!

내가 만든 요리를 맛있게 먹어 주니 기분이 좋네. 놀이 음식 칭찬을 받으면 기뻐하면서 잔뜩 담아 주던 것도 이해가 가네.

"오빠, 잘 됐네."

"응. 도와줘서 고마워."

"후후, 나중에 또 같이 요리하자."

요리를 도와준 에스텔도 기뻐 보였다. 기회가 생기면 또 만들고 싶다.

다음엔 카레라도…… 아, 자판기에 카레 루를 파려나? 향신료 단계에서 만들어 본 적은 없는데.

그런 생각을 하고 있자 시스하가 미간을 찌푸리며 복잡한 표정을 짓고 잇는 것이 눈에 들어왔다.

"시스하? 왜 그래?"

"……으음."

포크를 든 것을 보면 먹기는 한 모양이다. 그런데도 아무 말 없이 생각에 빠져 있다. 내가 불러도 아무 반응이 없더니 갑자기 벌떡 일어나 자신의 방으로 향했다.

어라, 설마 입맛에 안 맞나? 사실은 맛이 없다던가…….

"놀, 프리지아. 정말 맛있는 거 맞지?"

"정말 맛있습니다."

"응, 엄청 맛있어!"

혹시 몰라 놀과 프리지아에게 물어 보았으나, 역시나 긍정적인 대답이 돌아왔다. 거짓말을 하는 것 같아 보이진 않는다. 그렇다는 건…….

"시스하 입맛엔 안 맞았나?"

"아니. 시스하라면 확실히 말했을 거다."

확실히 시스하라면 애매한 반응보다는 '이거 뭐죠?! 완전 맛없는데요!' 라고 말했을 것이다. 그러면 고민에 빠진 그 표정은 대체 뭐였지?

잠시 후, 시스하가 거실로 돌아왔다. 다만 방에 들어갈 때와는 달리 손에 병이 하나 들려 있었다. 시스하는 다시 테이블에 앉아 고기 감자조림을 먹으며 병에 든 액체를 컵에 따라 들이켰다.

"꼴깍…… 푸하아! 크으―, 이거, 이거예요! 술이랑 완전 잘 어울려요!"

"무슨 아저씨냐! ……맛있긴 하단 거지?"

"네, 오쿠라 씨가 만들었다고는 믿기지 않을 정도로 맛있어요. 이런 걸 만들 줄 아셨으면 진작 만들어 주시지 그러셨어요. 자, 오쿠라 씨도 한 잔 받으세요."

이 녀석, 술안주 생각을 했던 거야? 저, 정말 못 말리는 신관이라니까…… 기뻐해 주니 됐지만.

아무튼 고기 감자조림은 모두에게 호평을 받았다. 냄비는 금세 텅텅 비었고, 다들 만족스럽다는 듯이 배를 문질렀다. 직접 만든 요리를 칭찬받는 기분이 이런 거구나. 나중에 기회가 있으면 또 뭐라도 만들어 볼까.

최근 사건이 많아 좀 불안했는데, 다 같이 지내다 보면 그런 불안도 사라지는 것 같다. 앞으로도 이런 날이 이어지면 좋겠네…….

가챠를 돌려 동료를 늘리고 최강의 미소녀 군단을 만들자 6

2019년 11월 24일 1판 1쇄 인쇄
2019년 12월 1일 1판 1쇄 발행

저 자	칭쿠루리
일 러 스 트	이세카와 야스타카
옮 긴 이	강유정
발 행 인	유재옥
본 부 장	조병권
담 당 편 집	이성호
편 집 1 팀	정영길 김민지 이성호 조찬희
편 집 2 팀	김다솜 이본느
편 집 3 팀	박상섭 김효연
디 자 인	강혜린 박은정
라 이 츠	박선희 김슬비
디 지 털	최민성 박지혜
발 행 처	㈜소미미디어
등 록	코리아피앤피
주 소	제2015-000008호
판 매	서울시 마포구 토정로 222, 403호(신수동, 한국출판콘텐츠센터)
제 작 처	㈜소미미디어
마 케 팅	한민지 한주원
물 류	허석용 최태욱 김희민
전 화	편집부 (070)4164-3962, 3963 기획실 (02)567-3388
	판매 및 마케팅 (070)4165-6888, Fax (02)322-7665

ISBN 979-11-6507-004-5 (04830)
ISBN 979-11-6190-894-6 (세트)

마녀의 여행

THE JOURNEY OF ELAINA

5

어느 곳을 여행하는 마녀가 있었습니다. 이름은 일레이나.

어릴 때 읽은 「어떤 책」의 영향을 받아, 긴 여행을 계속하고 있습니다.

새로운 우연한 만남도 있고, 그리운 이들과의 재회도……

질러지도 않고 기묘한 사건에 끼어들고, 성가신 사람들과의 만남과 이별을 즐기고 있는가 봅니다.

「저도 정말 좋아해요. ──여러분을.」

일레이나가 자아내는 신기한 여행 일기, 이야기는 아직, 계속됩니다.